步兵凶猛 II

老子是步兵，但绝不是跑路的兵

FIERCE INFANTRYMEN

[修订版]

黄贺 ★ 著

凤凰出版传媒集团

凤凰出版社

图书在版编目（CIP）数据

步兵凶猛.2 / 黄贺著.—南京: 凤凰出版社，2009.1
ISBN 978-7-80729-242-5

Ⅰ.步… Ⅱ.黄… Ⅲ.长篇小说—中国—当代 Ⅳ.
I247.5

中国版本图书馆CIP数据核字(2008)第205139号

书　名　步兵凶猛2

著　　者	黄贺
策划编辑	屠晓虎
责任编辑	屠晓虎
出版发行	凤凰出版传媒集团　凤凰出版社
出　　品	凤凰出版传媒集团　北京凤凰天下文化发展有限公司
公司网址	北京凤凰天下网　http://www.bookfh.cn
印　　刷	北京泽宇印刷有限公司（北京市怀柔区庙城镇王史山村）
开　　本	700mm×1000mm　1/16
印　　张	17.25
字　　数	280千字
版　　次	2011年1月第1版　第2次印刷
标准书号	ISBN 978-7-80729-242-5
定　　价	28.00元

（凡印装错误，可向北京凤凰天下文化发展有限公司发行部调换，联系电话：010-58572106）

目 录
CONTENTS

CONTENTS

第一章
百连大比武

　　引文：我想，这样很好，我的兄弟们都回来了，我的战友们都回来，从东北的莽莽雪原中骁勇刚健地杀将回来了！从塔山的尸山血海中悍不畏死地杀将回来了！从南疆的枪林弹雨中血战死战地杀将回来了！

　　日子总是过得很快，像出膛的子弹那样快。转眼之间，就到了我们离开驻训地的时间了，当那些淳朴善良的壮族父老乡亲们搂着一捆捆的甘蔗和一个个橙黄色的芒果猛往载满着兵们的东风牌大军车的车里塞时，那个气势就如同搂着一个一个的爆破筒和一个一个的手雷在攻克一个一个的堡垒一般，往死里塞，毋庸置疑，我的形容可能有些不恰当，但事实的确如此，我们有群众纪律，不拿群众一针一线，但是壮乡的父老乡亲们不尿咱们这一壶，一伸手就透着无比的坚决，覃干部的老妈妈二话不说地就站在了车头不让走，一口的广西白话说得十分急促，没有人知道她在说什么，但是每个人都能看到她手中端着的一大碗红皮鸡蛋——我亲眼看到了这位老母亲一大清早地坐在自家烟熏火燎的炉灶前拿着个吹火筒猛吹一气，然后回过头来，朝我露出一张没了牙齿的嘴，仿佛是笑了一笑，又仿佛是被烟熏着了，伸出一只干瘦枯槁的手来，用手背揉了揉眼。

　　我想，在九百六十万平方公里的祖国土地之上，伫立着无数的英雄儿女，而在这无数的英雄儿女的身后，必定伫立着一位母亲，一位并未能像她的英雄儿女一般，轰轰烈烈地载入史册的英雄母亲！

　　我的眼睛发胀了，也有一些模糊了，背过身去，装作擦汗一般抹了把脸，我才得以继续看清眼前的一切，首先映入我眼帘的就是一些绿色的军服，我突然升起一个念头：好吧，就让我这一辈子都穿着这身马甲吧，为了咱们这些可亲可敬又可爱的父老乡亲！

军车还是开动了，因为父老乡亲们的深情厚谊咱们还是收下了，连长传来命令：上头有令，收下！司务长殿后，结账！回去之后各连副业的收入拿一块出来给乡亲们整一所小学！

方大山小心翼翼地将一捆粗壮的甘蔗平放在车厢底，抬起头来看着我很认真地说道："帅克，额（我）忘不了这地方！"

楚宾县吉镇新平村，我想我也会记住这个地名，这个在中国的地图上完全没有可能会被标示出来的地名，原因有很多，大部分和方大山相同，除此之外，值得一提的是，我的初吻，也就是在这里得以完成。

在颠簸的旅途之中，我迷迷糊糊地睡着了，我做了一个梦，梦到了我的娘老子，我朝娘老子双手抱拳，打了一拱手说道：娘老子，恭喜恭喜啊，我给你找了个儿媳妇，娘老子亲热地搂抱了我一下，笑着说道：啊，同喜，同喜啊……

一路傻笑着，不知道车子开了多久，不知不觉地就回到了部队，在空旷无比的师大操场之上，各步兵团有条不紊地集合，下车，然后列队，装甲团和炮团则直接回营了，看那架势好像是有首长来检阅部队。但是直到我们在烈日当中保持着立正姿势，憋着一句为人民服务在嗓子眼里暴晒了一个小时之后，首长并没有来，团头发话下来，各连登车，带回——据说这还是军民鱼水情谊深。拱到了车上，一个一个的兵们，都饿得眼冒金星了，好在还有父老乡亲的慰问品，带队的车长，也就是排长孔力看来也饿得够呛，喝令咱们保持肃静，直接就把东风牌军车车尾的伪装网给拉了下来，一车人在车里可劲抱着鸡蛋啊芒果啊香蕉啊，可劲地啃，排长孔力小声说道：鸟兵们，别他妈的给车上收拾得太干净了，给开车的汽车连的兄弟也留一点！咱们这一路上可是睡过来的，他们可手脚都没停！

众兵皆表示赞同，小胖子赵子君不失时机地赞美了排长孔力，排长孔力在小胖子赵子君连绵不绝的吹捧之词中感觉良好，喜滋滋的，结果顺手又扔给了小胖子赵子君两个煮熟了的鸡蛋，让小胖子赵子君吃得非常之痛快——我认为啊，排长孔力看来也爱慕虚荣，他压根都忘记了，此时此刻正值下午1时，离开晚饭的时间，还早得很呢！

所以当回到连队整理好个人内务，在操课时间里五连全体集合到学习室学习的时候，就听到排长孔力的肚子在不停地叫唤着，悠扬婉转，声遏长空。

连长杜山实在是忍无可忍了，转过头喝道："孔力！就听到你个龟儿子在那儿放屁！这电视机声音又小，都他妈的听不到了！给老子出去，解决了再回来！"

排长孔力立马就涨红了脸，看得出来他很想辩解自己并不是在放屁，而是饿得前肚皮贴上了后背皮，仅此而已，但是，我完全可以猜测到，突如其来的灵感击中了他，这无疑是一个趁机去填饱肚子的千载难逢的好机会——只见孔力咧嘴一笑，屁颠屁颠地就从学习室的长椅上站了起来，从后门闪人了。

看着排长孔力的背影我笑了一笑，转过头来又继续看电视，闭路电视中播放的是师参谋长老撸最新录制的讲课，貌似还行，听得进。

"……20世纪50年代末期，M国就建成了世界上第一个防空 C^3I 系统，被世界军事界普遍认为是军事领域的一次革命性的变革，什么叫做 C^3I 系统呢？英文就是 Communication，Command，Control and Intelligence Systems，简单地说，就是运用系统工程的理论和方法，对指挥、控制、通信、情报进行管理的大型综合信息系统。当然，现在有的国家为了强调计算机技术，把 C^3I 系统扩充成了 C4I 系统……"

我频频点头，当然，并不是老子的英文程度高，直接就听懂了老撸有点伦敦郊区某村口音的鸟语，只不过是在我看来，咱们七班的稀哥张曦上调到集团军，这一个就发生在身边活生生的例子，鲜活地佐证了咱们人民军队，估计现在也特别重视这计算机技术。

"……现代 C^3I 系统使得战争节奏越发加快，一场漫长的战争，现在来打，极有可能就是一次战役甚至就是一次战斗，首战可能就是决战。20世纪80年代以来，世界上高技术化程度较高的战争，其持续时间一般都比较短，1986年M国空袭利比亚的'外科手术式'的战争，整个空袭行动只用了18分钟，其中攻击主要目标的持续时间仅11分钟。这其中，C^3I 系统发挥了关键作用！就拿现在正在进行着的科索沃战争来说吧，以M军为首的北约就充分地贯彻了'非接触作战思想'，充分利用远战优势，将多种距离出动和多种距离投射弹药结合起来，对战略战役目标事实突击，比方说，B-2A从远在1.2万千米的本土基地起飞实施半临空轰炸，B-52，B-1B从2000千米外的基地起飞实施临空轰炸或在800千米以外发射空射巡航导弹，海军舰艇在1000千米以外发射舰射巡航导弹，一般站说飞机从700—1600千米以外的基地出动，实施临空和半临空轰炸……"

听到这里，看着电视上不拿稿纸却口若悬河的老撸，我不由得心生厌烦：

说你胖你就喘，还真是这样，且不说你去那南京政治学院学了点什么东西，对多少战例战役甚至一场战斗了解得有多么详细多么具体，毕竟你他妈的是部队的中高级军官、人才，不过，就说说老撸你这副操行吧，穿着一身陆军老大哥的马甲，却在那里侃侃而谈着空军的牛逼，岂不是长他人志气，灭自己威风？

我恨恨地想，他妈的，老撸，你是一个陆军，你他妈的跟老子一样，是个步兵！

电视中的老撸似乎是觉察到了我的愤懑之情，话锋一转，到了点子上了："……同志们啊，随着空袭与反空袭成为高技术条件下局部战争的基本作战模式，咱们陆军老大哥，在高技术时代的建设与运用也面临着新的挑战和机遇，海湾战争，仍在继续着轰炸的科索沃战争等等一些高技术局部战争，残酷地表明了这样一个现实，高技术航空武器的空袭，已经成为陆军部队在高技术条件下局部战争中生存和完成使命任务所面临的主要危险，使咱们陆军老大哥遭遇了最严重的挑战！"

电视中的老撸决然地扬起一个醋坛大的拳头，在虚空之中用力地挥了一挥，掷地有声地说道："同志们，要苦练新三打三防啊，经师党委研究决定，马上，咱们师要广泛深入地开展科技大练兵活动，首先，咱们来一次百连大比武！"

我情不自禁地鼓起掌来，心道：我操，原来兜了一个大圈子，把老子都忽悠进去了，要搞，直说就行了吗，老撸啊，你他妈的太不厚道！

正在眉眼之间笑意盈盈时，我突然觉得气氛不对，一看之下，顿时发现全学习室的兵们全部看着自己——噢，怎么就他妈的我一个人鼓掌喝彩呢？

连长杜山慢慢地站了起来，一只脚啪的一声就踩上了学习室米黄色的长椅，冲我勾了勾手指头，然后托住他在驻训时一直都没刮干净过的满是青色胡碴的下巴，笑眯眯地冲我说道："帅克你个龟儿子，给咱们连队拿几个第一的锦旗回来——我看好你噢！"

……

"龟儿子，刚才还拍手板子蛮响的，现在怎么不吭声了？帅克！有没有信心？"

"有。"

"日你先人板板，大声点！全师就你一个他妈的姓帅的，怎么变成一个怂人样？"

"有！"

我大声地应了一句，心里暗暗委屈地思忖：杜老板啊，全师虽然只有我一个姓帅的，但是帅有个屁用啊，到头来，还不是被兵给吃了哇——貌似一百个连队，那该有多少比老子硬扎（湖南方言：过硬之意）的兵哇！

百连大比武开始的时间定在观看完师参谋长老撸录制的课件之后第三天，这个所谓的百连大比武，其实就是一次例行的军事科目考核而已，以连建制为单位，在各个军事项目的考核中卡每个连队的成绩，集体成绩，以此作为优劣的判定标准。

往浅显易懂的角度说，咱们五连就是还存在着一些薄弱环节，根据团头那深奥的木桶理论来说，咱们连队其实还是有一些用来箍桶的比较短的木头板子的，比如说，咱们新兵排，坦率地说，虽然这些99年兵已经具备了一个战士的基本素养，但是心理素质还有待考验，除了咱们七班，因为参加过993山地演习，一个一个也像那么回事了，但是其他班的，八班九班的新兵还没有见过这么大的场面，因此，在查铺查哨的时候，排长孔力就发现了八班九班的同志哥们，失眠的比较多，转眼看了看咱们七班，一个一个睡得是香甜香甜的，因此，不由得叹了口气，握在手中的手电筒变得滑溜溜滑溜起来。

于是他蹑手蹑脚地走出排房，朝裹着一件毛背心的正在站岗的我苦笑着说道："帅克，够呛，够呛啊！"

我朝排房里面探头看了一眼，小声地说道："走吧，排长，去岗位那里说去！你站这里，这帮装睡的家伙会觉得压力更大！"

孔力点点头，熄了手中的手电筒，跟着我一起下了楼，一屁股就坐上了值班台，摸了一包软装的娇子烟出来，抖了两下，没有抖出烟来，索性伸个手指头进去，将烟封一划拉，然后脸上露出郁闷不已的表情，随手就把手中软不拉叽的烟盒捏得皱成一团，扔进了值班台旁边的字纸篓中，开口说道："龟儿子，没烟了，拿你的来抽！"

我掏了一包上海牡丹出来，给排长孔力递过去一支烟，笑着说道："排长，烟不好，先抽着！"

"帅克啊！"排长孔力接过烟，从迷彩服兜里摸出打火机点上，长长地吸了一口，然后吐出一口几乎无色的烟雾，看着我摇头说道，"这兵孬，还可以先练着，可是眼看就要百连大比武了，有些科目的考核，我怕这帮龟儿子掉链子啊！"

"呵呵，排长，你也别急，我琢磨着这些99年兵也不会掉链子，只是紧张了一些而已！"我掏出打火机把烟点上，说道，"可能是咱们连长丢了几句狠话，吓着他们罢了！"

"你们七班，从以往的训练成绩来看，总体来说比较稳定了，可是这八班、九班的兵，我就觉得有些邪乎了！"孔力摇了摇头，顺手弹了弹烟灰，苦笑着说道，"那个成绩极有可能是两个基本——基本靠感觉，基本靠发挥。"

"呵呵！"一听排长孔力说的这两个基本，我就不禁笑了起来，被一口烟呛住了。

"帅克啊，你别笑，给老子想想，好好想想，想一个办法出来，让咱们新兵排一个一个斗志昂扬的，跟头小老虎似的，噢，不，应该是都他妈的血腥一点，听到那口令就立马跟条饿狼似的，眼珠子绿莹莹的，猛拱猛拱！冲冲杀杀的！"

"啊？！"

"啊什么啊，快点给老子想，再不想个招出来，照今天晚上普遍失眠的这架势看，比武的时候不掉链子才怪！"

"排长，这事情你怎么逮住我了呢？"

"我不逮你逮谁啊？谁叫你狗日的鬼点子多啊！"排长孔力恶狠狠地瞪了我一眼说道，"老子不管！老子是你们三排排长，你是三排一分子，赶快给老子想想！"

我捏着一烟头哭笑不得站在那里，心想，我靠，我鬼点子多吗？怎么我在直接领导，顶头上司排长孔力的心目中难道就是这个定位吗？

"帅克，你他妈的别不承认啊你！993山地演习里你还敢绞了条大裤衩蒙着脸去张蒙他们指挥部搞抢劫，你这鬼点子还不多吗？我操！"排长孔力朝我的脸上径直喷了一口烟，鄙夷地说道："给你三分钟，马上想一个法子出来！"

"排长，办法倒是有一个！"

三分钟后，我狠狠地将烟头扔在地上，用脚用力地碾了一碾，抬起头来看着排长孔力说道："明天排里带到训练场，我给你做做动员！"

"你？！你给排里做动员？"排长孔力笑个不停，一截烟灰顿时掉在胸前，忙不迭地用手拍打起来，口中兀自说道："笑死老子了帅克，说你唱歌吧，这我相信，还不赖，这你要是做动员报告，呵呵，我日，行吧行吧，明天就让你动员动员！我倒看你要整出个什么幺蛾子出来！"

"排长！"我异常严肃地看着排长孔力说道，"不过，你得答应我一件事，去帮我弄两样东西来！"

"啊？你要什么？"

"这您就别管了！"顿了一顿，我一个扫堂腿，将地上的烟头扫入值班台旁边的簸箕当中，说道，"我做动员报告时要用上的道具！暂时得保密！"

"行，只要我能办得到！"排长孔力扔了烟头，拍着胸脯说道，"只要你把咱们三排的士气提起来，一个一个的不小样儿，别说是两样，二十样我都给你弄来！"

"嗯，那就好，咱们说定了排长！"我强忍着笑意，摆出一副严肃的表情说道，"其实也没啥东西，小市场就有得买的，我这个兵溜到小市场去买，毕竟还是不方便，再说没有外出证，操课时间溜出去，这事也违反纪律，排长您是干部，纠察不会为难您，您去小市场比我去方便一点，这样吧，明天咱们去训练场，然后我写张条儿给您，您就去小市场给我买了回来就行了，咱们马上就开动员会！"

"帅克你想的什么招啊？我操！"排长孔力狐疑地端详着我，"你这一口一个您的，我怎么就觉得你小子整什么歪点子呢？"

"排长，您这就放心了！保证见效！我保证咱们三排的兵立马跟条狼似的！眼睛贼绿贼绿，那叫一个猛虎下山势不可挡、所向披靡！"我挺了挺胸，伸手擂了擂，信誓旦旦地说道，"您就等着看效果吧！我保证！向毛爹爹保证！"

"不过——"我话锋一转，叹了口气，说道，"排长，如果这两样东西您没帮我买回来，这我可就不保证了！"

"狗日的，你到底要买什么东西？说！"

"排长！您要是让我现在告诉您的话，那这活儿您就干脆找别人去算了！"我大义凛然地说道。

"我操，龟儿子哟，我还就和你耗上了帅克！"排长孔力恶狠狠地说道，"老子就不问，老子就给你去买——看你他妈的怎么整！"

我胸有成竹地点了点头，露出一个十分灿烂的微笑，说道："排长，放心吧，一切尽在掌握中！"

"我总觉得你小子没安什么好心！"排长孔力摇了摇头，转过身去，刚走了一步，就回过头来骂道，"狗日的，烟再掏出来哇！老子再抽一支就去睡了！"

我笑呵呵地把烟掏出来递给排长孔力，说道："呵呵，排长，我办事，你放心！好好地去睡一觉吧！明天看我的！"

排长孔力接过烟，冷冷地哼一声，道："龟儿子，再一次提醒你，要是我把你要的东西给你买回来了你办不成事，别怪老子不客气！"

"只要您买回来了！"我嬉皮笑脸地说道，"您慢走啊，排长！"

眼看着排长孔力的背影消失在夜色温柔当中，我不由得露出一个邪邪的微笑。

　　毋庸置疑，这一刻当我转过身来，借助着微弱的亮光，在值日台旁边的军容风纪镜中，的确看到了一个笑得十分邪恶的自己。

　　……

　　"稍息，立正！"

　　排长孔力虎虎生威地站在队列前，一道汗水从他青瓷般的头皮上流下，转眼就消失在他紧锁的眉宇中。

　　"他妈的！什么玩意儿啊？一动四百米障碍，一动投弹，一动五公里越野，看看，看看你们这帮浑蛋就成了瘟鸡了，啊？当然，值得表扬的是七班，七班不错！让我看到了战斗力！"顿了一顿，排长孔力怒不可遏地骂道，"八班长、九班长，看看你们这个兵是怎么带的，一个比一个赖，不是崴到脚了就是抄小路，作风需要整顿！大力整顿！"

　　我眼角余光一瞟，只见队列一头的八班长张鸿飞和九班长王小哲皆是露出一个咬肌突起的侧脸，估计这会儿够呛，咬牙切齿地琢磨着怎么给他们班里的兵们加点菜，上点好看的节目。

　　"行了行了！"排长孔力郁闷地一挥手，说道，"这个是马上就要百连大比武了，咱们三排的这个浑样，很够呛啊！"顿了一顿，排长孔力的眼光不由得朝我瞥来，我微笑了一下，示意我读懂了他的期盼，于是排长孔力便移开视线，朝着三排吼道："他妈的，原地休息！解散！"

　　"杀！"

　　杀声刚落，八班、九班的几个兵就好像坚持不住了一般，径直一屁股坐在了地上，排长孔力眼睛一瞪，吓得几个鸟兵又立马从地上弹了起来。

　　我径直走到排长孔力的面前，从迷彩服的臂兜里掏出一张折起来的小纸条，笑着小声地说道："排长，快去快回，买回来了就让我来给三排做个动员啊！"

　　排长孔力狠狠地剜了我一眼，气鼓鼓地说道："我操啊，老子给你当勤务兵，你要是让老子失望了，有你好看的，帅克！"

　　我立马硬邦邦地回答："行！看我的！"

　　眼瞅着排长孔力朝训练场的另一头，也就是小市场的方向飞奔而去的背影，正在傻乐呵的时候，方大山不知道什么时候站到了我的旁边，纳闷地看着我说道："帅克啊，你和排长在搞什么飞机？"

　　"噢！"我笑着偏过头来道，"大山，待会儿排长让咱们七班给介绍一下训练的先进经验，顺便做个百连大比武的战前动员，我呢，就顺便让排长给咱们买点慰问品，表示表示，意思意思！"

"拉倒吧你！"方大山咧嘴一笑，说道，"帅克啊，咱们是搭档，你那点花花肠子我还不知道吗？估计又是出什么坏点子了！"

我乐呵呵地笑，狂点头，说道："呵呵，大山，啥都别问，待会儿看我的！"

……

刚点上一支烟，还没抽完的工夫，就远远地看到一个人朝咱们这边发足狂奔过来，身后卷起一路黄尘，煞是壮观，煞是威武——然后我就看到了排长孔力铁青的脸。

排长孔力冷酷无比地看着我，一语不发。

我讪笑着站起来，把身体的姿势又调整到立正这一姿势上，然后恍然大悟般，忙不迭地把手中的烟头扔了出去。

排长孔力仍然是面无表情，一脸铁青。

半晌，排长孔力动将了起来，顺手扭过身后的迷彩小挎包，抬臂取了下来，径直砸到我的怀里，我忙不迭地用手去接，终于在离地面十公分处的距离将迷彩小挎包给接住了，打开一看，我靠，居然没有我让他去买的东西，敢情原因只有一个，那就是排长孔力他并没有买！

连道具都没有，这可叫我如何是好哇，我心里暗暗叫苦，一抬起头，就看到排长孔力硕大的喉结猛然一扩，只听到他暴喝一声："集合！"

"向右看齐！向前看！立正！稍息！立正！"排长孔力迅速又连贯地下着口令，只有我能够听得出来，他声音中蕴涵着的怒意。

"下面，有请咱们七班班副帅克，给大家讲一下，讲一下他们七班的训练经验、先进做法，以及如何保持高昂的斗志，以饱满的精神状态迎接这次百连大比武！"排长孔力锐利的眼神像剑一般刺向了队列中的我，他斩钉截铁地命令道："帅克，出列！"

"是！"我吼了一声，迅速提臂，跑步走，排长孔力向左转，离开指挥位置，把舞台让给了我。

迅速抬臂，朝咱们三排的弟兄们敬了一个军礼，我就开始有板有眼地说了起来。

"同志们！昨天晚上我站岗，排长查哨，发现了这样一个情况，咱们三排的很多99年兵晚上睡不着觉，失眠，我想，这可能就是你们在今天的训练当中没有发挥出正常的水平的原因！告诉我，你们是不是在害怕即将到来的百连大比武？告诉我！是不是？"

"不是！"

我操，还是七班给我面子，其他的八班、九班的就不给面子了，有的纯粹就是连嘴皮子都没动。

一旁的排长孔力忍不住了，暴喝一声："格老子的，到底是不是？"

我只能说，这帮浑蛋，不给老子的面子，但是很给排长孔力的面子，齐刷刷地答了一声"不是"，分贝比我刚刚收到的回音要高很多。

"好，不是就好！"我笑了一笑，说道，"刚刚呢，相信大家都看到了，排长他去了一趟小市场，没错，是我托排长给我买点东西送给你们当中一个最鸟的鸟兵，送给你们当中最精锐的一个浑蛋，你们知道我托排长买什么吗？"

"不知道！"

这一次还行，给面子，声音比较大，我点了点头，说道："那我现在就来告诉兄弟们，我刚刚托排长去小市场帮着买一个女人奶罩，买条女人内裤去了！"

队列当中顿时爆发出一阵压抑不住的笑声，我转头看了看排长孔力，只见他的眼神正好朝我瞥来，眼中分明有着无尽的怨恨。

"笑什么，笑什么啊！"我转过脸来对着三排说道，"你们应该感谢排长，幸亏他没有买，要不你们当中就会有人在百连大比武之后戴上这些个女人的玩意儿！"我恶狠狠地、不怀好意地、就像是在组织一次普通的训练那样说道："抓最后一名！"

顿时，队列中就安静下来了。

嘿嘿一笑，我就开始胡扯了："古往今来，最强悍的督战队不是军官，而是女人！将士们的女人！最有威力的督战工具也不是军官手中的皮鞭，话说这悍敌当前，鸣金击鼓，三军不进，家属督战队立马就吐掉口中酸溜溜的话梅，一边骂着天杀的男人、没种的孬货，一边狂吐口水，遇到有些个临阵脱逃的逃兵，就一拥而上，拿胭脂抹他脸，拿肚兜套他头——是男人，你他妈的能丢这个脸？"

顿了一顿，我又开始大放厥词："你们这帮子新兵蛋子，遇上个屁大的事情还失眠，士气低落，排长不好亲自动手治治你们，我就来当当这个恶人！买这女人用的玩意儿抓最后一名给他戴上，恶心人，鄙视人，羞辱人，这他妈的也是个馊主意，但是我不知道还有什么办法能让你们有股子男人的血性！有股子军人的血性！"

顿了一顿，我稍稍抑制了一下自己的激动，说道："在我还是个高中生的时候，我老爸强迫我念了理科，他说，学理科好，可以考清华核工业，为国家多造几个核电厂，可以考北航空气动力学，为国家造个大飞机，可是最后我他妈的野鸡大学都没考上一个，而是穿上了这身马甲，我老爸说，好，当兵好，既然头脑简单了点，就把四肢练发达点，玩命，为祖国和人民玩命——今天，给兄弟们说这个，没别的意思，既然来当兵，就准备玩命，不论是训练、考核，还是打仗！"

"我不管你们怎么想，我反正是准备好了——玩命！"

我抬起手臂，给我的战友们敬礼，礼毕之后，马上提臂跑步，入列。

有凉风掠过，可我还是觉得很热，浑身上下都很热。

排长孔力恰到好处地下了一把口令："都有了，前后左右间隔一米，成军体拳队形——散开！"

"军体拳第一套——杀！"

"杀！"

五连三排齐齐地吼出一声杀，我明显感觉到身子四周的空气一阵震荡——我想，这样很好，我的兄弟们都回来了，我的战友们都回来，从东北的莽莽雪原中骁勇刚健地杀将回来了！从塔山的尸山血海中悍不畏死地杀将回来了！从南疆的枪林弹雨中血战死战地杀将回来了！

百连大比武如期举行，一切都安排得有条不紊，师里派出了一个阵容强大的百连大比武领导小组，由师长挂帅，亲自担任百连大比武领导小组组长，由师参谋长老撸亲自带队，一个团一个团地开始过，优胜劣汰，每个团取前三名的连队，最后，这些各团优胜的连队捉对厮杀，决战。

因此，连长杜山的第一个要求就是——杀进全团前三。

比武的科目其实如同例行的军事考核一般，五公里全副武装越野、四百米障碍、器械、射击等等，取全连的集体平均成绩。当然，这些科目的成绩都是可以用分、秒来量化的，那些仅仅只能凭主观臆断的，比如说三大队列，则统统不列入比武科目。据未经证实的传闻，师座对于三大队列列入比武范围的合理化建议嗤之以鼻，他说：没见过血的新兵蛋子们，一万个兵走队列还不如一百个老兵站在那里不动！有杀气，有阵势，这才叫气势！

我不敢苟同师座的这番观点，我倒是很想当面顶他的牛、抬他的杠，对他说：老子想见血，你他妈的也没这个能耐——如你所知，我这是激将之法，可是，师长这个官，貌似还不是将官，因此，我只得憋屈地接受了人卑言轻的这个现实，并将满腔的憋屈化为力量展示在比武场上，试图证实一点：好吧，首长兼老兵同志，来看看我这样一个没见过血的鸟兵的表现吧。

第一天比武比的是全副武装五公里越野，按照百连大比武领导小组的意思就是，让大家伙儿先把全身筋骨给活动开。

小市场旁边的公里上标注的五公里起跑线后面用石灰划分出了几个区，各连队按照建制序列在候场区依次进入准备区，每十分钟，就放出一个连队开跑，看着那一个连一个连的兄弟们听到发令枪一响，嗷嗷直叫唤地发足狂奔，那场面，不用壮观这个形容都不行。

干什么都有套路，全副武装跑五公里也不例外，连长杜山早就给咱们五连布置好了战术：喜欢猛拱猛拱的、有冲劲的兵，放第一阵形，体力稍弱的、跑步一般的兵，放在第二阵形，稳健的、耐力好的，全部放在第三阵形压阵。

当然，对于连长杜山布置的战术我十分赞同，唯一让我鄙视的地方就是，连长杜山居然让兵准备好了两条由三根背包带接好的长绳子，他的想法是，一旦有人跑不动了，第一阵形的兵和第三阵形的兵，指定四个人，把中间的第二阵形给围起来，决不让一个兵掉队，全连一起往前拱。

我觉得，这他妈的也太不相信咱们了，就拿咱们三排来说，虽然新战士居多，但是自打经过我的动员之后，一个一个那眼睛绿得跟狼似的，仿佛前方就吊着一块晃悠着的肉似的。

果然，当发令枪一响，连长扛起连旗暴喝了一声"杀"，五连就嗷嗷直叫地冲过起跑线了，打头阵的是一班的几个老兵，都是以前跟着我的班长李老东一起操练过的，撒开脚丫子就跑得跟头神气活现的羚羊一般，一蹬一弹一跃，一举一动都透着彪烘烘的意味，排长孔力也是此类鸟兵，好在他比较有自制力，跑着跑着就扭头看了一眼，急急忙忙就嚷嚷道："慢一点慢一点，压住阵脚，压住！卡全连的成绩哟，龟儿子！"

那几个老兵则大翻白眼，冲着身后落下一截的，还没有进入状态的第二阵形的兵嘟囔道："快就是快啊，兄弟们！"

我跑在第二阵形的右翼，也还没有进入那种发足狂奔、浑然忘我的状态当中，原因是我还得看着咱们三排的兵们，虽然连长杜山不放心，排长孔力也不放心，只有我放心，但是为了保险起见，我还是准备好了，时刻准备着把自己的腰带解下来，抽一抽某个气喘吁吁的鸟兵的臀。

天气还算不错，虽然有太阳，但是阳光不毒辣，甚至还有一些风，当然，也许是跑起来的原因，所以我们五连跑得十分顺利，没费多大的劲儿就跑完了第一个五百米，从五公里起跑线到炮团的大门，刚好是五百米的距离。

三排整个地被夹在了中间，这也是连长杜山的安排，跑第二阵形，当然，我心里非常憋屈，跑得也非常憋屈，这种感觉像极了三个字：护犊子，但是没办法，我知道三排有激情，有热情，但是不能现在就让他们消耗殆尽，因为前面的路还很长，我们需要合理地分配体能。

直到冲入炮团大门，从炮团的大操场绕了一圈，转眼就跑到了炮团司令部大楼前的林荫道上了，连长杜山一声大喝："加速，加速！"

这一下就感觉不憋屈了，阵形依然保持着梯次，但是速度明显在加快，我左右观察了一下，觉得三排的99年兵都还跑得不错，于是大声叮嘱了一句"注意调整呼吸，注意前脚掌着地"也开始加速起来。

我在新兵期的时候，一直对自己是个扁平足很是困扰，这种困扰继而影响到了我对全副武装跑五公里的信心，我得承认，当时我非常害怕跑五公里，甚至有时候我开始跑上不到五百米我就会觉得脚疼、心慌、气短、呼吸调整不过来，放弃的念头十分强烈，抄近路的邪念也十分强烈，当时我的班长李老东为我大伤脑筋，甚至想出了一个这样的歪主意，他无可奈何地对我说：帅克，你冲刺五百米，走上一百米，再冲刺五百米，这样跑个五公里拉鸡巴倒！

而现在，我发现，我似乎已经不在意我是个扁平足了，扁平足是缺陷，但是有这种缺陷并不代表我不能做一个优秀的步兵，我甚至开始因这种缺陷牛逼了起来，正如当时我对张曦说的那样，一个近视眼的高机连的兄弟，都他妈的机枪射击成绩超级牛逼，还可以打飞机，我这样一个扁平足，也他妈的能跑五公里！

没有足够弧度的足弓，老子照样跑得很牛逼！

听着耳畔的呼呼风声，我觉得一切都很好，我这年轻的身体十分强壮，有着似乎永远也用不完的充沛体力，转眼之间，我就混迹在五连的兵堆里，很轻松地拱出了炮团的另一个大门，跑过一些整整齐齐的副业地，跑到了咱们九团和师部的交界处，一个由青黑色的钢铁架起来的拱门，拱门之上有四个黑色的隶书大字：塔山铁军。

兵们都把这一道门称为：凯旋门。

跑到凯旋门，这就意味着我们已经跑了两公里了，整个五公里的武装越野，还剩下三公里，这时候，速度已经稍稍地慢了下来了，我听到了有兵们粗重的呼吸，听到了兵们身上的金属撞击之声，听到了那个百连大比武领导小组的检查员，一个一毛三的鸟参谋踩着个破烂单车，不停地摁自行车车铃。

排长孔力大声地喊："跑起来，跑起来，保持速度！保持速度！"

"坚持，坚持住！"

八班长张鸿飞和九班长王小哲，还有方大山，不停地在给三排的 99 年兵打气，我左右一看，还好，七班还算争气，只不过，小胖子赵子君有些喘不过气了，呼吸有些乱，脚步有些飘，速度渐渐地慢了下去。

我侧身让过一个老兵从我身后跑过去，凑到了小胖子赵子君的身边，边跑边说道："小胖子，调整好呼吸，整个人要跃起！"

"班副……我腿发软呢……"小胖子赵子君露出一个苦笑，气喘吁吁地说道，汗水不停地从他的头上流下来，他的迷彩帽整个都汗湿了，迷彩服的衣领上也被汗水打湿了，太阳一晒，呈现出一条白色的盐渍。

"别放弃，你行的！"我鼓励着小胖子赵子君说道，"咱们三排也就你这体型最适合带那女人用的玩意儿，坦白说，你硬是要戴，班副我也不拦你……"

"丢你老母！"小胖子赵子君别过脸去，小声地骂了一句，吐了一口唾沫，明显地迈开了步子，跟我拉开了距离——很明显，广东军爷也受不了这刺激，发飙了。

我咧开嘴笑，却呛了一口气，后面传来四海的喊声："帅克，过来，咱们两个人推一下！"

扭头一看，我靠，原来八班有个 99 年兵已经满脸通红、脚步跟跄，有掉队的苗头了，敢情四海累得够呛，在后面推着他跑。

我二话不说，拱到后面，伸手撑住那鸟兵的后背右边的肩胛骨，用力地推着他跑了起来。

踩着个破烂单车的鸟参谋不紧不慢地跟在我的身边，笑眯眯地说："够呛了，够呛了！"

我瞥了那鸟兵一眼，不满地说道："什么够呛？不能给他背武器装备，又没说不准推！"

"推吧，推吧，嘿，小心，可别推倒了！"

话音一落，那个被我和四海推着的兵果然就往前一栽，敢情是我和四海推的位置高了一点，还好我反应快，一把提住那兵的腰带，四海也有默契，一爪子扣住那兵的子弹袋的带子，这才没让那兵摔倒在地。

"乌鸦嘴！"四海小声地冲我说道。

"兄弟，稳住啊！你放松，别他妈的往后靠！"我冲八班的这个兵说完这句之后就再也不敢出声了，妈的，累死老子了，往后一瞥，八班长张鸿飞也在推着一个兵跑，看来也是招架不住了。

这一下子我可真是够呛了，体力消耗明显增大，不一会儿，我的脚都开始沉重起来了，好在这个鸟兵还算识大体，被我和四海推着跑了一会儿，恢复了不少体力，于是怯生生地说："七班副，老同志，还是让我自己跑吧！我现在可以自己跑了！"

我和四海顿时不约而同地松开了手，不约而同地骂道："他妈的！早说啊！"

……

从来，我们都无法一眼就能看到全副武装越野的终点，只有当我们跑上师部这个坡度极大的小山坡之后才能看到那用黄色颜料醒目地画在水泥地面上的终点线，是的，终点线在山坡下面。

连长杜山扬起五连的连旗，大声高呼道："冲刺！冲刺！冲刺！"

我累得够呛了，如果不是刚刚推那个鸟兵的话，我想我还能冲起来，冲过这最后的一段距离，冲上坡面，然后冲下破，争分夺秒地去赢取那最后的胜利，但是现在，我的脚上如同绑上了两个铁沙袋一般，沉重无比。

原本始终跑在第二阵形的自己现在已经掉到了压阵脚的第三阵形当中，还好，那些老兵们并没有注意到我，反而以为我是牛逼烘烘地故意跑到后面来压阵脚的，纷纷朝我露出会心一笑之后就扯开大嗓门，继续吆喝着同志们前进前进向前进——我操，再这样老子就要露馅了，非掉队不可！

难道他妈的弄了半天，嘴里信誓旦旦的我自己就成了最后一名？不行不行，我咬了咬牙，拼了！要死卵朝天，不死当神仙！

猛吸一口气，我就往坡上猛冲起来！

十米，五米，三米，一米——我操，我上来了！我看到了五公里的终点线，以及那里站着的兵们！

很陡的一段下坡路，距离终点线短短的两百米，我再次猛吸了一口气，这次没咬牙，却咬了咬舌头，很痛，但是老子顾不得那么多了，毫无保留地撒开脚丫子，就如同一颗陨石般地落了下去！

耳畔传来呼呼风声，我没有控制自己的脚步，只是在控制着自己的平衡，巨大的惯性让我的心脏剧烈地跳动起来，我甚至能听到它怦怦跳动的声音，还有最后一百米！

炼狱般的一百米，我的头开始晕眩起来，意识也有些模糊起来，我甚至听不到那些已经冲过终点的兄弟们朝这边呼喊、加油的声音。我知道，这是大脑缺氧造成的，我艰难地张大嘴呼吸着，内心一个桀骜不驯的声音在呐喊：帅克，杀！杀！杀！

　　我感觉不到自己身上的所有重量了，觉得自己轻飘飘的，我想，我是一个步兵，倘若有一天我打完了最后一颗子弹，手无寸铁了，我也要以我的血肉之躯凶猛地杀入敌阵，非得死掐上一个敌人才去光荣牺牲！

　　……

　　我做到了，云里雾里放光彩地冲过终点之后，我就掐上了方大山，当然，方大山不是敌人，是友军，我冲友军说道："大山，我抽筋了！"然后立马就瘫倒在地，如同一头死猪。

　　方大山忙不迭地帮我把背包给卸了，然后伸了一只脚出来，左左右右地给我踩了一会儿小腿肚子，然后又坐在地上捏住我的脚猛抻了几下——弄了两下，我就觉得好多了，咬咬牙，站了起来，兀自嘴硬："他妈的，大山，这开……开始没……没有……没有活动开啊，我……我这么……这么老的同志都抽筋了！"

　　"你……你他妈的还……还抽烟！"方大山笑着学着我讲话，"体力不行了吧，老同志！"

　　我还想嘴硬，不料一阵气血翻涌，唇干舌燥，顿时一句话也说不出来，喘气喘个不停。

　　"戒烟吧，兄弟！这才第一动，你呀，够呛！"方大山笑着扔下一句，就去招呼七班的兵了，让我一个人杵在哪儿晾着。

　　歇了半天，也愣了半天，我才恍然大悟地卸下了身上的装备，屁颠屁颠地往终点线的那儿站了一圈儿兵的地方凑，也不知道是逮住了谁就开口问："成绩呢？成绩怎么样？"

　　"刚算出来！平均成绩：21分27秒！不错！"

　　我叹了一口气，很牛逼地说："哎，凑合，新兵蛋子们表现不错！"

　　天气十分地闷热，浑身湿透地坐在师靶场的草地之上，放眼望去，侠山之上若隐若现的沟沟壑壑如同壮汉赤裸的胸膛上的铮铮铁骨，耳边的枪声此起彼伏，鼻端里充斥着硝烟的味道。

　　这已经是百连大比武的最后一项赛程——射击，之前我们已经参加了全副武装五公里越野、四百米障碍、器械、投弹等科目的军事比武，五连取得了很牛逼烘烘的成绩，以团体总分875.78分的好成绩暂列全团第一名，暂列第二名的就是咱们五连在团里的老对手，二营四连，以团体总分869.55分紧随我后，暂列第三名的则是团侦察连，团体总分658.93分——因此，连长杜山又提出了他新的要求：全团前三算个屁，拿个第一才牛逼！

　　这个新要求类似于奥林匹克运动提出的更高、更快、更强的口号，我也一直觉得，作为一名军人，一名中国军人，一直都是追求着这样一种境界的，放眼寰球，多少国家练兵纯粹是烧钱来达到更高、更快、更强的目的，而唯独咱们中国，烧的却是心——是的，烧心，燃烧你的爱国之心，报国之心，为祖国而战，为祖国而生！

　　师靶场四面是山，其中一面山体上有着一面用有些年头的青砖砌成的山体滑坡阻隔墙，墙面上杂草丛生，上面八个美术体的大字隐约可见：天天磨刀，来者必歼！

　　每一次来到师靶场，我总是会默念这八个大字好几遍，坦白地说，我很喜欢这句话，甚至觉得这口气像极了敬爱的毛爹爹说的，可是有时候我也心生困惑，觉得这天天磨刀也忒憋屈了点，刀子磨得锋锐无比，可就是没见过血，跟他妈的首长的公务员们削铅笔的铅笔刀，炊事班的炊事员们削土豆的去皮刀，又有什么分别？我抱着一杆81-1就把我这困惑给四海给说了，让我意想不到的是，四海居然说了一句很强悍的话，让我噎住了，他鄙夷地看着我说道："帅克，亏你还是湖南人，那海哥哥给我说过，磨刀不误砍柴工哩！"

　　好一个磨刀不误砍柴工啊，正当我沉浸在对这句充满劳动人民的大智慧的民间俚语的遐想当中时，一声尖锐的口哨声打断了我的思绪，抬头一看，马上起立，原来连长杜山吹响了口哨，该轮到咱们五连上场了。

　　收摄心神，我迅速回到现实当中，按照事先连长排好的顺序，一个班一组，我们七班是最后一组上场的。

　　这次射击比武的科目的是一百米卧姿，五发子弹的胸环靶射击，坦白地说，当连长杜山给咱们宣布射击比武考核的是这个胸环靶的步枪一练习的科目时，我非常地惊讶，觉得这也忒容易忒简单了点吧，怎么着，不说移动靶，隐显靶，最起码也得弄上一个一百五十米的侧身靶来打打吧？排长孔力对我的说法很是鄙夷，当时他从鼻子里冷冷哼了一声对我说："帅克，你他妈的知道个屁！这叫基本功你知道不？你以为容易你以为简单，那行啊，你给我打个50环的满环分给我看看？老子都吹不起这个牛皮！"

　　想想也是，排长孔力的话也有道理，像我这样的水平，好好打，五发子弹全上9环没问题，但是要我全上10环，嗯，貌似要看运气，还得凭手气。

　　……

　　五连都还打得不错，基本上都是良好，听着考官报环数，成绩良好的还蛮多，现在，得看我们七班的了！

"卧姿装子弹！"

百连大比武领导小组的射击考官的口令在空旷无比的师靶场的上空久久回响，我卧在枯黄与翠绿的相间的草地上，下了81-1上的空弹匣，侧身从胸前的子弹袋里摸出一个压上了五发子弹的弹匣给装上，手指不由自主地抚摸过81-1枪身之上04230530的枪号处，眯缝着眼睛，看了看前方一百米处靶沟中竖起的胸环靶，然后从左至右数了一下，一二三四五六七八九，很好，第九个，我是第九个靶，在我新兵期的时候，也就是这步枪一练习，一百米五发子弹的胸环靶，我这个新兵蛋子曾经打出过88环的好成绩，原因无他，旁边射击位置上的另外一个新兵蛋子，无敌的四海同志由于紧张，数错了靶，把他的五发子弹全部打到我的靶上了，还他妈的是连发，突突几下就完了。

可现在四海牛逼了，似乎忘记了当年他的糗事，趴在我不远处的靶位上，还以一个老兵的身份宽慰着七班的99年兵们道："小胖子啊，功夫茶啊，你们都不要紧张啊，好好打，有时间啊！"

狗日的！我在心里笑骂了不知羞耻的四海一声，就把全身打开，趴好在热气腾腾的地面上，再把脸腮贴上有些烫的枪托。

开始了，我瞥了一眼表尺，然后调整了一下呼吸，注视着准星与缺口之间的胸环靶，微微把枪口压下了一点，瞄在胸环靶中线下沿一点的位置，只待找到了枪感，就扣动扳机，击发。

我曾经思考过这样一个问题，当我的准星与缺口锁定了一个活生生的人时，我会不会扣动指间的扳机。不过，在993山地演习中我似乎把这个充满思辨色彩的问题自我拷问得忘乎所以，我想已经有答案了，当面对一个假想敌时，我都扣动了扳机，那就不要说他妈的真正的敌人了！

我会开枪，服从就是军人的天职，党指向哪里，老子就打到哪里！

……

正当我在瞄准的时候，我就觉得视线里的胸环靶突然有些模糊了，眼睛一瞥，不知道为什么，天色突然暗淡了下来。

闷热的下午，天际轰隆隆地响起一阵沉闷的雷声，转眼之间，我就看到有雨点如同弹头一般落下，开始是点射，然后是连射。

天有不测风云，这突如其来的变故对正在进行射击的我们，无疑是一个考验，一个艰巨的考验，这样的射击条件，不仅是对我们的军政素质的一个考验，更是对我们的心理素质的一个考验。

不用扭头看，我都知道，这些百连大比武的考官压根就不会叫停，而且心里肯定乐开了花，不是公平不公平的问题，而是天赐良机，成天叫嚷着实战条件、复杂条件下锤炼部队，这实战条件、复杂条件话说都是没有条件的都要创造条件的，更何况现在天公作美，成人之美。

雨滴一下一下地打在了我的迷彩帽的帽檐上，蒙蒙的雨雾让我的确有一些看不太清楚了，这个时候，我却听到左边射击位置上的枪响了。

功夫茶汪硕一枪打破了沉寂，他身后的考官看了一眼对面靶沟中不停地画着圆圈的报靶杆时，哭笑不得地大喝一声："跑靶，0环！"

连长杜山在后面一声暴喝："他妈的，沉住气！"

我觉得，这沉不住气的，首先就是连长杜山。

砰的一声枪响，右边的许小龙开枪了，他身后的考官大声地喝道："9环！偏右下！"

小龙不错，这一枪所带来的意义很大，具体有很多，首先我觉得是安慰了沉不住气的连长杜山和功夫茶汪硕。

一股脑儿地将所有的杂念全部扫出去，我想，我得好好打了。

我开枪了，枪口的硝烟转眼就消失在雨雾当中，肩窝处感受到一次强劲有力的撞击。

我身后的考官大声报到："9环，偏左！"

我稍微修正了一下，这阵雨有越下越大的趋势，我得凭感觉了。

"10环！"

我操，这凭感觉的一枪居然打了个10环！我他妈的真牛逼，心中一喜，这感觉，还真他妈的忒牛逼！

"8环！偏左，偏左！"

太骄傲了，太喜欢翘尾巴了，不能激动啊，这一枪打得太失水准了，连我身后的考官的话音里面都有鄙视的意思，接连说了两次偏左，大有恨铁不成钢的意思。

重新瞄了30秒的样子，我又开枪了，这一枪打了9环，偏上了一点。

只有最后一枪了，雨也越下越大了，我轻轻地扣动扳机，砰的一声，子弹破膛而出。

半晌，身后的考官大喝一声："10环！"

"退子弹，起立！"我身后的考官朝我下口令，接着说道，"9号射击位，成绩：9环，10环，8环，9环，10环，合计46环！"

……

验枪完毕列队坐下之后，我赶忙就问功夫茶汪硕："多少环？"

汪硕这浑蛋懊恼地说道："报告班副，跑了一靶，其他四枪全部9环，36！"

我长吁了一口气，屌毛啊屌毛，到底是老子带的兵！

方大山赶紧问七班所有人，一个一个地把数都报了，七班还算不错，我46环，方大山42环，陈四海42环，许小龙42环，李大显40环，刘浪45环，江飙40环，小胖子赵子君也打了个42环，就他妈的汪硕这个浑蛋跑了一靶，打了个36环。

雨越下越大，并伴随着阵阵轰隆隆的雷声，转眼之间草地之上就积上了一个又一个明晃晃的小水洼，估计这一时半会儿可是停不下来，排在我们连之后的六连长经过请示，英明神武的考官终于暂停了比武，宣布各连先带回。

我的预感终于得到了验证，在路过七团那个小鱼塘时，一直没有发话的排长孔力终于开口了，在雨中列好队，他铁青着脸说道："凡是跑靶的，全部给老子出列！"

"单杠吊死猪，打靶不用糊！"排长孔力看着出列的两个兵恨恨地说道，"很好，老规矩，跳鱼塘！"

觉得自己四发全打了9环，还有一点小牛逼意味的汪硕懊恼地立定站在鱼塘旁边的土坎之上，砰的一声，和他的另外一个跑了一发靶的难兄难弟，齐齐跳入了鱼塘之中，激起一大片水花。

……

第二天一大清早，刚出了早操回来正在洗脸刷牙的我从洗衣房拱出来，就看文书庞炎在值日台子那里接电话，走过去把他插在肩章里的露了一截出来的烟抽了出来，叼在嘴上，这小子都浑然不觉。

放下话筒，文书庞炎抚摸着胸口，看着我，心有余悸地说道："兄弟啊，好险啊！杜老板来电，侦察连和四连在射击比武中反超我们五连，不过，好歹咱们保住了第三，全团第三！"

"啊？我们不是第一吗？被反超了？我靠，成第三了？"我惊愕地张开嘴，刚顺了文书庞炎的那支烟从口中掉了下来。

庞炎猛点头，一脸的庆幸。

我感慨地说道："够呛，够呛啊！"

第二章
抢滩登陆

引文：中国一代一代的军人，在面对数倍于我的强敌面前，却正是依靠着这种革命的大无畏精神，勇猛顽强，敢打敢拼，不怕牺牲，使得八一军旗高高飘扬，使得黄铜军号激越嘹亮，使得战士们斗志昂扬——我们深信，当下一场战争来临，这股激情一定会激发我们走向一个新的胜利！

天际有一抹艳红，像条红领巾一样飘在天际，太阳还没有出来，但是我的心里却有些滚烫的东西在涌动着。

经过一番厮杀，虽然说天有不测风云，从全团第一名的位置掉了全团第三名，但是咱们五连总算还是杀入了百连大比武的决赛，全师胜出的十五个连队此时正齐刷刷地伫立在师大操场之上，期待百连大比武领导小组总指挥，也就是师参谋长老撸宣布的最后的赛程安排。

出乎我的意料之外，老撸并没有向咱们说明我们这一次百连大比武的决战究竟要采用什么方式，而是用他的大嗓门给我们上了一课，像是战前动员一般，他冷目如电地扫视完咱们这些兵们，大声地训斥道："1645年，史可法被困扬州，战前发布临阵军令：上阵不利，守城；守城不利，巷战；巷战不利，短接；短接不利，自尽——同志们，我今天打一个不恰当的比方，假如当有一天你们碰到了像史可法这种对手，你们该怎么办？"

没有兵答话，我想，首先，这完全是因为没有统一答案，其次，我们都知道，这是首长的设问句，他马上要自问自答的。

果然不出我所料，老撸马上就自己回答了自己提出的这个问题，他缓缓扫视全场，暴喝道："进攻，我们要进攻！不停顿地猛冲，不停顿地抵近，百折不挠、悍不畏死地进攻！"

顿了一顿，老撸缓缓说道："没错，我老撸就是受了F国福煦将军的荼毒，他有两句名言，第一句是胜利即意志，第二句则是，一场胜仗就是一次不服输的战斗，马恩河一役，当时的形势要求撤退，福煦将军却攘臂挥拳，咆哮着吼出那蜚声一时的进攻令：进攻！进攻！"

"同志们，1913年10月F国颁布了一个新的《野战条例》，开篇第一句话是这么说的：F国陆军现已恢复其传统，自今以后，除进攻外，不知其他律令！然后开列八条军令，杀气腾腾，比如说'决战'、'锐意进攻，毫不犹豫'、'勇猛凶狠，坚忍不拔'、'摧垮敌方斗志'、'无情追击，不顾疲劳'等等，条例对防御战不屑一顾！"

"当然，福煦将军光凭士气便能克敌制胜、所向披靡的想法是有失偏颇的，但是——"老撸语调铿锵地说道，"我们中国一代一代的中国军人，在面对数倍于我的强敌面前，正是依靠着这种革命的大无畏精神，勇猛顽强，敢打敢拼，不怕牺牲，使得八一军旗高高飘扬，使得黄铜军号激越嘹亮，使得战士们斗志昂扬——我们深信，当下一场战争来临，这股激情一定会激发我们走向一个新的胜利！"

顿了一顿，老撸大手一挥，说道："记住，我的士兵们，不管你们要面对什么样的环境，不管你们要面对什么样的敌人，狭路相逢勇者胜！"

清晨的第一缕阳光准确地投射在老撸的身上，那一刻这个老兵威风凛凛，如同一尊战神。

老撸暴喝一声："登车，出发！"

……

坦白说，老撸给我们留下了一个悬念，一个关于百连大比武最后究竟要比赛什么的悬念，他的话也令兵们颇为玩味，在摇摇晃晃的车里，我们就展开了热烈的讨论。

方大山对我说："帅克，额（我）觉得是不是首长给咱们安排一个连建制的定向通道进攻战啊？要不他怎么会这么说呢？"

一班长王凯表示了不同意见："我觉得不是这么回事，我觉得倒好像是玩上一次城市巷战！"

我当即表示了反驳，我笑着说："一班长，咱们老牌子野战部队，虽说现在改成了应急机动作战部队，虽说这城市巷战的科目也稍微地练了练，但是老本行压根就不是城市巷战，再说了，如果是玩城市巷战，那咱们为什么就从枪柜里面拿了枪，那弹药都没领上呢？连一发空包弹都没有领，这大山说的连建制的定向通道进攻战虽然挺像老撸说的那么回事，但是没有领弹药，我觉得也不可能！"

"嗨！你们猜个毛啊，我觉得也就这么回事，还是操练体能！"八班长张鸿飞牛逼烘烘地说道："猛打猛冲、顽强凶猛、冲击抵近、短兵相接、白刃格斗等等，这些靠的是什么？第一是体能，第二是体能！第三还是体能！"

衰哥刘浪涎着脸插入了咱们几个老兵的话题当中："各位班长，我说这百连大比武的决战不像是考核体能啊，再整一些全副武装五公里越野呀，四百米障碍呀，这不显得太没有创意了吗？再说了，首长看这个不腻吗？打个比方来说，成天对着一个妞看，很容易就审美疲劳的，江湖上不是有这样一句名言吗：看到一个金币并不代表你看到了整座金矿，有可能你看到的是金钱豹；采到一朵鲜花并不代表你采到了整个花园，有可能你采到的只是一朵喇叭花儿……"

"屌兵！"

未等衰哥刘浪说完，我们这几个老兵啼笑皆非，方大山笑骂着打断了他的话。

"屌兵，你他妈的是不是屌不拉叽起来了？打靶的时候我记得你这个狙击手他妈的也就只打了45环啊？比老子还少一环呢！"我笑着对衰哥刘浪说道，"他妈的，待会儿老子看你的行动啊，要是还比我差那么一点点，你就够呛！"

"不不不，班副，你相信我，请看着我的眼睛……"衰哥刘浪立马严肃起来，露出信誓旦旦的神情，准备赌咒。

"我靠！"我毫不犹豫地打断了衰哥刘浪的话，笑骂道，"得，看着你的眼睛，除了眼屎，我还是看到了那么一点坚毅、果断、认真……"

这时候，坐在车尾的车长，排长孔力再也绷不住脸了，咧开嘴笑了："龟儿子！你们这帮龟儿子，严肃不足、活泼有余！"

众兵皆大笑起来，笑着笑着，我突然想起来了，这张蒙的名字好像也在这个百连大比武领导小组的成员名单中，这排长孔力和张蒙的关系别的兵或许不知道，我还算是知道一点的，这排长孔力该不会知道一些关于这个百连大比武最后的比赛内容的内幕消息吧？想到这里，我就忍不住朝排长孔力发问道："排长，这个，你觉得这次比赛的内容是什么啊？"

"我觉得……"排长孔力刚张嘴，突然就警觉起来，忙道，"咳！到地方不就知道了吗，快了，快到了！"

"嘿，排长，好样的，保密意识强！"

"排长，你就给咱们说说吧，你肯定知道什么吧？"

"排长，看着我的眼睛，除了眼屎，还有期盼……"

众兵也意识到了排长孔力的异样，顿时就七嘴八舌地说了起来，看着排长孔力憋屈的样子，我也马上过来火上浇油一把，故意激他一句道："排长是非常讲原则的，算了，兄弟们也别逼他了，反正就他妈的一尿远的路了，到地方我们不就知道了吗！"

这一下就把排长孔力给憋屈得涨红了脸，他飞快地掀起车上的迷彩伪装网朝外看了一眼，转过头来骂道："龟儿子！好！还有一尿远的路程，老子就给你们一点提示，还是整一通体能训练！再多老子就不说了，待会儿你们自己到地方就知道了！"

众兵顿时哗然，我靠，搞了半天，真的还是来一通体能训练？

当时我就武断的揣测，这一通体能训练，绝对非常有创意，并且，绝对非常折磨人，要不，这么保密干吗？

作为一个受教育多年的无产阶级革命战士，我并不唯心，但是，我一直觉得我有一种强烈的预感，当然，准确地说，应该是直觉，对于有威胁的人和事总有一种强烈的直觉。四海、佟卫、方大山、小马哥等等战友都为我这种直觉所折服、惊叹，当然，他们并非将我看做神人，归根结底的说，他们都一直认为我是一只蛮荒之地中的畜生，当然，也有说野兽的，这种直觉充其量不过也就是野兽的本能。

当下车列队之后，我再一次感慨于自己的本能，果然他妈的是预感成真，直觉有迹可循。

在我的眼前，出现了一个拱形的黑铁大门，大门之上，也是用铁艺制造了四个剑拔弩张的四个大字：军事重地。门前伫立着两名哨兵，双人双岗，荷枪实弹，表情严肃庄重，黑铁大门的两侧是两道新砌的红砖围墙，把所有的内容挡得严严实实——是的，就算我们从黑铁大门中窥看，想一探究竟，仍是徒劳无功，黑铁大门的背后俨然矗立着一道影壁，也就是水泥砌成的墙，彻底挡住了内里的风光景致，上面红底黄字地写着：政治合格，军事过硬，作风优良，纪律严明，保障有力。落款是江泽民。

更让我惊讶的是，这个地方我来过，在我还在师教导大队集训的时候，我就来过，这儿原本就是师首长们的家属楼后面的一大片野草丛生的空旷之地，还有一个水塘。有一次我们教导大队的中队长还带着我们来这儿挖过单兵掩体，甚至，就在过春节那会儿，我跟着老八去师农场那旮旯混吃混喝，这里还是没什么变化一般，短短两个月的时间，这里居然修建起了这样一个军事重地，实在是出乎我的意料。

然而，让我更惊讶的是我们列队走进这个军事重地之后我所看到的情况。

坦白说，当连长杜山下跑步走的口令，我都没张嘴跟着他喊一二三四，当时的实际情况是，我的眼珠子都快要掉出来了，套用方大山老家的一句感叹句就是：额滴个神啊！套用李大显老家的一句感叹句则是：哎哟俺的娘哇！

我们跑步走的路线似乎也是精心设置的，仿佛是为了让我们好好看看地形地貌地物一般，这无疑是一个大型的综合战术训练场，我甚至怀疑它是一个微缩的模型。

我看到了以前的那个水塘，它还在那儿，还是有一些隐约可见的缠绕着的水草在水面上随风摇曳，只不过水塘好像人工加长了一些，并修整了一些，从水塘的旁边的水泥塘堤上成两路纵队跑步过去，我看到了一个如同交通道路警示牌上面的显眼的标示杆，上面的血红色的圆形牌子上赫然用黄色美术字体写着：100M。

很好，水塘有一百米的宽度，后面是一段梅花桩，梅花桩其实是咱们老兵们对跑四百米障碍时的那几个水泥疙瘩的昵称。不过这一段梅花桩比他妈的四百米障碍场的要彪悍多了，四百米障碍场上的也就他妈的左右左地蹬几下完事了，这里的梅花桩旁边也赫然竖着一块跟水塘那里同样的标示牌，上书：20M。

过了长度足有二十米的梅花桩地带，只见水塘的滩涂地上一片黑漆漆的，尽是一些塘泥，被太阳都晒得有些干裂了，一整块一整块的，随风扑入鼻端的还有一些臭气。显眼的是，无数成锐角状地指向池塘的标准的白色水泥浇注体和黑色的塘泥形成了鲜明的对比。粗略目测了一下，这些白色的水泥浇注体估摸着得有一百个，犬齿交错且面目狰狞地排列在那里，在阳光的照耀之下发出锋利的寒光。我觉得这场景似乎很熟悉，除了排列不甚整齐之外，像极了 M 国大片中埋葬着阵亡士兵、插着白色十字架的墓地——很好，标示牌告诉我，这段距离为两百米。

跑过这段白色的水泥浇注体，然后我就看到了这样一个巨坑，是的，我再一次把眼前的这个巨坑和四百米障碍场上的那个深坑作了一个对比，对比的结果是，如果说四百米障碍场上的深坑可以装下一个班的话，那么，现在我看到

的这个巨坑装上一个连，是绝对没有一点问题，足足有半个篮球场那么大，标示牌上面标注着：H：3M。

高度是三米，我在跑步经过的时候控制不住自己看了一下，我靠，坑底之下薄薄的铺洒了一层黄沙，四壁刮上的水泥层面显然刮得十分粗糙，但是，那么一点点眼屎般大小的水泥突起，能让下去的人攀缘着用力吗？他妈的，要是一个人下去了，怎么上来还是个大问题呢！

变态啊变态，正当我看着这个变态的巨坑而感到心惊肉跳的时候，一股恶臭瞬间向我袭击，摆正脑袋一看，他妈的，更变态的还在后面。

铁丝网，惊见铁丝网！

阳光下一大片闪烁着青白色光芒的铁丝网。

全部都是新铁丝，我操！

我狠狠地在心底咒骂了一句，开始感觉到了一些压力，是的，过了巨坑跑过一个小坡，我就看到了一大片平铺在地面上的铁丝网！那些固定铁丝网的被刷成红黄相间小铁柱也是锃亮锃亮的。在阳光的照耀之下，我甚至清晰地看到这铁丝网的那些铁丝断头，居然还被"猪"心不良的变态用尖嘴钳往下拔拉的痕迹——妈拉个巴子，这不是摆明了要咱们低姿匍匐到底吗？

铁丝网只有十米，那标注牌子上写着的。不过还没完，他妈的，紧接着又是三道铁丝网，不过这三道是呈滚轮状横亘在地面上的，虽说不是很高，完全可以用一个飞跃，但是，貌似助跑距离好像并不是那么充裕，稍不留神，稍有懈怠，后果很严重。

在我左边跑步前进的方大山疑惑地小声问我道："帅克，你念叨些什么玩意儿啊？"

我苦笑着小声回答方大山说："我念诗呢——天苍苍，野茫茫，风吹屁屁阵阵凉！"

衰哥刘浪在我身后结结巴巴地说道："班长班副，班长班副，我……我脚发软了！"

我狠狠地小声训斥道："不许说话，认真看！"

其实，我的脚也有些发软了，过了铁丝网，赫然是两个并排的浪桥，所谓浪桥，其实就是几根铁链子拴住一块长长的大木板，走上去晃晃悠悠的，像秋千一般前后移动，当然，也左右晃动，这玩意儿极为考验管平衡的小脑。

浪桥之后，是一个新玩意儿，我不知道叫什么，但是我在M国大片中也看到过类似的障碍物，貌似叫做绳梯来着吧，如同小儿手臂般粗细的绳子编成了一个网，安放在两根大铁柱焊成的超级大铁门当中，无非就是攀缘上去，翻个身再跳下来而已——我自我安慰道：没事，小样，老子还没放在眼里！

之所以这样想，是我因为觉得已经没什么让我心惊肉跳的玩意儿了，谁知道我跑着跑着，一百米左右还没看到东西，突然，一个水泥砌成的圆形碉堡就露出两个黑洞洞的窟窿，像个怪兽一般狞笑着看着自己——什么玩意儿嘛，还有完没完？！

……

完了，完了！

我看着碉堡后面五十米的小树林前的野草地里，停着一台车身上画有白底红字的红十字标志的医疗救护车，两个担架车正闪闪发光地架在车前。

救护车都拉出来了，够呛！

让我感觉更加够呛的是，列队站在那里的一排身穿白大褂的人里面，有一个美丽的小女兵，我非常非常之熟悉……

我抱着那支属于我的、枪号为04230530的81-1，坐在南方的某一个新修建的军事重地中，一颗一颗地往卸下来的弹匣里面压着空包弹，边压子弹，边听着师参谋长老撸同志在那儿讲话。

"相信同志们刚才都参观了这个咱们师新修建的这个训练场，虽然是走马观花，但是，我保证，接下来的时间里，大家可以亲身体验一下，好好地体验一下！"老撸特意加重了语气说道，"抢滩登陆！"

抢滩登陆？！

我突然怔住了，刚刚走马观花的所见顿时浮现在眼前：长度为一百米的水塘，长度为二十米的梅花桩地带，滩涂地上的尖锐的水泥浇注体，高度为三米的巨大的深坑，铁丝网，浪桥，绳梯……

抢滩登陆！

我突然想起了在咱们春节会餐的那一天，连长杜山喝得面如重枣，双目血红地捏着个酒瓶子在那里找人拼酒的情形，当时他找到了正在咱们连队吃年夜饭的张蒙，张蒙笑着问他有什么样的新年愿望，这个浑蛋居然沉吟了半天，很认真地说："解放台湾！活捉阿扁！"

联想到这一段时间以来咱们部队的种种动向，回想起老撸给咱们分析的国际国内形势，我这才恍然大悟，是的，我仿佛已经找到答案了，这个答案很简单，只有八个字：

首战用我，敢打必胜！

我清晰地记得一个老兵跟我说过的这样一段话：M军若是想要对一个机场发动强攻，首先他们会派出一批工兵，先他妈的按照一比一的比例再建一个机场，然后派出一批情报特工摸清楚机场工作人员几点几分去喝上一杯咖啡的习惯，最后再拉出一批精锐的特种兵在那里模拟实战，练得毫厘不差的，再整一动真格的，完了再牛逼：老子零伤亡，老子天下第一——由此，我从中得出两个伟大的教育意义，第一，M军很有钱但是很怕死，第二，反观我军，没钱，但是绝对不怕死。

回忆起刚刚看到的那个水泥深坑里粗糙的水泥内壁，我想，我能体谅那些活儿干得有些糙的工兵兄弟们了，毕竟，这么短的时间里，他们也不容易。

我想，应该是咱们上场的时候了，果不其然，老撸就在那儿说道："各连成建制实施抢滩登陆，攻克最后一个地堡后突击一百米就是终点线，卡表！"

老撸大喝一声道："谁英雄，谁好汉，现在就让老子看一看！"

……

我们五连是第一个上场的连队，没有石头让我们摸着过河，没有任何让我们熟悉考场的机会，没有观摩别的连队的机会，这些统统说明了一点，我们开始玩命的时候到了。

连长杜山凝神看着一个手持秒表的在百连大比武领导小组中的担任考核员的军官，两只耳朵像小白兔那样支棱起来，我攥紧了手中的81-1，前弓后箭地摆了一个起跑式，蓄势待发。只听到另外一名考核员手中的发令枪啪的一声脆响，只看到那个卡时间的考核员将捏秒表的手猛然揾到了鸟上一公分处，弯腰曲腿，像是中了一击勾拳一样痛苦——说时迟，那时快，五连全体战士齐齐吼了一声"杀"，如出栏猛虎般发足狂奔，电石火光之间，哗啦一声，水花激溅，五连全体战士齐齐吼了一声"爽"，如入水蛟龙般没入水中。

在我看来，既然是抢滩登陆，这水塘的环境设置就不够拟真了，试想一下，如果我们乘坐冲锋舟，在即将接岸处涉水前行，实施抢滩登陆，这水的深浅，应当是越走越浅，而现在的情形相反，从水塘下去，入处极浅，越拖拽着脚步往前走，水就越来越深，走不了一会儿，就没及于胸了，我操，又是一动武装泅渡，顿时，五连的兵们一个一个高举81-1，踩着水猛拱猛拱，活像个狼狈的逃兵。

还好老子是湘江边上的麻雀，见过些风浪，打小就参加过几次群众性的活动，横渡过几回湘江，底子比较厚。我二话不说，水中一个优雅的转体，双手举起81-1，一个后仰，来了一通仰泳，我牛逼烘烘地用两条腿上下交替地踢着水，顺便观察了一下其他五连的战士们的动作，心道：什么玩意儿啊，狗刨式？坚决鄙视，还是毛爹爹彪悍，他老人家曾经说过：不管风吹浪打，胜似闲庭信步，今日得宽余！

牛逼烘烘不到一分钟，我就发现了采用仰泳的姿势既有利也有弊，利的方面是，仰泳这种姿势可以使我最低程度地消耗体力，弊的方面就是，由于观察不到脑袋后面的情形，我一头扎入了水草丛中，缠绕的水草让我猝不及防，一顿手忙脚乱，甚至都喝下了一口水，立马调整姿势，老老实实、本本分分地游了起来，不一会儿，我的脚尖就踩上了软塌塌的塘底，奋力踩了几下水，就站得住脚了，哗啦一声，我浑身湿透地就往前冲了起来。

由于是武装泅渡，所以我们压根就没有脱鞋，从水塘里面冲出来，飞跃在那水泥饼子一般的梅花桩上时，已经有好几个兄弟摔跤了，我飞快地踩着左右左，蹬蹬脚的节奏，脚底一阵腻溜，湿透了的解放鞋吧唧吧唧作响，简直是一鼓作气冲过了这段二十米距离的梅花桩。

连长杜山是第一个上岸的，也是第一个过梅花桩的，过了梅花桩之后就站在那里猛喊：“跟上！跟上！速度！”

我的速度在全连还算比较靠前的，踩完梅花桩，回头一看，只见水塘里最后一个鸟兵正湿漉漉地冲上了岸，旁边站着的一个手持两面旗帜的鸟兵这才啪的一声举起左手上的小三角绿旗一挥，嘴中口哨一吹，大声喊道：“通过！”

由于阳光晃眼，我并没有看清楚这个鸟兵是谁，只见他听到连长杜山狂喊着要速度跟上，顿时慌慌张张地就往前猛拱，踩了两个梅花桩还没找好平衡就掉了下来，于是一不做二不休地就径直不踩梅花桩了，而是直接找着条路往前冲，正在这时，我就突然听到站在身边的那一个同样手持一红一绿的小旗帜的鸟兵一声冷笑，这下我算是看出来了，赶紧冲后面的那个兄弟喊道：“没踩上梅花桩的往后退回，重新踩，有裁判盯着呢！”

连长杜山转头一看，顿时也就反应了过来，猛喝一声道：“那个谁谁谁，给老子退回去重跑！”

有杜老板看着，我也就不管了，掉头又往前冲，在和拿着两面小旗子的那个鸟兵擦肩而过的那一瞬间，我清晰地看到了他眼中的赞许之色。

滩涂地，龟裂的黑色塘泥表面被阳光晒得十分坚硬，但是这无法掩饰它的脆弱的内核，五连人马呼啦啦地就往上拱，四十二码的解放鞋所到之处，一片狼藉，看似坚硬的塘泥立马就塌下去，在上面跑起来虽然有些别扭，但我还是

歪歪斜斜地冲到了最前面，连体力不如我的四海也冲到了最前面，原因无他，跟着四海这么久的兄弟了，我也粘了他的一些雾气（湖南方言：德行之意），比如讲卫生、爱干净——可以想象，无数双大脚丫子往后踢出的那些飞溅的黑泥的杀伤力。

还好我及时护住了脸，英俊的面容得以保存，正在庆幸之际，我抬眼一看，顿时魂飞魄散！

前方有一个对着我们这个方向的呈锐角状的白色的水泥浇注体！

由于我的速度很快，一下子还无法刹车，眼看着自己就要撞到这个尖锐的水泥锋面之上，遭遇一次生死未卜的危机，斜刺里却伸出了一只大脚，狠狠地蹬在我的腰上，让我侧身倒地！

疼也是真他妈的疼，脏也是真他妈的脏，我两肘撑地，把头抬起，用臂膀上稍微干净点的迷彩服擦了一下一脸的黑泥，冲着救我一命的四海就骂开了："小赤佬，我欠你一大脚！"

四海气喘吁吁地说道："小……小瘪三，我，日你！"

我咧开嘴笑了，倘若没有四海这及时的一大脚，说不定我就已经光荣了——我知道，其实我并不擅长表达对兄弟的感激。

虽然腰际隐隐传来钻心的刺疼，但是还得继续往前冲，应当承认，设置这些个白色的水泥浇注体的人，绝对是一个心狠手辣的家伙，总之要快速通过这个地带，他不让你舒服，就让你难受，跑不了几步就是一个把突起的锐角对准你的玩意儿，绕过去又是一个，害得咱五连拱到最前面的几个鸟兵，纷纷摇臀送胯，玩起了乾坤大挪移。

累死累活绕出这块地儿，我已经是喘不过气来了，像扯风箱一般喘着粗气，我就冲到了巨坑这里，一踩上这巨坑边沿的水泥地，我探头一看，就先软了半截，操！高度三米，够呛啊够呛！

巨坑旁边站着一个挂着上士军衔的鸟兵，左右两手正捏着一面红色小旗子和一面绿色小旗子，看到我们几个鸟兵冲到坑边却愣在那里倒抽一口凉气的情景，顿时忍不住扑哧一笑，嘴巴里咬着的口哨顿时吊在胸前。

不懂就问，于是我张口就朝这鸟兵问道："老同志，这玩意儿怎么整？给点提示！"

"怎么下随便你！上来搭人梯！"这个鸟兵眼含笑意地小声说道。

说了等于没说，巨坑有三米深，四周都是水泥壁，下面又没一架梯子架在那儿，不搭人梯怎么上哇？我是问下，怎么下——我郁闷地想着。

没办法，我掉过屁股就把自己给放下去，双手挂着巨坑粗糙的水泥边沿，放到底，手伸直了，双腿微微弯曲，就把自己给扔下坑去了。

果然不出我所料，狗日的铺在坑底的沙子薄薄的，由于我在下的时候还蹬了一下巨坑的水泥内壁，想来一个比较华丽的落地，不料就是沙层太薄，着地时脚底板重重地踩向坑底，缓冲乏力，脚会痛死，空降距离超出自我预计，没把握好，左脚一滑，蹬蹬几步还是没有稳住，腔都摔成了两大瓣，不仅如此，后背还撞上了巨坑的水泥内壁——噢，我背上的81-1那突起的枪机！

敢情是巨坑边那当裁判员还是裁判助理的鸟兵听到了一声闷响和半截子惨叫，忍不住就探头朝我关切地询问了一句："嘿，兄弟，还有没有气？"

我痛得龇牙咧嘴地回应道："还……还撑得住！"

鸟兵欣慰地点头："那行，抓紧时间，好好休息！"

这边扑通扑通就已经跳下来一些五连的兵了，我赶紧往里蹭，心中无限感慨：毛爹爹曾经说过，天生一个仙人洞，无限风光在险峰，这个巨坑，就真真是一个仙人洞了，为什么？无他，跳下来，要死卵朝天，不死当神仙！

看着那哗啦哗啦往下掉的兵，磨蹭到我的身边坐下的四海突然童心大发，念叨道："下吧下吧，我要发芽，下吧下吧，我要长大……"

我立马跟了四海一把，张嘴就道："一只蛤蟆一张嘴，两只眼睛四条腿，扑通，扑通，跳下水……"

排长孔力刚跳下来摔了个结结实实的屁股蹲儿，使劲地揉着臀跳了几步，哭笑不得地看着靠在巨坑水泥内壁坐着的我和四海，笑骂道："龟儿子啊，排排坐，吃果果啊？"

"革命不是请客吃饭！"看到五连的人都差不多跳下来了，连长杜山也跳下来了，我赶紧拉着四海就站了起来，作气宇轩昂状，将81-1的枪口往后一甩，双手在脐下三分鸟上三分处，掌心朝上，猛然一拍，道："兄弟们，搭人梯！"

七班的大个子李大显憨憨一笑，凑了过来，说道："班副，这活儿还是俺来吧，俺个头高，壮实！"

对于这样的好兵、实在兵，连长杜山是看在眼里，喜在心里，扒拉开兵们，大声说道："来来，我和大山顶着，龟儿子们都给老子上！"

顺便，给了我一记鄙视的眼神。是的，鄙夷！

当场我就被刺痛了，是的，刺痛了！

我想：他妈的，什么意思嘛，我是个鸟兵！但绝对不是个孬兵！绝对不是个赖兵！绝对不是一头三百斤野猪一张寡嘴（湖南方言：就凭一张嘴，嘴上功夫了得之意）的稀拉兵！

"班副，你上！"李大显憨憨地对我说道，"我托着你！"

憋屈，实在是憋屈，带着情绪，我委屈地憋足了一口气，点了点头，抬膝提脚，踏在李大显托起的手掌中，大显气沉丹田，大声嗨了一声，奋力将我一托，我也借力一蹬，双手扒上了巨坑的水泥边沿，顿时一阵刺痛传来，我顾不得手被水泥的突刺刺破，两脚蹬几下，我就翻出了巨坑。

他妈的，不管前面是什么刀山火海，一个字：杀！

我冲在了第一，耳畔呼呼生风，我被一种愤怒的情绪所左右，全因为连长杜山那一记由鄙视上升到鄙夷的眼神！

一边奔跑，一边手捏81-1的枪口，一拽，原本是背枪的，瞬间整支枪体就拉到了眼前，右肩一缩头一低，81-1就握在了手中，此刻离那在阳光下面闪烁着银色光芒铁丝网阵还有三米，我身子一侧，伏地，出枪！

双手横握81-1，我心里郁结着一口气，在低矮的铁丝网阵里快速地低姿匍匐前进起来。

我听到有布帛撕裂之声传来，那是我的迷彩服被铁丝网上的倒刺刮住了，这说明我的匍匐前进还不够低姿，我再次压低身姿，继续前进，是的，老子感觉自己的一根鸟都坚硬无比地划过这片大地，老子感觉自己的两颗蛋都在雄浑有力地碾过这片大地！

民谚有云："人争一口气，佛争一炷香。"还有，毛爹爹曾经教导我们说："多少事，从来急；天地转，光阴迫。一万年太久，只争朝夕。"我想，我是个爷儿们，一个纯步兵军爷，我一定要争这一口气！一定要争个第一！争这个全师征服抢滩登陆综合战术训练场的这个第一！

爬出低矮的铁丝网阵，我得承认，我他妈的彪悍无比！当面对三道呈滚轮状排列的三道铁丝网，我连续三次完美地飞跃，节奏、力量、速度的完美结合，在我身上展现得淋漓尽致！

我的心里升腾起一股巨大的能量，我觉得，这种能量就叫做自信。

一个箭步冲上浪桥，我只用了四步，就顺利地通过，是的，我清晰地听到我的脚狠狠地踏在浪桥上的四声响动，咚！咚！咚！

抓住一格绳梯，我清晰地看到我受伤的手上的血液迅速地凝固在上面，这些我都不管了，我管个鸡巴毛，在摇晃之中攀缘上绳梯的最顶端的那一根粗壮的铁管，一搭腿，一翻身，我毫不犹豫地就从高高的绳梯的最顶端跳了下去——三米，貌似这高度跟深坑差不多，我也就这么毫发无损地跳了下来，平稳落地，如钉子般钉入地面，倘若现在我挺胸抬臂，国际奥委会的评委们一定会打出 9.999 分！

没有参加去参加奥运会，虽然他妈的很惋惜，但是聊胜于无，在绳梯旁边的一个手持红绿两面小旗子的鸟兵却不知道发了什么癫，居然脱离了他的岗位跟着老子跑了几步，他对我说："兄弟，你他妈的真牛逼！真他妈的牛逼！"

有了这样的赞赏，我很舒爽，很他妈的舒爽。

但是接下来，这个手持红绿两面小旗子的鸟兵就立马给了我一个打击，他急促地对我说道："前方十米黄线，有'敌'伏击，出枪，子弹上膛！"

我脚下一缓，一看，果然不远处的地面上整整齐齐地画出了一道黄线，该死的，原来开始参观的时候不知道是去看那个地堡去了还是在队列里说小话去了，没有集中注意力，赶忙就把枪提在右手，左手横掌往前虚按，身姿压低，随时准备接"敌"。

弄完这架势就准备向旁边那个出言提醒我的鸟兵道谢时，那鸟兵却停了下来，冲我笑了一笑，啥也没说就往他原来的位置跑了回去。

黄线愈来愈近，当我一脚踏在黄线之上的时候，我突然觉得有些异样，首先这条黄线似乎画得很宽，其次，这条黄线似乎并不是有油漆画在地面上的，而是类似于一个公路减速带一般的凸起——我的直觉告诉我，这里面有机关！

几乎是在我脑海当中飞速思忖的同时，一声轻微的"啪"就震荡了我警惕的耳膜，一阵浓烟像从地底之下冒了出来一般，迅捷地阻碍着我警惕的眼神，饶是如此，我还是清晰地看到，一个比胸环靶要小上一倍的银白色的靶子，突然从我前方五米的地面上弹起！

他妈的，开启了烟雾发生器，然后竖起靶，这他妈的就是"敌"，狗日的，从地上弹起来的时候居然还掀起了一片草皮，晃晃荡荡地挂在圆形的头部！好强悍的隐蔽啊！

由于距离太近，我搂上 81-1，都没怎么瞄就对准靶子开了一枪，只听到"当"的一声脆响，银白色的靶子晃荡了一下，却还没有倒下，妈的，居然这么嚣张，我二话不说，借着身体跑动的速度，飞起一大脚直接踹向那面挡在我前面的银白色的靶子，结果整个身姿凌空被反弹了数厘米——这下老子知道了，钢靶！

妈拉个巴子，硬？你硬还是我硬？我心中暗骂一句，一不做二不休，掉转过枪号为 04230530 的 81-1 继续冲锋，直接用同样也是钢铁所制的枪托就往钢靶的下三路猛然一扫，一声金属相击的脆响传来，支撑钢靶的那一竖条子钢板应声而弯，耷拉下了它的"脑袋"！

我想，还是 81-1 的质量比较好，皮实，经得起磨。

但是马上我就后悔了，为什么要耽误时间跟一个钢靶过不去呢，在我停顿的这一瞬间，我的前方已经相继弹起了一个一个的银白色的钢靶，在那股越来越淡的浓烟中熠熠生辉。

我知道这没什么好想的，什么鸡巴卧姿、跪姿、立姿射击都是造型，我现在只有一条路子，运动中射击——当然，我无耻地认为，只要我冲过去了，后面的那些靶子我就可以无视，本来又没有交代规则，我一个人不可能把所有的靶子全部打完吧？我只要为自己杀出一条血路来，任何阻碍我冲锋的钢靶，一概消灭就行！

随着叮叮当当的响声，我也记不清我已经打了多少钢靶了，反正都是凭感觉，凭枪感，就像 993 山地演习中肖飞和张蒙做的那样。甚至，我如法炮制，用 81-1 的枪托解决了两个刚刚从我眼前弹起来的钢靶，是的，已经是第二个弹夹了，里面子弹不多了，我得留着解决一个大麻烦，这个大麻烦就是我印象极其深刻的一个用水泥砌成的圆形碉堡，露出两个黑洞洞的窟窿，像个怪兽一般狞笑。

我的体力消耗非常大，我已经累得喘不过气来，当我顺势仆倒在一个凸起的小包后面观察眼前的圆形碉堡时，我甚至不想起来了，心里想着，唉，休息一下再冲吧！就休息一下！

——我没有想到，完全没有想到，正是这样一个比较龌龊的想法，让我走了狗屎运！

碉堡中的射击孔中居然开火了！"哒哒哒"，扫出一个扇形的火力覆盖面，有几颗子弹甚至就打在我隐蔽的小土包上，尘土横飞。

这他妈的该怎么办？我在脑海中快速地一边思索着对策，一边出枪，把 81-1 的保险扳到了连发位置，开始了一次试探性的火力回击。

一个长点射过去，一点效果都没有收到，圆形碉堡仍然毫发无伤，不能再浪费子弹，我不停地在说服着自己，把 81-1 的保险又扳到单发位置，沉住气，瞄准了圆形碉堡中的一个喷吐着火光的射击孔，开枪射击。

连续两发，我清晰地看到我打中了，其中一发子弹将圆形碉堡射击孔上方的水泥都打碎了一小块，但是碉堡的射击孔内火力仍然不减——他妈的！这还是人吗？

电石火光之间，我突然豁然开朗！

真他妈的不是人！绝对不是人！

我收好了枪，大口大口地喘着气！低姿匍匐移动着，准备冲锋！

我冒着枪林弹雨去冲锋基于两点判断：第一，我在火力还击时，并没有招来碉堡内的射手朝我这个方向的火力覆盖，第二，碉堡内火力覆盖似乎有迹可循，总是呈扇形扫射，一个从左至右，一个从右至左！

这就说明，第一，碉堡内并没有射手！也就是说，在碉堡内射击的，并不是活生生的人；第二，当碉堡中两个射击孔火力面重合的那一条线，随后就出现了一个空当，两个射击孔中的火力覆盖面就会随之而分开！

我要做的，就是移动到两个射击孔射界重合的那一条线上，承受一次最密集的火力覆盖，然后跳起来，冲锋！

我侧身用脚猛力地踹弯了一个钢靶，我的本意是想将它踹断，但是显然做不到，所以我想像拔萝卜一样将它从地里面拔出来，天遂人愿，我如愿以偿地拔出来了。有道是拔出萝卜带出泥，对于钢靶底座的那些奇巧的设计和古怪的电线我并没有时间深究，为了我的冲锋，我只是需要一个防御的东西。

不知道为什么，我觉得身后似乎总有人在喊我的名字，但是我的耳朵已经有些听不太清了，或许，又是我的幻觉。

我终于到位了，碉堡中两个射界重复的地方，我将钢靶用力地插入松软的草地，横过81-1抵住，然后双肘撑地，胸部离地，小腹紧绷用力，脚尖插地，就像他妈的迎接一次核弹袭击那样迎接一次最密集的射击！

终于，这一刻来临了。

钢靶叮叮当当作响，很有一种大珠小珠落玉盘的调子，我双手抓住的81-1上面，感觉到来自钢靶上面的子弹的冲击力，这种不停顿的、让双手几乎麻痹的冲击力让我似乎回到了我的1997年，那年的春节里，我驾驶着一辆南方125的摩托车，豪迈地开进在一个道路十分崎岖的中国乡村里……

……

是时候了！

我疲累到极致的身体在这一瞬间似乎突然被注入了无穷无尽的能量，我的心里充斥着一种强大无比的力量，我猛然从地上一跃而起，冲锋！

鼻端呼吸着浓烈的硝烟味道的空气，耳畔传来着呼啸的子弹破空的韵律，眼帘上坠掉着一颗晶莹无比的汗滴——杀！

十米，五米，三米，一米——我凌空而起，四十二码的解放鞋啪的一声，准确地踩在圆形碉堡的上部裸露着的水泥地！

我几乎要喜极而泣了，安全！老子好好的！

这时候，我的心情HIGH到了极点，按捺不住，纵声狂笑一声：哈哈！

毛爹爹曾经说过，在革命的道路上，要扫除一切害人虫，全无敌！

当即我就从滚烫的碉堡上部的水泥地上噌噌几步，闪到碉堡后部，果然，近半米高的圆形碉堡果然大有玄机，后部的一个弧缺里，赫然摆放着两挺架设在一个沉重的黑铁座架上的轻机，两个鸟兵正在撅着臀趴在地上，一左一右，悠闲地拖着一挂黄灿灿的弹链供弹，旁边还零散地放着一个子弹箱，轻机枪不由他们操作，像一个电风扇一般自动地在射击孔中左右摆动着枪口。

"你听到上面有什么声音吗？"

"啥？快供弹吧，你那条快没了！话说这白城的疯子就是牛逼，这玩意儿都能设计！"

"白城的疯子会设计这鸟玩意儿？我告你兄弟，这就是咱们装甲团装甲车上的自动供弹装置，他妈的，稍微改动一下也算是鸡巴科技大练兵成果，日了！"

两个鸟兵兀自在交谈。

我怒不可遏地暴喝道："你妈逼！住手！"

两个鸟兵齐齐转过头来，目瞪口呆地看着我。

一个反扣着迷彩帽的鸟兵嗫嚅着开口说道："兄弟，你……你从哪儿冒出来的？"

"操！"我掉过81-1枪口戳上他的头，"他妈的，再说一次，停止供弹，否则老子就地枪毙！"

看着两个鸟兵手忙脚乱地忙活，终于两挺轻机再也不吼了，反扣着迷彩帽的鸟兵赶忙说道："兄弟，你通过了，快去吧，还有一百米到终点！"

"你他妈的要是再开枪老子掉回来毙了你！"我凶神恶煞地吼道，"妈拉个逼！后面全是老子的兄弟！"

"是是是，保证不开枪！"另外一个鸟兵诚恳地说道，"我们已经被枪毙了，你攻克了碉堡，一个人，牛逼！"

嘿，这鸟兵说话还中听！

"杀！"

掉转身子，吼了一声，我就朝最后一百米之外的终点冲去，是的，我要争第一，妈逼的，老子就是要争第一！

我费力地奔跑着，不停地抬手擦着汗水，那些模糊了我的视线的汗水。

我看到了前方影影绰绰站着许多人，一不留神，脚下似乎撞上了什么东西，重重地摔倒在地。

这一下，让我觉得天旋地转、四肢无力。

恍惚之中，我听到一个声音在我前方向我展开了尖锐的袭击："爬过来！"

是的，是老撸！

我操！老子能爬过来吗？

老子是一个步兵，步兵，就是一步一步杀出一条血路的兵！

竖起手中 81-1，撑地，抬起一臂，擦脸，啐口水，老子再冲！冲锋！就算到死，也要冲锋！

……

"通过！"

我虚弱无力地看着一帮衣冠楚楚的军官，看着那个手中握着一个迷彩的军用高倍望远镜的老撸，笑了。

我强自摆成一个立正的姿势，大喊："报告！"

老撸说："稍息！整理着装！"

整个屁啊！他妈的，我抬起袖子擦了把脸，就这样了，老子就是个鸟兵怎么了，我心中愤懑地想着，老子当兵的在这里冲冲杀杀，你们倒好，在这里一个两个地看戏，瞧你们当军官的那副德行，皮鞋贼亮，纤尘不染，看着都不爽！

"停！"老撸突然对我露出一个笑容，不可思议地笑着说道，"帅克？"

"是！参谋长同志，五连七班战士帅克完成抢滩登陆科目，请指示！"

"稍息！"老撸随手将手中望远镜递给一旁的一个干部，立正站好，道，"讲一下！"

我赶紧立正站好，听着老撸对我一个人的讲评。

"帅克同志！向你表示祝贺！你是全师第一个通过抢滩登陆综合战术训练场的战士！在我的观察当中，你表现出了敢打敢拼的战斗作风，体现了勇猛顽强的战斗意识！干得漂亮！"顿了一顿，老撸话锋一转地说道，"由于时间仓促，更多的仿实战条件的设置还没有完全到位，希望你继续保持和发扬，下一次，也是在这里，我期待着你有更好的表现！"

"是！"我心想，他妈的，这意思摆明了也就是说有些东西还没怎么完善，要不你小子也不可能这样就拿了个第一。

刚答了一声"是"，我的腿就不自觉地抖了起来，妈的，脚发软了，老撸这才体贴地说道："稍息稍息，休息！"走上前来，一巴掌拍在我的肩膀上，说道，"小伙子，没问题吧？"

看着老撸肩膀上的一溜儿小金豆,我受宠若惊地说道:"没问题,首长,我没问题!"

"帅克,你很凶猛,竟然就敢对着碉堡冲?很好,哈哈!发现了火力点的规律,嗯,这是个问题,要改进……小伙子不错啊,有勇有谋!"老撸罕见地跟我这样一个鸟兵勾肩搭背地、和蔼地唠嗑。

我嘻嘻哈哈地说道:"首长过奖,全凭运气,瞎猫撞上了死老鼠而已……"

老撸似笑非笑看着我说道:"嗯,那993山地演习中你也是全凭运气?他妈的,你这个鸟兵!"

我笑了一笑,觉得这官兵友爱也太费力了,老撸一只手硬是搭在我肩膀上不下来,本来老子累得够呛,问完话趁早让我滚蛋去休息不就行了啊,那边我的程小铎同志还提着个急救箱子眼巴巴地朝我看呢。

"看看吧,你一个人就使得最后这一道防线哑火了,呵呵,你们五连这一次的成绩不错啊!"老撸终于把他的手放开了,指着前方拱来的五连的兄弟们说道。

"呵呵,首长,这拿了个全师第一,有什么奖励吗?"我突然想起了一件事,张口就说道。

"哦?"老撸转过头来,惊愕地看着我,顿时脸上就笼罩起了一层寒霜。

我笑了笑,嘻嘻哈哈地说道:"首长,您别瞪我,我也没那么高的要求,要不,你就看着办,上次我在街上和老百姓打架不是您亲自给了我一个处分吗?我的意思是,您能不能看在我这么优秀的表现的分上,就把我那个警告处分给撤了,省得我还背思想包袱,有压力……噢,功过相抵嘛首长,您说是不是?"

"哼!"老撸听了我这一席有些无赖的话,眉目之间寒意顿逝,居然绷不住一张老脸,笑骂道,"小兔崽子!功是功,过是过!这他妈的能抵吗?抵个屁啊!"

顿了一顿,老撸瞥着我说道:"别以为这次拿了个第一就给你个人什么奖励,这是百连大比武,优秀的个人归你们自己团里去表彰,师里只表彰优秀连队!"

"噢,这样啊,那当我没说好了首长,那,那您先忙着,我去休息!"我懊丧地说道。

"去吧,小兔崽子,包扎下爪子!"老撸喊道,"刘参谋,望远镜!"

……

青草地上,我这个鸟兵正龇牙咧嘴地抽搐着。

程小铎恨恨地往我手上的伤口上涂抹着紫药水,一语未发。

"轻点程小铎,你谋杀亲夫啊!"我小声地抱怨着。

"来来来!"我费力地掰过脚,将鞋脱了,慢慢地卷起裤腿,露出小腿上的一大片破皮见血的地方说道,"怪不得觉得裤子都粘住了,这里还整一下,亲爱的!"

程小铎还是一语不发。

"嘿,你看,咱们五连的都冲过来了,呵呵!"

我想,我哪儿招她惹她不高兴了?怎么都不理我呢?

很郁闷地脱下迷彩服,掀起里面湿透了的迷彩衫,我扭头一看,我操,腰间一大片淤青,伸手一揉,顿时痛得翻天覆地,一下栽倒在草地上。

"我看到了……我全部看到了……"

程小铎终于说话了,我强忍痛楚,扭头一看,只见程小铎白皙的脸上突然流下了两道晶莹的泪。

"帅克!你是个疯子!"程小铎飞快地伸手擦了一把脸,决然地对我说道:"你以为我会眼睁睁地看着你去死吗?我告你帅克!我不会!我会闭上眼睛的!"

是的,我觉得程小铎是生气了,对我在训练场上这种玩命的疯子打法真真正正地生气了,这是我和她之间的第一个危机,而我却不知道要怎么去处理,或许,这就是恋爱。

我心里突然一痛,不知道为什么。

我刚刚想说点什么,却看到排长孔力被同样是在负责医疗保障的王丽君搀扶了过来,一屁墩儿就坐在了我旁边。

"帅克,格老子的,够呛啊够呛!"排长孔力脸色苍白,大汗淋漓地对我说道。

"四川滴?"王丽君露出一个小酒窝,用排长孔力的四川腔调关切地询问道,"大哥,需要点么司(四川方言,意为'什么')?"

我看了一眼旁边明显是不答理我的程小铎,苦笑着对拿腔捏调的王丽君也用四川话大喊了一声:"幺妹儿!来瓶啤酒撒!"

第三章

头可断血可流

引文：我和我的士兵兄弟们，其实都是一些可爱的、善良的青年人，平时乐于助人，淳朴实诚，温和恬静，但是，当一些人彻底激怒了我们，我们将摇身一变，变为一台100%的高效杀人机器，是凶神恶煞也好，是妖魔鬼怪也好，不管前方是刀光剑影，还是尸山血海，死战！战死！杀到你服！杀到你认输！

头颅可断，热血可流，大好河山，寸土不能丢！

百连大比武终于结束了，按照最后的综合成绩，我们九团五连仅仅只是拿了个全师第七，没有想到这样的结果，居然也让连长杜山很满意，直到今天站在师部大礼堂里开总结表彰大会，我这才知道连长杜山为什么很满意了。

根据师党委做出的决议，由于各方面的原因，百连大比武除了锤炼部队之外，还有另外一个目的，那就是百连大比武中的前八个连队，也就是前八名，将获得一次为期三周的，去临海的湛市参加海训的机会。

海训名额有限，没办法，为公平起见，就借这个百连大比武的机会全部拉出来比一比——原来这个目的早已传达到了营连一级，咱们班排一级都他妈的蒙在鼓里，怪不得连长杜山对于全师第七这个成绩很满意了，醉翁之意不在酒而已。

也直到今天，我才深刻地体会了连长杜山在不经意之间说过的一句话，那是在我们七班刚刚结束了993山地演习之后不久，他说："当兵，就是要上得刀山，下得火海！"——现在想来，这句话意味深长，山地演习是刀山，而海训，热带区域的海训，也就叫做火海了。

在主席台就座的有不少首长，老撸言简意赅地讲完之后，就是一个挂着两毛三的首长在那里说个不停，估计是个政工干部，把底下等着上台去领奖领锦旗的连队主官们憋得不行了，屁眼里都冒烟了，以致临时担任会务保障工作的海哥哥提着一个大红暖壶给前排就坐的连队主官们都续上了一杯水，压压火气先。

海哥哥提着倒空了的大红暖壶从大礼堂一侧的甬道慢慢地走了上来，师部大礼堂其实也就是一个电影院的架子改成的，我刚好就坐在中间的那排空当的长椅的一侧，海哥哥眼神一溜，就看到了我，正好我也看着他，眼神一交接，我顿时就笑了起来。

海哥哥把手中的大红暖壶一放，蹲下身子，装模作样地系鞋带，小声说道："帅克你个浑蛋，听说了，抢滩登陆你猛得狠啊！"

我将头微微侧过去，谦虚地小声说道："海哥哥啊，手气好而已！"

"呵呵！就你自摸了！不是海底，还是天胡呢！"海哥哥侧眼看着我小声说道，"走走走，帅克，溜出来，到海哥哥那里去，给你写的那副字我给裱好了，拿回去！"

话音一落，海哥哥就站起身，捏起大红暖壶，目不斜视地走开了。

一分钟以后，我捂着肚子探头看了看正在座位另一端聚精会神地听首长讲话的排长孔力，可是他一点反应都没有，还是坐在他身旁的方大山看到了我，用手肘推了一下排长孔力，孔力朝我一望，我赶忙作痛苦状，小声说："排长，尿急，上厕所！"

排长孔力不耐烦地摆了摆手，意思就是让我去，我赶紧欠身起立，一手抓住那翻板的凳子面往后轻放，这种翻盖椅就是这样，一不留神就是啪的一声巨响，很是惹人注意，我都已经是个老兵油子了，已经学会了善于隐蔽，学会了低调处理。

我一直觉得，一溜烟儿这个形容词不仅可以放在那沙尘遍地的北方用，同样也可以放在这骄阳似火的南方用，出了师大礼堂，人的脚踩在那晒得滚烫的水泥地面之上，仿佛踩上了烧红的铁板一般，烫得冒烟——顾不得出汗，窜几下，我就拱到了楼梯间，上了师部大礼堂的二楼，看着悬挂着师大礼堂高梁之上的横幅，听着首长洪亮的声音在礼堂里荡气回肠、一咏三叹，不由得矮下身形，来了一顿鸭子走路，目标就是海哥哥的那个狗窝。

终于到位了，我抹了一把汗水就开始嚷嚷了："海哥哥，弄点水喝，凉的，热死了我！”

海哥哥笑着从内间走了出来，一会儿工夫不见，他就已经打了个光膀子，露出一个十分可爱的小肚子，说道：“来，进来喝，水在这里，帅克！”

看着我咕咚咕咚地喝下一大缸子凉白水，海哥哥饶有兴趣地问道：“帅克，你可以啊，993山地演习你拿到了全师的两个名额之一，这次抢滩登陆综合战术训练场你又拿了第一，这下一步，拉到湛市去整一通海训，你有什么打算吗？”

“嘿！海哥哥，你消息咋怎么灵通？”我警惕地放下杯子道，“993演习都是保密的啊！”

“是保密，不过这段时间司令部的保密员小张回去探家了，他的工作由我接替！”海哥哥笑着说道，“根据首长指示，993山地演习的一部分资料还必须刻录成VCD，呵呵，海哥哥我原本也就是在政治部把守宣传阵地啊！要不要给你这个亲历者也刻上一份保存留念啊？”

“啊？”我急切地问道，“真的吗？哈哈，那可太好了！”

“想得美呢！”海哥哥对我嗤之以鼻，“他妈的，绝密三级！”

“噢，这样啊！”我苦笑着说，“那算了！我娘老子交代过，做人要不挡别人财路，不逼别人死路。”

“噢，对了，今天几号来着，对了，今天立夏！农历三月二十二！怪不得他妈的这么热！嗯，今天6号吧？”海哥哥若有所思地说道，“再过两三天，也就是9号，是娘老子节！帅克，记得给你娘老子打个电话！”

“啊？娘老子节？”我惊愕地问道，在我的记忆里，有这个节日吗？

海哥哥呵呵一笑：“他妈的，每个5月的第二个周日，国际母亲节呢！”

“噢，原来是这样！”我笑了，不好意思地挠了挠头，说道，“一定，一定要打！”

“这就对了！这才像个好兵啊！”海哥哥用力地拍了我的肩膀一下，说道，“来来来，帅克，看看我裱好的字！”

海哥哥在一个古色古香的硬纸盒中掏出一卷颇为精致的玩意儿，上面还用红色的细绳捆了一道，我笑着说道：“嘿，海哥哥，怎么弄得跟圣旨一样？下不得地（湖南方言：牛逼之意）啊！”

“老子亲自做的！”海哥哥牛逼一笑，谈笑之间就将红色细绳解开，刷拉一声，就将裱好的字展现在我的面前，果然，还是他左右开弓一挥而就的那几个剑拔弩张的大字：上马横长缨，下马挥巨椽。

“怎么样帅克？”海哥哥得意地说道，“老子的字写得牛逼，老子的装裱技术也牛逼吧？"

"土地爷放屁——"我竖起大拇指赞道，"神气！"

正在这时，门外传来一个洪钟般的声音："林海！林海！给老子拿点卫生纸来！他妈的老子上厕所！在哪儿，林海？"

顿时我就捏着那一幅字杵在那里愣住了，他妈的，这不是老撸的声音吗？

"到！"海哥哥应了一声，忙不迭地去穿衣服。

砰的一声，果然，老撸进来了。

"嘿！"

老撸一看到我，顿时乐了起来，笑着说道："帅克你个鸟兵也在啊？林海，我算是明白了，你们两个湖南老乡，上次那文艺会演的节目，就是你这个家伙和帅克一起整的吧？"

海哥哥赶紧讪笑着说道："参谋长，我可只是艺术指导啊，那歌词啥的可都是帅克整的！那天您不说这节目不错吗？受到领导褒奖，尤其是参谋长您的褒奖，不容易啊，早知道我也上台玩两下了！"

我一看海哥哥要贫嘴这架势，敢情这司政后的兵跟首长都比较熟悉，说话也都比较随意，僵硬的身子也就有些放松了，赶忙喊了声首长好，然后呵呵地傻笑了两声。

海哥哥飞快地把扣子系上："参谋长，我给你拿纸去！"

"鸟毛！"老撸眼尖，一眼就瞥见了我手中拿着的字，顿时乐了起来，"嘿，林海，你写的？来，帅克，让我看看？"

没办法，我只好举着这幅字，立正站好。

"啧啧！"老撸一手抱胸前，一手摸着铁青的胡碴，口中啧啧有声地说道："书赠帅克同志，上马横长缨，下马挥巨椽，戊寅年十二月廿四，我操，还盖了个萝卜章啊，林海你个鸟毛还弄得像那么回事啊？又是左右开弓的？"

听到首长褒奖，海哥哥顿时有些轻飘飘的，但还是兀自谦虚道："哪里哪里——组织栽培，首长培养，自己也还争气……"

接下来海哥哥马上就苶拉了，老撸点头，满意地点了几下头，冲我说道："帅克，把这字给我拆了，就拿这纸揩屁股去！"

"啊？"海哥哥顿时傻了眼。

老撸转过头去，恨铁不成钢地对着海哥哥笑骂道："他妈的，什么玩意儿！林海你够呛啊，还没学会走就想学会跑，一个手还没写好就两手划拉！噱头！华而不实！这兵越老越油是吗？在帅克这样的新兵蛋子面前显摆是吧，啊？"

海哥哥顿时大窘，呵呵傻笑："参谋长批评得对，呵呵，我当时也就想着显摆来着，您是行家里手，一眼就看出来了，这字窝鸡巴烂（军语：窝囊之意），呵呵……"

一听这话，呃，我心里一动，马上就笑了起来，是的，行家里手吗？好，是骡子是马，拉出来遛遛就知道了。

当下二话不说，径直就朝老撸开口说道："首长，听海哥哥说，您是行家里手来着，这样吧，下面开会表彰也没我的份，都是连队荣誉，上次在抢滩登陆综合战术训练场我不找您领赏来着吗？呵呵，得，现在有机会了，您就干脆给我也赠一幅墨宝得了，首长，您看这……"

老撸顿时笑了，伸手指点着我笑骂道："小兔崽子，顺杆儿往上爬啊？"

海哥哥一看，顿时眉开眼笑，赶紧噌噌两步走到大书桌面前，哗啦一声就展开一张大大的宣纸，笑道："帅克你个浑蛋还真他妈的厉害，要知道参谋长低调！书法水平高，但是从不题词，今儿个你可算是真捡到宝了——参谋长，给您备上了——文房四宝！"

"好！当年许世友将军给士兵赏酒，今天老子也给士兵赏字！"

老撸哈哈一笑，袖子一撸，当年那个在越南战场之上叱咤风云的老撸似乎就在这一个细小的动作当中回来了！

这时我就觉着有点悬了，这行伍之气这么浓厚，再怎么熏陶，老撸，您还真想往那儒将上靠？

但是接下来我就傻了眼，只见老撸扎了个不丁不八的马步，对着一大张宣纸看了眼，笑着对海哥哥说道："这么大的纸？"

海哥哥笑答："参谋长难得题字一回，多写几个，多写几个字！"

老撸却也不答话，凝神片刻，手持毫管，哗啦哗啦就写开了。

上前一看，只见宣纸上泼墨数行，杀伐之气、豪壮之气扑面而来。

老撸住了笔，曼声吟道："东海风光，寥廓蓝天，碧波卷狂。看骑鲸蹈海，风驰虎跃，雄鹰猎猎，雷击龙翔。雄师易统，陆海空直捣金汤，锐难当！望大陈列岛，火海汪洋。"

顿了一顿，老撸定定地看着我，说道："帅克，你知道这阕词的来历吗？"

我愣了一愣，摇头，老老实实地回答："首长，不知道，但是我觉得，这一定是个真正的军人写的！"

海哥哥则在一旁笑了起来，大声笑道："好！好！参谋长写这一阕词真是送对人了！帅克，你也说对了！这的确是一个军人写的，而且还是个将军！"

"啊？"我赶紧虚心地问道："谁？"

"张爱萍将军！这首词的名字叫《沁园春·一江山渡海登陆战即景》！"海哥哥笑答道。

老撸点了点头，看着我说道："1955 年 1 月 18 日，解放一江山岛战役打响，这是年轻的人民军队历史上一次具有重大意义作战行动，是我军历史上首次进行的陆海空三军协同登陆作战！经此一役，标志着我军渡海作战和三军协同作战能力有了长足的进步，同时沉重地打击了美蒋协同防御的阴谋，迫使盘踞在浙江远海大陈、渔山等岛的国民党军队撤逃台湾，使得东南沿海地区的军事斗争形势发生了根本性的变化！"

"时至今日，面对那'永不沉没的航空母舰'，我们还能不能打赢？"老撸声调陡高，定定地看着我说道："帅克！老子的兵！你，有没有信心打赢？"

"有！"我坚定且用力地答道。

我定定地看着老撸，认真地说道："首战用我，敢打必胜！"

老撸哈哈一笑，吼了一声："好！"

老撸再次马步一蹲，蘸墨挥毫，海哥哥在一旁念道："料得帅骇军慌，凭一纸空文岂能防。忆昔诺曼底、西西里岛、冲绳大战，何须鼓簧。固若磐石，陡崖峭壁，首战凯歌震八荒。英雄赞，似西湖竞渡，初试锋芒。"

"好一个首战凯歌震八荒！"我不由得叫出声来，"好一个陆海空直捣金汤，锐难当！"

老撸看着我，笑而不语。

然后才题上：书赠帅克同志，鲁之衷。

海哥哥赶紧提醒首长："参谋长，己卯年三月二十二！"转过头来对我笑骂道："小鸡巴！你运气好啊，有了参谋长的墨宝！"

我站在那里傻乎乎地笑着。

老撸出去的时候拍了拍我的肩膀，认真地说："帅克，好好干！"

当我凝视着眼前这样一幅墨迹未干的字时，觉得身体上所有的那些伤痛，统统都在一瞬间土崩瓦解了。

耳畔传来欢快的运动员进行曲，透过那放电影的小木窗，我看到参加百连大比武各优胜连队开始鱼贯上台领奖了。

我觉得，我也很光荣，也很自豪，于是我看着那一幅字，笑了。

1999 年 5 月 8 日凌晨，我似乎做了一个噩梦，浑身是汗地从床上惊醒过来，想了一想，却有记不起来到底做了一个什么样的噩梦了，于是我抬头看了看墙上的圆形钟表，时值北京时间 5 时 55 分。

我以为，如往日一般，到了北京时间 6 时，将吹响起床号，但是我错了，1999 年 5 月 8 日凌晨 6 时，我没有听到起床号，而是听到了紧急集合号！是的，全团的紧急集合号！不仅如此，我甚至听到了相隔较近的六团、七团居然也在同一刻吹响了紧急集合号！

方大山飞快地套衣服穿鞋，纳闷地问我："帅克，海训不是要星期一才出发吗？"

我怔了一怔，心里也开始纳闷了，今天 8 号，接上级通知，去湛市参加为期两周的海训要在 10 号，也就是周一才出发，这个时候拉什么紧急集合？

容不得我多想，我带着疑问，飞快地冲下楼，不一会儿，全连集合完毕，值日军官三排长孔力向连长杜山报告。

连长杜山面色铁青，一语不发地杵在队列前方，很反常。

沉默了一会儿，连长杜山用嘶哑的声音说道："接上级通知，战备等级转换，由四级战备转入三级战备，同志们有个思想准备，很有可能还要转换战备等级，由三级转入二级战备状态！"

二级战备等级状态？我心中顿时咯噔了一下，迅速在脑海中回忆起关于二级战备等级状态的情况说明：局势恶化，对我国已构成直接军事威胁时，部队所处的战备状态。部队的主要工作：深入进行战备动员；战备值班人员严守岗位，指挥通信顺畅，严密掌握敌人动向，查明敌人企图，收拢部队；发放战备物资，抓紧落实后勤、装备等各种保障；抢修武器装备；完成应急扩编各项准备，重要方向的边防部队，按战时编制齐装满员；抢修工事、设置障碍；做好疏散部队人员、兵器、装备的准备；调整修订作战方案；抓紧临战训练；留守机构展开工作。

局势恶化，对我国已构成直接军事威胁？我彻底地懵了，这到底发生了什么事情？

连长杜山站在队列面前欲言又止，最后大手一挥："目标：团大操场，跑步走！"

……

站在队列当中，看着团大操场的阅兵台上笔直地挺立着的团首长们，我隐约觉得有事情发生了，而且还是大事，且不说今天是 8 号，星期六，周末来着，就看着这些平日里并不怎么穿迷彩作训服的团首长们全部换上了迷彩服、迷彩帽以及作训鞋，我就觉得这一定是发生了什么大事情。

果然，在团头打开话筒准备讲话时，我们团的这个喇叭发出了一声龙吟虎啸般的嘶鸣，比平日里更加尖锐地划过耳膜。

团头一脸愤懑地站在话筒前面，憋了估计有两分钟，两分钟之后，高音喇叭中传出来团头一字一顿吼出来的两个字——"我操！"

一个兵，一个老兵，一个军官，一个团长，一个共产党员，居然站在阅兵台上，对着全团的兵，吼出一句彻头彻尾的脏话，而且还是对着高音喇叭，我想，这必定有他的理由。于是我安安静静地站好，立正站好，期待着团头，能给我一个理由。

"今天，也就是 1999 年 5 月 8 日！北京时间凌晨 5 时 45 分——他妈的！全部给老子记住了！"团头怒吼道，"以 M 国为首的北约至少使用 3 枚导弹悍然袭击我驻南斯拉夫大使馆。到目前为止，至少造成 3 人死亡，1 人失踪，20 多人受伤，馆舍严重毁坏！具体情况是：当地时间 7 日晚，北约对南斯拉夫首都贝尔格莱德市区，进行了空袭以来最为猛烈的一次轰炸。晚 9 时始，贝尔格莱德市区全部停电。子夜时分，至少 3 枚导弹从不同方位直接命中我使馆大楼。导弹从主楼五层楼顶一直穿入地下室，主楼附近的大使官邸的房顶也被掀落。当时我大使馆内约有 30 名使馆工作人员和我驻南记者。新华社女记者邵云环、光明日报记者许杏虎和夫人朱颖不幸遇难！"

轰的一声，我的脑海中似乎就被扔进了一颗手榴弹，毫无悬念地爆炸了！

挑衅！赤裸裸的挑衅！对老子这样身披着一身马甲的中国军爷们赤裸裸的挑衅！

"大使馆是一个国家的领土！轰炸我大使馆，就是他妈的对我们中华人民共和国的攻击！"团头抑制不住内心的狂怒，大声吼道："就是对我们中国人民解放军的攻击！"

我全身的血液仿佛燃烧起来，是的，如果我有一个话筒，我也会毫不犹豫地破口大骂：我操，我操啊，M 国佬！

"我们是什么？我们是中国军人，当祖国母亲受到攻击的时候，我们该干些什么，啊？"团头激动的说道，"待命！他妈的，至少老子接到的命令是这样的！所以，我要求，部队收拢！全部待命！"

"同志们，我们是战士！中国人民解放军陆军士兵！服从命令是我们的天职！我知道，你们的拳头已经攥得死紧死紧，你们的牙齿已经咬得死硬死硬！我——一个老兵，跟你们的心情是一样的！"团头缓和了一下，或者说是强行控制了自己的情绪，喝令道："听口令，脱帽！向牺牲的三位记者——敬礼！"

我甚至觉得我的泪水都要掉下来了，我从来没有被这样一种巨大的情感冲击过，他妈的，今天是 1999 年 5 月 8 日，明天是 1999 年 5 月 9 日，国际母亲节，在母亲节的前一天，我挚爱的祖国母亲就被人在胸口上捅了一刀子！

我愤怒，出离愤怒，我甚至都控制不住自己的站姿，我竭力地在控制自己，竭力地提醒自己，我是一个军人，我是一个战士，但是，我的全身都在发抖，包括托着军帽的手、原本站得笔直的腿。是的，那是一种极其痛苦的颤抖，我终于他妈的受不了了，仿佛凝聚了全身心的力气在一个无人的角落里失声痛哭，那些泪水大颗大颗地从眼眶中奔突而出，我还却要死命地压抑着自己不发出一丝声音，喉咙之中滚动着古怪的颤音！

我不知道怎么样去做一个好儿郎，我的前辈们，那些为国为民的战士们，他们走过血光、刀光、火光，走过中原、走过四夷、走过八荒、走过二十四时辰、走过二十四节气、走过二十四史、走过上下五千年，殊死杀伐、血染战场，为的就是天下太平之日，轻轻地拿上三支檀香，推金山倒玉柱，折断男儿身、英雄腰，重重地磕上三个响头，大叫一声：娘！孩儿尽忠未尽孝！娘！

现在，我不知道要怎么样去做一个好儿郎，但是我知道，如果母亲遭受了欺凌，我就是流尽这最后一滴血液，也他妈的要把这笔血债算清！

天地苍黄，山河浩荡，竖子之流，尚可杀不可辱，巍巍中华，定死战决不降！

……

沉默，不在沉默中爆发，就在沉默中灭亡。

团头终于开口了，他说："待命！"

沉默，不在沉默中爆发，就在沉默中灭亡！

团头终于下命令了，他说："解散！"

队列当中爆发出一个撼天动地的声音——"杀！"

有清脆的声响从团大礼堂正面的楼房上此起彼伏地传来。

……

一小时后，团营房科和后勤科，这两个平时从来不发文的部门罕见地给各连发来一封寓意不明、语焉不详的联合公文：1999 年 5 月 8 日凌晨 6 时 30 分，我团大礼堂前楼六面落地玻璃窗全部损毁，所幸无人员伤亡，请爱护公物。

天际霞光万里，夕阳似血。

　　在这样一个血色黄昏里，我们五连的指导员丁彦荣同志风尘仆仆地回来了，自从我去了教导队集训后，对于这个去南京政治学院进修了整整一年的指导员并不陌生，因为在我还是个新兵蛋子的时候，丁指导员出色的口才曾留给我极其深刻的印象，大雅和大俗在他身上和谐地并存着。坦白说，他既能口若悬河引经据典地娓娓道来，用上无数华丽的排比句，也能滔滔不绝、旁征博引地嬉笑怒骂出一段经典无比的军骂。

　　我认为，他是个彪悍的人才，要不怎么能过五关斩六将地就凭借自己的实力争取到了这个弥足珍贵的去那所被称为将军的摇篮的军事院校中进修的机会呢？

　　所以，我十分期待着这样一个彪悍的人才，来给有些迷惘的我上一堂课，一堂咱们要坚忍到什么时候的课，如你所知，那个用三枚导弹袭击了祖国驻海外的大使馆的流氓国家，竟然无耻的宣称这是"误炸"？！

　　强烈的谴责，严重的抗议，这些官方态度都压抑不住我心中出离的愤怒，也压抑不住我的兄弟们心中出离的愤怒，在丁指导员给我们上课之前，我们已经准备好了无数的问题，无数的疑惑，期待着他给我们一个答案。

　　"……科索沃是原南联盟塞尔维亚共和国的自治省，在那里，有90%的居民是阿尔巴尼亚族人，其余10%的，多为塞族和黑山族人。在历史上，科索沃地区曾生活着塞尔维亚族人和阿尔巴尼亚族人的祖先，并多次因战争发生大规模的民族迁移活动。第二次世界大战后，科索沃随塞尔维亚并入南斯拉夫社会主义联邦共和国，上个世纪60年代，科索沃成为拥有较多自治权的自治省，其自治地位被写进1974年修改的宪法……"

　　为了使我们对整个事情的来龙去脉有一个认识，丁指导员侃侃而谈："……1991年，科索沃的阿尔巴尼亚族人曾举行了未得到国际社会承认的'全民公决'，决定成立'科索沃共和国'，并于1992年5月进行了非法选举，选举了'科索沃共和国总统'以及由100名议员组成的'科索沃共和国议会'。由此，科索沃同时并存着两个政权，一个是塞尔维亚当局指派的政府，一个是阿族自己'选举'的政府。1992年，南斯拉夫社会主义联邦共和国解体，一分为五，塞尔维亚和黑山两个共和国组成南斯拉夫联盟共和国。科索沃的阿族人趁机宣布成立'科索沃共和国'，但这一'新国家'始终未得到国际社会承认，科索沃局势日趋动荡。1998年，激进的阿族非法武装'科索沃解放军'同南联盟军警的武装冲突加剧，今年3月24日19点45分，在未经联合国授权的情况下，以M国为首的北约开始了对南斯拉夫联盟漫长的空中轰炸……"

话锋一顿，丁指导员说道："同志们可能觉得我的介绍没什么必要，但是，我个人觉得，这很有必要！为什么呢？通过这个介绍，大家发现了谁是这场战争的始作俑者吗？"

"报告！"许小龙腾的一声站了起来，义愤填膺地说道，"我认为M国和北约就是罪魁祸首！"

许小龙的回答顿时引起了群情激昂的附和，连长杜山和几位连队主官也频频点头，丁指导员伸手虚空一按，大家就很自觉地闭上了嘴，期待着这位刚从强大的军事院校进修回来的指导员同志的高谈阔论。

"对于这个问题，我说一下我个人的看法，不一定对，请同志们批评和指正！"丁指导员笑着说道，"我个人认为，其实这场战争的罪魁祸首并不是M国和北约，而是塞族和阿族他们自己！"

看着有些愕然的我们，丁指导员侃侃而谈："辨证地看，准确地说，塞族和阿族是内因，M国和北约是外因！从最初的不重视民族矛盾到后来的简单粗暴的处理，导致了塞阿两族民族矛盾日趋紧张，最终导致整个塞尔维亚人共同的家园被分割，塞尔维亚的塞族和阿族都应当承担主要责任！"

顿了一顿，丁指导员感慨地说道："所以，我得出的感受是，一个国家，如果不及时化解民族矛盾和妥善处理民族纠纷，将会给外部势力造成分裂国家的可乘之机！同理，一个国家，如果不能把自己国家内部的事情处理好，那么，也将会给觊觎的外夷以可乘之机！"

我心里顿时咯噔一下，攘外必先安内？这他妈的人家都打到自己头上来了，还来这个调调？丫的，你小丁是不是找抽啊？

只见小丁同志面不改色心不跳，兀自说道："这就是我个人的一些不成熟的看法，由此推及到M国'误炸'我大使馆这一件事上，我认为，这是一次居心叵测的试探，是一次狼子野心的阴谋，我国政府对此有清醒的认识！为什么我们不予以坚决的还击，这是因为M国人忍不住了，千方百计逼咱们出手，就像两个武林高手过招一样，在没有摸清对方底细之前，先试探一下！有道是行家一伸手，便知有没有，咱们军队多少年没打过仗了，战力对于那些M国佬来说，一直是个谜！还有些愣头青们，对于他们上一辈军人在朝鲜战场上的失利不以为然，对于他们千万不要招惹中国军人的'祖训'耿耿于怀！大家说，我们是不是应该继续保持着这份神秘？"

我摇了摇头，但是又反驳不了，对自己这个半吊子水平，我很有自知之明，我只是简简单单地认为，养兵千日，用在一时，服从命令，听从指挥，才是我这样一个普通的战士的天职，既然上头说不打，我就只能忍，隐忍，坚忍。

我一直觉得，我和我的士兵兄弟们，其实都是一些可爱的、善良的青年人，平时乐于助人、淳朴实诚、温和恬静，但是，当一些人彻底激怒了我们，我们将摇身一变，变为一台 100% 的高效杀人机器，是凶神恶煞也好，是妖魔鬼怪也好，不管前方是刀光剑影，还是尸山血海，死战！战死！杀到你服！杀到你认输！

头颅可断，热血可流，大好河山，寸土不能丢！

仿佛是猜透我心中所想一般，丁指导员笑着说道："其实，我们并不怕，就算我们面对再强大的敌人我们也不怕，我们要做的，就是不出手则已，一出手雷霆万钧，一战定乾坤！"

很突然，丁指导员叹了口气，说道："把满腔的愤怒化为苦练精兵的热情吧，兄弟们！我这次从南京进修回来，觉得咱还是上头没人，南京军区有梁光烈将军压阵，就说渡海登陆这一战，还他妈的真不知道会不会用我们！更别说他妈的跟 M 国大兵们练一通呢！"

话音一落，连长杜山突然站了起来，径直走上学习室的讲台，脸上看不出是什么表情，他很冷静地说道："我宣布，接上级命令：五连明天六点准时拉动，参加海训！"

第四章

一半是海水，一半是火焰

　　引文：我为之语塞，坦白说，我没有话来反驳他的观点。事实上，我刚刚也历经了这样一个过程——我开始觉得，爱情，或许真如人所言，一半是海水，一半是火焰。

　　湛市，祖国东南沿海的海岸线上一颗璀璨的明珠。

　　随着军车的颠簸，我们感觉到离海越来越近了，道路的两旁不时可以看到晾晒着的渔网，还有那些头戴斗笠、肤色黝黑的渔民们，就连空气中都弥漫着一股潮湿的海边特有的腥味。

　　来自中原腹地沧州的小伙子许小龙雀跃不已，伸手挑起军车上的迷彩伪装网往外看个不停，甚至不在乎那毒辣的阳光晒得他的鼻子上都渗出了豆大的汗珠。

　　我的小老乡，湘西土匪江飙，也凑过去，好奇地看着军车一侧掠过去的风景，突然像是想到了什么一般，疑惑地朝排长孔力问道："排长，我有个问题一直还没想明白，我们是陆军，陆军啊，步兵！我们为什么要参加海训啊？"

　　"嘿嘿，这个就不知道了吧，龟儿子！"排长孔力笑骂道，"他妈的，连空军都要海训，别说咱们步兵了！"

　　"空军不是在天上飞的吗？他们玩什么海训啊？"许小龙也诧异地开口说道。

　　"空军怎么不海训？海上超低空科目训练！不叫海训吗？"排长孔力哈哈大笑着说道，"好了好了，不忽悠你们了，这海训嘛，其实对于不同的兵种意义和方式都是不一样的，拿我们步兵来说，接受的海训也就是陆军濒海训练，而现在，咱们就是进行一些有针对性的练兵！如果有一天台海爆发战争，登陆就需要大量的陆军来完成，不好好训，武艺怎么练得精？"

"海训是不是就是抢滩登陆？"李大显也说出了他的疑问。

"抢滩登陆那只是一个科目的训练，像我们在家里练的武装泅渡，也可以在海训中设置……"排长孔力笑着说道，"还好，你们这 99 年兵，居然没有一个旱鸭子，实在是出乎我的意料啊！"

衰哥刘浪得意地一笑道："嘿嘿，排长，这年头，男的不会游泳怎么去游泳馆里把马子啊！"

众兵皆无语，眼中流露出无尽的鄙视……

湛市阳县澄镇潮村，是我们此行海训的驻训地，八个连队开始统一集中在镇上的一个小学里面，住了一个晚上之后，我们就分散到了潮村的村民家中，有道是靠山吃山，靠海吃海，潮村的渔民都凭借着大海赐予的丰富资源而发家致富，纷纷建立起了两三层的楼房，不过勤劳淳朴的本质仍在，我们五连的房东是一位陈姓渔民，养殖场的一个中层骨干，四十多岁的样子，黝黑黝黑的皮肤，笑起来一口白牙，每天似乎都在忙个不停。

陈大哥是民兵，炮连民兵，操练过 56 式，也玩过 81-1，对于我们的到来，显然十分兴奋，当天晚上就招呼她老婆，从三楼楼梯间的小房间里弄出一捆玩意儿，下楼，就在八仙桌上一摊，刚好铺满一桌子，我还看得正纳闷呢，旁边的小胖子赵子君顿时倒抽一口凉气，说道："班副啊，豪华超级无敌海蜇皮啊，泡上一晚上，明天吃，那可叫一个大饱口福哇！噢！"

震惊之余，我并没有去问小胖子赵子君，像这样一个这么大的海蜇皮要值多少钱，有些情谊，是根本无法用金钱来衡量的。

夜晚的海边小村煞是凉爽，裹挟着海腥味道的习习海风吹来，还有隐约的海浪轻拍的声音传来，让我感觉十分惬意、轻松，连主官们和房东陈大哥坐在楼下前坪的晒场上拉家常，房东陈大哥的一个十来岁的儿子就把住在他家三楼的我们七班几条兵拉上了他家三楼半的阳台顶，小男孩长得虎头虎脑的，也不怯生，铺了一个大大的凉席就凑在咱们中间问东问西。

小家伙操着一口不甚标准的普通话，流露出极其强烈的渴求，提出了他想玩玩咱们的 81-1 的想法，他爽直地问道："解放军叔叔，我想玩一下你们的枪，我从小就喜欢玩枪！"

"好！"

没等七班主官方大山开口，我就爽快地答应了他，然后喝令小胖子赵子君下楼拿了一把81-1上来。看着有些疑惑的兄弟们，我笑着说："老子小时候也想玩一下枪，记得那会咱们的省政府就在五一路上，省政府的门口的一个木头的圆墩子上也站着一个拿枪的解放军叔叔，彪烘烘的，军姿牛逼得不得了——我一直在那里看了一天，整整一天，目不转睛地就蹲在大门口看着！呵呵，最后那兵下哨，忍不住了就走到我面前，问我到底想干嘛，是不是找不到路回不了家！"

"当时我就说，解放军叔叔，我就想摸摸你的枪，就摸一下！真的就只摸一下！"我笑着抚摸了一下房东老陈的小儿子的头，说道，"呵呵，那解放军叔叔还真给摸了几下！"

众兵皆是笑了起来，小家伙也不由得露出两颗小虎牙，呵呵直乐。

"哈哈！"我笑着说道，"所以，到现在，我都一直记得他的样子！我非常感激他！真的！"

正在谈笑之间，很快，小胖子赵子君就把他的81-1给拿上了顶楼了，二话不说，就把一个空弹匣一拍上，牛逼地说道："来吧，真家伙！"顿了一顿，然后挤眉弄眼地朝小家伙开玩笑："我靠，小帅哥，这么重的枪，你拿不拿得起、举不举得动啊？"

看着小家伙爱不释手的样子，然后我就给他摆了一个跪姿射击的造型，当然，操起这样一支81-1采取跪姿，对于他还没有长大的身体来说是一个挑战，臂长都不够，但是，小家伙仍然做得十分认真，于是我就让他的老乡，同样是广东人的小胖子赵子君，在凉席上摆了一个卧姿瞄准射击的姿势，然后用广东话给他讲解了一下操枪的要领，卧姿射击要领，三点成一线的要领，这下就比较像模像样了。

小家伙叫陈小兵，从这里就可以看得出来房东老陈蛰伏在心底的梦想，老陈在见到我们的时候很不好意思地介绍了自己是个民兵，而不是个真正的军人，他在年轻的时候也报名参军了，不过因为从小浸泡在海水当中视力被影响，体检未能通过。

看着老陈的小儿子陈小兵全神贯注地在凉席之上卧姿瞄准的认真劲儿，我觉得他长大之后要是去参军，绝对也是一个好兵。

绿色的海防林此刻被毒辣的热带阳光晒得蔫头耷脑的，立正站好在银白色的沙滩上感觉很痛苦，高温不断从作训鞋的鞋底传来，像是站在一块被烧红了的铁板之上，我突然涌出一个很牛逼的想法，这个想法就是：很好，我们是步兵，倘若是脱掉鞋子站在这滚烫的沙滩之上，能够坚持到最后的，应当还是我们步兵，试问，又有那个兵种的军爷们脚底板上的茧子比步兵厚？

但是我错了，当我看到我们这次海训的带队领导，也就是师司令部作训科的王副参谋长时，我就觉得我这个想法错了，大错特错了。

王副参谋长军容风貌历来很严谨，但是他身后跟着的那一排只穿了个大裤衩的兵们的军容风貌就不严谨了，那些兵们全身上下就只穿了个四角绿军裤，赤脚跑在滚烫的沙滩上，一个一个全身黝黑无比，黝黑得油光发亮，身材都很结实，都他妈的腹肌棱棱，看得出来，是练过的主！

立定！赤足立定！

我看着这一个一个如同椰子树一般挺立在沙滩上的这些兵们，心中惭愧得很，这一帮来路不明的军爷们，竟然是赤足立定在那滚烫的沙滩之上，这说明他们的脚掌之上的茧子，应当比我这样一个步兵的脚掌之上的茧子，还要厚上几分！还他妈的要耐高温！

王副参谋长并没有讲话，径直提拳速度上腰际，跑入我们的队列当中，站定。

那一帮人马俨然训练有素，威风凛凛地就站立在那里，笔挺地站立在那里，似乎感觉不到脚底板传来的高温一般，片刻之后，站在队尾的一个兵就突然下令道："向后转！跑步走！"

就这样，我们这些步兵军爷们傻乎乎地看着这些来路不明的兵直接杀入了齐膝深的海水之中，然后在一连串的口令之下展开了格斗队形，直接对掐起来。

这个科目的名字我听到了，叫做海上格斗。

相比于我所见过的那种站成军体队形，听着口令，格斗动作还分连贯动作分解动作的对掐场景来说，现在我亲眼所见的海上格斗，完全是死掐，出手就是三个字：稳、准、狠！

倘若是这些兵们全部穿上沙滩裤，我甚至会毫不怀疑地认为，这完全是两伙黑社会人马，在沙滩上火拼。

没有华而不实的招数，没有眼花缭乱的套路，简单、直接、暴力，如同仇人相见，分外眼红。

勾拳、肘击、背摔、膝顶，激起浪花溅涌，充满着阳刚之气的彪悍场景让我看得是血脉贲张，并加紧偷师学艺。

正看得正爽时，大喝一声叫停。然后我又听到一个新鲜的名词：水下潜伏。

水下潜伏我不知道，但是当我在自己的视线看到一个鸟兵深深地吸了一口气然后捏着鼻子往水下猛然一沉时，我就知道了，水下潜伏无非就是憋气而已。

战士们都已经潜伏在了海水当中，这憋气，一般人在水下都可以坚持一分钟，肺活量大的，甚至可以坚持两分钟。我在教导大队的中队长曾经说过，在水下要控制呼吸频率，控制心跳，然后每次呼吸的时候都要预留一口气儿，绝对不能呼吸一大口，以免给肺部造成压力。两分钟过去了，这帮助战士居然一个都没有冒出头来，要知道，这他妈的可是刚刚进行了一场激烈的海上格斗科目的训练啊！

整整三分多钟，仿佛是他们在海水底下商量好了一般，这帮子鸟兵居然齐刷刷地从水下冒了出来，站成了一个标准的队列……

我想，我应该从他们接二连三的科目表演中知道了这帮子战士是哪一路的神仙，哪一个山头的了！

江湖传言：陆上猛虎、海上蛟龙、空中雄鹰——应该就是眼前的这帮子屌毛的来头了。中国人民解放军海军陆战队！

王副参谋长的话证实了我的揣测，他出列之后，对我们说道："同志们，站在你们面前的，就是海军陆战队的队员们！从现在开始，每个连队将有一名海军陆战队队员成为你们的教官，此次海训的教官！他们当中有的还只是个士兵，但是从这一刻开始，他们就是你们的最高指挥官，我不管你是上尉中尉还是少尉，必须绝对听从教官的指挥，绝对服从教官的命令！清楚没有？"

"清楚！"

王副参谋长简洁地说到："各连带开！"

一个黑黑的海军陆战队队员站到了我们五连面前，彪烘烘地下着口令："向右转，跑步走！"

在一片同样炽热火烫的沙滩上站定下来，这个只穿了一条大裤衩的最高指挥官给咱们敬了一个礼，然后牛逼烘烘地说道："五连的同志们好，请连长出列！"

连长杜山，咱们的杜老板，估计这会是被烤得神志有些迷糊了，似乎忘记了这是沙滩，不是他的平整地儿，在队列尾巴上啪的就是向前踢了一大步，甩起一米多远的沙子，大声的报了一声："到！"

这个被晒得黑黑的，甚至都看不清面容的教官露出一口白牙，笑着说道："连长同志，很荣幸，篡了你的权，接管了你们五连！入列！"

这话应该让杜老板很郁闷，这个海军陆战队的浑蛋也真他妈的太不给面子了，上来就拿连长开涮，直白点说就是先指使指使这一连之长来立个威，因此杜老板在答了一声是之后重新入列时，沙滩上留下了两个深深的足坑。

鸟兵似乎对此很过瘾，很满足，微笑着，下了他作为咱们五连的最高指挥官的第一道命令："好，都有了，听口令——脱！"

当时我就差点就忍不住笑出声来了，他妈的，这条令条例上有这道口令吗？高，实在是太高了，十分对我的胃口，甚合我心啊，我想，看来有这样一个教官，这一次海训，应该是非常地多姿多彩、令人向往的。

"嘿！没听懂？"鸟兵笑着说道，"我都穿着一条大裤衩站在这儿半天了，同志们难道不想给我一个相等的刺激吗？都他妈的把衣服给我脱了！速度快点！"

前面这半截子话说得十分赤裸裸，赤裸裸的调侃，意思就是我他妈的都在这日头下就穿了一条大裤衩子晒了大半天了，你们还一个一个衣冠楚楚的，有道是官兵同乐，这好歹也是个最高指挥官，你们纯属不给面子；后面这半截子话也说得十分赤裸裸，赤裸裸的威胁，他妈的，这刚走马上任，就不服从命令听从指挥了吗？

只能说，咱们杜老板很有涵养，一般来说，能当老板的人，都比较有涵养，连长杜山第一个带头，马上脱了起来，还整整齐齐地按照顺序，把裤子、衣服、鞋子、袜子、腰带一层一层地摞了起来，显示了他这个老兵一贯的优良作风。

看着咱们把衣服都脱完了，都只穿了条大裤衩了，这下海军陆战队的浑蛋就爽了，说道："嗯，五连不错啊，看得出来都还练过啊，不过就是太白了，细皮嫩肉的，我这个人呢，帅是帅，但是就有些黑了，以致看到比我皮肤白的，心里就有些不平衡了——"顿了一顿，鸟兵大喝一声，"立正！军姿一个小时！科目：耐高温训练！"

他妈的，这么快就来了一动！我赶紧笔直站好，心中叫苦不迭，这毒辣的太阳晒在赤裸的身上不说，就这脚底板受不了啊，尤其是立正之后，就他妈的夹了一堆滚烫的沙子在脚间，成了一个 V 字形，脚丫子内侧的那一面嫩皮，烫得整个人是高潮迭起，爽到极致了。

看着咱们一个一个有些扭曲的五官，鸟兵很是受用，牛逼烘烘地就穿条大裤衩子在咱们中间转悠起来了，一边转悠，一边忽悠："同志们站好吧，就一小时而已，话说回来啊，咱们这南中国海的阳光可不是盖的啊，连那北方的老毛子们都屁颠屁颠地揣上一把子钱都来这儿晒一晒的啊，万里迢迢啊同志们，还得自个儿管饭啊，咱们呢，现在都还是免费的啊，多幸福，多惬意啊！"

一边嘴上开火车地忽悠着，这鸟兵就一边转悠着，走到我的面前，他的眼神突然停留在我的身上了。我知道，他是好奇，对我身上的那些积攒下来的累累伤痕有些好奇了，这百连大比武刚过，太阳晒在我身上的那些尚未愈合的伤口上有着明显的紫外线杀菌作用，我似乎都能感觉里面的细菌们在垂死挣扎着，弄得老子痒死了，只想伸出爪子去挠挠。

鸟兵看了一下我，眼神中蕴涵着笑意："啊，对了，还忘记自我介绍了，自我介绍一下啊同志们，我呢，叫小沙，沙子的沙，咱们海军陆战队的兵，有人很形象的说，咱们的生活一半是海水，一半是沙子，当然，你们也可以叫我小鲨，鲨鱼的鲨，我们这一次来给你们海训，都来自同一个战斗小分队，名字就叫做虎鲨小队，虎鲨大家知道吗？不知道吧，好的，请大家用眼角余光观察一下我的眼睛，嗯，晶状体有些黄是吧？呵呵，这虎鲨的眼睛，也很特别，晶状体也是黄色，这有助于它们更好地观察海面的状况，随时张开它尖锐的牙，所以，我建议你们，都叫我小鲨，队员们都这样叫我，因为我最小，呵呵，游弋在海水里的一条小鲨鱼，这样的状态，我很喜欢，当然，这是我的假名，说真名不好，改天他妈的落单了，你们五连非得逮住我抽我一顿不可，咱这一世英名就毁了……"

转悠到队列前方，小鲨笑着说道："听说五连没有一个旱鸭子是吧？我很喜欢，你们也得感到十分地幸运，为自己能够站在这里展开耐高温训练感到十分幸运，因为你们直接省略掉了一个痛苦的步骤，那就是自己刨上一堆沙子弄个沙包，把肚子顶在上面四肢划拉，不瞒大家说，我以前并不会游泳，因此那段时间我的肚子，甚至于肚子下的鸡巴，都快烤煳了……"

"痛并快乐着"，这五个字很能说明我的感受。

我觉得，这个兵十分有意思。

"噢，同志们，对不起，刚刚我说粗话了，我道歉！"顿了一顿，小鲨笑着说道，"还有，刚刚我也说谎了，我也道歉！"

我笑着想，什么玩意儿嘛，不就是一名字吗，名字不就是一代号吗，你们这帮子海军陆战队虎鲨小分队的鸟兵们，应该是一些比较精锐的战士们，执行任务的时候叫代号，这我理解，非常理解，早点让咱们给整下海里去泡泡，也就不用说对不起了，俺原谅你了。

让我欲哭无泪的是，小鲨居然很不好意思地说道："呃，这个，刚刚我说谎了，这个耐高温训练，不是一个小时，而是，一个上午……"

我估计，咱们杜老板都够呛了，我分明能够看到，小鲨的这话一放出来，站在队列前排尾巴上的杜老板的腿肚子都不由自主地抖了两下。

还好，小鲨自己一个立正，杵在了队列的前方，看那架势，他应该是跟我们一起站着，站好。

这个看似不经意的举动，让我们五连的兵们，内心找回了些许的平衡。

"我不想跟你们在这儿腻歪、显摆，虎鲨最近一直没有出海，心理有些变态，大家心里都憋着一团火，如果我的训练要求让你们很不爽，你们可以向上级申诉，但是我必须完成我的任务，把你们的海训科目给训练到像模像样的程度！"顿了一顿，小鲨很真诚地说道，"咱们的大使馆都被别人给炸了，他妈的，咱们今天就站在这里，给死难的同胞们——默哀！"

一滴汗水从额头上流到了我的眼睛里，我的眼睛有些模糊了，看着这个和我年纪差不多大的小鲨，我突然觉得，其实他也很可爱。

准确地描述海水，这是一个让我吃力的问题，因为海水有时浑浊，有时清澈。此外，关于海水到底是什么颜色，这也是一个让我吃力的问题，因为海水有时蔚蓝，有时苍翠——之所以苍翠，我觉得，是我们身上的陆军绿色的迷彩服将海水印染成了苍翠的颜色，除此之外，我没有更好的解释。

经过了耐高温训练之后，我们再也没有脱得只剩下一条军绿色的四角大裤衩，而是和衣展开训练，包括跳入海水里——这就是为什么我觉得海水的颜色是苍翠的。

其实我们都发现了，原来赤裸着身体在高温下暴晒，是一项艰苦的耐高温训练，而穿上迷彩服在高温下暴晒，却是一项更为艰苦的耐高温训练，相比之下，罩在咱们这副身体上的"皮衣"，那还算质量非常过硬的。尽管在毒辣的阳光下会被晒得黑红黑红，不少的地方还开始大块大块地脱皮，但还是要比那号称是厚实无比的迷彩服好上那么一点点，湿透了的迷彩服在阳光下只要晒上两三分钟，马上成为一件欧洲中世纪骑士们的盔甲，坚硬无比，连他妈的弯曲一下手臂都有些费力。更为痛苦的是，迷彩服上面还凝结着汗水干涸之后结成的白色盐渍，在行动当中磨蹭着那些破皮的了地方，够呛无比，无比够呛。

教官小鲨这次也给了我们一个相等的刺激，他也穿上了迷彩服，不过，咱们的迷彩服是长袖，他的是短袖，咱们的是军绿色，他的是蓝白相间的浅色。

我们五连是第一个在海训第二天就下水的全建制连队，放眼望去，沙滩之上还有一些鸟兵痛苦地趴在一个自己挖掘好了的大沙包上，四肢悬空，划拉着学游泳。

在下水之前，教官小鲨威严地说道："游泳用狗刨式的，出列！"

五连没有人出列，我想，杜老板应该非常得意，因为在新兵期开始武装泅渡的训练时，连长杜山就已经说过了这话，一再要求，游泳姿势一律采取蛙泳，坚决不准用狗刨，原因无他，蛙泳可以最大限度地负重。

坦白地说，回忆起在师部渡海登陆综合战术训练场武装泅渡的那一天，我采取了仰泳姿势节省体力的做法，其实是非常不恰当的，如果那是真正的战场，而我并没有对敌火力进行观察，那么有百分之九十八，我会挂。

教官小鲨指着沙滩防风林间竖起的一根挂着一面小红旗的高高的旗杆，板着一张娃娃脸说道："都给我记住了！从这一刻开始，升旗就下水，降旗才准上岸，就算是风吹浪打，海啸来了，只要没有降下这面旗帜，就不准上岸！清楚了没有？"

"清楚！"

五连大声地回应道。

坦白说，我觉得自己这个样子十分地别扭：身披一件硬邦邦的迷彩军衣，军用水壶左肩右携，挎包右肩左携，裤腰里还别着一双解放鞋，手中拿着一支81-1，不禁长叹一声：哎，什么玩意儿啊！

七班的兵最近有些无视我和方大山的存在，准确地说，是因为自从他们参加海训以来，这个黑不溜秋的、名字叫做小鲨的海军陆战队队员，引起了他们极其盲目的艳羡，甚至崇拜。海军陆战队啊，虎鲨小分队啊，光听这名字听起来都比咱们某师某团某营某连某班牛逼，再说了，这陆上猛虎、海上蛟龙、空中雄鹰的美誉可不是盖的，加上咱们在海边的防风林里休息时，这教官小鲨又牛逼烘烘地吹嘘了一下什么珊瑚岛礁登陆作战、水际滩头作战、夺占滩头要点、夜间袭扰的两栖特种作战方式，七班的兵们，乃至全连的99年兵们，一个一个听得是如痴如醉、艳羡不已。

看着这些眼神当中蕴涵着强烈的失落感、眉宇间锁着深深的自卑感的鸟兵们，我在心里冷笑不已。

我一直觉得，咱们那些时常掉书袋、时常拽拽文的老夫子们有一句话说得很对，这句话就是"术业有专攻"。无论是陆军、海军、空军，无论是步兵、特种兵、通信兵、消防兵，总而言之，一句话：没有最牛逼的兵种，只有最牛逼的兵！

小胖子赵子君屁颠屁颠地就忙活开来了，一边活动着身体做好下水前的准备，一边带着一丝媚笑冲教官小鲨说道："教官教官，你看我这解放鞋，是不是这么插的？"

老子实在是忍不住了，冲着小胖子赵子君这个鸟兵就嚷嚷开了："嘿，这帅哥不错，腰里还揣了两个中文寻呼机，还他妈的是摩托罗拉！"

全连顿时爆笑起来，教官小鲨也露出了他一口白牙。

小胖子赵子君顿时涨红了脸，一句话也说不出口了。

我觉得心情十分糟糕，对小胖子赵子君也开始有些厌憎了，冷冷一笑，径直走开了。

我用力地压着腿，两脚在银白色的沙滩上踩出两个深深的坑，心里觉得特别烦。

方大山走到我的旁边，疑惑地看着我说道："怎么了帅克？小胖子哪儿招惹你了？你让他难堪！"

"没，就开玩笑！"我笑着说道。

"开玩笑？"方大山拍了拍我的肩膀，说道，"兄弟，你样子可不像是开玩笑，这不像你！"

"真的开玩笑啊！小胖子难道开不起玩笑吗我操？"我笑着伸手召唤道，"小胖子，过来！"

小胖子赵子君几步几步就跑了过来，脸上还是涨得红红的。

我站定，笑着对他说道："小胖子，刚刚班副我跟你开玩笑来着，没意见吧？""没意见，没意见班副……"

"那就好，得，现在跟你说个正事，你是沿海地区的兵，这下可就到了你的地盘了，班副想跟你在这武装泅渡科目上比一比，赛一赛，接不接招啊？"我笑意盈盈地看着小胖子赵子君说道。

小胖子赵子君慢慢地抬起头来，我看到腮帮子上的肥肉顿时绷紧了，然后，他重重地点了点头，斩钉截铁地说道："好！"

我得承认，我正在鄙夷小胖子赵子君，一如那天在师部的渡海登陆综合战术训练场上，连长杜山鄙夷我一般。

我还得承认，小胖子赵子君并不是我心目中标准的好兵，说起来，他有些肥头大耳的，训练也不行，各方面的军政素质都是个中下水平，就他妈的吃饭是个优等水平，甚至，还有一些广东人特有的精明。在艰苦的训练中总是有一些偷懒的行为，我把这些个表现定性为自以为是的小聪明，从他的一贯表现来

看，小胖子赵子君没有一个地方比得上许小龙——只有像小龙那样令行禁止、坚决服从命令、敢打敢拼的兵，才是我心目中的好兵，标准的好兵。

不知道为什么，我还觉得小胖子赵子君的表现越来越矫情，有些故作天真，还他妈的经常像个娘们一样地扮可爱，我武断地认为，他这是在艰苦的训练中博取同情。

导致我对小胖子赵子君印象大变的原因有很多，有一个是我不愿意承认的。这个原因就是：在我向99年兵小胖子赵子君下战书，在海训中比一比，赛一赛时，我，一个老兵，一个自诩为在湘江边上见过些风浪的老麻雀，一只老鸟，居然在五百米距离的往返蛙泳中，硬是没把小胖子赵子君摆平。

我只承认，我没有赢。

事实上，就是在这天试训当中，当教官小鲨宣布了沿着海岸线游五百米的蛙泳之后，我就立马不自觉地给了小胖子赵子君一个挑衅的眼神。

我还清晰地记得下水之前的每一个细节：由于是五连是第一个下海试训，所以那天都拉上了警戒线，海军陆战队的教官们还扛了两艇橡皮舟，直接用肩扛着，直接就冲进了海水里，然后一个接一个来了一动鹞子翻，逐个矫健地翻上橡皮舟，动作一气呵成，看得出来是经常练过的，这上橡皮舟的六个教官们，就组成了一个综合保障组，说是综合保障组，其实说白了，就是救援组。

五百米距离的往返蛙泳开始了，前两百五十米我游得非常轻松，整个五连有许多人游得都非常轻松，以致我还没有看到小胖子赵子君，但是碰到两百五十米的警戒线就折返过来掉头游时，我才看到了他。

小胖子赵子君那一个肥臀，在我前方十米处那些泛起了白色泡沫的海水中如同缥缈的云雾中的峰峦一般若隐若现，这让我很是奇怪，为什么小胖子赵子君居然能够领先我十米呢？

我迅速地回忆起来，记得在这帮新兵蛋子刚刚入伍的时候，就已经知道了小胖子赵子君会游泳，咱们五连所有的新兵都会游泳。开展武装泅渡训练科目刚好是我借调到团纠察队，和佟卫在一起参加抓捕逃犯的猎鹰行动的那个时候，我还清晰地记得我当时还看到了七班的武装泅渡科目考核，在我的记忆当中，小胖子赵子君游泳的速度没有这么快啊？！

转念一想，我就想明白了，为什么当初小胖子游得并不优秀，原因只有一个，那就是他想偷懒，赖！

好哇，好你个小胖子啊，想起武装泅渡考核的时候他在水里像是极其消耗体力地拱着极其庞大的大屁股，爬上岸之后还跟条半死不活的猪一般躺在岸上哼哼唧唧，他妈的，居然在老子面前隐藏实力啊，我操！老虎不发威，你当是病猫，老子不发威，你当是肾亏啊！

追！

我加快速度蹬腿、划水，试图在这后面的两百五十米泳程里追上小胖子赵子君。可是我愈是加快肢体动作，不知道为什么就游得愈发地慢了，有两下子都还是做无用功，压根都没怎么前进。我赶紧提醒自己，要冷静，要调整好姿势——姿势倒是调整好了，但是现实很残忍：一是小胖子赵子君如同一条肉嘟嘟的海豚一般，乘风破浪，越游越远，已经把我和他之间的距离拉得很开了；二是我没有体力了。

我第一次喝到海水，果然，海水是咸咸的，他妈的，还有一些涩。

每划一次水，我都开始吃力了。

反观小胖子赵子君，虽然肉嘟嘟的，但是在海水里，他那肥胖的身躯显得无比地灵巧，没错，我想我只能用灵巧这个词来形容他的泳姿，而且，还是一条灵巧的、肉嘟嘟的海豚。

我愈发地乏力了，体力消耗得很厉害，游泳从来都是一件消耗体力的活儿，尤其是身上还有负重，当我喝下第三口海水的时候，我赖了，松懈了，尝试着把脚落在感觉并不十分深的海底。够呛的是，我的感觉完全错了，这不是家门口的那条湘江，而是海，大海，摸不着深浅的大海，我一脚踩下去，却踩了空，然后海水瞬间没顶，我又幸运地喝到了第四口海水。

这样一次失败了的尝试让我最后的五十米游得非常非常吃力，我甚至划动不了我的手臂了，那些在渡海登陆综合战术训练场上收获的伤口也已经被夸张变形的动作撕裂，时而冰冷、时而炙热的海水渗入撕裂的伤口当中，大脑中的神经末梢都传来真实的痛楚。

还有二十米，已经有咱们五连的兄弟从后面赶上了我，而小胖子赵子君，保持着绝对领先，绝对的第一。

我只能眼睁睁地看着小胖子赵子君第一个游过终点。

小胖子赵子君突出的表现让他获得了五连众兵的一片叫好之声，连教官小鲨笑呵呵地朝他走了过去，拍了拍他那珠圆玉润的小肚子，称赞道："赵子君同志，游得不错！"

小胖子赵子君不好意思地笑了一笑，说道："教官同志，我系（是）广东人，我系（是）在海边长大的……"

　　我精疲力竭地站在岸边，任凭海水从我身上滴落，正当我心里如同打翻了一个调味瓶一般五味杂陈的时候，方大山走到我身边，拍了拍我的肩膀，笑着说道："帅克啊，别看赵子君有些肉，不过游泳却还是一把好手！"

　　我看着小胖子赵子君那张肉肉的脸，觉得这鸟兵非常地面目可憎，冷冷哼一声表达了我的不服气。

　　"帅克！"方大山看着我认真地说道，"这关二爷都败走过麦城，更何况是你还是输给咱们七班的兄弟？"

　　"我靠！"我再也按捺不住，郁闷透顶地说道："老子就是不服气，根据他妈的物理学原理，体积越大浮力越大，加上海水当中含盐多，江河湖海里的水自然是比不上海水的浮力，再说了，老子今天是没有发挥好，不信下一次我再拉上小胖子比一比，你看到底是谁拿第一！"

　　"行了！"方大山一记绵软无力的黑虎掏心直接打在我的胸口，笑个不停地说道，"哈哈，帅克，你怎么跟个小孩子一样的！"

　　我怔在原地，又羞又气。

　　我一直觉得，是我的家乡那条叫做湘江的母亲河养育了我，不管走到哪里，我始终对这条大河魂牵梦系。

　　之所以这样说，一个让我始终无法承认的事实是，我其实是对大海心有余悸，我有时候会想，噢，大海啊，我不属于你这里。

　　之所以我心有余悸，是因为在海训的过程里，我总是找不到在河水里的那种无所畏惧的勇气。

　　那是在一个黄昏，沙滩上防风林间那竖起的高高旗杆上面挂着的一面小红旗，始终没有降落下地，这就使得我们只能待在海里，当时海水非常冰冷，空中乌云密布，我不停地在海水中踩着水，几乎筋疲力竭在我还有最后一丝力气的时候，我突然听到身后有一个奇怪的声音，然后我回过头去，结果就发现了一个高达三四米的大浪向我展开了一次偷袭。

　　面对这个海浪，我觉得很无力，海浪啪的一声就把老子劈头盖脸地打懵了，半天还不知道自己到底在那里，等我浮出个脑袋在海面，还完全分不清东南西北，至于海岸在那里，更是找不到北了，感觉十分迷惘。

　　海水真他妈难喝——这就是我心有余悸的原因。

　　不知道为什么，我在海训中有一种奇怪的感觉，那就是老是使不上力，整个人有点蔫头蔫脑的，方大山说可能是因为我水土不服，一开始我还嗤之以鼻，不过到了海训第五天，我就不得不相信了，在我的背上，还有胸口，都出现了一溜儿圆形的水泡，疼痛难当，我咬牙一挤，我靠，一股清水喷射而出，创口灼痛无比。

这种情况并不是我一个人有，五连的兄弟，包括其他一同来参加海训的连队的兄弟，一共二三十条兵，都出现了这种症状，包括咱们连长杜山，他也中招了，让杜老板极其郁闷的是，他胸口的那一串水泡，恰好就长在咪咪那里。

教官小鲨笑着给咱们普及："兄弟们，没关系，带状疱疹而已，擦点紫药水，吃点维生素 B_6 和 B_1，过不了几天就结痂自愈！"

当然，对于他的解释我非常地不满意，于是我在中午时分鬼鬼祟祟用一个 7.62mm 的子弹壳收买了房东老陈的儿子陈小兵。趁着大家午睡的时候，这个十分懂事的孩子直接把我带到镇里，指引着我找到了一个小邮局里的那台 IC 卡电话机。

我只是对我身上长出的那些水泡出现的原因产生了兴趣而已，我迫切地需要一个专业人士来为我解惑答疑，于是我怀着十分急切的心情拨打了军线，要的就是中国人民解放军步兵第四军第三师师医院的那个叫做程小铎的准军医。

单调的振铃声响起，女话务员的声音依旧是那样雄浑有力："喂，你好，请问要哪里？"

"你好，我要师医院！"我笑着朝老陈的儿子陈小兵点了点头，小伙子正捏着一个插了根吸管的大椰子递给我。

"帅克？！"电话那头的女话务员显然是对我的声音十分熟悉，"你他妈的，怎么忒长时间都没听到你给小铎打电话？"

我吸了一口甜甜的椰汁笑着说道："老大，我在海训哩，快点吧，我这会是偷着溜出来的！"

"哦，行！我马上给你要！"

"好！"我冲着话筒笑着说道，"不许偷听军事机密啊！"

"去你妈的！"电话那头传来一句笑骂，随即单调的振铃声又响起。

房东老陈的儿子陈小兵在这几天里已经对咱们人民军队的有关纪律有所了解，有所熟悉，一听到我说军事机密，立马就朝我笑了一笑，捧着个大椰子就自觉地走开了，溜达到邮局的那一排贼亮贼亮的玻璃柜台面前好奇地看里面那些陈列着邮集。

"喂你好，请问找哪位？"

当我听到这熟悉的声音在耳畔响起，顿时觉得这椰子汁愈发地甜蜜。

"嘿嘿，我就找你！"我笑着说道。

良久，电话那头仍是悄无声息，赶紧喂了几声，这才听到程小铎在那边没好气地骂道："帅克！你这个没良心的！"

我还没来得及贫嘴，那边程小铎就噼里啪啦地开火了："我告你帅克，我很生气，我非常生气，我真的很生气，你烦人！"

我傻笑道："呵呵，姑奶奶，我哪儿又惹你了？"

"还说没有？！"程小铎怒斥道，"你说，从那天渡海登陆演习之后你就不知道死到哪里去了！"

"我……我不是来海训了吗？"我赶紧解释。

"你！好啊帅克，你牛逼啊，说你两句你还有脾气，我不理你你就不理我……"听着耳畔传来的程小铎委屈的抽泣，我真的愣住了，这好好的发什么飙啊，这好好的，哭什么哭啊，这女人，难道真是来自火星？

程小铎同志估摸着是抹了一把眼泪一甩，激动地说道"我……我，我说错了没有？你一点都不爱惜自己，什么值得你那么去玩命？就为了争一个第一？好，我是拉你后腿，我承认……你，你不知道我的感觉的，帅克，我告你，老娘现在不管你了！一开始我心里很着急，还不怕人笑话，一个人拱到你们连队去找你！好，这么长时间，你一个电话都不打给我，好，我再也不管你了，再也不想理你了！"

啪的一声，电话就被挂断了，耳边传来嘟嘟的电话忙音。

太阳很好，金色的阳光从小邮局的那扇横开的窗户中透射过来，照在我的身上，暖洋洋的。

我把电话的话筒挂上，抽出 IC 卡，又插了进去，然后又摁着那个记忆深刻的号码，拨通了那一条记忆深刻的军线。

我的心里涌动着一种巨大的温暖，这是一种全新的人生体验，我想，终于，除了我的娘老子，还有另外一个女孩子这样地心疼我了。

程小铎在电话振铃响了第五次的时候才接的电话。

我用了三个字摆平了她，就三个字而已，我说："我想你！"

我想我是非常非常认真地说这三个字的，我不知道用什么方式来表达我的感觉，我只是觉得在这一刻，我真的很想她，很想和她在一起，就晒着这温暖的太阳，迎着这阵阵的海风，靠着这摇曳的椰林……疯狂地亲吻！

是的，在我说出这三个字之后的三十秒之后，她就沦陷了。

我给她说起了这儿的阳光、这儿的海风、这儿的椰林、这儿的沙滩，那一刻文科生帅克灵魂附体，辞藻十分华丽。

她对此十分向往，顿时让我对自己的口才生出几分成就感来，然后她就开始不停地发问，仔细询问我们开展的海训，关切询问兵哥哥苦不苦累不累，三十秒之后，话题因此而发生了偏移，她知道了我身上长的水泡了。

我一本正经地用我身上的水泡症状来考核一个报考了医科大的女卫生员，她的回答让我很满意。她说这是带状疱疹是由水痘以及带状疱疹病毒引起的，口服阿昔洛韦片泼尼松片去痛片就可以解决，无继发感染，无复发。我长水泡主要是因为海训体力消耗大，身体疲劳，加上气温和海水温差变化——鬼知道她是不是因为我参加了海训才临时抱佛脚看了这些相关病例的！

就在这个干净的小邮局里，我第一次恬不知耻地对一个女兵说："亲爱的，你想不想我？"

这个女兵什么都没有说，只是用世界上最好听的声音给我唱了一首歌，没错，这歌我听过，名字就叫"采槟榔"。

> 高高的树上结槟榔
> 谁先爬上谁先尝
> 谁先爬上我替谁先装
> 少年郎采槟榔
> 小妹妹提篮抬头望
> 低头又想呀
> 他又美他又壮
> 谁人比他强
> 赶忙来叫声我的郎呀
> 青山高呀流水长
> 那太阳已残
> 那归鸟儿在唱
> 教我俩赶快回家乡

回去的路上，房东老陈的儿子陈小兵不怀好意地看着我笑，他对我说："帅克叔叔，你是不是交了女朋友？"

我倒，赶紧道貌岸然地说道："小孩子懂个屁啊，你知道什么是女朋友吗？"

陈小兵很不屑地斜瞥了我一眼，说道："女朋友就是一会儿对你好得不得了，一会儿又不理你的那个女人啊！"

我为之语塞，坦白说，我没有话来反驳他的观点，事实上，我刚刚也历经了这样一个过程——我开始觉得，爱情，或许真真如人所言，一半是海水，一半是火焰。

◆第五章◆
大海的声音

引文：任何一个热血男儿，都有一种想为民而死、为国尽忠的冲动，经过无数次的内心世界的自我观照和深刻反省，我觉得老子一直很冲动，过去如此冲动，现在如此冲动，将来也如此冲动——直到我打完最后一颗子弹，流尽最后一滴鲜血！

爱情是一种强大无比的动力，自从给程小铎打过电话之后，我就觉得浑身上下似乎有使不完的力气，海训当中也愈加地积极。当然，我并没有想着要去征服大海，面对大自然的造化神奇，面对大自然的肆虐暴力，保持敬畏而不屈服、不卑不亢的态度，或许也说明了咱们人类，还算是有些许勇气。

面对并不如同江河湖海那样风平浪静的大海，我可算是想通了，免不了要呛几口海水的，可不就是喝几口海水嘛，多喝几口，也就习惯了，喝着喝着，也就精神了，越喝越他妈的爽了，喝得肚皮溜圆都没关系，反正掏出鸟来，甚至不掏出鸟来，都可以在尿在海水里，反正他妈的我估摸着，这绝大部分的鸟兵，都还是童子鸡。

凭借着这种态度，我的表现日渐优异，在海训第五天里，我就荣幸地被教官小鲨挑选进了长游组，所谓长游组，就是游的距离比较长的那类兵的集体，游得比较好的、比较快的，统统挑选出来重新混编成一个组，展开相对于其他未进入长游组的兵们较为超前一点训练。在我看来，这个训练方法有一个很八股的说法就是：以点带线，以线带面。

对于小胖子赵子君也进入了长游组的事实，我就比较无视了，其实，我自己阿Q一点的想法就是：这个浑蛋肉这么多，他妈的，也不知道怎么混进来的。

小胖子赵子君对我也似乎挺不好意思，而且还专门为上次赢了我的事实作出了自我辩护。他说班副班副，我从小就在海边长大，泡在海水里就觉得比较亲近，话说这要是到了淡水里面，我照样还是游不过班副您——这浑蛋不会说话，我自忖，你丫意思不就还是说老子还是搞你不赢嘛！

因此，我就不待见小胖子赵子君，也不怎么答理他。

也不知道方大山是哪根筋搭错了，最近说话老跟指导员同志一样文绉绉的，尤其在昨天晚上七班召开的班务会上，却是使劲地夸小胖子赵子君游泳的技术。照他所言，赵子君同志这一次能够进入长游组，是平常练得比较多、比较勤的缘故，厚积薄发。厚积薄发，我靠，很好很强大，当场我就有点绷不住端正的坐姿了，脸却还可劲地绷着，不让自己笑出声来，厚积，嗯，肉厚，小胖子赵子君肉蛮厚的。不仅如此，这浑蛋还脸皮极厚，居然在听到班长方大山的表扬之后，立马报告，起立，朝全班敬礼，说了句很像是发自肺腑的真心话，他说："感谢班长班副以及同志们的鼓励和帮助，我一定继续保持和发扬，再接再厉！"

方大山对小胖子赵子君的反应非常满意，转过头来就问我还有什么说的。我知道，这是方大山煞费苦心地给我一个台阶下，意思就是让我和小胖子赵子君和了，让我们两个之间那个气氛有所缓和，让我们两个之间的那个关系有所融洽，但是，这个面子，我没有给他。

我当时看着小胖子赵子君是这样说的："赵子君同志啊，七班就咱们俩进了长游组了，明天一千五百米的长游考核咱们也继续比一比、赛一赛啊，看看到底谁是骡子谁是马！"

我承认，我这话说得有些过了，有些带刺了，小胖子赵子君当场就怔住了，表情显得有些委屈，不知道为什么，我的心实实在在地软了一下，但是又不知道为什么，我还是把心又硬起来了。

方大山见状，赶紧圆场，呵呵一笑就说了一大通废话，然后匆匆将班务会给结束了。

……

一千五百米，长游组的第一次考核。

我站在沙滩上，左右左地片着腿，奋力地压着腿，尽量让自己活动开来。

四海凑到我面前说："帅克啊，我看你和小胖子较的是什么劲啊？！"

"方大山不是说了嘛！"我用力地蹲下身姿，笑容可掬地看着四海说道，

"为了调动同志们的训练积极性，这个嘛，有时候还是要比一比、赛一赛的！"

"不！"四海摇头说道，"帅克，不，我觉得你自从上次输给了小胖子之后啊，你就对他意见挺大的，这不像你啊，兄弟！"

翻着白眼鄙视了我一眼，四海问道："你也不像是输不起的人啊，帅克！一个多牛逼的老兵，怎么会变成这样呢？"

"我告你啊，兄弟！"我站了起来，揉了揉小腿的肌肉，用眼角余光瞥了一眼不远处也在活动身体为一千五百米长游组考核做准备的小胖子赵子君，偏过头来，叹了一口气说道："四海啊，这小胖子可是貌似憨厚貌似可爱啊！伪装得极好！你知道我为什么生气吗？为什么跟他过不去吗？为什么要和他较劲吗？"

四海摇了摇头，疑惑地看着我，等着我的回答。

"终日打雁，却被雁啄了眼！"我叹一叹气说道，"没别的，我就是恨他装，恨他赖！在家里那么多次武装泅渡训练，他到底游得怎么样我还一直没看出来，你说，我这个当班副的是不是忒失败？还有，一到了这地方，看着这他妈的海军陆战队，那个崇拜，啧啧，恨不得他妈的马上把咱们这步兵军爷的绿迷彩给扒了下来，拱到海军陆战队那里去待一待！"

"这个，呵呵，赖是有一点……不过，我觉得是不是你敏感了点啊，帅克。小胖子本来就在海边长大，对大海的脾性是比你熟悉些啊，那什么崇拜，狗日的，想当年我不也还是不想当这累死人的步兵啊，我原本想着去沈阳那边的一个电子对抗团学学电脑技术呢，阴差阳错啊，时也，运也，命也啊！"四海悻悻地说道。

正准备开口说话间，集合的哨音响起了，我赶紧朝四海比出一个中指，屁颠屁颠地就往吹哨子的教官小鲨那里拱了过去，一边跑，一边思忖：这他妈的都是怎么回事啊？步兵有什么不好吗？咋就这么爷爷不疼、姥姥不爱的呢？想当年，老子认为，管他妈的当什么兵，只要不在部队喂猪就行！只要能上阵杀敌就行！江湖传闻，步兵就是炮灰，离死亡最近，很好，我喜欢！

任何一个热血男儿，都有一种想为民而死、为国尽忠的冲动，经过无数次的内心世界的自我观照和深刻反省，我觉得老子一直很冲动，过去如此冲动，现在如此冲动，将来也如此冲动——直到我打完最后一颗子弹，流尽最后一滴鲜血！

七八十条兵，分别乘坐了四条渔船，往大海的深水区开进，渔船尾部的雅马哈动力发出轰隆隆的噪声，卷起一连串白色的浪花。

按照部署，开进至深水区一千五百米处，我们这些长游组的就集体扑通扑通跳下海，朝着海岸线游，标志就是那杆竖立在海防林里的红旗。

船身有些摇晃，小胖子一个不小心和我撞了个满怀，赶紧不好意思地找话说："班副，你晕船吗？"

当场我就晕倒，我靠，老子只晕你呢！

见我表情有些不友善，小胖子赵子君讪笑道："呵呵，班副，我从小就不晕船的，我是在海边长大的，噢，对了，班副，你们老家的湘江河有多长多宽啊？"

"保存体力啊赵子君！别说话！待会儿你够呛。"我严肃地教训道，实际上，我不这样严肃，这鸟兵就顺杆往上爬，不知道还有多少废话，我靠，懒得理你！

坐在船舱的内侧木板上的教官小鲨顿时笑了起来，对我说道："帅克啊，我倒是看你这个班副够呛，赵子君可比你游得好些啊，别看他有些肉、有些胖，可是在海里哧溜一下就是两三米出去了，这个速度连我都够呛啊！"

"呵呵，也是哦，那啥，赶上 M 军那海豹突击队的速度了！"我笑着说道，心中暗骂，他妈的，海豹呢！肥肥的，胖胖的！

"班副，其实在海里游也是有窍门的……"小胖子赵子君受到了来自海军陆战队的教官小鲨的表扬，顿时有些高兴起来，马上就想无私地和我分享一下他游泳的心得，不过，这种好为人师的态度对于我对他日益恶劣的印象来说，无异于火上浇油，于是我狠狠地朝他瞪了一眼，小胖子吓得赶紧就把话吞了回去了，嗫嚅道："我……我只是想说，大海里面有很多暗流的，班副……"

"好了好了！"教官小鲨饶有兴趣地看了我一眼，说道，"赵子君同志，待会儿你可别搞小动作啊，不要因为帅克是你的班副你就放他一马，还不许新同志强过老同志吗？别怕，好好游，让同志们都看看你的实力！"

我撇嘴："我靠啊，教官同志。怎么，我打压新同志了吗？来，放马过来，青出于蓝而胜于蓝一直是我带兵的目的！"

"那就好！"教官小鲨这个浑蛋笑眯眯地看着我，然后突然叹了一口气，遗憾地说道，"嗯，不过啊，帅克，我还是觉得你够呛……"

"拭目以待吧，您！"我笑着对教官小鲨说道。

坦白说，我心里其实很没底，教官小鲨说得不错，我够呛，小胖子游得很不错，给我造成了很大的压力，但是压力归压力，既然都撂出话了，就算是这一次累成王八羔子，我也要奋力，哪怕只是为了争一口气。

我是班副，我是老兵啊，想当年在我新兵期的时候曾无数次地想在每一个军事训练科目上都超过我的班长李老东，但是老东仍是那样地牛逼，始终死死地把我踩住——没别的，这99年兵才吃了几个月的大米饭啊，就想超过老子？不可能，绝对不可能！

正在思忖之间，在我们前面的那一艘渔船的船尾上立起一个兵，定睛一看，原来是海军陆战队中的另一名教官，只见他手持一个白筒黄把的小喇叭，开始广播了："注意，进入指定海域，到达出发点，向我船靠拢，成一字队形并齐，重复一次，向我船靠拢，成一字队形并齐，一千五百米长游考核马上开始！"

我们这艘渔船的船老大也十分牛逼，到底是在海上混的，一条渔船竟然被他操控得出神入化。这个黝黑的汉子伸手推了几下雅马哈动力的变速箱，朝左方偏了一下方向舵。我们乘坐的这艘渔船顿时在减速之后的惯性驱使下飘逸地在海面上画出一道完美的弧线，漂亮地打了一个横弯，在离前船的船尾还有三十公分的样子时，神奇地停了下来。

不一会儿，所有的渔船都已经就位，摆成了一个一字队形，在海浪的轻抚之下轻轻摇曳。

教官小鲨从兵们中间穿过，然后一脚跳上了我们前面的那艘比较大的渔船，对我们说道："大家好好游，对着海岸线游，对着红旗游，再活动一下吧，还有，记住各项注意事项！"顿了一顿，小鲨朝我这边扭头看了看，说道，"这个腿要是一麻了就千万别逞能啊，停下来扳扳脚，活动一下，避免抽筋！"

"教官教官，你去干吗？你不是说和咱们一起游吗？"小胖子腾的一声站起来，脱口而去地喊道，"呵呵，你不是说还要和咱们比一比吗？"

"哈哈，多的是机会！"教官小鲨哈哈一笑，"开始你们都是顺着海岸线玩一千五百米长游，今天是第一次真正意义上的长游，先说好了，这可不比在海岸线边上，累了可以伸脚踩踩地，这不，我今天也有任务，救援保障！"

"小鲨！"

正说话间，那个捏着小喇叭的教官就吼了一嗓子。

"到！"

"快来，准备橡皮舟！"

"是！"

小鲨扭头对我们一船的兵笑了一笑，说道："步兵兄弟们，实在是游不动了就呼叫救援啊！"

说罢扭头就跑，对身后此起彼伏地问候他的女性家人的骂声充耳不闻。

我实在是没有心情骂这个浑蛋了，因为我扭头一看，就看到了那面红旗，在海防林上空飘扬着的红旗，只不过，那旗杆就看不到了。

不啰唆，搞，作死地搞！

一声哨音，我定了定了神，一个猛子就扎入海水当中。

在我的老家，游泳在地方方言中被称之为打浮秋，这打浮秋的人聚集在一起，这首先第一个比的就是扎猛子，这扎猛子，在我们老家则有一个有些情色的说法，叫做射猛子，人们往往在称赞一个彪悍的游泳健将时说：啧啧，一个猛子射了十几米远——我想，我也得射一个比较远的猛子，毕竟游十多米比射猛子的体力消耗要大得多。

我凭借着自己的经验，跳出了一个完美无缺的入水角度。这个身体切入水面的角度很重要，当年我还是一个小屁孩子的时候，就亲眼看到一个傻不拉叽的哥哥在游泳的时候玩跳水，由于玩得比较投入，入水角度没有把握好，啪的一声直接摔打在水面，当时就昏倒，人们把他捞上来一看，嘿，这胸口红得跟个猴子屁股一样。

哗啦一声，所有嘈杂的声响在那一瞬间就离我远去了，只听到海水当中奇怪嗡嗡的声。

开局不错，我闭上眼睛，奋力的上下拍动着自己的两条腿，在海水之下前行。

终于，我憋足的一口气消耗殆尽，哗啦一声，我将头挣出水面，呼吸了一大口新鲜空气，甩了甩头，擦了一把脸，左右一瞥，很好，这个猛子射得不错！貌似还没有一个兵能够赶上我，就连小胖子赵子君，也还在老子后头一拱一拱！

独有英雄驱虎豹，更无豪杰怕熊罴，说的是咱们要在战略上藐视敌人，但是情势很严重，这小胖子赵子君的速度十分快，就在我还在观察敌情时就拱了上来，这就不得不让我开始从战术上重视"敌人"起来。

既然占领了先机，就要把优势扩大。我默诵要领，奋力划水，在我的眼里只有那面红旗，只有胜利！

"五百米了！加油！"

我听到是教官小鲨的声音，侧脸一看，却被阳光晃了一下眼睛，估计他正在橡皮艇上朝这边喊话，为我们游得比较靠前的加油鼓劲。

这么快就五百米了吗？呵呵，我不由得笑了一笑，这前五百米，我游得还算轻松啊！赶紧就扭头观察一下敌情，这一下，我就笑不出来了，原本在我四点方向游着的小胖子赵子君，他妈的，居然拱到了我的一点方向，白白胖胖的身子若现若隐，掀起一片片浪花正可劲地闹腾！

狗日的，这小胖子是什么泳姿啊？蛙泳不像蛙泳，蝶泳不像蝶泳，自由泳也不像自由泳，但是就一点，速度贼快！

小胖子你这个王八蛋，我心中恨恨地骂道，他妈的，你跑五公里的速度也就他妈的是你游泳这个速度！赖兵啊！

我郁闷起来，赶紧划水，赶紧追！

这一来，我的心绪就受到了影响，开始急躁冒进起来，猛拱猛拱。不一会儿，我的节奏就乱了，开始不由自主地喘起了粗气，再过一会儿，呼吸就完全打乱了，换气也跟不上节奏了，我懊恼地发现，自己手划水、脚蹬水的速度和力量也渐渐地跟不上了。

猛然间，新的情况又出现了，前方两米正朝我漂来一个白色的、直径近乎一米的透明体，随着海浪摇摇摆摆、起起伏伏，煞是飘逸，我顿时惊出一身冷汗，我靠，海蜇！

海训一开始，房东老陈就给咱们反复交代过了，这片海域邻近着养殖场，海蜇比较多，这海蜇千万不要抓，它有毒性，若是被它的触角扫到手上，火辣辣的，疼得很；然后这参加过海训的连长杜山则补充道：若是无意之中抓了一把，那么就千万要记住，千万别摸自己的小弟弟……

在野外驻训的时我就被隐翅虫来过一口，从此就不敢无视这些奇妙的生物了，话说这芥子和路易，都没这天赋的杀敌本领牛逼，于是乎我赶紧划动手臂，加紧躲避这惹不起的海蜇兄弟。

"后面的兄弟注意……"我奋力高呼道，"这里有海蜇……"

话音一落，我就喝上了两口海水，一阵扑腾，甚至狗刨了几下，我才离开这个有海蜇的危险区域。

经此变故，我愈发地没有力气了，不得不停下来，踩着水，扳一扳脚指头，揉一揉腿，喘一喘气。

这时候，小胖子赵子君已经领先我起码有一百米了。

而在我的前方和身边，还有不少兵正奋力地把我甩在后面。

我心中突然涌起一股悲凉，我深刻地体会了心有余而力不足这句话，也切身体会到了有些客观事物不以人的主观意识为转移的真理，我想，我是要输了。

输罢，但是我现在要做的，就是要战胜自己。

我奋力地游了起来，虽然我每一次抬起手臂都很吃力，虽然我每一次拍动腿脚都很吃力，但我还是在游着，朝着那面红旗。

教官小鲨他们一行四条人，坐在一艘橡皮舟上渐渐靠拢了我，教官小鲨的手上套着一个脚蹼，他对我伸出了这只奇形怪状的手，对我说道："还有五百米，坚持不了就上船！"

我没有理他，什么还有五百米？纯粹是扯淡，至少还有八百米！

我好歹也是个兵头将尾的班副，在我刺激一个兵或者是鼓励一个兵的时候，我也会这样子说，如出一辙地说，首先告诉你剩下的距离不远了，不要轻易放弃，然后再刺激一下你，他妈的，就还这么远了，想舒服就认输！

小鲨笑着说："嘿，到底是老兵啊，受不了刺激！这速度看着看着就快起来了呀！"

我不理会这浑蛋，我也没有必要理会他，我宝贵的体力要留着去追赶兄弟们，追赶小胖子，因为我知道，并不是我一个人感到极端地疲累，而是所有在游着的兵都感到极端地疲累，在这种情况下，就看谁能够坚持，谁就能够死撑。

我开始运用在陆地上咱们步兵爷们常用的一招了，也就是我的班长李老东传授给我的转移心法，我保持机械的动作，并不去感受我承受的疲倦和苦累，而是想别的，转移自己的注意力，我想老八做的红烧猪蹄，想四海教给我EDIT，想野外驻训的某一天夜里，我感觉到的程小铎那坚硬如铁的胸衣……

教官小鲨仿佛是跟我耗上了，不停地在我耳边聒噪："嘿，兄弟，不错，又超过了三个！这人的潜力敢情真是无法估计啊……加油！"

这橡皮舟上的其他教官也不是好东西，纷纷在一旁聒噪："不错不错，这泳姿够牛逼，到底是步兵军爷！这脚板子上有真功夫，这扑打起的水花一看就知道是台大马力的发动机！哎哟，还发飙了呀，我靠……"

这一下子，我就是想骂也骂不出来了，不停地张大嘴喘气，海水又不停地灌入到嘴巴里，速度慢了下来不提，最重要的是我已经完全没有了什么体力，没办法，我只好翻过身子仰泳起来，借此恢复一下体力。

教官小鲨的脸在我右上方亮了出来，他笑着说道："帅克，不行了就爬上来啊，这橡皮舟真舒服呢！嗯，让我看看，你还能够乘坐三百米的样子，好好欣赏一下海上风光，真的啊，不信你看啊，这都可以看到海岸线了！"

我还是不答理他，只是张开嘴，不停地喘气，我知道，我知道还有这最后的三百米，我已经可以看到海岸线了，已经可以看到海防林了，我现在要做的就是休息，休息一下，然后再竭尽全力，冲刺！

"唉……"教官小鲨突然长长地叹了一口气，摇着头，对着我说道，"不容易，帅克，我说你这步兵兄弟能够游成这个样子也不容易，上来吧，别死撑了！"

对我这样敏感的人而言，这句话无疑是一个刺激，号称是海里蛟龙的海军陆战队又有什么了不起，不就是在海边训练得比较多吗？假以时日，老子就不信咱们步兵军爷在海里抽不死你！

二话不说，老子记住你了！

一个翻身，老子开始死磕了！

那一面高高飘扬在海防林上的红旗愈来愈清晰；那一沓沓整整齐齐摆放在沙滩上的衣服愈来愈清晰；那个已经在岸上捧着个小肚腩在那里猛喊着"班副加油"的小胖子的眉眼也愈来愈清晰——我奋力扑腾几下，然后放下脚来，飘飘忽忽地就踩在了沙地上，我知道，我到了，我他妈的终于游上岸了。

"班副！你真牛逼！"小胖子兴奋地朝我竖起了大拇指说道："一直坚持到底了！我佩服你！"

我看着小胖子赵子君如同苹果般红彤彤的脸，精疲力竭地说道，"小胖子，你赢了！"

海风习习，我坐在沙滩之上，手捏一瓶冰啤酒，美滋滋地喝上一口，白天的疲累顿时荡然无存，剩下的只有舒适、惬意。

白天进行了一次一千五百米的长游考核，借的是地方上的渔船，也就是我们房东老陈他们养殖场的渔船。晚上这些渔船都没有回去，相反还来了两艘满满的装载着海鲜的渔船。连长杜山告诉咱们一个好消息，老陈他们这个年创利税上了五百万的股份制养殖场要来慰问咱们人民子弟兵了，瞧这两船海鲜，就是大手笔！

原本宁静的海滩在今晚如同过年一样热闹了，附近的渔民们几乎全体出动了，青壮年渔民搬来小山一般的啤酒，然后找上一个穿军装的就开喝；年长一点的女性则统一在临时用汽油桶架好的炉灶上展示着厨艺；兴奋的孩子们在奔跑，在尖叫；年老的长辈和养殖场的领导们则和军官们聚集在一起相互客气；年轻的姑娘跳起了如同海鸥一般轻盈的舞蹈；年青的小伙子唱起了原汁原味的赶海歌谣，每一个人的脸上都洋溢着发自内心的微笑。

坦白说，这种气氛冲淡我心中的郁闷，一千五百米长游考核下来，我的确是非常郁闷，虽说游了个第十名，也刚好进了前十名，但是小胖子赵子君居然游了个第一名——我想，要是我不进这长游组就好了，至少还可以牛逼烘烘地显摆道："嘿，瞧这游第一的小胖子赵子君，还是老子带出来的兵！"

　　可惜事实是那样地无情，那样地残忍，这种有些失落的情绪使得我拎上了四瓶啤酒外加迷彩裤前后兜四瓶啤酒一个人走到了海防林的一角落中，四海屁颠屁颠地跟了过来，也是插了四瓶啤酒在迷彩裤的兜里，不过手上没拿酒，捧了两大盆子海鲜，一盆是螃蟹，一盆则不知道什么玩意儿，方大山见状，顿时也如法炮制，跟随着四海的脚步，学着四海的套路，整了点酒菜也跟了过来，照他那表情，似乎是怕我喝闷酒一般，来陪陪我。

　　邪乎的是，教官小鲨用眼神清点了五连的人数之后，眼神锐利地发现了我，四海，还有大山仨人，也是提着几瓶啤酒悄无声息地潜行了过来，于是，咱们四人就席地而坐，边吃边喝边吹了起来。

　　小鲨这个鸟兵，在知晓我是湖南人之后，立马就说他的班长也是湖南人，然后和我吹了一瓶，之后学着半生不熟的湖南话刺激我说："呵呵，帅克啊，你没卵用！自己带出来的兵都没有搞赢！"

　　这话我当然不爱听，但是一时半会儿却又找不到反驳的话，为之语塞，只好提起酒瓶，又和他吹了一瓶，放下瓶子就想到了反击的语句，立马就问："小鲨，你搞赢过你的班长？"

　　小鲨怔了一怔，敢情这下被将军了，挠挠后脑勺说道："嘿嘿，这个……不过现在就说不准了！"

　　"靠！"扳回一城，我赶紧乘胜追击，"话说这青出于蓝而胜于蓝是每个带兵人的梦想，我比你的班长幸运多了，这么快就看到了这一天的到来！"

　　四海捏起一瓶啤酒正在一旁喝着，听到我说这话顿时一口酒就喷了出来，咳嗽着说道："咳……我靠……够呛，够呛！"

　　"小鲨啊，帅克这家伙就是死鸭则（子）一只！"方大山笑着说道，"嘴硬！"

　　"我靠！敢情你经常忽悠你的兵啊！"小鲨大笑，突然像想起什么来一般，朝方大山好奇地问道，"嘿，大山，听你口音，陕西人？"

　　方大山惊诧道："你怎么知道？"顿了一顿，憨憨一笑道，"额（我）这普通话好像还标准啊！"

　　"呵呵，咱们虎鲨小分队以前有个老兵，也是陕西人！"小鲨笑着说道，"你们陕西人好像都很忌讳说'子'字，那老同志也是鸭则，林则，木棍则这样说的！"

　　"呵呵，额（我）也不知道为什么都这样说，还是有地方口音呢！"方大山笑着说道。

　　"有地方口音好啊！"小鲨举起酒瓶子，和方大山碰了一下，笑意盈盈地说道，"咱们队里那老同志，特别地能吹，能扯，就说这陕西口音吧，也被他扯上了天，这不，有一天咱们在学习室上完英语课，他说的一个陕西人忒牛逼的段子，我还记得呢！"

"赶紧说说啊！"四海顿时来劲了，扔掉一只啃得干干净净的螃蟹侧耳倾听起来。

"指导员上课的时候说了一单词，说这英语管一美元叫 one dollar！"小鲨笑着说道，"这不刚一下课，这陕西的老同志就开始忽悠了，说是有一家子陕西人在唐人街开餐馆，老爸当大厨，老妈就管收银，这儿子呢就跑大堂，当服务生！"

顿了一顿，小鲨继续说道，"有一天呢，就来了一洋鬼子，点了几个菜就开吃，吃到一半，咣当一声，就打破了一个碗！这儿子听到了就去看了一下，然后用陕西话报告：'碗打了。'这洋鬼子一听，嘿，上帝啊，这中国人的碗咋就这么贵呢，居然要'one dollar'！这时候老板娘马上过来，也用陕西话问'谁打的？'这洋鬼子一听，一愣，怎么换个人就涨价了，要'three dollar'？"

"这儿子一听老妈问是谁打的，马上又用陕西话说：'他打的。'这下洋鬼子就有点儿慌神了，怎么又涨了，涨到了'ten dollar'！"

顿时，咱们一堆兵就开始笑了起来，有意思，不得不承认，小鲨这浑蛋表演得惟妙惟肖，尤其是那一口陕西话儿，说得特别地道！

小鲨眉飞色舞地说道："这还没完呢，这当大厨的老爸在厨房里听到了打碎碗的声音，不知道怎么回事，于是就提了把菜刀就出来了，正好看到儿子手上还捧着一碗热气腾腾的汤，就误以为开始那碗是他儿子打碎的，立马就横眉竖眼地吼道：'烫，少盛点儿！'，这下可好，旁边的洋鬼子一听，我的圣母玛利亚啊，居然要'ten thousand'！ 敢情失手打破的碗是中国人的古董啊！于是飞快地掏出钱包，把所有的钱都倒在桌子上，夺门而逃！"

"哈哈！"四海笑得连眼泪都流了出来，一个手指着小鲨，一个劲地狂笑，半天才喘着说道，"哈哈，高，实在是高！"

"还好额（我）念了高中啊！"方大山憨厚一笑道，"要不还真的听不懂这笑话呢，呵呵！"

笑了一气，我举瓶就和小鲨碰了一碰，对他的段子以示颁奖，喝了一大口，我饶有兴趣地说道："这陕西的老同志可也算是个人才啊！"

"可不呢，这不去年刚退伍了，之后放着一份好好的家业不要，上个月非得拉了一帮子同年退伍的兄弟们一起搞了个建筑公司，一帮子军爷全部在深圳的

高楼大厦的施工架上戴着安全帽正玩得热火朝天呢！他的理想就是，做特区最牛逼的民工！"

"啊？最牛逼的民工？"四海愣了一愣。

小鲨笑着说道："前些天他回老部队了，大家伙都问他，为啥要去当民工，这个答案咱们也总算弄明白了！"

"那是为什么呢？"我若有所思地问道。

"促使他当民工的原因只有一个，那就是战争！"

"战争？民工？"我摇头道，"邪乎，听着就有些邪乎！这风马牛不相及啊！"

"我听着也有些驴头不对马嘴！"四海咧嘴一笑，说道，"小鲨同志，你不会又是忽悠咱们吧？！"

"不！是真的！是战争！下一场战争！"小鲨腾的一声放下手中的啤酒瓶，砸得沙子四溅，正色道："就前不久！M国智库兰德公司设想了一个对中国的战争计划，其中有一个设想很阴险。他们计划炸断中国若干条铁路运输干线的桥梁、电网，导致南北运输瘫痪，使得大量的民工滞留在南方沿海城市生活没有着落，形成动乱，导致南方经济停滞，进而导致台海战争告负！"

"那位老同志是这样说的——"小鲨肃容道，"哪怕我们褪去了军衣，哪怕我们生活在社会的最底层，只要有一天敌人胆敢来侵略咱们，没有枪没有炮，一人一块板砖都要拍死他们！"

"好！"我大笑道，"好！好一个板砖拍死王八羔子们！有个性，我喜欢！"

四海笑着说道："哈哈，这就跟咱们老八的话一样：嘿，小样！拍死你！"

海边聚集的人群里发出一阵阵笑声，仿佛在应和着我们。

那些精壮黝黑的渔民们正逮住咱们带队的王副参谋长和几个连队的主官一人捏一瓶啤酒吹瓶子，咱们五连那地儿也比较热闹，一阵哄笑声传来，我抬头一看，只见许小龙正仰头举起酒瓶倒个不停，嘿，原来敬酒的是一个年轻的妹子！

小鲨笑着说道："走吧，兄弟们，咱们还是回连队去热闹热闹吧，爷儿们对着爷儿们，喝酒都没瘾呢！"

四海立刻响应，说："嗨，那边吃的东西多些，走啦走啦！"

"鸟兵！"我和大山同时鄙视。

……

正在欣赏着五连那些没有进长游组的精力旺盛的浑蛋们和年轻的姑娘们手拉着手儿跳起欢快的舞蹈时，身后突然有人拍了我一下，我转身一看，只见小胖子赵子君怯生生地站在我的身后。

"班副，退潮的时候我赶海，捡到了这样一个大角螺，渔民们都用它来做号角的，放在耳边能听到大海的声音……送给你班副！"

半晌，我伸手接了过来，露出一个比较牵强的笑容，举起手中的啤酒瓶，说道："呵呵，谢谢你，小胖子，来，我敬你！表现不错，继续保持，发扬！"

小胖子赵子君兴奋地举起一个啤酒瓶，砰的一声就撞上了我的啤酒瓶，笑着说道："班副，我先干为敬！"

……

我只是觉得，啤酒有些苦，不知道是不是喝多了的缘故。

坦白地说，我在这次海训中饱受打击和刺激，感觉到了前所未有的压力，当然，小胖子赵子君的游泳技术是一个方面的压力，而另外一个方面的压力则来自海军陆战队的这些教官们，他们的表现让自认为还算牛逼的我感觉到了巨大的压力。

在我看来，一千五百米长游已经是让我非常吃力了，但是，在海滩狂欢之夜的第二天早上，这些精锐的战士居然在他们的队长的带领之下，集体搭乘养殖场出海的渔船，游了五公里！

若非我亲眼所见，我简直无法相信，因为当时我们长游组担任了他们的保障组，在我看来，我们这所谓的保障组，其实根本没有实质的意义，我宁愿相信，这是虎鲨小分队给我们长游组的兵安排的一个新的训练课题，练习划划橡皮舟而已。

事实也的确如此，我们长游组的兵把渔船外舷板上挂着的橡皮艇放入到海里，然后分乘了五艘橡皮艇担任他们的保障组，一开始，我们七手八脚地划着橡皮艇，速度还远远落后于虎鲨小分队游，更令我惊讶的是，他们始终保持着同一个速度，同一个队形，就这样，整整游了五公里！

我们还是在划着橡皮舟，就已经觉得很累了，而他们却是在游！

整整两个小时，我们才划到岸，而他们却还比我们提前了七分钟——我开始觉得，我一点都不牛逼，在这些精锐的战士面前，我似乎像是一个孩子，和房东老陈的儿子陈小兵那样大的孩子。

海军陆战队号称是陆上猛虎、海上蛟龙、空中雄鹰——我只见识了海上蛟龙，于是我在训练间隙旁敲侧击地询问小鲨道："嘿，兄弟，你们海军陆战队还有什么其他训练科目？这海上蛟龙的功夫我是见识过了，陆上呢，空中呢？"

小鲨这鸟兵故作高深，笑而不答。

"是不是陆上猛虎浪得虚名啊，我靠，怕咱们步兵兄弟给你来一次？怕丢不起这人？"

"这空中雄鹰是不是就是跳伞？我看这也没什么嘛，空降兵兄弟应该比你们专业得多啊？我估摸着，你们这海军陆战队就四个字而已：杂而不精！"

……

我不停地冷嘲热讽，自问自答，一顿乱弹琴，小鲨终于憋不住了，放了一句牛逼的话出来说道："我靠，帅克！你回去把你们所有科目训练成绩都提前那么三四分钟就行了！"

——他妈的，这不是摆明了看不起人嘛！

见我的样子像是要冲上来和他死掐一把，小鲨哭笑不得，赶忙安慰我说："其实啊，帅克，咱们海军陆战队的建制连队和你们步兵兄弟的战斗力差不多，我们这虎鲨小分队呢，只是比你们训练成绩稍微高了那么一点点，训练科目稍微多了那么一点点而已……"

顿了一顿，小鲨给我扔了一支烟，说道："咳，其实呢，我们虎鲨小分队在海军陆战队也不算牛逼，两栖侦察队才算真正地牛逼，蛙人，水鬼……嗨，直说吧，虎鲨小分队只不过是两栖侦察队的预备队，两栖侦察队才是海军陆战队的队中之队，把虎鲨小分队的所有训练科目的成绩都提前那么三四分钟，就是两栖侦察队的训练成绩！"

我当场就把烟叼在嘴里愣住了，这样说起来，我这战术水平如果放在海军陆战队的两栖侦察队面前，就是一个上幼儿园的小朋友了。

小时候，我老爸一直教育我说，年轻人不要狂妄，要知天高，要知地厚，天外有天，人外有人——直到今天，我才真正地体悟到我老爸的语重心长。

看着我若有所思的样子，小鲨拍拍我的肩膀，郁闷透顶地说："兄弟，最精锐的战士们哪里会来给你们陆军兄弟整这最初级的海训啊，咱们虎鲨小分队成立大半年了，就出了一次任务，这一次任务也都是救援一艘动力损坏了的渔船，话说我们都是替补队员，坐坐冷板凳而已，还没正式进入作战序列呢！"

看着小鲨郁闷不已的样子，我想笑也笑不出来，我仿佛已经置身于某一处万众欢呼的体育馆中，赛场之上有高手过招，你攻我防，精彩无比，赛场一侧的板凳上坐着傻乎乎的小鲨，至于我自己，则戴上了一个遮阳帽蹲在那些翻动的广告牌前，球若是一出界，我就马上屁颠屁颠地去捡球……

正在我遐想之时，小鲨却抬起头，咧嘴一笑，仿佛自言自语地说道："还好我自己争气啊，再过一关，我就再也不用坐冷板凳了！"

我从遐想中惊醒过来，茫然地啊了一声，小鲨笑着对我说道："帅克啊，我看你这鸟兵也算是有追求、有向往的，不像个在部队浑浑噩噩混日子的孬兵，老同志我给你指条路啊，那有什么比武啊比赛啊好好表现，玩命地拼，争取到更多的机会去参加更高级的军事训练。每一个兵王，都得经过长期的学习和训练，学习军事技能、掌握军事技能，再训练、再学习，直到这些军事技能成为你的本能！"

我不住地点头，突然心中一动，仿佛想到了什么一般，刚刚正在脑海中追寻这个思绪，却听到了一声哨音，扭头一看，只见咱们的王副参谋长居然顶着烈日，汗流浃背地来到了咱们开展训练的沙滩之上，掏出一个口哨，奋力地吹着，吹了几响之后便扯开嗓子大喊道："集合，全体集合！"

我愣了一愣，赶紧腾的一声站了起来，却不料小鲨也就在同时弹了起来，两个人顿时头碰到头，撞了一个结结实实。

"靠！你喊，你是教官！"我使劲地揉着自己的额头，苦笑着说道。

"他妈的，你反应这么快干吗啊！"小鲨亦是苦笑着看着我，然后飞快地扯开嗓子喊道，"五连，集合！"

我一边跑，一边咧开嘴笑，敢情咱们都是一类兵啊。

各连迅速就位、报数，王副参谋长显然很急迫，啪的一声朝我们敬了一个礼，手还没有完全放下，就开始大声地说道："同志们，接上级通知，受强天文潮汐影响，未来一周内广东沿海的江海潮汐将出现今年以来的最高潮位，最高水位将超越珠江基面两到三米，因此，海训提前结束！部队集结回营！"

我实在是忍不住，瞥了一眼站在队列中的兵们，毫无疑问，我看到了整齐划一的惋惜的眼神……

我突然想起了小胖子赵子君送给我的那个大角螺，或许，未来很长一段时间里，我只有把它捂在耳朵上，才能听到大海的声音了。

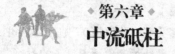

◆第六章◆
中流砥柱

　　引文：这也是一幅壮美的战争画卷：天地苍黄，山河浩荡，粗壮的探照灯的灯光雪白，如同锋锐的刀锋，阵地之上，枪炮之声呼啸雷鸣，士兵踉跄，但是仍然义无反顾凶猛前进，冒着敌人的炮火前进！前进！向前进！
　　我们战无不胜！

　　自从匆匆结束了海训回到部队，这两天来，我就一直没有看到过太阳。
　　太阳仿佛被天际那些堆积起来的灰黑色云片彻底地埋葬了，天幕被涂抹了一层黑黑的颜色，像极了一张被墨汁洇染的宣纸，空气闷热得不得了。我知道，原来上级通知还是比较准确的，还是比较及时的，虽说那强天文潮汐我不知道是个什么玩意儿，但是我想，这江河湖海的水位要上涨，肯定会下雨。
　　而且，我觉得，一定会是一场大雨。
　　所以，当我刚刚站在连队值日台前面拿起电话机跟程小铎拨通了电话，正提醒她马上要打雷下雨准备收衣服了的时候，这天空突然就变得黑漆漆的了，就在这一瞬间，一道粗壮遒劲的霹雳劈过整个天空，呈奇形怪状的枝丫状闪电猛地朝四面八方伸展，撕裂了整个天空，耀眼的蓝光顷刻之间使得整个世界璀璨无比。紧接着，一声惊天的雷霆仿佛就在头顶炸响，龟裂状的天空在蓝色的闪电之下显现了短短数秒之后，整个世界又陷入一片黑暗。在这伸手不见五指的黑暗里，轰鸣的雷声接二连三地出击了，四点方向，七点方向，九点方向……相互不停地在追逐着炸点！
　　我就傻乎乎地站在那里，手握着话筒，仰望着天空，然后就看到天空那灰色的幔帘裂开了一道缝隙，一颗巨大的雨滴准确无误地射入我的眼里。

"帅克……我好怕……"

话筒中传来程小铎怯怯的声音。

我定了定神，使劲地揉着眼睛，笑着安慰着程小铎说："乖，别怕！有我呢！"

"我，我最怕打雷了……帅克，我得去抱个枕头……小时候，一打雷我就抱枕头……"

"嘿嘿，现在你长大了，抱我就行了啊！"我笑着说道，仿佛又回到了拥抱住了程小铎的那一刻，感受到了她柔软的腰肢和清幽的发香。

"讨厌！"程小铎娇嗔一句，然后慌乱地说，"我，帅克，我不行了，我挂了……抱枕头去……"

在铺天盖地的倾盆大雨中，我清晰地看到那些飞溅的水花瞬间就打湿了我的裤脚，在惊天动地的风雷激荡声中，我清晰地听到程小铎在挂电话之前的那一句话。

程小铎说："帅克，我……我其实……其实更想抱着你……"

傻笑着把手中电话筒挂上，我想，年轻真好，恋爱真好。

对着漫天的雨箭，我幸福得不可自抑，张嘴就学了一声狼嚎："嗷呜……嗷呜……"

"他妈的！帅克！你嚎什么嚎？"连长杜山从食堂旁边窄窄的水泥墩歪歪斜斜地跑了过来，一只手紧紧地捂住头上的迷彩帽，一阵狂风吹来，他身子一歪，差点摔倒，还好这鸟兵临危不惧，硬是晃了几晃，调整了过来，啪的一脚踩上了营房的水泥坪，摘了帽子就吼道："帅克！下雨就没事干是吗？你们三排集合！上学习室擦枪！"

我挺胸收腹，声音洪亮："是！"

我噔噔地冲上三楼，吹响吊在胸口的口哨，扯开嗓子喊道："三排学习室集合，开枪柜，擦拭武器！"

……

我伸出手来，抚摸着那支属于我的枪号为 04230530 的 81-1，心里充满巨大的温暖，无论是每一次正式或非正式的擦拭武器，只要有可能、有条件，我都会先去洗一次手，这次我也不例外，我刚刚洗好了手，手上有着挺好闻的香皂的味道，四海瞥了我一眼，不屑地说道："平常就没见你这么爱干净，一到擦枪就这样，病态啊！"

"你懂个屁！"我振振有词，"神圣的仪式，知道不？"

"排长的枪活你是没他玩得牛逼，不过这些个调调你都学了个八九不离！"四海笑骂道，"瞧擦枪这板眼，这架势，还真像一个模子里倒出来的一样！"

"去去！一边凉快去！"我怒目以对，拿起整整齐齐地摆放在身体一侧的三片小布条之一，蘸了蘸枪油晾在那里，然后双手合十，装模作样地对着我的81-1虔诚祷告道："我的兄弟，以战士的名义起誓，我们将永远在一起，生死不离！"

天空中一声巨响，云破处有惊雷，四海哈哈笑道："帅克，莫装逼，装逼遭雷劈！"

"去你妈的！"我笑骂道，照四海的臀就是一大脚。

我没有装逼，步枪是步兵的基本武器，在我看来，它就是我的兄弟，和我一起上阵杀敌，是我不离不弃的好兄弟。

……

擦拭完武器，连长杜山来转悠了一趟，并检查了一遍，感觉十分满意，因为咱们甚至连步枪通条都擦得铮亮无比，泛发着一股杀气，杜老板见没什么可挑剔，这才豪爽地大手一挥："枪入库！三排进行电脑学习！"

"噢！"四海立马兴奋得大喊一声，看着他那兴奋的样子，就知道这鸟兵这段时间憋得很辛苦了，海训的时候就犯了电脑瘾，估计他三天不摸枪倒是不要紧，三天不摸电脑就不行，有时候我想，这鸟兵说得也是，可能那电子对抗团更适合他。

不一会儿，学习室后面的一排电脑那里已经是人头攒动，自从咱们五连电脑水平超级牛逼的张曦荣调集团军之后，咱们也跟着沾光了，甚至还拿到了一块"科技练兵先进连"的金字招牌。由于学习电脑知识蔚然成风，我们五连迅速涌现了不少的"电脑通"，其他连队的兵就一批一批地拱到咱们五连来学习，取经——不过要说这张曦一走，咱们连里最牛逼的就是四海了，我当然和这鸟兵有差距，这鸟兵有时候鼓捣的玩意儿，我还是有些半懂不懂。

当然，这鸟兵喜欢炫耀，这不我这边屁股还没有坐稳，那边四海就彪烘烘地大声说道："好！搞定！小胖子，对着话筒唱歌！快，开始录音！"

嘿，又整了个什么玩意儿，好奇地扔下鼠标就往四海那台电脑的围观人群里挤，只见四海一手叉腰，一脸的神气，小胖子赵子君则激动得涨红了脸，对着一个话筒。

小胖子一个肥臀坐在那电脑椅上扭个不停："这，我唱什么呢，我，呵呵，怎么有点不好意思……"

四海呵呵一笑，拍了小胖子赵子君的肩膀一把："叫你唱，你就唱，扭扭捏捏不像样！"

"我操，就唱你的保留曲目，华仔的《一起走过的日子》！"不知道谁吼了一声。

"那行，我还是唱粤语歌，安静，安静，酝酿下气氛！"小胖子的眼睛都笑成了一条缝，扬起一只手做了个嘘声的手语，然后另一只手使劲地摁了一下鼠标，立马张开厚厚的嘴唇，作沉醉状唱道："如何面对，曾一起走过的日子，现在剩下我独行，如何让心声——讲你知……"

坦白地说，小胖子赵子君唱得还真不赖，于是，我似乎忘了我跟他的一些不快，兴高采烈地叫了一声"好！"

一连三天，肆虐的暴雨压根就没有停，听老兵们说，特种部队作战条例中规定，在战斗中若是子弹打光了，就必须高呼换弹匣，给战友们提个醒——我想，这老天爷实在是牛逼得很，它的子弹仿佛永远也打不完，简直无穷无尽。

我们的军事训练虽然受到了天气的影响，但是依旧未停，室内虽然不如室外好开展训练，但是也并非不可行。我们把水壶装满了水，挂在81-1的枪口上练习跪姿射击提高稳定性；我们把脚搭在书桌的边沿上练习拳头俯卧撑；我们一溜儿地倒立在墙角根上看着那些急促的雨滴击打着地面，水花飞溅；我们在学习室里那狭窄的长条凳子下方练习低姿匍匐前进。

训练科目也安排得很充实，完全体现了什么叫做一张一弛，张弛有度，在体能训练结束之后，咱们进修归来的指导员丁彦荣同志就给我们上课，我一直认为，现在的他的确是变了很多，现在他的讲课比起他以前某些时候那种填鸭式的灌输和教条式的说教的所谓"学习"，要精彩得多。

毫无疑问，最近学习的课程很是有趣，十分吸引人。比如说这个闽南语课程，咱们七班的福建兵汪硕就露了脸了，丁指导员完全把一半的授课时间都交给了这个鸟兵现身说法。这就激发了汪硕的积极性，立马拱到储藏室里把他的那套宝贝功夫茶具给拿到了学习室。或许是怕天天下雨，他那一包压箱底的功夫茶的茶叶会发霉，又或许是要为人师表，汪硕慷慨地就在学习室里把这包茶叶打开了，一边泡着功夫茶，一边滔滔不绝地诉说起了闽南的民风民俗风土人情，从潮汕炉闻香杯一直说到斋菜茶油饼，从武夷山一直说到遍布全球的妈祖庙，说到兴起，还用标准的闽南语教我们唱正宗的《爱拼才会赢》，十分地精彩纷呈。看着丁指导员几近放纵的态度，我武断地认为，他可能也是在顾全大局，顾全解放台湾活捉阿扁的大局，促使我作出这个武断的判断的原因是，咱们丁指导员还不时地穿插着介绍台湾岛军力部署，比如说台湾空军布防图，台湾陆军联兵旅（师）布防图。

我一直坚定地认为，我们这样一支英雄的塔山铁军，应该还是有戏的，我们现在要做的，就是练好功夫就行，话说这台上一分钟，台下十年功，说的也就是这个道理，机会给你，舞台给你，关键时候不能忘词，不能掉链子。

但是今天的学习似乎偏离了这个让我关注的话题，丁指导员似乎被窗外嘈杂的风雨之声影响了情绪，有点儿心不在焉的样子，扯着他的伸缩教鞭神经质地玩了半天，才转过身去，在黑板上写下四个大字。

等他转过身来，我才看到了他写的是什么，我默念道：中流砥柱。

"同志们，今天，这备好的课我就不上了，他妈的，就是这个鬼天气，让我想给大家讲一讲我的回忆！"丁指导员顿了顿，扫视了一下端坐的我们，继续说道，"没错，这堂课就叫做：中流砥柱！"

"或许有的老同志已经猜到了。"丁指导员把手中教鞭收拢，放在了讲台一侧，抬起头来说道，"猜到了我要讲的是什么，没错，我今天要给大家讲的就是98抗洪！"

"去年，也是这个季节，也就是他妈的这种鬼天气，一场罕见的特大洪水汹涌而来，长江告急，武汉告急，洞庭湖区告急，松花江告急，嫩江告急！"

"面对严峻的自然灾害形势，我们出动了！在座的97年兵，很多都还记得当时的情景，长江全流域性一次又一次的洪峰首尾相连，上压下顶，百年难遇！人民群众的生命财产安全受到了最严重的威胁！"

顿了一顿，丁指导员语调激昂："奔袭荆楚，驰援潇湘，我们在长江中游沿线来回追着洪峰走，追着险情上，军民一心，众志成城，终于战胜了肆虐的洪魔！这充分说明，我们的党是伟大的党，他坚强正确的领导，永远是咱们实现伟大事业的领导核心！我们的人民是伟大的人民，中华民族，华夏儿女，在危难时刻的凝聚力，永远是任何力量都不可战胜的！"

停了一停，丁指导员举起手，捏起拳头，重重地一挥，道："这也充分说明：我们这支人民军队是伟大的军队，因为我们始终坚持着全心全意为人民服务的宗旨，为了人民的利益，赴汤蹈火，在所不辞！"

"我们人民子弟兵，完全可以担当起这四个大字——"丁指导员迅疾地一转身，重重地用指关节叩击着黑板，一字一顿地说道："中流砥柱！"

"在面对着自然灾害这样一个敌人时，我们用血肉之躯筑起了一道水中长城……但是，我们也为此付出了巨大的牺牲，一些战友甚至都永远地离开了我们……所以，直到现在，我仍然忘不了那八十多个日日夜夜，我相信，在座的参加过 98 抗洪的老兵们同样也忘不了——共和国不会忘记，人民不会忘记，历史不会忘记！"

"同志们，我承认，这场暴雨让我回想起了很多人，很多事，如果现在我把讲台交给在座的参加过 98 抗洪的老兵们，相信他们也一定能告诉我们很多真实发生过的故事，当然，他们绝不会提及个人！"丁指导员突然笑容可掬地看着讲台之下，顿了一顿，然后喊道："老八！"

"到！"

我扭头一看，只见大马金刀坐在学习室后排的老八顿时手忙脚乱地站了起来，正了正军帽，有些憋屈地说道："报告！指导员同志！你……咋不叫我大名呢？"

"就不叫！就叫老八！"丁指导员笑着说道，"同志们，好好看看老八这位老同志啊！98 抗洪，孤身一人就救出了三名被洪水围困的群众！"

"呃……"老八老脸一红，嗫嚅道，"指导员，那啥，其实，我其实就看不上那帮党员突击队的浑蛋们的神气劲而已，自己就头脑一热，冲了……"

"呵呵，请坐，请坐啊！"丁指导员笑着说道，"同志们，当时老八就是觉得比起党员同志还有一定的差距而已啊，我可以告诉大家，老八是穿着救生衣站在大堤上火线入党的，我，就是他的入党介绍人！"

我定定地看了一眼坐下去之后有些局促脸红的老八，突然想，老兵其实都是有故事的人，老八亦是，只不过，他很低调。

"……同志们啊，我们人民子弟兵和人民群众是同呼吸、共患难、心连心的血肉关系……"

砰的一声，夹杂着音量突然变大许多了的风雨之声，从学习室门外闯进来一个人，没错，除了连长杜山那个浑蛋，貌似还没有人敢这么彪烘烘。

杜老板径直打断丁指导员的讲课，身上的雨水顿时在学习室门口就积成了一个小水洼，他擦了一把脸，吼道："集合！梧州市遭遇特大洪峰！上级命令我们出动！"

在这一刻，台下的兵目光顿时都凝滞住了，既而转变为无限膜拜之意，向强大无比的极其类似于一种肤色较黑的鸟类的丁指导员致敬！

我想，党和人民考验我的这一刻，终于来临！

广西梧州四面环水，因此屡遭水患，我部曾于1997年参加此地抢险抗洪……官方的民情社情通报口吻很正式，但是我压根都没怎么听，参加过梧州97年抗洪的老兵们说得更感性、更直观。坐在风驰电掣的东风牌军车上，我就只听老八说他的梧州印象，当然，其他的99年兵也是，只是苦了我和方大山等这些去年在教导大队集训而没有去长江流域抗洪的98年兵，动不动还被参加过98抗洪的四海鄙视，有些时候还真出不了声。

老八说，梧州是个好地方，山也清水也秀，妹子也美得冒泡，当年他也不过是一个新兵蛋子，不过运气就比几乎一年没见过女人的我们这批新兵蛋子好很多，抗洪时期，还有不少漂亮的妹子端茶倒水、缝衣补裤的，若不是有纪律，至少，我军能俘虏美女一个营。

老八还说，梧州百姓很真诚，尤其是对待咱当兵的人，有一个老百姓，当时情势那么危急都死活把自己家里喂着的那头大肥猪给扯了出来，拼死拼活都得拉出来，很多人都怒骂说连人都管不了还要猪，这个年过四旬、老实巴交的村民当场就掉了眼泪，委屈地说，我没什么钱，就这一头猪，我只是想，抢出来明天杀了，给阿兵哥补补身子骨……

我听得很出神，而且还有思想活动，我顿时觉得，这抗洪精神，一定也是军民同心、众志成城给打造出来的，由此上溯到咱们的抗日战争、解放战争，那些胜利一定也属于亿万并肩战斗的军民，没有人民，我们就打不赢。

显然，大伙儿都很爱听，排长孔力到底是党员，是干部，有觉悟，也加入到了发言的行列中，喋喋不休地传授着抗洪当中的一些切身的体会和经验，比如说如何打桩，如何堵管涌，说着说着，就冷场了，敢情大伙儿都不怎么爱听，以致孔力悲愤之至，破口大骂："龟儿子，一听有漂亮妹妹会给你们递照片传纸条你们就来劲，一说正事就没精神，我靠，这他妈的都是血的教训啊！"

我听到小胖子赵子君偷偷地小声对衰哥刘浪说："这洪水有大海可怕吗——我不信！"

……

雨还在下个不停，我们已经弃车而行了，在一段弯弯曲曲的山路上，山体滑坡造成了泥石流，使得公路堵塞了，军车暂时过不去，上级斩钉截铁地命令：强行军到达指定位置！

连长杜山只吼了一句貌似动员的命令："救人，救亲人！"

丁指导员一边跑，一边给咱们鼓劲，他笑着说："谁他妈的第一个跑到指定集结地，我就提名谁是今年的优秀士兵！"

衰哥刘浪顿时嗷嗷叫，猛往前面拱，我倒是觉得，这鸟兵并不是在意那个优秀士兵的荣誉，他极有可能是想着那梧州漂亮的妹子们，这鸟兵英雄救美的情结很严重，严重到走火入魔的地步，老是想着那小女子无以为报只有以身相许的完美结局。

衰哥果然名不虚传，手气极衰，还没有跑出两公里，这军车不知道怎么回事，又从后面拱了上来了，各连又立马迅速登车，继续前进。

经过询问，我们才得知，工兵兄弟们迅速打通了道路，清除了路障，只用了短短的十多分钟。

对此，连长杜山极为感慨，他说："妈拉个巴子，雄起！98抗洪之后这后勤保障越来越牛逼了！"

开始我对连长杜山的这番感慨并没有上心，但是直到我抵达了指定集结地域我才发现我得提高认识了。

有道是"兵马未动，粮草先行"，在我们抵达的时候，后勤部门已经在这里建立了一个前线指挥部，已经有了一些首长乘坐了陆航大队的直升机先期抵达。

原来早在5月上旬，军区联勤部就更根据对抗洪形势的预测，提前拟定了有关的保障方案，做好了充分的准备，这个后勤保障前指地点，早就已经选定，可以辐射广西重点抗洪地段及区域。这险情一发生，前线指挥部马上投入了运行，一切都有条不紊地开展起来，工程设备、舟桥、轻便渡河器材、油料、帐篷、通讯器材、物资，甚至那先进的炊事车就是明证。

我想，这样一场和自然灾害的斗争，不仅仅是对部队战斗力的检验，更是对部队遂行和平时期特殊使命的后勤保障能力的一次检验，保障有力，雄起！

在我路过一个半掩着帘子的帐篷的时候，我看到了满满一帐篷的正熟睡着的兵们，满身的泥水，满手的油污，帐篷一侧显然是个哨兵，此时也张大着嘴巴熟睡之中，我脚下突然一滑，碰上了这兵搁在泥水里一条伸出来的腿，兵一惊，睁开了眼睛，我歉意地一笑道："兄弟，对不起！"

哨兵歪歪斜斜站起来，摇了摇头，笑着示意不要紧，突然像是想起了什么，沙哑着声音道："兄弟，有烟吗？"

我赶紧把兜里的半包烟摸了出来递了过去，从他那布满血丝的眼睛中可以看出，他这几天肯定累得不行了。

"谢谢！"

"没事，拿着抽，我还有。"看着这不知名的兄弟，我说，"好好休息，该我们了！"

兵点了点头，咧开嘴笑了。

不一会儿，我们集合在一大片空地之上，没有首长讲话，只有几个军士长站在那里，指挥着一台台军车倒车，几个军官出现，打开了车尾挡板——我想，那一手一手交递着的橘红色的救生背心就是无言的命令。

当然，参加了连营一级干部部署会议的连长杜山肯定是接到了命令，在我们领完救生衣之后，连长杜山就从前指的巨型军用帐篷中走了出来，这十分钟的会议一定很务实，没走几步连长杜山就开始掉转背囊，一边走一边掏，看得我们五连的兵正纳闷时，连长杜山终于掏出了他想拿出来的东西——是的，我们英勇善战连五连的连旗。

……

风雨之中，五连连旗哗啦作响，看了一眼英勇善战那四个大字，连长杜山只说了一个字："冲！"

我们二营接到的第一个命令是，赶赴梧州市南区的一处河堤之上，在第三次洪峰到来之前用沙袋将河堤加高、加固。

在我还是个小孩子的时候，我就曾经跟着老爸一起上过堤。我清晰地记得，那是一个夏天的夜晚，妈妈不知道为什么，也没有回家，所以我也没有吃到西瓜。后来老爸回来了，穿着一双筒直跟我差不多高的套靴，拿着一只比我的手臂还要粗的手电筒，直接就把我抱上了他的自行车，塞了两个冷包子在我手里。我就很开心地啃着包子，看着老爸的自行车划起一道水花。后来老爸就把自行车停了，和另外的两个叔叔焦急地不知道说些什么，再后来，我就牵着老爸的手，顺着河堤走，河堤之上，有水漫过了我的脚背。

而现在，眼前的景象似乎又让我回到了童年。时值黄昏时分，乌云压顶，宛如深夜，我一脚踏上河堤，积水瞬间渗入我的解放鞋当中——我长大了，心情不再如童年般无知地兴奋，相反的，却很沉重，黑铁一般地沉重。

洪水决堤，淹没堤下的村庄，一般来说就是倒垸，而在我的老家，倒垸则被称之为倒围子。1955 年，由于洞庭湖区广泛开展的围湖造田运动，导致了一场特大洪水灾害，老家倒了不少围子，损失极为惨重。

我没有亲身经历过洪水来袭，但是有一件事情让我记忆特别深刻。老爸曾经带着年幼的我回到了老家，在一处人家的屋檐之下，我看到了一艘简陋的小木船被六股粗壮的麻绳吊在了屋檐的房梁之上，船帮上还绑着一把明晃晃的斧头，我好奇地问老爸，老爸叹叹气，却什么都没有说。

现在我知道了，那是为了逃生，当洪水决堤，砍断麻绳，人就可以坐在小木船里逃生！

"五连！脱衣服！套救生背心，搬运沙袋，加高河堤！"

容不得我沉浸在回忆当中，连长杜山一声吼叫将我惊醒。

为了抵御即将到来的第三次洪峰，鏖战开始。

兄弟部队的军车一辆接一辆地将装填好的沙袋运送到河堤之下，我们要做的就是从河堤上面直接跑下去，然后把沙袋背上河堤，然后将河堤加高。

很快，我们这些步兵就踩出了一条路来，纷纷奔跑着去背沙袋，然后运送上来。不一会儿，这条上下河堤的道路就变得十分泥泞，浊黄的泥水四溅，踩上去脚打滑，我一不注意，都摔了个大马叉。好在连长杜山和一些老兵抢过险、抗过洪，比较有经验，就将五连人马摆成一条长龙，一个一个将沙袋传递上河堤，这样一来，效率明显上升了。

随着机械重复的传递，我感觉这开始轻轻松松就一个手能够提起的沙袋愈发地沉重，保持着一个古怪的半蹲姿势良久的腿也开始酸疼，更要命的是，我突然觉得在师渡海登陆综合战术训练场上四海踹我一脚的腰上，也在这个时候开始隐隐作痛。

坚持，我必须坚持。

在我上面的方大山给我传下来了一句话："传下去，这段河堤已经加高了半米了，加油！兄弟们加把劲！离洪峰到来还有一个多小时！"

我把话也传下去，突然看着大山就笑出了声，没别的，他的脸上满是泥水，头发上也全是，大山见我笑，纳闷地问我："帅克，你笑啥？"

"嘿嘿，大山，我其实就是觉着啊……"我卖着关子，笑而不说。

"觉着什么啊？"方大山接过我递过去的一个沙袋，不满地说道，"爱说就说，不说拉倒啊！"

"嘿嘿，我还一直没发现呢，大山，我觉得啊，你要是染个黄头发，一定也挺帅！"我笑嘻嘻地说道，"这头发甭洗了！说不定明天一早，就有个妹妹看上你！"

"他妈的！你也是'金毛'，一看就是个鸟兵！"方大山哈哈一笑，显然颇为受用。

显然，我开了这个头，原本有些沉闷的气氛顿时活跃了起来。五连的兵们一边手脚不停地运送着沙袋，一边相互开起了玩笑，鼓着劲。可惜的是，这雨越下越大，转眼之间就将兵们由"金毛狮王"打回了原形。可贵的是，这方大山多老实的一个人，此刻也幽了一默，手指天空，笑骂道："天杀的，弄乱了老子的发型！"

我想，或许，这就是所谓的革命乐观主义精神。

夜愈发地黑沉，在黑暗中奋战了一个小时之后，我们又重见了光明，不知道是哪儿来的一拨子兄弟，在河堤上下都设置起了探照灯，连长杜山吼了一嗓子："兄弟们，加把劲，挑灯夜战，阻挡洪峰！"

正当咱们士气高昂，搞得正起劲的时候，这运送沙袋的军车慢慢地少了起来，连长杜山赶紧命令咱们换换队形，河堤之下守在运送沙袋的军车那儿的兄弟们是最累的，手是从来都没有停过，河堤之上叠放沙袋的兄弟也是累得够呛，手也没停，于是听从着连长杜山的指挥，我们这条长龙由中间截断，跑步奔赴河堤上下两头，替换那些疲累的兄弟们，刚好我原本站在中间的位置，这一换，我就上了河堤了。

在探照灯明亮的光柱之下，我看到了这条不知名的大河，呈现出一种浑浊的苍黄之色，势不可挡地呼啸着，浩浩荡荡地朝下游奔腾着，仿佛永无休止地拍击着河堤——河水，那些河水，顽强地从沙袋的缝隙之间渗透过来！

"加固！加固！"远方的河堤之上突然传来焦急的呼喊声，"洪峰来了！"

是的，洪峰来了，放眼望去，明显高过水平面一截的一道如同黄泥墙一般的河水迅疾地推进，就一转眼的工夫，挟带着骇人的声音就奔突到了我的面前，我亲眼看到那些刚刚加高了半米的沙袋似乎就像是小女孩手中丢着的小沙包一样，轻而易举地就被推了开去！

我怔了一怔，耳边传来无数嘈杂的声音，赶紧手忙脚乱地就去固定那些倾倒了的沙袋，一个浪花如同一记耳光一般，狠狠地抽打在我的脸上，我想，他妈的，所谓温柔似水，老子再也不相信！

河堤之下有汽车马达声轰鸣，不知道是谁扯了一嗓子，高呼一声："沙袋来了！"

"快，快把沙袋运上堤！"连长杜山的声音显得有些嘶哑，但是仍然响亮如刀地划破夜空。

"兄弟们，顶住！我们来了！"

借助着河堤上的探照灯的灯光，我看到有一支队伍正打着橘黄色的手电筒，一边高喊着，一边深一脚浅一脚地朝我们这边冲了过来，为首的正打着一面旗帜，上面有五个黄色的大字：党员突击队。

我一直觉得，咱们当兵的人，是由钢铁做成的，但是自从不知道从哪儿冒出来的一支队伍冲上了我们的这段河堤之后，我就发现，这些人比咱们五连更加拼命，更加不知疲惫。他们齐齐迎上了那些汹涌澎湃的波浪，像一根铁柱一般顶住了那些摇摇欲坠的沙袋，硬是以血肉之躯构建了一道人的长城！

他们的手中无一例外地拿着一些粗壮的圆木柱，有的甚至肩膀之上还扛着一板建筑工地上常见的那种竹板。我们赶紧上去帮忙，一起将竹板放在加高了的沙袋之上，再用运送上来的沙袋将竹板压住，然后在他们的指挥之下，将圆木柱打进河堤外侧的沙包处固定。

河水仍然在呼啸，在奔腾，威力巨大的浪一波又一波地将奋战在河堤第一线的我们打得东倒西歪。有一下，我都差点被一股水流冲到了河堤之下，我飞快地爬起来又往前面冲，结果发现这些党员突击队的人们，硬是手拉着手，用身体堵住了那一段冲垮了的沙袋地段，我想，党员不愧是特殊材料做成的！

"人在堤在！"

"誓与大堤共存亡！"

面对如同一个暴君一般的洪峰，夜色中有人在狂呼，我不由自主地跟着高呼起来。是的，如此近距离地面对肆虐的洪魔，我的心底除了一种愤怒，还有一种决不服输的斗志！

这其实是一种很复杂的情绪，这种情绪有一个不容我忽视的诱因，那就是恐惧，

一开始，我还没有觉察到，在不算宽的河堤上为了加快速度运送沙袋，我左冲右冲，突然脚下一歪，我似乎感觉到自己踩到了一个坑，赶忙把脚拔了出来，低头一瞥，这才感到了恐惧，从尾骨迅速上升而刺入后脑的凉意。

是的，这一瞥之下，我突然发现，原来我们所处的这段河堤已经是岌岌可危！在这遍是黄泥的河堤之上，竟然出现了两道长长的裂缝，每一条裂缝都足足有五公分宽，弯弯曲曲，像一张狞笑着的嘴，在河堤上蜿蜒着，看不到尽头！

我很清楚，如果我们不赶快将漫过来的洪水堵住，那么，这段已经开裂了的河堤将马上崩溃！

情势万分危急！

愈来愈多的人涌上了河堤，我甚至看到了一些梧州的老百姓们，从河堤之下硬是将一辆辆装载着沙袋的板车推上了河堤，加入到固堤的战斗中来。

我原本戴着的迷彩帽都不知道被冲到哪儿去了，我的全身都是泥浆，滑腻

腻的，也不知道在河堤之上摔了多少跤了，但是每一次摔倒，我都飞快地爬了起来，奋力地背扛着沙袋往前冲，一直冲到那汹涌的浪花之中，再将沙袋垒上——我几乎感觉不到任何疼痛，只有一个念头：我操，别跟老子狂，容易死亡！

我想，我是豁出命了，这所有的人都豁出命了！

"快过来，这儿有管涌！"

不知道是谁焦急地呼喊了一声，我循声看去，只见一段原本用沙袋加高了一米的河堤之上，咕咚咕咚正喷射着水，活像是一处爆裂了的地下自来水管，险情就是命令，我立马冲了过去，将肩膀上扛着的一个沙袋往上一压，大声喊道："兄弟们，过来几个！"

正在这个时候，在那些临时用沙袋堆砌起来的加高河堤就像遭受了一记重重的直拳一般，一个在垒在中层的沙袋突然就被洪水冲了出来，一道洪水从缺口出凶猛地倾泻而出！

眼看着那一段临时加高了的沙袋河堤上那个不断泻出洪水的窟窿有继续扩大的趋势，我心一横，他妈的，这就是个枪眼，老子今天就要当一当黄继光那样堵枪眼的英雄！

我顶着那巨大的冲击力扑了上去，感觉到胸膛的肋骨钻心地疼，但是我仍是不管不顾，死死地压住，我原本想大喊一声"兄弟们快拿沙袋来"，可是刚张开嘴却被力道极大的洪水冲得连连后退我马上闭上嘴，咬牙使劲，再次冲了上去，死死地用手抠住两侧沙袋的编织袋——我本想就是堵住这个窟窿的，但是，我错了，那些被我死死扣住的编织袋哗啦一声，掉在了水中，这个原本直径不大的窟窿顿时决裂了开来，变成了一道缺口。

我已经站在了齐腰深的水中，那些洪水仿佛找到了发泄的出口一般，气势汹汹向我展开了进攻！

我死死的抠住一边未垮的沙袋，胸口一阵气血翻涌，我张嘴想喊人，可是一股河水就恶毒地堵住了我的嘴，还夹杂着细细的河沙。

坦白地说，在这一刻，我很沮丧。

我徒劳无力地试图用自己的身躯堵住，但是，只是，徒劳无力而已，那些力道十足的洪水漂亮地给了我一记扫堂腿，将我摆平——是的，摆平，呈水平线地将我的身躯摆平。

我的两个手都已经抠抓住了旁边的那一道摇摇欲坠的沙袋，我懊恼地想，他妈的，孤军深入，实乃兵家之大忌啊！

还好，老子有援军，我的耳边传来方大山的声音："帅克！挺住！"

然后，我就感觉到我漂浮在水中的脚被人一把抓住，再然后，我就站住了，方大山从水中冒出头来，喷出一口河水，一把扣到我伸出来的手臂，含糊不清地大喊道："人墙！"

我懂他的意思了，咱们也来一个血肉长城！

更多的人加入到我们的行列当中，我奋力朝后面喊："拿沙袋顶住我们！"

我不知道这一处缺口上站了多少人，一眼看去，也就是十几条人，清一色都是咱们当兵的人，身上都穿着那件橘红色的救生背心，我看到了方大山，排长孔力，连长杜山，还有我们七班的兵，刘浪和许小龙，甚至我还看到了小胖子赵子君，我想，这样很好，都到齐了，党员、军官、士兵！

尽管我们手臂扣住手臂站成了一堵人墙，但还是被威力极大的洪水冲得摇摇晃晃，连长杜山嘶哑着喉咙喊道："在我们后面堆沙袋！快！"

洪水在嘶吼，在发怒，好不容易冲破阻碍长驱直入，现在被我们这几个鸟兵又挡住了，为了夺回它的优势，它朝我们发起了更猛烈的进攻！

我吐出一口河沙，还牛逼烘烘地喊道："好酒！"

连长杜山笑骂道："鸟兵！站稳了！"

是的，在这一刻，我们就手挽着手，肩并着肩，岿然不倒地站立着。

我想，我终于体会到了什么叫做中流砥柱，所谓中流砥柱，就是用胸膛抵挡着暴虐奔涌的洪水的兵们！

连长杜山嘶哑着高呼道："唱首歌！团结就是力量——预备起！"

"团结就是力量，团结就是力量！这力量是铁！这力量是钢！比铁还硬比钢还强……"

歌声在汇集，在壮大，在怒吼！

我一边吼着这首团结的力量，一边想，这也是一场战争！

这也是一幅壮美的战争画卷：天地苍黄，山河浩荡，粗壮的探照灯的灯光雪白，如同锋锐的刀锋，阵地之上，枪炮之声呼啸雷鸣，士兵踉跄，但是仍然义无反顾、凶猛前进，冒着敌人的炮火前进！前进！向前进！

感受着一个沙袋的高度顶住我的后脚跟处，感受着两个沙袋的高度顶住我的后膝弯，感受着三个沙袋的高度顶住我的臀，感受着四个沙袋的高度顶住我的腰——我突然有一种想哭出来的冲动——谢谢你，我的战友，我的兄弟们！

我们战无不胜！

第七章

老子是步兵

引文:"怕个毛!"小胖子赵子君挺一挺鼓鼓的小肚子,牛逼地说道:"老子是步兵,但绝不是跑路的兵!"

天色微明。

在彻夜抢筑河堤的过程中,我们五连也充分发扬了不怕疲劳、连续作战的精神,我们意志坚定,敢打敢拼,誓与大堤共存亡,敢与洪魔作斗争,和来自其他兄弟部队的战友们,和来自当地的老百姓们,一起战胜了第三次洪峰,保住了这一段河堤!

但是,我们并不能好好休整,这狗日的洪水精得很,搞不赢咱们当兵的人,就溜到了梧州市的另一侧,在夜幕的掩护之下开始了一次偷袭,并且得手了。

接上级命令,水已漫浸地势偏低的城东,我部迅速转移城东,解救被洪水围困的群众。

险情就是命令,顾不上一天一夜未眠,顾不上滴水未进,我们又马不停蹄地赶赴城东。

梧州是一座秀美的城市,在城市里并不十分宽敞但是十分干净的街道上跑步前进,四海的感觉很羞愧,他不好意思地小声对我说:"嘿嘿,帅克,我也是第一次来梧州,这第一次就恐怕得给梧州人民添乱了,你看我这一身,跟个泥猴似的,这一跑就是一串脏兮兮的脚印……"

"你放心好了,咱们抄的近路,没进城市主干道呢,再说了,这一大早的,谁看到是你踩的啊……"我笑着对四海说道,满不在乎地在屁股上擦了一把手,跟随着前面的兵跑到一个街道的转角处。

眼前的一切却让我的笑容顿时凝固。

人，很多的人，突然出现在我的眼前。

在这样一个天色微明的凌晨时分，在这样一条并不十分宽敞的街道两侧，密密麻麻地聚集着无数的人们！

兵不扰民，我们的进驻虽说是地方政府的求援，但是我们自从接到了抗洪抢险的命令之后，一直是遵循着这样一个不扰民的原则，在我看来，这样的规定很好，我们是人民子弟兵，是人民的儿子，理应低调地为人民排忧解难，事了拂衣去，不留功与名。

但是这一刻，我被一种巨大的情感包围着。

路边，有白发苍苍的老人，有穿着时尚的年轻人，甚至，有孩子！

我不知道这些孩子们为什么会起床起得这么早，在这个凌晨，他们应当还在甜美的睡梦当中，或许，是他们的亲人害怕这场突如其来的洪水灾害，而早早地将他们叫醒，但是，眼前的这些孩子们纯净的眼神当中，我并没有看到一丝惶恐！

相反的，他们笑得很开心。

一排小学生模样的孩子们戴着红领巾，在这个离六一儿童节还没到来的平凡普通的日子里，向我们展示了他们稚嫩的真诚，他们在一张长长的白纸上画上了很多漂亮的画儿，然后中间写上了这样几个字：解放军叔叔，你们辛苦了！

在那一刻，我的眼泪几乎要夺眶而出，是的，孩子们，这个世界上发生的灾难，最先承担的是我们，请交给我们，交给我们当兵的人！相信我们，你们一定会拥有一个幸福快乐的童年！一定会健康开心地成长！

我在队列中跑着，四周是安静的人群，人们很自觉地给我们这些大兵们让出了一条通道。

没有人说话，连怀抱中的婴儿都安安静静，只是咬着奶瓶，好奇地看着我们。只有我们湿透了的解放鞋跳跃着，落在干净的马路中间，发出扑哧扑哧的声音。

坦白说，我们军容不整，极其不整，比如我就掉了军帽，虽说咱们整齐划一地穿着一件橘红色的救生背心，但是这颜色都变成了参差不齐、深浅不一的黄色，我的救生背心一侧的带子也断了，是大山给我打上了一个结，这才吊在我的肩头，得以固定。

突然，一个声音响起："敬礼！"

那是一个站在路边的老警察，对于警衔，我不是很了解，不过的确是他下达的口令。

在老警察的口令声中，站在街道两侧排成两路纵队，像是在维持秩序的警察们齐刷刷地立正，给正在跑步前进的我们齐刷刷地敬了一个礼！

在这样一声口令声中，人群顿时沸腾了起来，是的，那是欢呼！

"欢迎亲人解放军！"

"解放军同志辛苦了！"

"感谢人民子弟兵！"

……

我亲眼看到，一群幼儿园的小朋友张着缺牙的小嘴，可劲地蹦，可劲地跳，清脆地喊着："欢迎欢迎，热烈欢迎，欢迎欢迎，热烈欢迎！"

这是我第一次，在成为一个老兵之后第一次跑步跑不到点子上，我一二一、一二一地调整了半天，还是要不停地小垫步，才能赶上前面的兵。

然后，前面的兵也是一样，像个新兵蛋子那样，不停地垫步，我想，这就不是我的原因了，原来很多老兵都一样。

跑步前进的队形很快就乱套了，因为那些聚集在路边的人们拥了上来——一个白发苍苍的老妈妈提着一篮子鸡蛋和馒头，拉住了我前面的一个兵，不过由于那兵身上滑溜得很，老妈妈一下子没有抓住，颤颤巍巍地跟着跑了两步，却跟不上了，刚好我跑到了她的身边，也不知道她哪儿来的力气，一把就拽住了我的救生背心，伸手就从竹篮子里面掏了两个鸡蛋塞到我的手中。

我接住了，我怕摔着她，鸡蛋烫手，十分地烫手。

终于跑不下去了，前面的连长杜山下口令："齐步——走！"

队伍一下子稳定下来了，在连长杜山一二一、一二三四的口令当中，我们走得很坚定，我把鸡蛋塞在了迷彩裤的口袋中，心想着脏一点没关系，只是要走出点威武雄壮的样子就行，但是我想甩开手也不行，不断有人朝队伍中递来食物、水，还有毛巾。

看样子不维持秩序是不行，那个老警察矫健地跳上了路旁的一个隔离墩，大声地喊道："解放军同志要去城东！请大家配合！那里还有被困群众！"

老警察的话收到了一些效果，于是他又伸手拿了一个白色的扩音筒重复了几次，那些热情的人们才散去，重新回到道路两侧，只是倾斜着身子，不断地把手中的东西递向我们的队列当中。

老警察对着扩音筒喊道："解放军同志辛苦了！"

我们齐齐吼道："为人民服务！"

我想，这个老警察一定也是个老兵。

连长杜山又下口令了，这一次，是由齐步变跑步。

连长杜山嘶哑着喉咙吼道："一二一，一二一，一二，我们是英雄的塔山铁军……"

我用力地唱道："我们是英雄的塔山铁军，历史记载着我们的英名，起义天福山，首战雷神庙，平招莱掖抗日是先锋……三保本溪市，四保临江城，新开岭上铁军显神威，夺辽阳，打鞍山，守北平，攻衡保，南征北战，冲锋陷阵为人民，南征北战冲锋陷阵为人民……血染塔山堡，献身白台山，以少胜多，铁军建奇攻，攻得下守得住，猛如虎，快如风，塔山铁军，塔山铁军真英雄……戍边守国门，屯垦牛田洋，自卫反击，抢险救灾，服从大局，严守纪律，勇于牺牲，敢打必胜，塔山铁军永远是钢铁长城，塔山铁军永远是钢铁长城！"

我想，历史不仅记载着我们的英名，从现在开始，我们也还要书写一段我军的历史，就由连长杜山这样的 60 后，我和方大山这样的 70 后，加上许小龙这些 80 后，一起再为军史添上浓墨重彩的一笔！

我能感受到这片城区昔日的繁荣。

这应该是一条热闹非凡的商业步行街，此刻，那些漂亮的落地橱窗却有一半淹没在浑黄的水中，人形模特逼真的白色胸脯也已经污浊不堪；这应该是一个有些规模的大型超市，此刻，超市门前堆满了沙袋，一楼的化妆品专柜上悬着的美女海报上滴滴答答地正掉着水珠，那些美女似乎正在嘤嘤地哭；这应该是一个承载着发家致富希望的小商铺，此时，里面挂在内壁上的衣服被水泡得皱巴巴的，无助地漂浮；这应该是一个见证着人们日渐富裕的银行网点，此时，ATM 自动取款机都已经被转移，毫不设防地露出一个大洞……

城区的水，齐脖子深，有的地方还可以行船。

五连领到了两艘冲锋舟和一个橡皮艇，连长杜山召开了一个紧急的扩大的连务会，各班班长班副也参加了，由于时间紧急，连长杜山作出了如下部署：一是各排负责一个区域的搜救，拉网式向前搜索，一排二排装备冲锋舟，三排装备橡皮艇，水性好的战士遇到老弱病残群众，主动脱下救生背心；二是建立临时集结地，炊事班留守，负责接应和转移解救出来的群众；三是注意安全，发现险情及时地，迅速地上报。

五分钟的连务会后，我们就马上开始了行动。

三排在排长孔力的指挥下迅速开进，在此期间，我们营救了不少围困在二三楼的人民群众，当我把一个骨瘦如柴的老大妈从一个家属楼的三楼抱上橡皮艇时，老大妈不禁老泪纵横，勾住我的脖子，呜咽着用广西白话说："阿兵哥，谢谢你，你真是个好人！"

坦白说，我没有成就感，虽然每帮助一个人脱离险境，我都会很欣慰，但是绝对没有成就感。相反的，我觉得很悲凉，不可抑制地悲凉，是的，这个秀美的小城，此刻正遭受着洪魔的蹂躏，或许，在它攻入城中得逞的一瞬，已经有人遭受了不幸，究竟还有多少如同这位老大妈一般行动不便的老年人能够死里逃生呢？这个问题，我想都不敢深想。

我突然想起了我患病的外公，在我入伍之前我去看他，他挣扎着从床上坐了起来，当时他的裤管之下露出的那一条腿，也如同这位老大妈一般骨瘦如柴——是的，我想都不敢想那种失去亲人的悲痛。

"帅克！"方大山焦急的喊道，"帅克，过来下，有情况！"

我赶紧游过去，一手攀住楼板上的防盗网，仰头对蹲在别人窗子上的防盗网的方大山说道："什么情况大山？"

这时候一个披头散发、泪眼婆娑的女人的脸突然出现在我的头顶，她扑通一声就跪倒在我和大山对面的阳台里，声嘶力竭地说道："解放军同志，请一定要救救我的孩子！先去救我的孩子吧，我们大人不要紧，请一定要……要救我的孩子哇……"

"冷静点，说！你孩子在哪儿？"我游过去，擦了一把脸，攀住阳台上的石板栏杆朝她问道，"我们一定去找他！"

"我的孩子在那儿！"女人站了起来，伸手往前一指，哭哭啼啼地说道："在前面的十字路口往左拐，走两站路，翰墨书画学校，孩子昨天晚上上课，我把她送过去的……今天就围住了，孩子他爸去找轮胎了……现在还没回来……呜呜……"

"从这儿下去，十字路口往左拐是吗？"方大山问道。

女人不住地点头，擦了擦泪眼，说道："那里地势低，是学校校长自己修的房子……请你们一定要帮我找到孩子……"

我心里顿时咯噔一下，赶忙发问："有多少孩子在那里？"

"昨晚我去的时候有六七个……"

"那房子有几层？"

"四层……电话一直都打不通……"

"行！没事！孩子们一定是转移到了四楼，应该只是被困了而已，大嫂，你放心！我们这就去！"我转头对大山说，"大山，咱们快去！"

"大显，小胖子，你们个子大一点胖一点，你们在这儿看着，小龙、江飙，咱们四个人过去！"大山扶着防盗网站起来，冲着正划着橡皮艇返回这里的汪硕和刘浪说道："把橡皮艇划过来！"

我冲不远处正在拽着一个学生模样的四海喊道："四海，这儿交给你，前面还有几个孩子被困，我们先过去！"

四海扭头应了一声好，女人扑通一声又跪倒在阳台上，水花四溅，她哽咽着说道："我……我在这里等你们，谢谢你们！"

"别这样大嫂，没事，你先撤离——"我安慰她说道："放心，我们一定给你把孩子领回来！"

大嫂重重地一磕头："我……我等你们！"

方大山这个老实人顿时也来气了，怒道："回去！小胖子，过来，把大嫂弄回集合地！"

"没关系，你在那里等，比在这里等好些！"

我说道："看，橡皮艇来了，我们这就去，放心吧，大嫂！"

一折身，我游了几下，用肚子一压橡皮艇，顺势一翻，捞起一叶小桨，喊道："上来兄弟们，我们走！"

小龙和江飙立马游了过来，我抬手帮助他们上了艇，方大山跳下水，也爬上艇，对着哭红了眼睛的大嫂说道："相信我们！"

大嫂重重地点了点头，捂住嘴，又呜呜地哭了起来。

"坐好了，我们快点！"扔了一叶短桨给方大山，我说道，"往前划，看到那个十字路口的红绿灯了吗？先划过去，再往左！两站路下去！"

橡皮艇在我和方大山的划动之下摇摇晃晃地前进着，漫入城区内的水不断地微微起伏着，还算是平稳，不过我扭头一看，却只见江飙死死抓住橡皮艇，身体僵直，见我看他，江飙露出一个苦笑，说道："班副，我没见过这么大的水，我，我在山里长大的……"

我笑骂道："他妈的，放松点，跟老子一起去把孩子们救出来，从这以后，你那抽烟啊，想抽几支抽几支！"

江飙顿时来了精神，欠身道："班副，此话当真？"

我认真地说道："当真，当真！"

洪水无情。

我看着那些在水面上漂浮的凉席、斗笠，心急如焚。

两站路的距离，已经出了城东，到了城郊接合部的样子，那些低矮的平房只露出一个红色瓦片覆盖着的屋顶，那些大树也仅仅只露出一截一截的枝丫，在水面摇晃着那些稀疏树叶，仿佛在呼喊着救命——这不禁让人动容。

"班副，快看！是这里！"许小龙大喊道，"翰墨书画学校！"

抬眼一看，果然，在露出水面的一排树枝之后，露出了一栋房子。我们快速划动几桨，绕过树林，好，很好，房子上挂着一块竖条牌匾上书：翰墨书画学——这学校的校字，正淹没在水中，由于这房子还修得比较高，有四层，所以水仅仅只是漫到了三楼的一小半而已，四楼还算安全。

我手搭凉棚定睛一看，哈哈，很好，房子四楼有人呢！

我立马把桨扔给小龙，站了起来，大声喊道："有人吗？我们是解放军，我们来救你们！"

转过头，我对江飙说道："快划过去，看不太清楚！"

江飙应了一声，自从答应纵容他抽烟之后，这家伙浑身是劲，几下就蹿出两三米。

"嘿！我们在这里！"

"解放军叔叔来了！"

"我们有救了！"

……

这一下，我就看到了，只见这栋房子的四楼的阳台上冲出来一群人，有老人，有孩子，还有女人。

"还好，都安全！"我重重地吁了一口气，然后手搭小喇叭，说道，"不要急，我们马上就来了！"

"一个，两个，三个，四个……"方大山掏出挎包里的军用望远镜，看了一会儿，放下来说道："六个孩子，一个老人，两个妇女，一共九个人！"

这时候我们已经划到了靠近房子了，看得也比较清楚了，一抬头，我就看到了一个脑袋锃亮锃亮的光头老汉，穿着一件白色的对襟大褂，声如洪钟地朝我们喊道："解放军同志，我是翰墨书画学校的校长，请你们先救孩子！"

我一听，顿时乐了，光头老汉这声音中气十足的，再一看，那对襟大褂穿着还显得仙风道骨的，敢情这老爷子不单单是练过书画的，估计这功夫也是练过的，于是我笑着喊道："老爷子，那行，我们先救孩子！"

"好，好！孩子们都没事，哈哈！"光头老汉哈哈一笑，说道，"危难时刻见真情啊，谢谢你们，解放军同志！"

埋头划桨的江飙抬起头来，咧嘴一笑道："这是我们应该做的！"

没顾得上答理这鸟兵，我和方大山迅速地查看地形，方大山手一指，说道："划过去，然后游进去，走楼梯间，把孩子们接下来！"

我点头称是，转头道："我水性好一点，我先上去，小龙，划近点！"

小龙边划边说道："班副，你拿上一卷背包带，你捏一头游过去就把橡皮艇给拴住，我们再全部下水，再把橡皮艇给拉过去，怎么样？"

"嘿嘿，到底是老子带的兵啊，和老子想的一样！"正在方大山腰间的挎包里摸索着的我哈哈一笑，抖出一卷背包带，抓住一头，扑通一声跳下水。

刚准备让小龙抓住背包带的另一头再游过去时，这时候又听到老爷子在四楼喊话了："解放军同志，楼梯间被家具堵死了！"

我啊了一声，愣了一下，想了想还是进去看看情况再说，于是我示意许小龙先抓住背包带一头固定在橡皮艇上，一边咬着一端背包带游了过去，不管怎么样，我得先进去。

游入房间一看，果然，如同光头的老校长所言，楼梯间确实被一些个大大的书柜啊书桌啊堵得个严严实实，真是屋漏偏逢连夜雨啊，我潜下水，将背包带固定在一扇房门的门把之上，再冒出头来，骑在这扇门上一边奋力地扯着橡皮艇，一边打量着地形。

在大大的黑色书柜等家什堵住了的楼梯间后面，我听到了光头老校长的声音："解放军同志，这些书柜比较重，能不能移开？"

"没事，老爷子，我们四个人，一起试一试！"我笑着说道，"您老放心，还能过几十年好日子呢！"

光头老校长爽朗一笑，正欲答话，估计是有小孩子们又跟着下来了，听着他在那里说："孩子们，快上去，解放军叔叔来了，没事的！"

这时候，大山和许小龙已经先游了过来，江飙则一边推着橡皮艇，一边往这边游来。

方大山吐了一口水，抹了把脸，看了看房间内的情形，顿时也忍不住暗骂了一声，我笑了笑，片腿下了门，游了过去，一手攀着那漂浮着堆积在楼梯间的家什说道："来来来，咱们试一试，看能不能把它搬开！"

方大山许小龙凑了近来，咱们三人一二三地鼓了鼓劲，我操，沉重的家什一动不动，估计是哪儿还卡着架着呢。

这时候江飙也游了过来，我赶忙招呼："土匪，快过来搭把手，你手劲儿大，移开这柜子，赏二两大烟！"

江飙顿时扑通扑通拱过来，不过郁闷的是，咱们四条兵愣是没有把这个黑色的书柜移动一寸，书柜兀自岿然不动地卡在楼梯间，将出口通道堵得严严实实。

"帅克，不好办啊！"方大山憋得满脸通红，松了口气，对我说道。

"老爷子，还有别的地方上来吗？"我大声喊道。

光头老校长的声音从黑黑的大书柜之后传来："再努把力，我在后面推，想当年老头子我也是个练家子……"

嗨哟嗨哟又来了一动，加上这自吹自擂还是个练家子的光头老校长，这他妈的破书柜就是不给面子，许小龙郁闷地说道："嗨，我这么年轻的练家子，正儿八经的沧州爷们，也拿这玩意儿没辙啊！"

我笑道："别牛逼，待这儿，大山，我们游出去再看看，看看还有其他地方上去没有！"

大山应了一声，我们就并肩又从房间里游了出去，围着这栋房子游了开来。

游了一会儿，突然，我惊喜地喊道："天无绝人之路啊，大山！"

顺着我手指的方向看去，方大山笑道："993演习你让小胖子偷指挥部的方便面那会儿我就看出来了，帅克！你压根就是个鸡鸣狗盗之徒！真他妈的不知道你是怎么混入咱们纯洁的革命队伍的！"

我笑了，觉得咱们的方大班长越来越幽默了，这米脂的婆姨混上一个，我想，也是没有一点问题的。

我所说的就是在这栋房子的一侧赫然出现的一截下水管，而且还是铁的，只要顺着这根下水管道爬上去，翻个身就可以到阳台上去了——貌似，那些鸡鸣狗盗之徒，经常就这么干，当然，我也得感谢他们此刻赋予我的灵感。

"我上吧！"我扭头对方大山喊道，径直划水游了过去。

"小心点，帅克！"方大山无可奈何地叮嘱道。

我从水中伸出手来，攀上了这根有些锈蚀的下水管，用三角固定法慢慢地爬了上去。

光头老校长从阳台探出半截锃亮的光头看着我道："小伙子，慢点！"

我应了一声，也不再答话，小心地攀爬着，还算顺利，除了蹭下一些大片大片的黄色铁锈之外。我很快就攀爬到了四楼。

我慢慢地伸出脚，踩在阳台栏杆一侧，正在思忖着怎么把身子摆过去的时候，光头老校长在墙内侧说道："别急，递个手过来，我来抓住你！"

我哑然失笑，道："老爷子，我自己来，不劳烦您老人家！"

"怎么着，看扁老头子了吗？"

"行了老爷子，您让开，我过来了！"

懒得和光头老校长理论，说时迟那时快，我一手往墙壁内里一搭，就想借助瞬间的力量和速度把自己给扔过去——想着电石火光之间，就踏上了阳台的栏杆。

不过，我没有成功。

郁闷透顶的文科生帅克在把自己甩荡上阳台栏杆之后却因为没有保持好平衡而重重地摔入水中的整个过程形容为：功败垂成。

还好就一层多楼高，我还没事，钻出水面，我就听到了孩子们的惊呼和其他人关切的询问。

"没事吧，帅克？你没事吧？"方大山焦急地询问。

"操，没事！"我擦了一把脸，奋力游着，说道，"再来！"

"我操，我来吧，你休息下！"方大山不满地说道。

"一边凉快去啊！哥们我有经验了！有道是失败是成功他妈，不过就给成功找个后妈而已！"我鄙视方大山道，"再说了：人不可能在同一个地方跌倒两次呢！"

"我操……"方大山游到我的身后，推了我的屁股一把，笑骂道，"你他妈的，小心点！"

我点了点头，继续攀爬，光头老校长笑道："小伙子还挺有劲的啊，部队就是锻炼人啊！"

正说话间，我就攀爬到了原来的位置，这时候光头老校长伸出了一个手来，不容置疑地说道："来，搭把手！"

这一下，我再也不好意思拒绝了，因为虽然我能过去，但是就怕保持不了平衡，他能搭上一把手，对我还是有所帮助的。

当我伸了个手过去握住了光头老爷子的手时，我觉得，这老爷子真的是书画学校的校长吗？我怎么觉着握的像是一绿林好汉的手呢？触手之处一层厚厚的茧子，如同铁砂掌！

容不得我多想，伸脚一踏，光头老校长手一带，一股雄浑的力道顿时将我稳稳放在阳台的栏杆之上，我二话不说，先跳进去再说，落地，成功！

"呵呵，老爷子老当益壮啊，手上有劲头！"我赶紧吹捧老爷子，与之相呼应的是，那些孩子们则都来吹捧我了，一个一个小嘴忒甜："解放军叔叔，好棒！”

可贵的是，我没有陶醉在吹捧当中，径直询问光头老校长道："老爷子，九个人是吗？"

光头老校长点了点头，说道："九个人，一个阿姨，还有一个女老师，六个孩子，先救孩子！"

我点了点头，心中早有盘算，探首朝水中游弋的方大山喊道："大山，把橡皮艇拉过来，先送孩子！"

"老爷子，床在哪儿？我要床单！"我开门见山笑着说道，"征用啊，呵呵！"

光头老校长立马会意，哈哈一笑，说道："行！这里来！"

我二话不说，直接冲进房门，拉出一条床单就开始撕，光头老校长家里的阿姨也找来剪子，会同那位女老师一起绞起了床单，帮我做起了绳索。

我想我得感谢那个海军陆战队的小鲨，是他教会了我打复杂的水手结。

一切准备就绪，在我们的安抚之下，小朋友们都显得很镇定，于是我们就把绳索牢牢地绑在小朋友的身上，垂直放了下去。不一会儿，就下去了四个小朋友，经过商量，我们决定分趟运送，第一趟是四个小朋友，加上江飙和许小龙，他们回去之后再去呼叫救援，把冲锋舟给拉过来。

夸奖了剩下的两个勇敢的小朋友之后，我就赶紧下到楼梯间和方大山会合，四楼没有工具可以利用，三楼里的厨房里有，方大山潜入水中摸了两把菜刀出来，我站在四楼吊了一把上来，他自己拿了一把，我们兵分两路，对着那个阻挡了路的大书柜砍，砍了它，就是一条生路，毕竟还有大人，不比小孩子那样的体重，不好吊放下去。

我两腿搁在水中，坐在楼梯间上奋力地砍着黑书柜，光头老爷子抽烟斗，给我卷了一根大喇叭筒，让我提了提精神，然后咬着烟斗，笑容可掬地看着我砍书柜，一点儿都不显得心疼。

"小伙子，你叫什么啊？"

"解放军！"我呵呵一笑，侧过头问，"敢问老爷子贵姓啊？"

"哈哈，我，我姓梁，水泊梁山的梁，叫梁山，水泊梁山的山！叫我梁校长吧，解放军！"

我笑着，那头大山就在喊了："帅克，加把劲啊！我这边快砍穿了！"

梁校长笑眯眯地看着我说道："哦，你叫帅克啊！好名字！"

我不好意思地说道："嘿嘿，梁校长，这您的名字可比我好多了啊，有气势……"

梁校长咬了咬烟斗，爽朗一笑，说道："大丈夫行不更名坐不改姓，这一点，老头子可是比你强啊！"

"老爷子，咱们有纪律……"我不好意思地说道，

"噢，对！纪律！好！"梁校长哈哈一笑，突然像是想起了什么一般，说道，"帅克啊，往这儿砍，对，就这儿！"

我一愣，扭头一看，只见梁校长还笑得满脸都是皱纹，不住地点头说用力点砍，我狂晕，我砍的还是您家的东西呢，您咋还笑得这么甜蜜呢？

正不知道光头梁老爷子这葫芦里卖的是什么药的时候，黑书柜破了，一个古色古香的小盒子露了出来。

"哈哈！"梁校长纵声一笑，将小盒子取了出来，一个手搭上了我的肩，说道，"帅克，咱们算是有缘分，这玩意儿，送给你了！"

"不不不！不行！"我忙不迭地摇头摆手，这什么压箱底的宝贝啊，我可担当不起，再说了，有纪律！

光头梁老爷子脸一寒，径直把小盒子打了开来，掏出一本薄薄的小卷册子说道："一本拳谱而已，收下！"

我顿时就发愣了，年幼时所有的梦想在这一刻变成现实，这……这就是传说中的武功秘籍？

"咏春拳谱？闪侧，小俯仰，小闪侧，大俯仰，审势牢记，二桥上势，里帘必争。明动静，知有无，知进退。一拳一掌，一马一步，步要稳……"我好奇地翻开一页瞥看着。

"想当年，我梁山就是年少气盛，依靠这本拳谱，四处逞狠斗勇……"梁校长微微一笑道，"年老时终于幡然悔悟，挥毫书画陶冶性情，现在想起来，那时候枉有一身武功却未能为国尽忠，帅克啊，你就当圆了我这个梦吧！"

"这不行，真的不行，梁校长！"

"有什么不行的，这咏春拳谱市面上都有得卖的，又不是什么家传绝学、盖世武功的，拿着！"

坦白说，我现在才知道，这光头梁老爷子的手劲为什么这么大了，敢情，真是练过的。

"怎么了？又是什么狗屁纪律？看看，你兜里什么玩意儿？鸡蛋？好哇，帅克，这别人的鸡蛋收了可以，我的这本拳谱怎么又不收呢？"梁老爷子看着从我裤兜中掏出来的一个扁扁的鸡蛋笑着说道。

"嘿嘿，这……这……我还没吃呢！"

"哈哈，拿着拿着吧，再这样，老头子可真要生气了！"

见我有些踌躇，梁校长二话不说，伸手卷了册子，合上小盒子硬塞入我的怀中，说道："能体悟多少看你自己的造化！"

见梁校长态度十分坚决，加上少年时候武侠小说的荼毒实在是太深，我生平第一次违反了群众纪律，觉得却之不恭，说："老爷子，我收下，不说将它发扬光大，有朝一日上了战场，近身搏斗靠它把敌人杀！"

"好！好！"梁老爷子哈哈一笑，使劲地拍拍我的肩膀道："很好！"

相视一笑，我顿时意气风发，大喝一声："开！"

厚重的黑色书柜咔嚓一声，被我劈开一道口子。

……

我和方大山把阻挡在楼梯间的那个巨大厚重的黑色书柜开了个对眼的之后，剩下的事情就好办了，把里面的书啊等等玩意儿给它掏出来，然后再对着砍，继续扩大书柜前后的窟窿，忙活了一气，终于打通了。

我把方大山拽了上来，喜滋滋地看着这个足以通行一个成年人的窟窿说道："嘿，大山啊，你说咱们牛逼不牛逼，昔日有贺龙元帅两把菜刀闹革命，现在有大山帅克两把菜刀劈书柜门！"

"嘿嘿，老爷子，您看看，这兵刚刚从阳台上摔到水里，只怕是脑子都摔坏了……"方大山笑着说道。

梁老爷子拍了拍方大山的肩膀，刚刚准备说话，却听到四楼上的那位女老师在大声喊道："来了来了！解放军又来了！"

我和方大山相视一笑，为了这个"又"字——不知道为什么，我突然有一个奇怪的想法，是的，不，我们不想来，不想又来，也不想还来，不想眼睁睁地看着咱们的父老乡亲们在滔天的洪水中遭罪、受苦、伤心。每一个士兵，对养育着自己的父老乡亲们都是无比地感恩，没有人民，就没有人民子弟兵，因此，我只是希望，这该死的自然灾害不要来，永远也不要来！

如果来临，以一个士兵的名义起誓，我将义无反顾，随时准备牺牲！先于我的父老乡亲们牺牲——看着这无情凶残的洪水，任何一个战士的心中只有一句话：要前进，请漫过我的尸体，一个士兵的尸体！

……

我，方大山，还有光头梁老爷子，三人噔噔地就跑上四楼，趴在阳台一看，好家伙，一艘冲锋舟，船尾加装了一个小马达，突突地朝这边来了，方大山从挎包中掏出湿淋淋的军用望远镜，甩了几甩，笑着说道："连长杜山，江飙，许小龙，还有小胖子，四个人！"

远远地，就听到连长杜山嘶哑的声音："方大山！帅克！我们来了！老大爷，你们不要急，不要慌，我们来了！"

光头梁老爷子声如洪钟，回应道："来了好！来了好哇！"

剩下的两个小朋友看到冲锋舟来了，也甚是兴奋，用梧州的方言不知道在说些什么。

光头梁老爷子突然兴致大发，居然曼声哦吟道："子张曰：士见危致命，见得思义，祭思敬，丧思哀，其可已矣！"

见我好奇地倾听，光头梁老爷子思忖片刻，又继续朗声道："救人于厄，振人不赡，仁者有乎，不既信，不倍言，义者有取焉！"

我似懂非懂，于是笑着说道："老爷子文武双全啊，我听不懂，听了半天，就听出一个'义'字来！"

梁老爷子抚掌大笑，用力地拍着我的肩膀说道："好！小伙子，这两句说的，正是一个'义'字！"

"呵呵，帅克，又瞎猫碰上了死老鼠吧！"方大山憨憨一笑，开起了我的玩笑。

"哪里！"我大言不惭地说道，"老爷子，你这子张曰，是不是出自《论语》？"

"嗬，还真不错！"梁老爷子赞许地点了点头，说道，"正是出自《论语》的子张篇！"

"啊？真的？"方大山看了我一眼，挑出了大拇指，道，"嘿，帅克，真有你的！"

我挠了挠头，笑着说道："不过，这第二句我就不知道出自哪里了！"

"《史记》！"梁老爷子笑着说道，"太史公自序！"

梁老爷子转过头去，看着乘风破浪的冲锋舟，动情地说道："铁肩担道义，危难见真情——到底是人民子弟兵啊！"

方大山摸摸脑袋，憨厚一笑，说道："大爷，我觉着您有学问，您说说，这什么是义呢？"

"宅心仁厚，是为德也；不屈不挠，是为勇也；怜幼惜老，是其仁也；千里救难，是为义也！"光头梁老爷子笑着说道，"千里救难，辛苦你们了！"

"为人民服务！"我和方大山异口同声地答道，不由得相视一笑。

"呵呵，好！"光头梁老爷子呵呵一笑，若有所思地说道，"看来啊，我这把老骨头也要向你们学习学习了啊！"

正说话之间，冲锋舟就已破浪至这栋房子面前，连长杜山嘶哑着声音唤道："帅克，准备绳索！"

我朝连长杜山得意地一笑，喊道："连长！不用了！你们把船熄火，慢一点，划过来一点，这楼梯间我们弄出了一条通道！"

许小龙大喜："哈哈，连长，走这边，这边！"

"老爷子，你们赶紧下去，大山，你也先下去，照顾着孩子们上船，我在这儿盯着，给他们指指路！"我从阳台上欠下身子，探出头，招呼道，"小胖子你熄火，慢点儿！让江飙告诉你，对，对，就这儿进来！"

正在操控着那个显然是临时加装在冲锋舟船尾的小马达的小胖子赵子君应了一声，抬起头来，傻傻地朝我笑了一笑，喊了一声："班副，听说你刚刚摔下来，呵呵，没事就……"

他妈的，我顿时就来气了，我说你这小胖子吧，话都不会说，拍马屁老是拍到马腿上，这话听着就像是你来看我出洋相闹笑话一般，我操，不踹你就算好了！

正气鼓鼓的，就听到下面楼梯间连长杜山的声音："慢一点，慢一点，好！行了！"

赶紧噔噔地跑下楼一看，冲锋舟果真进来了，方大山急急喊道："小胖子江飙，赶紧下水，扶住船身，先稳住，再让大家上船！"

梁老爷子笑着说道："孩子们先上，我殿后！"

连长杜山笑着说道："老爷子，还是我殿后吧！"言罢也跳下了水，游到冲锋舟的船头与那个黑色的大书柜之间，一手攀住冲锋舟的船头，抹了一把脸，说道："孩子们，踩着叔叔的肩膀过去，慢一点，不要慌！"

……

梁老爷子、两个孩子，还加上一个阿姨和一个女老师，全部上了船，连长杜山沉吟了一会儿，嘶哑地喊道："帅克！赵子君！"

"到！"

"到！"

"冲锋舟上面人多，吃水太深不安全，海训你们两个都游得不错，水性还行，你们两个就留在这里，等待下一趟吧！"连长杜山命令道。

"是！"我响亮地答了一声，小胖子赵子君则扮起了可爱，撇撇嘴说道：

"嘿，连长，说我胖不就行了嘛，呵呵！"

连长杜山笑骂道："鸟兵！注意安全！"

小胖子赵子君爬过书柜中的大窟窿，沉重的黑色大书柜这个时候总算是碰到了有分量的人，嘎吱嘎吱地晃悠了两下，我赶紧伸出手来将小胖子拽了过来，小胖子对我的举动很是诧异，想说什么，却始终没有说出口。

我心中却暗暗叫苦，为什么不是别人，偏偏是小胖子赵子君？哪怕就是和七班最猥琐的衰哥刘浪在一起我都行啊！

正在我对着小胖子赵子君被留在这里而大伤脑筋的时候，连长杜山用力地推了推冲锋舟，然后游了过来，扒在黑书柜的边沿对我说道："帅克，帅克，你过来一下！"

我疑惑地爬进黑书柜，连长杜山的声音很嘶哑，看着他朝我招手示意我再爬过去一点的样子我甚至有种担心，担心他会失声，没办法，我只好凑过去听。

连长杜山一爪子逮住我的耳朵，小声地对我说道："帅克，你和小胖子要小心，第四次洪峰马上就要来了，我会赶快回来接你们的！"

我愣了一愣，笑道："好的，连长，你放心！"

"过来——"连长杜山的爪子一使劲，我疼得龇牙咧嘴的。

连长杜山咬牙切齿，几乎像要咬掉我的耳朵一般，对我恶狠狠地说道："屌兵！你给老子看好小胖子，你是老兵，他是新兵，他要是掉了一根毛，我跟你没完！知道吗！"

"我操，他比我游得好多了，他还是第一名呢！"我龇牙咧嘴地分辩道。

"少啰唆，坚持！"连长杜山终于放开了他的爪子，朝我瞪了一眼，然后朝冲锋舟游去。

"帅克，再见！"光头梁老爷子气定神闲地伫立在冲锋舟上，倒像是个游山玩水的长者一般从容淡定，伸出手来朝我挥手致意道，"改天我去找你喝杯酒，哈哈！"

我顿时大窘，忙不迭地点头，心里暗暗思忖，这话好像另有深意啊，你找我，敢情是在点醒我啊，这咏春拳谱我是给你这小子了，你小子什么时候来补办补办这拜师酒？

应该是这个意思，我笑着说道："老爷子，青山不改，绿水长流，人生何处不相逢，改天我请，我请您喝酒！"

湿漉漉地爬上冲锋舟的连长杜山笑骂道："帅克你个鸟兵，就这话，活像个土匪兵！匪气十足！"

顿了一顿，连长杜山再次叮咛道："龟儿子，注意安全！"

"是！"我立正答道，却听见楼梯间的楼板一阵震动，回头一瞥，小胖子赵子君已不见了影子，赶紧噔噔跑上楼，一看，顿时很郁闷。

只见小胖子伟岸的身躯矗立在阳台，高高地挥起手，学着伟人口吻正对着缓缓开动的冲锋舟上喊话："同志们辛苦了，同志们再见，同志们一路顺风！"

平缓如同一块黄色的石头的河面上刮起了一阵凉风，隐隐约约夹杂着一股河水的腥味。

我搬了一把靠背椅子，反着坐，以手撑住下巴颏，出神地看着河面，一语不发。

小胖子赵子君可就没完没了，精神好得不得了，一会儿告诉我说这房子里有孩子们画的画、写的字，一会儿又告诉我说这光头梁老爷子原本是梧州市书画家协会的副会长，一惊一乍的，弄得我很烦躁，于是大喝了一声："人家的东西别乱翻，给老子滚到阳台上来！"

小胖子这才安静了下来，学着我的样子，搬了把凳子坐上。

过不了一会儿，这鸟兵又不老实了，为了取悦我，顺手把梁老爷子没有走的烟斗给拿了过来，怯生生地递给我说道："班副，抽一口吧！"

我又好气又好笑，加上烟瘾又犯了，于是就把梁老爷子的烟斗给叼上了，小胖子见马屁拍到了点子上，赶紧屁颠屁颠地又去拿桌上放着的打火机去了，一溜烟就跑了回来，笑着为我点火，又拍马屁道："嘿，班副，我觉着你抽烟斗，忒像那牛逼的巴顿！"

够呛，这鸟兵真够呛，我也不由得被烟呛了一口，大口大口得咳了起来。

总算平复了一阵气血翻涌，我笑着讥讽小胖子赵子君说道："嗯，小胖子，这次表现不错嘛，有进步！不过就是这作风还需要谨慎啊，比如说这擦鞋，嗯，革命军人之间，不要吹捧……"

"班副，有则改之，无则加勉，我一定保持和发扬好的方面，坚决改正错误的方面，请放心！"小胖子赵子君表情真诚地说道，"我一贯向班长班副看齐，学习！"

"嗬，这么要求进步啊？这觉悟好像噌噌见涨啊，小胖子？"我笑了笑，喷出一口烟，看着烟雾顷刻飘散得无影无踪，转过头来问道："是不是想早点混一张党票回去当村长啊？"

或许是我的语气刺痛了小胖子，小胖子赵子君的脸顿时涨得通红，急急分辨道："班副，一开始是，我是想当村长来的，但是现在……现在不是这样子……"

"哦……"我不可置否地应了一声，斜瞥了小胖子赵子君一眼道，"那是什么样子？"

小胖子赵子君长长地吁了口气，有些出神地看着不可知的远方，突然扭过头来，很认真地对我说道："班副，是这样子的：我变了，入党的动机和出发点纯洁了！"

仿佛是不想让我插言冷嘲热讽他一般，小胖子赵子君开口又说道，"班副，我知道你看不起我想入党之后回去当村长，你老是……老是拿这个笑话我，可是你不知道，一开始我只是觉得当村长很牛逼，就像我们老家的村长一样，头脑精明，会做生意，最重要的是，他是个党员，威信高，在村里说一不二，人人都听他的……"

"呵呵，后来，尤其是到部队来之后，我惊讶地发现，咱们的村长，还有部队的这些共产党员，都有一个特点——"顿了一顿，小胖子赵子君笑道："这个特点就是，他们不管干什么，都冲在最前面！"

小胖子赵子君的这句话顿时就让我想起了河堤上的党员突击队，于是点了点头，小胖子赵子君笑着说道："是啊，班副，我后来回头想了想，我们村长也是什么事情都冲在最前面，给村里办企业，风里来雨里去的，给村办企业的产品找销路，跑这里跑那里的，到了村里赚大钱了，自己却总是拿最少的一份，家里人一说他，他就是四个字硬邦邦地塞回去：我是党员……"

"这个村长，很不错！"我听得有些入神，不自觉地开口赞道。

"是吗？"小胖子赵子君呵呵一笑，"呵呵，那我以后告诉他吧，他一定很高兴！"

顿了顿，小胖子突然想到了什么一般，神秘兮兮地对我说道："班副，你等我一会儿！"

正当我在纳闷之际，小胖子已经兴冲冲地从梁老爷子的房间里拿了一张纸和一支笔出来，径直就摊在椅子上写写画画起来，一边画一边说："班副，你来看看，这是什么意思？你知道吗？喏，好了，画好了！"

好奇之余，我站了起来，凑到小胖子赵子君面前一看，顿时就笑骂道："小胖子，你画的什么玩意儿啊，话说这梁老爷子翰墨书画学校的小朋友们都比你强啊！"

小胖子赵子君嘿嘿一笑，说道："班副，你看嘛，看看是什么意思！"

我点了点头，忍俊不禁地看了下去，只见小胖子在纸上歪歪扭扭地写写画画了这些玩意儿：写了一个"我"字，画了一条毛毛虫，毛毛虫的旁边画了一个桃心，桃心的旁边画了一个眼睛，眼睛下面画了一个大鸭梨，大鸭梨旁边写了一个咬字，"咬"字旁边画了一条鱼，最后，在鱼的旁边，画了一棵大树，上面吊着一个大铃铛——我不住地摇头，这鸟兵真够呛。

"班副，怎么样？"

"什么玩意儿啊！烂！太烂了！我们老家有一句评价，就叫鬼画桃符！"

"嘿！班副！这你就说错了！"小胖子赵子君兴奋地说道，"你知道这是什么意思吗？"

"什么意思啊？"我摇头道，"水平太高！看不出来！"

"呵呵，我看到的时候，也看不出来呢！我给你说说吧班副！这是一张入党申请书！"

"啊？！"我顿时愣住了，张大嘴，目瞪口呆地看着这张鬼画桃符。

"我给你说班副，是的！这是用一张画出来的入党申请书！当年这个人还是个文盲，好多字不会写，就用符号代替！连起来就是这个意思：我从心眼里要入党！"小胖子赵子君滔滔不绝地解释了起来，"看吧班副，我字会写，他就写了，'从'字不会写，他就画了条毛毛虫代替，'心'字不会写，就画了一颗心代替，'眼'字不会写，就画了一个眼睛代替，'里'字不会写，就画了一个梨子代替，'要'字还写错了，呵呵，写了个'咬'字，'入'字不会写，画了条鱼代替，'党'字不会写，他那个年代里的学校没有电铃，就画了一个树上挂着的铃铛代替，当啊当的，就用这个代替！"

"我、从、心、眼、里、要、入、党！"我笑了起来，"他妈的，连起来还真是这么一回事啊！小胖子，这谁写的入党申请书啊？高，实在是高啊！"

"哈哈，班副！你狠！"小胖子赵子君眉飞色舞地伸出一个大拇指道，"没错！这就是一个姓高的人写的，还是咱们部队的老同志呢！"

"啊？谁啊？"我摇摇头，说道，"咱们部队的文化水平不是这个鸟样吧？"

"我靠！"小胖子赵子君愤愤不平地说道，"班副，你就这点不好，老喜欢看扁人，我……我们村长说，人是看不死的！这个文盲是吧，后来成了大作家！"

这下我就来了兴趣了，我好奇地问道："咱们部队有这号高人吗？说说看小胖子！"

"有！"小胖子加重语气，强调道，"这张入党申请书就是高玉宝写的！"

"啊？"我目瞪口呆，"啊，写《半夜鸡叫》的高玉宝？"

"哈哈，这就不知道了吧，高玉宝，大连人，咱们部队的老同志！1947年参军，辽阳、鞍山、辽河阻击战、辽沈、平津、衡宝战役，立了六次大功两次小功，全军劳模，话说就是毛爹爹也接见过他呢！"小胖子赵子君眉飞色舞地说道，"以前他没什么文化，这张入党申请书，就是他画出来的！"

"不会吧？"我看着眼前的这张朴素之极的入党申请书，眼光不由得停留在那一颗画出来的桃心之上，仿佛见到这颗心正在跳动着。

"嘿！班副！我就知道你不相信！"小胖子赵子君瘪了瘪嘴，说道，"你要是不相信，回去之后你去师史馆看一看！我也就是上次咱们七班在海哥哥那里排节目的时候看到的，不信你去问海哥哥！"

我不住地点头："啊？真的啊，我靠，回去一定得看看！"

小胖子赵子君若有所思地眺望着远方，坚定地说道："班副，我要做一个像我们村长那样的人，那样一个真正的共产党人，好好地当兵，将来若是回到了地方，我也一定要当村长，我要带着村里人发家致富超过华西村，我从心眼里要入党！"

坦率地说，这是我第一次见到小胖子赵子君的神色如此坚定，不知道为什么，我心里仿佛被一种什么东西所触动，而且，仿佛被一种复杂的情绪所感动。

回忆起小胖子赵子君在梧州抗洪抢险的一幕一幕，从他咬牙坚持着一趟又一趟地去抢运粗沙，从他和我一起站在决口组成人墙用胸膛顶住洪水，从他自告奋勇地游过有三四个旋涡的河水，绑着救生绳去解救对面被困的群众——我开始觉得，这小子的确他妈的变了很多，只是不知道为什么，我一直在用自己无谓的意气之争否定他而已！

我惭愧地笑了。

远方的河面突然传来风雷激荡之声。

我笑着对小胖子赵子君说道："小胖子，连长刚刚还跟我说了个事，第四次洪峰马上就要来临，这怕莫是要来了！"

"怕个毛！"小胖子赵子君挺一挺鼓鼓的小肚子，牛逼地说道，"老子是步兵，但绝不是跑路的兵！"

第八章

天地不仁

　　引文：我惊讶地抚摸着我的脸，然后看了看自己的手，那是一种草绿色的汁液，如同我们的军服颜色，陆军军服的颜色，步兵军服的颜色——永恒的橄榄绿。

　　毛爹爹是一个伟人，他曾经教导我们：与天斗，其乐无穷，与地斗，其乐无穷。

　　但是，还有另外一个伟人曾经教育我们：天地不仁，以万物为刍狗。

　　天地不仁！

　　我想我永生也无法忘记当时我所看到的、所听到的那一切：遥遥望去，一开始河面上像是泛起了一道细小的波浪。随着这道波浪的逐渐迫近，我才发现我看错了。远远地看，那都是一道足足有两层楼房那么高的土黄色的泥墙！泥墙势不可挡地推进着，仿佛有什么巨神在后面推着它前进一般，泥沙在翻滚着，自下而上地翻滚着，永不停歇地翻滚着，那些细碎的沙子在阳光的照耀之下闪烁着星星点点的光芒。伴随着这堵泥墙的推移，空气中发出震耳欲聋的巨响，如同千百面战鼓在擂响！顶端飞溅出来的浪花，如同千万柄雪亮锋锐的巨剑！

　　这是一个魔鬼般的存在！

　　洪魔来了！

　　当时我嘴中叼着的梁老爷子的烟斗立马就掉了下来，这不是钱塘江的大潮，这是裹挟着无数泥沙的洪水！这是要命的洪水！

　　小胖子赵子君也吓傻了，完完全全地愣在那儿，一动不动。

　　我下意识地摸了摸身上穿着的橘红色救生背心，觉得这他妈的还是不保险，立马就转身将通往阳台的一张房门给锁上了。

小胖子赵子君好奇地问道:"班副,你关门干吗,挡得住吗?"

我啪地飞起一脚,猛踹固定房门的一侧,急急喊道:"他妈的,快!把这门板给踹下来!"

小胖子赵子君这才明白我的意思,或许是因为在面临危险时候人迸发出来的潜力,照准位置踹了几大脚,门板咔嚓一声就落在地。

我拖起门板搭上阳台的栏杆,直接将门板推入水中,喝令小胖子赵子君道:"快点,跳!"

看着那道土黄色的泥墙渐渐逼近,小胖子赵子君忙不迭地哦了一声,一脚踩上凳子,踏上阳台栏杆腾的一声就跳了下去,我刚准备一个飞跃,突然又想起了什么,冲进房间就从卧室当中的床上拽了两条枕巾出来,然后如同飞跃障碍场上的矮墙一样,撑了一把阳台栏杆就跳下水去。

我钻出水面甩甩头,立马就往小胖子赵子君那里游了过去,大声喊道:"小胖子!抓住门板,我们两个谁他妈的也不能松手知道吗!"

小胖子赵子君刚好抓住了门板,一拱一拱地推着门板往我这里游过来,边游边说:"班副你拿那个干吗?"

我游过去,攀住门板,急急说道:"他妈的,没看到那么多泥沙啊,快,蒙上口鼻!弄结实点!"

小胖子赵子君赶紧踩着水,学着我的样子如法炮制。

"班副,我们真像蒙面侠啊……"小胖子赵子君脸色惨白开着玩笑。

"侠你老母啊!"我笑骂道,"千万不要放手,咱们有救生衣,又有门板,他妈的双保险,噢,三保险,还蒙面!"

小胖子赵子君猛点头,不住地看着洪水袭来的方向。

"看个屁啊,要死就死在一起!"我扭头再次叮嘱小胖子赵子君道,"妈的,趴好了,抓稳了,千万要给老子抓紧啊!"

小胖子赵子君嗯了一声道:"班副,你说咱们是不是先推着门板往前游一点啊,这他妈的洪水要是把房子给冲垮了,我们就会给压死啊!"

"我操!"我飞快地扭头观察了一下,道,"那你还不下来?"

小胖子赵子君忙不迭地从门板上滑下来,赶紧和我并着肩,手用力地攀着门板,脚用力地踢着水。

感觉脱离了那栋房子有一段距离了,我侧过头一看,赶紧招呼道:"上去小胖子,快!他妈的来了!"

"丢你老母啊！"小胖子赵子君魂飞魄散地喊了一句，迅速地朝我使劲，用小肚子压着的门板上攀爬了上来。

我紧了紧罩在脸上的枕巾，在足足有三层楼房那么高的土黄色泥墙朝我和小胖子泰山压顶般盖了过来时，竭尽全力地哀号了一句："我操！"

我想我永远也无法忘记那种感觉，身体突然像是被一只巨手给捏了起来，然后就是长时间的坠落，是的，我感觉到不停地在坠落。这个坠落的过程很漫长，让我一直感觉自己如同飘浮在云端，像是坐过山车的感觉，但是这种感觉绝对比坐过山车还要疯狂；随之而来就是压力，身体突然像是被一只巨掌给摁了起来，他妈的还在不停地使劲，用力地摁着，水仿佛成了一件又一件的衣服，给你套上一件，又给你套上一件，不停地给你套上，不容反抗地给你套上，我的胸闷得厉害，肋骨也剧烈地疼痛起来，脸上蒙住的枕巾，对着嘴的位置的枕巾都被我咬进了嘴巴里，耳边传来奇怪的沉闷的嗡嗡声，闭上眼睛我觉得自己似乎都能见到一种奇怪的，不，应该是诡异的碧绿的颜色在我的四周萦绕，身躯在不停得旋转、盘旋、翻滚，彻底地迷乱了方向感。

让我感到欣慰的是，我始终没有松开这块门板，而小胖子赵子君也始终没有松开这块门板——之所以我这样说，是因为这个浑蛋一直死死地扣压住了我右手的小拇指，一直他妈的没放！

……

时间很漫长，每一秒钟似乎都很漫长，我在这漫长的每一秒钟里小心翼翼地呼吸，我一边小心翼翼地呼吸，一边怀念那些个大口大口呼吸空气的日子，我觉得，对于生命，老子真他妈的要学会去珍惜。

感觉到耳边没有那种奇怪的嗡嗡响声了，感觉到紧闭的眼前没有那种诡异的碧绿颜色了，感觉到自己正在平缓地漂浮了，我这才睁开了眼睛。

是的，我和小胖子赵子君劫后余生了。

眼前是一片浑黄但平缓的水域，不远处，有一排不屈地探头伸出水面的绿树丛。

天是那么地蓝，云是那么地白，噢，我的手指也他妈的那么惨白！

"我丢你老母，小胖子！"我一把扯掉枕巾，怒喝道，"放手！"

"啊？"小胖子赵子君抬起头，兀自没有睁开眼睛，罩着枕巾含糊不清地说道，"班副，咱们是不是挂了？鬼多不多？"

"鬼毛都没看到一根！放手！"我奋起左手掰开小胖子仍然死死扣压住我的小拇指，怒道："你他妈的！共产党员都是无神论者！"

小胖子赵子君这才睁开眼睛，像是一个刚出生的婴儿那样好奇地打量了一下这个世界，然后一把扯下蒙着脸的枕巾，贪婪地深呼吸一口，大喊一声："啊呀呀！"

"别鬼喊鬼叫的，这是哪里？我操，这到了哪里？"我不停地打量着这眼前的一切，试图确定自己的位置。

"反正咱们没死！"小胖子赵子君猥琐地一笑，"班副，我刚刚用了一下小弟弟，还能尿哩……"

"你，没救了！"我哭笑不得地看了一眼小胖子赵子君，叹了口气。

正在这个时候，我突然听到空气中传来一声缥缈的呼喊："有人吗？"

这里有人！顿时我就来了精神，大声喊道："有！你在哪里？"

"我们在这里！"

小胖子赵子君肉肉的小肥手一指，兴奋地说道："班副，在那里！树上！树上有人！哈哈，肯定是听到我啊呀呀学京剧老生了！"

"京剧老生？拉倒吧你，你那肚子能来个铁板桥？你那身肉能翻个连环跟斗？"我鄙视道，"拉倒吧！快游过去！"

"得令！"小胖子赵子君讪笑一声，又拿腔捏调地念白一句，马上扑腾起肥腿，和我一起朝那一抹绿树丛游了过去。

好在是顺水，我们没费多大力气就游到了树丛那里，抬眼一看，顿时傻了眼。

程小铎曾经给我唱过一首采槟榔的歌，这歌的第一句就是"高高的树上结槟榔"，现在的情景也可以这么唱：高高的树上挂兵哥。

在这些不屈地露出水面的大树的树冠之上，稀稀疏疏地挂着十多个兵，有的如同一只考拉熊那样双腿勾住树干，有的如同一只滇金丝猴那样蹲在一个树权上。

是的，是我的战友，有的穿着迷彩裤，有的还挂着橘红色的救生背心，有的打着光膀子，有的只穿着一条四角的军用大裤衩。

"兄弟，你哪部分的？"一个水中冒出来的兵开口问道。

"九团五连，你们呢？这是哪里？"我急急地问道，"我们开始在城东的，这是哪里？"

"我操！"头顶上一个兵难以置信地喊道："你们在城东？就靠这块门板？他妈的，奇迹啊，兄弟！这是城西！噢，他妈的，你们被洪水冲了十几站地！"

"老同志！你们是哪部分？"小胖子赵子君仰头问道。

"师特务连的，刚刚他妈的在这个沙石场抢运沙石的！我操，那个他妈的洪水啊！"头上的兵伸出大拇指叹道，"你们他们的命真大，阎王爷不收哇！"

我刚刚准备牛逼一下，却听到一处浓密的树冠丛里传出来一个声音喊道："帅克？是你吗，帅克？"

"啊？是我！谁？"我赶紧丢开门板，扑腾几下往那边游，攀住一根露出水面的树枝探头一看，只见一个兵穿着一条军绿色的四角大裤衩正蹲在一个树杈上喊我。

"我靠，不认识了？我孟晓飞啊！老八的老乡！咱们在三姐的饭馆还吃过饭的，过年时候！忘了？"

"噢，晓飞哥！记得记得！"

我想起来了，是老八的老乡，我们是一起吃过饭，可是眼前的孟晓飞与当天的孟晓飞可是像换了个人似的。

孟晓飞不好意思地扯了一下大裤衩道："奶奶的！老子这迷彩裤都被洪水给扒了，还好这大裤衩有带子系着，要不把老子给扒光了！"

"哈哈！"

众兵皆爆笑起来，有的兵甚至还开玩笑道："晓飞，你丫扯着大裤衩往树上爬的样子真像个被欺负了的娘儿们啊！"

"我操你妈，德性！"孟晓飞愤愤不平地朝那个兵骂了一句，低下头来，咧嘴一笑，说道："帅克，那你可真牛逼了，城东冲到了城西，还他妈的生龙活虎的，强悍啊！"

"鬼门关里走一遭啊！"我心有余悸地感慨道。

"上来吧，帅克，就在这里等一下，刚刚冲锋舟过去先救老百姓了！"顿了一顿，孟晓飞说道，"这第五次洪峰马上就要来了！"

小胖子这时也游到了我的身边，听到孟晓飞如是说，顿时攀住树枝哀号一声道："不会吧？还来？！"

摇了摇头，我呻吟道："我操，我操呀！"

"没事！"孟晓飞笑着说道，"第五次洪峰不大，刚刚冲锋舟喊话了，破坏力最大的第四次洪峰已经过去了，第五次洪峰威力不大！待会儿小心点就行了！"

"是吗？"小胖子赵子君喜滋滋地说道，"呵呵，那就好，班副，我先去找棵结实的树给爬上先啊！"

孟晓飞笑着溜了下来，伸手拉了正在攀着树干往上爬的我说道："你的兵啊？"

我苦笑着点了点头，说道："共产党员呢！"

"啊？"孟晓飞一愣，"呵呵，不会吧？"

"预备中的预备的！"我哈哈一笑，和孟晓飞一起排排坐上了一根树枝，屁兜里似乎有东西咯屁股，一摸，嘿，敢情这光头梁老爷子传授给我的武功秘籍咏春拳谱还没弄丢啊，还好，我看着孟晓飞白花花的大腿暗自思忖道：还好老子的迷彩裤没有让狗日的洪水给扒了。

正准备休息一下，突然就听到身后有个缥缈的声音再喊："救命啊，救命啊！"

扭头一看，我靠，一个人影儿正搂着一个白色的玩意儿顺水而漂下。

正攀爬上对面一棵树上的小胖子赵子君立马喊道："班副，我去救他！"

"站住，老子去！"

扑腾一声，我就跳下水去，孟晓飞见状马上跟着我跳下了水，边游边喊："我也去！"

愈游愈近，我看清楚了，一个全裸的、瘦瘦的老人正抱住一个白色的泡沫箱子，在水中一浮一沉。

好在是顺水，我鼓足力气奋力游了过去，一边游一边喊："老大爷不要慌，我们来救你了！"

其实，我体力也消耗得差不多了，就在我靠近了老大爷、准备游到他的后面按照救助溺水人员的标准处置方法勾住他的脖子之时，却不料这老大爷不知道哪儿来的力气，哗啦一声就伸出一只瘦骨嶙峋的手臂，一把倒掐住我的脖子，愣是不松手，力气还忒大。

转瞬之间，我就呛了四五口水了。

我又看到了水中那种诡异的碧绿色和疯狂上升着的气泡，他妈的，我想我要死了！

就在我绝望地挣扎的时候，还好，我的援军到了，孟晓飞死活将这个老大爷给扒拉开了，一个标准的动作勾住了老大爷的脖子，仰泳着，使劲地将老大爷往后拖。

我一把扑倒在老大爷抱着的白色泡沫箱子上，不停地咳嗽着。

够呛，我真他妈的够呛啊！

那边孟晓飞他们特务连的又下来几个兵，合力将老大爷给簇拥着，如同众星捧月般把这位老大爷弄着往树林那边去了。

在我的老家，对于这种莫奈何的情况，当事人往往会极其痛苦和极其郁闷地描述道：妈妈的鳖，被搞醉哒！

我现在的状况就是被搞醉了，剧烈的咳嗽使得我感觉到血液都急剧地往脸上冲，烫得不行，脑袋也有些发晕，眼神也有些晃悠——如同醉酒一般。

"班副，你没事吧？"一个声音在高喊道。

我欣慰地想，还是老子的兵对我好哇。

"我没事，小胖子……"我虚弱无力地趴在白色的泡沫箱子上说道，"老大爷呢？"

"弄上去了！"小胖子赵子君拱几下就游到我的面前，撇了撇嘴说道："班副，你这半桶水的水平还想救人啊？"

"我操，我是被他锁喉……"一口气没接上来，我又是一阵剧烈的咳嗽。

"呵呵，行了行了，回吧班副！"小胖子赵子君呵呵一笑道，"这破箱子又不是洗白白的美女，有什么好抱的！"

"不行……我得休息一下……"我看了看小胖子说道，"休息一下下！"

……

等到我精疲力竭地回到树林，爬上一处低矮的树干，我觉得我全身都脱力了，手都不由自主地颤抖起来了。

"谢谢你，晓飞哥啊！谢谢你救了我！"我有气无力地说道。

"谢啥呢？啥话呢！"孟晓飞眼一瞪，"咱俩的关系那还用说？那叫一个刚刚的！"

我微笑着点了点头，顺眼一瞥，看到已经有兵脱了条裤子给被救起来的老大爷穿上了，正骑在一根树杈之上，搂着树干不停地用听不懂的广西白话朝这些兵们表白着他的感激之情。我没有理他，也没精神去理他，一想到如此瘦骨嶙峋的老年人居然会有那么大的力气，我就有些怕怕。

正当我还在累得直喘气的时候，忽然又听到水面上传来缥缈的救命声，似乎还是一个女人的声音。

"救命啊！"

孟晓飞勾着脚丫子在树干上站了起来，伸手拨拉开头顶的树叶观望着，喊道："嘿，兄弟们，在哪儿呀？看到了没有？"

这时候我听到小胖子赵子君大声地喊道："我看到了，我去救！"

"小心点，小胖子！"听道一声水响，我赶紧扭头大声喊道。

"没事班副，是个女的，哈哈，说不定又是全裸的！"小胖子赵子君猥琐地说道。

"我靠！"孟晓飞笑骂道，"帅克，这就是你带的兵？这他妈就是预备党员？"

我笑着点了点头，说道："牛逼吧？"

孟晓飞吐了一口唾沫，啐了一声，突然，我发现他的脚趾一根一根都死死地扣住了树干。

然后，我听到孟晓飞一声惊呼：

"洪峰来了！"

风很冷，如同千万柄钢刀一般从各个奇怪的角度劈砍我；雨很小，如同千万枚钢针一般从各个诡异的角度穿刺我。

夜，黑夜，冷雨夜。

昏暗的路灯光线若隐若现地照出这一条泛着银色光芒的路，牵引着行尸走肉般的我。是的，我是一个步兵，但是，我不知道我要去那里，我也不知道我在那里，我只知道，活在这个该遭千刀万剐的贼老天的种种阴谋之下，到处是他妈的问不出答案的问题，到处是他妈的得不到结果的努力。

我脚上的解放鞋已经找不到了，而我的战友、我的兵，小胖子赵子君，我也已经找不到了。

我曾经寻找过小胖子赵子君一次，那是他还在新兵期的时候，这个浑蛋军绿色的高低床的床板之下睡熟了，而我们大家却误以为他受不了艰苦的训练跑路了。

那一次我没有找到他，是我的战友找到了他，当我看到他那张睡眼惺忪的肥脸时，想狠狠地揍他，不过又被他搞笑的案件回放给逗笑了。

那一次我是奔跑着去追寻他的，而这一次，我却再也没有力气去奔跑了，一点儿力气都没有了。

那一次他对我说过：班副，我不会当逃兵的，我回去之后还要当村长的；而这一次，他对我说过：班副，老子是步兵，但绝不是跑路的兵。

我发誓，我一定要找到他，然后一定要好好地揍他——但是，我找不到他。

小胖子赵子君扑入水中去解救那个不知名的女人，他前脚跳下水，第五次洪峰后脚就跟着来了，我拼命地叫小胖子赵子君回来，拼命地叫，叫到我几乎失声，但是他似乎没有听到，于是，我跳下了水。

孟晓飞也跳下了水，他对我说，帅克，你疯了！你疯了！

我说，别拦我，我最后收到的命令是要照顾好他，他是我的兵。

孟晓飞不放手，他对我说，帅克，洪峰来了，来了！

我说，放手，来了我也要去，他是我的战友，我的兄弟。

孟晓飞最后对我说，帅克，他也是我的兄弟，我的战友。

然后我们一起游了过去，直到洪峰来临，将我们俩分开。

还好，我看到孟晓飞在那一瞬间抱住了一棵露出水面一人多高的光秃秃的树，噌噌地就往上爬，洪水还是没有放过他，径直扒了他的草绿色四角大裤衩，我听到这个鸟兵在那里破口大骂。

可是我的手气就没他那么好，我抓住了一根树枝，最后张开手，我的手上只有一片绿叶。

水流湍急，太他妈得湍急了，是他妈的上级情报工作没有做好，第五次洪峰的威力也十分巨大。

我看到岸边有一些巨大的石头砌成的斜坡，我看到斜坡之上有一幢幢连在一起的仓库，我看到红砖砌成的仓库的墙壁上"粮食"两个字飞快地掠过，然后我的背就重重地撞在一个奇怪的机器之上。那是一个类似于消防兵用的救生梯一样的东西，上面是一层结实的皮带，我强忍着疼痛，就顺着这个救生梯一样的玩意儿，爬啊爬啊，一直爬到了这玩意儿的尽头。最后，当我摔下来的时候，感觉触地软绵绵的，伸手一抓，居然抓了一把沙，这可算是老子命大啊！除此之外，我还惊异地发现，原来那玩意儿的下层也有一层结实的皮带，敢情是来传送啥玩意儿的皮带轮了。

我从来没有晕倒过，长这么大，我从来没有，但是当我从那玩意儿上面摔下来之后，我翻了个身，仰面朝天，第一次晕倒了。——那是一种很奇怪的感觉，我看着天空，看着天空在慢慢地开始顺时针旋转，然后越转越快，越来越朝我压近，我终于受不了这种让我的眼睛和我的胃都受不了的感觉，于是眼睛一闭，嗡的一声——这就是昏迷，我所感知到的昏迷。

……

现在我清醒过来了，赤足走在这条不知名的街道之上，我很清醒，能够感知到这一切还在伤害着我的东西，比如说这寒意，比如说这冷雨，比如说这疲倦，除此之外，我还觉得我很饿，非常非常地饿。

我有目的，我的目的是先去找一些吃的东西，我需要吃东西来维持我的身体运转，需要吃东西来补充我的体力——我还要去找小胖子赵子君，我一定要找到他！

街面上几乎没有什么行人，微弱的路灯照耀不到那些黑糊糊的一大片，有些冷清，或许，这原本就是一条偏僻的马路，马路旁许多的店面都已经关闭，我想，关闭吧，洪水太他妈的有威力！

一直走，一直走，我终于走了这条死寂的街道尽头，我看到有喧哗的人声车声和明亮的光线自尽头传来。我开始了奔跑，水花四溅，然后，我站定，抬起头来，看着这堵被无数的沙袋层层垒了起来的墙，这堵墙的作用我现在知道了，这一定是为了封堵洪水而垒起来的，可是现在，我在墙的这面，孤独地站着。

当我爬上了这堵沙包垒起来的墙的时候，耀眼的光芒顿时让我捂住了眼睛，那些沸腾的声浪瞬间充斥着我的耳膜。

或许有人注意到了我，或许没有，我径直从上面慢慢地滑了下来，然后整了一整我身上那件橘红色的救生背心，那根断裂的带子上方，大山曾经给我打了一个死结的地方不知道怎么又开了，真他妈的够呛！暗骂了一句，我脱了下来，把这个结重新打好，然后拎在手中，赤足行走在这繁华的人间。

虽然是夜里，但是这里很热闹，有很多小商店，有很多大排档，我找了一个最不起眼的大排档，在一个最不显眼的位置坐了下来，背靠着一堵冰冷的墙，是的，墙很冰冷，我又打着光膀。我是一个军人，我的班长李老东曾经教育过我，军人就是连他妈的吃个饭都要占据有利地形，这个地形很好，没有人会从身后袭击我，更重要的是，我不想遇到一个兵，在我还没有找到小胖子赵子君之前。

我低下头去，翻开我的迷彩裤的裤腰，我在领到每一条迷彩裤时都有一个很恶劣的习惯，那就是总是抑制不住地要去把裤腰内侧的布用刀片划开一道小口子，我知道这是新兵期留下的毛病。那会儿我是新兵，这道小口子可以让我塞进去一个打火机，虽说军裤上的兜挺多的，可我就爱这一个——现在是老兵了，没玩过藏打火机的游戏，后来想想就拿来兜钱了。

我从裤腰里抽出一张卷起来的五十块的人民币，虽然已经湿透了，但是由于人民币质量非常好，基本上还是没有变得皱巴巴的，依旧保持着我折叠它的样子。我小心翼翼地将它摊开在面前的桌子上，压平——我突然想到了我的娘老子，在家里的时候只要我一出门玩，我的娘老子总是会给我塞上些钱，她说男子汉大丈夫，出门若是兜里没钱，会让人看不起。

现在，我不想要娘老子的钱，只想娘老子给我下碗面。

我的鼻子有些发酸，或许是面前的桌子上摆放的醋没有盖紧的缘故吧。

桌面上出现了大片的黑影，我抬起头，看到了一个系着白色的围裙站在我面前的年轻妹子，她痴呆地看着我，一手捏着一支笔，一手捏着一个小板子，上面夹着一些红格子纸，这让我又想起了程小铎赐予我的那次痛并快乐着的备皮，当时她也是这个样子的。

年轻的妹子当然没有像程小铎那样询问我叫什么名字、是那个部分的，她只是愣了一会儿之后，才恍然大悟地问我需要些什么东西吃。

"螺蛳粉，花生米，酒。"我把五十块钱推了过去。

年轻的妹子飞快地记，然后问道："几瓶酒？"

"一瓶！"我重重地靠上了后背冰冷的墙壁，说道，"白酒，只要是白酒就行！"

"好，好的！"年轻的妹子可能是被我吓着了，拿上钱就如同一只受惊了的小白兔飞快地跑掉了。

等她回来的时候，她带来一个人，一个胖子。

比小胖子赵子君还要胖上一倍的胖子，他径直坐在了我的对面，把我的那张伍拾元慢慢地摊开在桌子上，朝我推了过来，看着我说道："我是老板，你是兵？"

我下意识地将身边橘红色的救生背心一拎，扔到了背后，缩了缩腿，然后冷冷地看了看这个胖子，说道："不是假钱！"

"你是兵？"胖子继续追问道。

我欠了欠身，迎着胖子的目光顶了上去，冷冷地说道："我是！我是兵！"

胖子慢慢地咧开嘴笑了，露出一口大黄牙，说道："是兵！不要钱！"

胖子手一挥，招呼年轻小妹子道："上菜，上酒！"

我有些惊诧，但还是把钱推了过去，说："我们有纪律！"

胖子把钱推了回来，说："老子有规矩！"

我笑了，突然笑了起来，因为我证实了一点，老八没有吹牛，这个鸟兵曾经神秘兮兮地告诉我说，嘿，帅克，你他妈的只要你穿上一件白台山英雄团的背心随便坐在梧州哪个饭馆里吃饭，绝对不要钱，骗你就是小王八羔子！

"有钱就给钱，没钱就白吃！"我把钱推了过去。

"收了你的钱，我没脸见人！"胖子又把钱推了过来，轻轻地拍了拍钱，说道，"收好吧，小伙子！"

我笑了，然后急急问道："老板，这是哪里？我刚刚从那里爬过来的，这是梧州哪里？"

"这是城西高校区。那里？"胖子回头指了一指，我点点头，胖子笑了笑，说道："那里是粮食局，不过街道被封了，群众疏散了，你怎么还在那里？昨天上午你们部队转移完了粮库的粮食就撤完了啊？现在已经全部上了城东大堤！"

我顿时无语，城东大堤又告急，而我却悠闲地坐在这里吃东西。

"没关系，先吃东西，完了我带你去找部队去！今天我还去慰问过部队，我知道地方！"胖子接过年轻妹子递过来的一碗热气腾腾的螺蛳粉推到我面前，关切地说道，"吃吧！"

我没有说话，拿起筷子，埋头就吃了起来，是的，我不想回部队，我的兵还没有回来，赵子君，你他妈的在哪里！老子一定要找到你！

"慢点，这里还有菜，吃菜！"

我神色木然地说道："老板，再来一碗螺蛳粉好吗？"

……

我拧开酒，径直灌了一口，辛辣的味道顿时充斥着口腔，这是一种和辣辣的螺蛳粉完全不同的辣味，螺蛳粉补充我的体力，酒驱走我的寒意，骨子里的寒意，或许，它还能提升我的士气。

"谢谢你老板，我还有任务！"我站了起来，一手拎起了我的橘红色救生背心，说道，"酒，我带走！"

"那……那行！"胖子老板站起来，低下头，看到了我的一双赤脚，急急说道，"你等等，我去给你找双鞋！"

我伸出手攀住了他的肩膀，他回过头来，看着我。

我对他咧开嘴，笑了笑，说道："不用，我是步兵。"

胖子老板突然也笑了起来，脸上的横肉都笑得堆了起来，他把两个手都攀上了我的肩膀，死死地压住，然后说道："老子也是步兵！"

言罢就噌噌将他自己脚上的旅游鞋脱了下来，牛逼地抬起头对我吼道："老子老同志，命令你，穿上！"

我这才发现，在那个闪烁的白色灯箱之上，标注着这个大排档的档名叫做：老兵大排档。

……

买了一包烟和一个打火机，买了一个手电筒和两瓶水，走到一个昏暗的转角，我才坐在路边的花坛上把胖子老兵的旅游鞋解下来，其实有点小，我却说很好，现在我就想把鞋带子松一松。

我仰头灌了一口酒，是的，我需要酒，待会儿我还要去河边，我要顺着那河找下去，河水只是很湍急而已，小胖子水性好，一定会没事，或许只是跟我一样被冲到了某个地方，我要带上酒，能够给他驱驱寒，暖暖身子。

我对小胖子赵子君很有信心，这浑蛋居然还游了个海训第一名！至于老子，还是免提吧。

我放下酒瓶，打了一个大大的酒嗝，然后缩脚套鞋子，这个胖子老板果然是一个老兵，果然也是一个步兵，他的鞋带的打法跟我们完全一样，正当我埋头系鞋带的时候，我突然就瞥见了另一双鞋子在我面前站定。

一双很精致的小红皮鞋，很漂亮，很可爱。

然后我就看到了一个很精致的脚踝，再往上看，就是一条粉红色的碎花裙。

我觉得，每一个人都有一种颜色，一种属于他或者是她的颜色。如果说程小铎是白色的，那么眼前的这个漂亮的小丫头片子就是红色的，红色的圆头小皮鞋，上面有一个红色的小蝴蝶结，粉红色的碎花裙子，上面满是极其卡通的花朵，一个红色的包上画着一个猫咪，这个貌似衰哥刘浪曾经给我说过，说叫什么 Hello Kitty，事实上，连她头顶上戴着的一个圆顶帽子也是红色的。小红帽，对于这样一个漂亮可爱的小丫头片子来说，是一个十分贴切的称号。

我想我是绿色的，但是现在，我是灰色的。

她就这样站在我的面前，可爱地嘟起了嘴，气鼓鼓地问道："你！是当兵的吗？"

这已经是我从冰冷的水中重返到火热的生活之中后，第二个人这样问我了。由于她的眼神很挑衅，态度很嚣张，所以我并没有答理她，径直穿好鞋子，拎起我的橘红色救生背心准备走人。

她挡在了我的面前，鄙夷地看着我，继续问道："你是不是当兵的？"

我看到了她胸前别着的一枚红色的徽章，昏暗的路灯之下，我只看到了徽章之上最后两个字，然后就把目光移开了。是的，那是"学校"两个字，另外，且不论盯着女孩子的胸部看是不礼貌的行为，就算是换作我有心情，也断然不会过多地注视一个实在是没有什么本钱的小丫头片子，更何况，我根本没有心思，没有一点心思，我的感觉，就是他妈的无动于衷。

我只想找到小胖子，甚至现在的我开始觉得这种感觉、这种热切的渴望，甚于情浓热吻之后，我对程小铎的那种思念。

我默不作声地用一个假动作骗过了她，顺利地突破了她的封锁，在她的左翼开辟了一条道路，然后大步走着。我的目标就是那一条被垒起来的沙袋封堵着的街道尽头，我的任务就是翻过那堵沙袋墙，回到凶险的河边，继续去找寻与我失散的小胖子赵子君——从哪里来，回哪里去，我的脑海中突然浮现出这句佛家的偈语。

她叫了两声"站住"，然后气急败坏地尖叫道："你是一个坏兵！那么多兵，现在都在城东大堤上拼命，那么多老兵也在那里！连当首长的都上了堤去拼命，你却在这里吃饭、喝酒！你是一个坏兵！"

我想我不需要向她解释，连长杜山最后交给我的命令是要照顾好小胖子赵子君，一根毛都不能掉。我只有带着毫发无损的小胖子赵子君回到连长杜山的面前，我这个任务，才算真正地完成。

我没有停止我的脚步，她也没有停止追赶我的脚步，我听到她在跑动，那是她的红色圆头小皮鞋敲击地面的声音，我也开始跑动起来，我不知道我为什么要跑，不知道自己是在逃避些什么，难道我是在逃避这个素不相识但气势汹汹地质问着我的小丫头片子吗？

不，我真的什么都不知道。

跑动中我把手中酒瓶插在迷彩裤的侧裤兜里，把手中拎着的橘红色救生背心套在了脖子上，然后目测好距离，一个加速，噔噔径直攀上那堵沙袋墙的顶部，纵身一跃，跳了下去。

胖子老兵的旅游鞋很有弹性，比解放鞋更能减少冲击，正当我这样思忖的时候，墙的那边传来那个小丫头片子的声音："我一定会抓住你！坏兵！"

我想，我真的是个坏兵。

我的双脚毫无防备地就在突如其来的大脑皮层的命令之下发足狂奔，雨越下越大，而是我心急如焚，事到如今，我还根本不知道小胖子赵子君是死是生！

这是我一直在回避着的思绪，我承认。

我害怕，会有一个最坏的结局。

但是我又充满希望，因为小胖子赵子君的水性我在海训当中是亲眼所见，一千五百米的长游组考核他又是第一名，而我却只是拿了一个第十名——连我他妈的都活下来了，小胖子一定会没事！

我终于奔跑到了河边，那些粗粝的砂石和柔软的泥沼让我不得不停止，我打开了手电筒，顺着河滩，一步一步地开始了我的搜寻。

夜是死寂的，风是刺骨的，雨是冰冷的。

我一遍又一遍地呼喊着小胖子，一遍又一遍地呼喊着赵子君，一直到天色微明，我才突然发现，我的嗓子已经发不出一丝声音。

整个夜里，没有人回答过我，没有人。

　　我搜寻得十分细致，任何可疑的地方我都找遍了，甚至一堆摇晃的水草，一个扑倒在水中的黑影，我都找遍了，结果还是没有发现小胖子赵子君。

　　天已经亮了，我的酒已经不知道掉在什么地方了，我的烟也已经抽完了，我已经走得很累很累了，我甚至都踹断一根树枝做拐杖了，但是我仍然不死心，我觉得，他一定累坏了，躲在一个什么地方睡觉，就如同在新兵期的那次一样，睡得死沉死沉。

　　雨停了，终于停了，碧空如洗，艳阳当空。

　　我的嘴唇已经开裂，十个手指的指甲缝里全是黑泥，迷彩裤上的泥水在烈日的暴晒之下已经结成了一层厚厚的壳，膝盖处有一条深深的折痕，胖子老兵脱给我的旅游鞋的鞋底已经扩大了两倍，我使劲地踢，都踢不掉粘在上面的那些沉重的泥——我知道，拄着一根树枝的我，根本不像个兵，根本不像个人。

　　我不知道我走到了什么地方，我也根本不知道这样的追寻何时才是一个尽头，绝望的我只有一个念头，那就是他妈的活要见人，死要见尸！

　　在爬过一堆高高的鹅卵石堆之后，我扔掉了我手中的树枝。

　　泪水顽固地、不由分说地在我的脸上冲刷出了一条河道，如同洪水一般恣肆。

　　前方的一堆鹅卵石上横亘着一抹橘红。橘红色的救生背心，军绿色的迷彩裤。

　　这一刻，我觉得地裂天崩。

　　我再也无法控制住我的身躯，仿佛所有的力气在这一刻都被不知名的东西抽空，砰的一声，我的双膝撞在那些坚硬的鹅卵石上，发出金属撞击般的声音。

　　我张大了嘴，可是我的喉咙无法发出任何声音。

　　我没有力气站起来，但是我可以滚下去，于是，我命令自己从这堆鹅卵石上滚下去，然后，我命令自己爬过去——这是我这一生最标准、最缓慢，同时也是最艰辛的低姿匍匐前进。

　　我看到了小胖子赵子君。是的，那是我的兄弟、我的战友，赵子君。

　　一开始，我觉得他一定是累坏了，躲在一个什么地方睡觉，就如同在新兵期的那次一样，睡得死沉死沉。

　　现在我知道了，他真是累坏了，躲在这里睡觉了，就如同他在新兵器的那次一样，睡得死沉死沉。

　　他橘红色的救生背心已经从胸前敞开了，是的，他睡觉的时候很喜欢出汗，胖子一般都怕热，在他新兵期的时候，我每次当连值日，在查铺查哨的时候总他妈的要给他掖上几次被子。

他的肚子很大，高高地鼓凸起来，是的，在他刚刚入伍的时候就是这样的腰围，胖子一般都很能吃，在他新兵期的时候，方大山每次吃早饭，都会给我使上一个眼色，然后我们俩就牛逼烘烘地说：猪食，真他妈的难吃，小胖子，消灭干净！

他睡觉的姿势很奇怪，十次有九次，他的两只手总是插在裤裆里的，为此我和方大山还特意晚上起来参观了几次，但是这一次，他却没有把双手插进自己的裤子，而是奇怪地在胸前弯曲，手掌朝上。

我的泪水滴在滚烫的鹅卵石上，升腾起一缕白雾。

这样一个姿势分明是——托举！

他的眼睛闭上了，神态很从容，嘴角仿佛还有一丝隐约的笑意。

我爬近了，抚摸着他的脸，他的脸上肉嘟嘟的，只是有些僵硬；抚摸着他的板寸，他的头发滚烫滚烫的，只是有些扎人；抚摸着他的手，他的手上还有肉肉的小酒窝，只是有些冰冷。

一些奇怪的音节从我的喉咙中迸出，我不知道这样，算不算是号啕大哭。

小胖子赵子君，离开了我，离开了七班，离开了五连，离开了九团，离开了中国人民解放军，离开了他的亲人，离开了这个人世……

小胖子，你听我说，我还想和你在海训里比一比、拼一拼，我还想借你的那华仔的演唱会的碟子听一听，我还想带上你溜到小市场去吃一碗螺蛳粉……

我说小胖子你醒醒，有些事情我做得不对，我开展严厉的自我批评，给你认错赔不是，只要你睁开你的眼睛。

我说小胖子你他妈的快醒醒，少赖在那里做你的村长梦，只要你爬起来好好地干，过些日子你就一定会是个共产党人。

我说小胖子你能不能醒醒，就算我求你不成？什么鸡巴男儿膝下有黄金，我现在就磕头跪求你不成？

……

我说，小胖子，我不能自欺欺人了，我带你回去，我没有力气背着你了兄弟，我就只能拖你这一程。

我的兄弟，我对不起你！

我用手臂钩住你的脖子抬起你的头好吗，兄弟？我保证，这不疼，我抓住你的救生背心往后拖着你走好吗兄弟？我知道，你的背会疼，但是，我的兄弟啊，我的心，也他妈的疼！疼！疼！

　　我用尽我毕生的力气，紧贴在滚烫的鹅卵石堆上，爬行了一公分。

　　然后我听到砰的一声巨响，如同一声礼炮，响彻天空。

　　我惊讶地抚摸着我的脸，然后看了看自己的手，那是一种草绿色的汁液，如同我们的军服颜色，陆军军服的颜色，步兵军服的颜色——永恒的橄榄绿。

　　看着小胖子突然爆裂开来的肚子，我颤颤巍巍地比出一根中指，对准了那天、那烈日，咬牙切齿地说了两个字——

　　我日！

　　……

　　在我昏死前的一瞬，我听到一个女人声嘶力竭的哭泣声，极其缥缈地传来。

　　"就是这里！他就在这里！"

◆第九章◆
我 愿 意

引文：我愿意用我的生命来起誓，愿意以一个士兵的名义来起誓，我们可爱的祖国、伟大的祖国，必定会迎来那光荣的一天，到了那一天，欢歌将代替了悲叹，笑脸将代替了哭脸，富裕将代替了贫穷，健康将代替了疾苦，智慧将代替了愚昧，友爱将代替了仇杀，生之快乐将代替了死之悲哀，明媚的花园将代替凄凉的荒地！

我一直觉得我自己是足够强悍的，但是我错了，在面对死亡时，任何强悍的士兵其实都是软弱无力的，没有经历过的人从来都不会明白这一点。

对于我有生之年的第二次昏迷，我对自己身体极度虚弱、精神状态极度疲惫这一事实并无疑义，但是我觉得这并不是导致我昏迷过去的真正原因，真正的原因就是烈日暴晒之下的爆裂——这个一直侵蚀着我的灵魂的悲伤回忆，我这一辈子再也不要想起。

但是，我又不能不想起，我离开的战友、我的兄弟。

甚至，我不得不想起。

促使我挣脱了自己的第二次昏迷，那是一种感觉，一种被水淹没之后几近窒息的感觉——当我睁开眼睛，发现现实正是如此，一道尖锐的水柱正毫不容情地朝我射击。

我这才发现，我身处在一个牢笼里，钢铁的牢笼之外，正有一个兵，跟我一样身着迷彩服的陆军士兵，捏着一根黑色的橡胶水管，向我冲水。

我惊愕地翻身爬起，伸出手来下意识地挡住自己的脸，我承认，虚弱的自己没有力气来抵挡那水柱粗鲁的冲击。

"醒了吗？好，站好了！给你洗洗！"

我突然想，我很脏吗？

是的，我是脏，一身的污泥，连我自己都能够嗅到自己身上散发出来的馊臭之气，但是，这样的冲洗让我感觉到屈辱！

"洗一洗兄弟！还有人在等着你！"那个兵松了松手中紧紧捏住的黑色橡胶水管，水流顿时失去了锐气，有些垂头丧气。

兵叹了叹气，说道："这里是梧州市第二看守所，我也是临时借调到这里，专门来看着你的，我不知道你到底犯了什么事，居然惊动了军区的人来找你，兄弟，你够呛，够呛啊！"

我犯了什么事？我扪心自问。不过小胖子已经离开了，再有什么天大的事情对我来说，都没有什么意义，我漠然地在水雾之中看着地上污水横流、一片狼藉，慢慢地站了起来，开始脱衣。

我把自己脱光了，开始是背对着那道尖锐刺骨的水柱，然后，我又面对这那道水柱，来吧，就像一把利剑一样刺死我吧！

不知道为什么，兵突然就把手中的黑色橡胶水管给扔掉了，说道："你自己洗洗。"

兵飞快地走开，我听到他在隔壁喊了一声："香皂，洗衣粉！"

然后我就拿到了一块香皂和半袋子洗衣粉，就在这样一个如同我们团的禁闭室大小的单人牢房里，慢慢地洗了起来。

我洗了两根烟的时间，当那个兵准备抽第三根烟的时候，我穿好湿淋淋的衣服，站在了他的面前，用手指了指他的烟。

"烟？"兵苦笑着，"你他妈的哑巴了啊？我去关水龙头，拿着抽！"

我捏着烟头，用力地吸了一口，那些辛辣的烟顿时弥漫了我的鼻子，我的口腔，我的肺——我没有咳嗽，我只是擦了擦眼泪，只有我自己知道，那是眼泪。

兵去了很久，我知道他并不仅仅去关水龙头，果然，等我抽完了这支烟，兵就叫来了另外一个人，那是个警察，手中捏着一个铁圈，铁圈上有无数把钥匙。

铁门打开了，我突然想，哪一把钥匙能打开我不愿意再打开的心门呢？

我不愿意再打开，这种情形持续到我让两个坐在我对面的一毛三一脸的无奈。他们自我介绍了是军区的人，来调查一下前两天所发生的事情，按照他们的问法是，某年某月某日你都在哪里，和谁在一起，干了些什么，我不知道他们问的是哪天，我没有方大山那样一块可以看到日历和时间的军表，所以我一直在摇头。

然后他们突然变得很严厉，追问我说在第四次洪峰来的时候，我和赵子君在一起的时候究竟发生了什么。当我听到赵子君这个名字的时候，我的眼神一亮，随即就暗淡了下去，是的，我们在一起谈论了入党申请书这个话题，可是小胖子至死也还不是个共产党员，这样的问题，我不愿意提及。

可笑的是，这两个一毛三仿佛像抓住了什么东西一般，甚至有一个一毛三站起来威严地说道："帅克！根据我们所掌握的情况，你和赵子君在前段时间有矛盾，有冲突！所以，你老老实实交代问题！赵子君同志的牺牲，你要负很大的责任！老实点，等着上军事法庭吧，你！"

我想，好吧，好吧，就判我去死吧，是这样的，我没有完成连长杜山交给我的任务，我没有照顾好我的战友、我的兄弟，我要负责，我认罪！

我很累，我真的很累，尽管在我被冲洗和自我冲洗的时候我喝了一些水，但是我很累，我点了点头，嘶哑地说："我想睡一会儿……"

然后我就趴在桌子上，睡了起来，依稀中，我听到两个一毛三在那里商量着什么飞行服务。

然后我就知道了，每隔一段时间，我就会被他们弄醒，极不人道地弄醒，扇耳光。一个大嘴巴子抽过来，火辣辣地疼，可是我还是很想睡，于是我看了一下对面墙上挂着的一面挂钟，通过一次死撑着让自己假寐，然后才发现了里面的玄机，每隔十五分钟，他们就会采取极不人道的方式对待我，弄醒我，我在一片混沌的感觉里强迫着告诉自己，睡十四分钟就醒来，其实我不喜欢被打耳光。

在我还是个新兵蛋子的时候，我就认同了部队的体罚，自己做得不好，受到惩罚是应该的，战友做得不好，连带着我一起受到惩罚也是应该的，我们不是一个人，我们是一个集体，一个钢铁集体，有一块废铁都不行。

我的班长李老东也体罚过我，但是他从来没有单独地体罚过任何一个兵，他最牛逼的一次体罚是让我们这些新兵蛋子站成一排，然后一个一个地抽大嘴巴子，响亮，清脆，出手十分雷厉风行，下手十分斩钉截铁——可是现在，我是被单独体罚，所以我不喜欢这种感觉。

我不知道这算不算是对我的一种拷问，但是我知道这绝对是一种讯问，刑讯。在我不算长的军旅生活中，我并没有收到过类似的训练，但是我想我能忍，绝对能忍，我的眼前总是浮现起小胖子赵子君。

我没有力气去思考这突然发生的一切，我也不愿意去想，我只有一个想法，那就是快点弄死我拉鸡巴倒。

然而，这一切戛然而止，门外传来沸腾的人声。

我没有想到，我第一眼见到的人竟然是老撸，师参谋长鲁之衷。

我无力地瘫倒在那把紧窄的靠背木椅之上，眼睛矇矇眬眬地看到他走了过来，径直朝我走了过来，伸出他的手，慢慢地给我擦拭了嘴角的血痕。

然后我看到了很多人，连长杜山、方大山、翰墨书画学校的校长光头梁老爷子、师特务连的孟晓飞，这些人都是穿军装的，还有两个没有穿军装的人，一个是那个胖子老板，噢，他也是个步兵，曾经是个步兵，除此之外，还有一个不认识的女人，一个年纪在三十来岁样子的女人。

老撸的手很糙、很硬，他就这样弯下腰来，帮我擦拭着嘴边的血痕，那是我刚刚被抽大嘴巴子抽出来的一些血，不过他妈的抽得太猛，出血太凶，尽管我吞了不少，可是还有一些血沫噙在了口中，他的动作让我有一点不舒服，于是我不知道哪儿来的力气就偏开了头，把一口鲜血啐在了旁边的地上。

我知道，是我自己不敢看连长杜山。

我没能够完成他交给我的任务，小胖子赵子君掉没掉一根毛我不知道，但是我知道，他走了，那是一条命，一条人命。

老撸蹲了下来，帮我擦血的手却悬在了半空，似乎过了很久很久，他轻轻地叹了一口气，说道："孩子啊，部队哪能不死人？"

不知道为什么，我觉得老撸的这句话触动了我，不知道为什么，我终于哇的一声，哭出了声。

那两个讯问我的一毛三早就已经站立在一旁，目瞪口呆，万分震惊，看那个样子，似乎还没有反应过来，终于有一个一毛三终于按捺不住，走了两步，用手指指着我，嗫嚅地朝老撸发问："首长……这，这是怎么回事？他……他……"

"他？"老撸顿了一顿，仿佛在压抑着什么一般，语调格外低沉地指着我说道，"他……他是个好兵！一个不折不扣的好兵！你，他妈的！老子不管你跟哪个混，总之以后给老子收起那一套军阀作风！"

另外一个一毛三傻乎乎的，还有点愣头青，腾的一声就拱到面前说道："首长，我们有程序……"

"程序个毛！其他证人老子都给你带过来了！杜山，你们留在这里录口供！"老撸恶狠狠地说道，"老子现在就要我的兵跟老子回营！"

……

　　我和老撸肩并肩地坐在汽车的后座之中，老撸握着我的手，紧紧地，在汽车的颠簸中有些不耐烦地对我说道："帅克，你那些爷儿们气概哪儿去了？现在你像个娘儿们！怎么哭个不停呢？赵子君同志已经牺牲了，就像老子的那些战友们一样，都他妈的已经为了祖国和人民光荣献身！现在形势还很严峻，你是一个兵，使命未尽，要继续往前冲！"

　　见到我毫无反应，兀自泪流不停，老撸大手一挥道："好了好了！"

　　顿了一顿，老撸无奈地说道："你们的情况我都了解了，对于赵子君同志的牺牲我也感到非常地惋惜和痛心，不过你也得知道，在这次抗洪当中并不是只有赵子君同志一个人牺牲！有的同志，甚至比赵子君同志牺牲得更加英勇！现在只有咱们两个人……"顿了一顿，老撸压低声音对我说道，"帅克，我得告诉你两点，第一，集团军在赵子君同志牺牲之前已经树立了另一名壮烈牺牲的同志作为此次抗洪抢险的典型，第二，对于赵子君同志我们一定抚恤好他的亲人，此外，他应当得到我们的尊敬，还有那些与之相称的功勋，他的二等功已经上报，你的三等功这次立定！"

　　我擦了擦眼泪，用力的擦了擦眼泪，嘶哑地说道："我不要立功，追认一个共产党员给赵子君！"

　　老撸惊讶地看着我，半晌，用力地握了握我的手，重重地点了点头。

　　洪魔已经被万众一心的军民齐心协力地制服，这是一个足以告慰亡魂的结局。

　　这几天来，我一直很恍惚，我总是不由自主地想起赵子君，在我们五连，我们七班，我相信，每一个人都是如此，连长杜山一直没有找我谈过心，丁指导员也是，在我们七班，更是没有一个人去提起小胖子赵子君，这仿佛是一道溅染着鲜血的伤痕，没有人敢去触碰。

　　终于连长杜山和丁彦荣指导员一起发话了，在我们七班沉闷至死的例行班务会上，连长杜山说，赵子君同志在救援一个溺水的女群众的时候不幸牺牲，女群众脱险了，找到了部队，然后带着一些兵找到了赵子君同志的遗体，遗体已经火化，等待着赵子君的亲属来领取，赵子君同志已经被追授二等功一次，并将追认为共产党员。

　　丁指导员说，上级已经调查清楚了，关于帅克同志，在突发事件中不但没有责任，而且还有功。第四次洪峰到来之际临危不惧，和赵子君同志一起顺利转移到安全地区，在第五次洪峰到来之前会同战友救起了一名群众，随后赵子君同志在救另外一名群众的过程中不幸牺牲。帅克同志不畏艰辛，独自一人跋涉一天一夜，终于找到了赵子君同志的遗体。上级决定，给帅克同志荣立三等功一次。

连长杜山沉痛地说，我应该作自我批评，我要是早一点赶到就没事。

这句话他重复了很多次，贯穿他的整个谈话过程，这种祥林嫂式的语句，让我们七班数次哽咽，集体无语。

……

我已经没有眼泪了，我的眼泪都哭干了。

无论连长杜山和丁指导员怎么开解，七班别的人我不知道，但是我知道自己绝对不行，那一幕一幕深深地刻在我的记忆当中。是的，我自责，我有罪，这种感觉蛰伏在我的身体里面，或者又是蛰伏在我的脑海当中，时不时地跳出来，狠狠地砸我一枪托。

我甚至在某些时候陷入幻听，我老是觉得小胖子赵子君没有离开我们，他甚至突然在我的身后用他的广式塑料普通话叫我一声："班副！"

如同此刻，我坐在梧州城西的高校区的粮食局门口，看着那道刚刚被我们这些兵移开的用沙袋垒起来的墙，洪魔已经被我们打败了，街道要重新疏通了。

我仍然清晰地记得那个冷雨夜，我是怎样攀爬了过去，决绝地要去找到我的战友、我的兄弟。

我甚至记得屁兜里的两瓶矿泉水，左裤兜里的一瓶酒，右裤兜里的一支手电筒，还有我套在脖子上的那一件右肩处断了线的橘红色救生背心。

或许是天注定，现在的我仍然穿这一件橘红色的救生背心坐在这里，坐在这温暖的阳光底下，我想说的是，我的这件新领的橘红色的救生背心不知道怎么回事，仍然是断了右肩处的一根绳子，耷拉在我的身上。

一个老妈妈凑了过来，我看到她脸上无数的皱纹，如同不可知的命运般四处延伸。

她絮絮叨叨地说了很多，我一句都没有听懂，不过我看到她在做了，她拿出一卷黑色的线，上面别着一口针，然后她就一针一线地给我缝了起来，慢慢地、一针一线地缝，我慢慢地坐在了地上，让她坐在了路边花坛的台阶上，我想让她缝得比较方便一点。

老妈妈终于缝好了我的那件断了线的橘红色救生背心，她满意地用手扯住橘红色的救生背心，用力绷了一绷，然后做出了一个举动，让一脸漠然的我心中一动。

老妈妈一个手揽住了我的脖子，一手摁住了线，然后把满是白发的头慢慢地朝我靠拢，一直靠拢到我的肩膀上，然后张开嘴，用力地去咬线头——我不知道她最后到底是如何咬断线头的，不知道她是如何做到的，但是她的的确确做到了，然后，她抚了抚我身上的橘红色救生背心，张开没有几颗牙齿的嘴，高兴地笑了。

就在我们休息的间隙里，还有很多如同老妈妈这样的群众，自发地给我们端来水、水果，甚至还有人抬来了一头猪，宰杀好了的猪。

我知道，在这些人们当中，必定也有人失去了亲人，必定和我一样承受着巨大的悲痛，不过我不知道，他们是怎么想的，或许，这是白天，一到了夜深人静的时候，那些悲痛就会跳将出来，噬啃心灵。至于我自己，无论是白天还是夜晚，只要我的身体停止了剧烈的活动，这些悲痛就会跳出来，毫不容情地跳出来，指着我的鼻子怒骂：帅克，你没有完成任务！

街头的人群愈聚愈多，在一个临时搭建的小木台子上，很快地就竖立起了一个红色的捐款箱子，原来这是一次有组织的募捐行动，为了一些受灾较重的人们。

我突然看到了翰墨书画学校的光头校长梁老爷子，他手中捏着一支毛笔，拿着一幅写有"捐款箱"三个字的墨迹未干的红纸贴在了红色捐款箱子之上，刚刚粘贴好，光头梁老爷子立马又拿来了另外一幅字，高高地挂在了小木台子上背景墙的正中。

有些嘈杂的音响中传来一个不知道在哪儿的主持人声音："梧州市书画家协会副会长梁老先生义卖作品，本次募捐会捐款额最高的将获得这幅作品！"

光头梁老爷子慢慢地走上台，拿着一个黑色的话筒，语调沉重地说道："各位，让我们为在这次洪水灾难中不幸逝世的死难者们，默哀一分钟！"

人们全部站了起来，低下了头颅。

一分钟之后，光头梁老爷子抬起头来，动情地说道："作为一个书画界人士，我曾经研究过殷商时期的甲骨文，大家或许不知道，甲骨文主要是卜辞，是一国国君向占卜师问卜的记录，那里面的内容大多是对于天灾的问卜。这就说明，对天灾的忧虑促成了中华文字的产生，中华民族多灾多难，在一次次的灾难中，中国人万众一心、守望相助，渐渐地发现了一个大统一的'国家意识'——只有一个强大的、统一的中国，才能一次又一次地战胜灾难！这就是中国人经过几千年的血与火的洗礼得到的历史教训！"

"五千年的漫长岁月中，中华民族历经磨难，可是，为什么我们的祖先选择了这片土地，厮守于此，不离不弃？为什么我们对这块多灾的土地如此挚爱？这是因为天灾从来都没有把中华文明毁灭！"

"我们中国有句成语，叫做多难兴邦，在面对一次次灾害、一次次挑战时，中华儿女奋不顾身、勇敢地面对挑战——迎战！中华文明就是在这一次又一次的迎战中不断地发展壮大起来！"

"今天，虽然我们的家园被洪魔毁坏，但是——"光头梁老爷子顿了一顿，振臂高呼道，"我们的人还在，心还在，爱还在！"

掌声，热烈的掌声顿时雷鸣般地响起，光头梁老爷子朝四周一拱手、一鞠躬，抬起头来说道："各位父老乡亲，梁某不才，今天就带了一支笔、一张纸，在这里就写上一幅字在这里献丑了，希望能够卖个好价钱，为重建家园尽一些绵薄之力，再次感谢各位父老乡亲抬爱，有钱出钱，有力出力，只要人人献出一点爱，世界将变成美好的人间！"

我这才抬起头，看了看光头梁老爷子的那幅字，那幅八个字的字画，左边四个字剑拔弩张，如怒目金刚，右边四个字慈悲安详，如法相庄严。

这八个字是：祸从天降，爱由心生。

看到这种情景，连长杜山马上和司务长走到了一旁，商量起了捐款的事情，不一会儿，我们这个月的津贴，就已经发到了我们的手中。

每一个兵都毫不犹豫地把这个月的津贴费塞进了捐款箱，钱不多，真的不多，我想军人原本就是身无长物，只有一腔热血沸腾，如果可以，洒尽也行。

我上去捐款的时候，在那两排学生们中间，我仿佛看到了一个似曾相识的红衣女孩，可是，我想不起来，我想不起来的原因是我的整颗心都沉浸在这两排学生自发的朗诵当中，我记得这是方志敏写下的《可爱的中国》：

"朋友！中国是生育我们的母亲。你们觉得这位母亲可爱吗？我想你们是和我一样的见解，都觉得这位母亲是蛮可爱的……

她是一个天生丽质的美人，她的身体的每一部分，都有令人爱慕之美……

我相信在那里，到处都是活跃的创造，到处都是日新月异的进步……

欢歌将代替了悲叹，笑脸将代替了哭脸，富裕将代替了贫穷，健康将代替了疾苦，智慧将代替了愚昧，友爱将代替了仇杀，生之快乐将代替了死之悲哀，明媚的花园将代替凄凉的荒地！

……这么光荣的一天，绝不在辽远的将来，而在很近的将来，我们可以这样相信的，朋友！"

……

我一而再再而三地告诫着自己说道：帅克，逝者已逝，生者不屈！

但是，我好像并不能够说服自己，正当我快要说服自己的时候，部队也即将班师回营的时候，小胖子赵子君的父母来队了，他的爸爸和他的妈妈，是来领取孩子的骨灰盒子的。

一个活蹦乱跳的孩子，一个年轻的孩子，一个在家里宠惯了的孩子，一个在家里吃得肥头大耳的孩子，就这样走了——倘若是我的爸爸妈妈知道了我的噩耗，该是多么地肝肠寸断、痛哭流涕呢？

我不敢想象，我不敢想象小胖子赵子君的父母所承受的巨大的丧子之痛，而且，小胖子赵子君是独生子，这在富裕的珠三角地区比较少见。

一开始情形是这样的，我刚好在帐篷里收拾东西，文书兼通讯员庞炎就冲了进来，他冲进了帐篷叫了我一声，刚刚准备开口说话的时候，连长杜山风风火火地紧跟着就跑了进来，他朝庞炎摆了摆手，喘了几口气，深深地呼吸了一口气，看着我说道："帅克，赵子君的父母来了，听说了你和赵子君的事情，他们很想见你一面……"

看得出来，连长杜山本来是让文书兼通讯员庞炎来通知我的，不知道他怎么想的，还是自己跑过来了。

当时我手上正夹着一根烟，听了连长杜山的这番话之后我就想抽口烟，但是不知道怎么回事，我把烟往嘴巴上凑，却老是凑不上嘴巴。

我的另外一只手也颤抖得很厉害，以致被一旁的四海一把抓住，意味深长地用力捏了捏，摇了摇。

方大上刚好也从帐篷外面走了进来，一看到我这个样子，顿时也明白了七八分，默不作声地走了近来，帮我把烟从颤抖的手上取了下来。

连长杜山嘶哑着喉咙说道："去吧，帅克，小胖子的父亲听到了你走了一天一夜去找小胖子的事情，非得要见见你不可……"

我点了点头，四海松开我的手，我哆哆嗦嗦地把迷彩服兜里的烟摸出来，自己叼上一根，突然又像是想起什么一样，一根一根地从这包皱巴巴的软装红梅中抖烟出来，给连长杜山上烟，给文书庞炎上烟，给四海上烟，给不抽烟的方大山也上烟。

我知道大家都不会觉得我可笑，在小胖子赵子君离开我们之后，我们似乎都变得非常敏感，加上我像是突然变了一个人一样，他们几乎没看到我笑过，七班的气氛很沉闷，那是一种让人窒息的沉闷。

我点上烟，狠狠地抽了一口，连长杜山也是狠狠地抽了一口，我们在袅袅的烟雾当中相视对望了一眼，异口同声地说了个"走"字。

我们的宿营地搭在河西高校区的某个学院的足球场上，从我们的帐篷走到师部设在另一个学校里办公的地点也就是两公里不到的样子。一路上，我和连长杜山没说什么话，就不停地抽烟，我的抽完了，他就递了他的烟过来，我们就这样一根接一根地抽着。

快要到的时候，连长杜山终于开口了，他把手摁住了我的肩膀，叹了一口气说道："要是……要是我早一点来就好了，要是我赶在第四次洪峰……"

连长杜山慌乱地躲闪着我的眼神，我们的这一次沟通，又以失败告终。

……

我终于看到了小胖子赵子君的父母亲，与小胖子赵子君不同的是，他的父亲和母亲体形都很瘦，典型的广东人的身子板，不过，我觉得这种瘦似乎有些过分。

师长、政委、老撸，还有另外一个不认识的两毛一的男军官和两个一毛三的女军官都在，我和连长杜山敬礼，喊报告，然后，小胖子赵子君的母亲就径直朝我扑了过来，哭喊了一声："孩子！"

我的泪水再也抑制不住，夺眶而出。

那个不认识的两毛一的男军官动情地说道："别哭，您的孩子走了，我们都是您的孩子！"

擦了把眼泪，搂着小胖子赵子君的妈妈，我目光凌厉地刺了这个浑蛋一眼，我操！你他妈的说的是什么话！你丫多大岁数了，你还是孩子？一开口就透着假！

小胖子赵子君的妈妈呜呜地哭了，那种悲凉的喉音让我的心仿佛就被一把钝刀在不停地划拉，我叫了一声：妈！

小胖子赵子君的父亲走了过来，那两个一毛三的女军官也走了过来，都伸出手来，搀扶住了小胖子赵子君的妈妈，让她坐了下来，这时候，我定定地看着小胖子赵子君的爸爸，仿佛又看到了小胖子，不得不承认，他们爷俩很像。

小胖子赵子君的父亲朝我伸出手来，我握住了，他的喉结一上一下，然后询问式地说道："帅克？"

我点了点头，鼻子一酸，眼泪又不自觉地掉了下来。

小胖子赵子君的父亲顿时眼睛一红，眼泪也掉了下来。

师长政委还有老撸他们欷歔不已，于是纷纷开口宽慰二老。

我看到了我的战友、我的兄弟小胖子赵子君，此刻，他正躺在一个系着一道大大的红绸的金黄色的铁盒子里，悄无声息地躺在一旁的书桌之上。

书桌上还有一些其他东西，一个厚厚的、大大的牛皮信封，一枚金光灿灿的军功章，还有一本崭新的红皮小书，是的，那是一本《中国共产党党章》。

我不知道该说什么，我和小胖子赵子君的父亲手牵着手，走到了书桌面前，我伸出手来，轻轻地抚摸着那个金黄色的铁盒子。

我的兄弟，你他妈的那么能吃，现在咋就这么一把，还这轻呢？

我的战友，你他妈的那么年轻，现在咋就这么一走，还这快呢？

我的泪水完全不受控制地奔流，我慢慢地抚摸着那本崭新的党章，转头对小胖子赵子君的父亲说道："伯父，赵子君现在是党员了，他老说回去以后要当村长……""好，党员，我的儿子入党了……"赵子君的父亲哽咽着说道，"给……给组织上添麻烦了……"

我擦了擦眼泪，抬起头对赵子君的父亲说道："伯父，赵子君一直以来就想当一个像你们村的村长那样的共产党员，他老是跟我说起家乡的村长，无论干什么，都冲在最前面……"

赵子君的父亲突然擦了一把眼泪，定定地看着我："孩子，他真的这样说？"

我疑惑地点了点头，愣了一愣，说道："是的，他是这样说的，他说村长为了给村里办企业，风里来雨里去的，给村办企业的产品找销路，跑这里、跑那里的，到了村里赚大钱了，自己却总是拿最少的一份，家里人一说他，他就是四个字硬邦邦地塞回去：我是党员……"

赵子君的父亲伸出颤抖的手来，摩挲着那一本鲜红且崭新的党章，然后慢慢地抬起头来，沙哑着声音说道："孩子，他没有告诉你，我就是村长……"

我慢慢地抚上了那个金黄色的骨灰盒子，然后，泪水久久地恣肆……

根据小胖子赵子君同志家属们的意愿，根据师首长的安排，在大部队离开梧州市之前，我被安排和小胖子赵子君的父母在一起，陪伴他们两天，然后直接编入我团留在某高校内的教官队，为梧州的大学生们补上一次军训再一同回去。

在这两天里，我像一个孝顺的儿子那样陪伴着赵子君的父母，我只能做好孝顺，我向司务长预支了两个月的津贴，连长杜山还强行塞给了我一些钱，我用这些钱买了一些微不足道的礼物送给了赵子君的父母，就像一个孝顺的儿子做的那样。但是，我只能做到孝顺，我无法带给赵子君的父母那种一个真正的儿子陪伴在身边的快乐，那种无拘无束的快乐。

　　而小胖子赵子君的父母则给予了我太多的感动，我原来不知道小胖子赵子君的家境还是不错的，赵子君的父亲把部队给的抚恤金两万块钱拿了出来，然后自己掏了八万，一共十万元，以赵子君的名义捐赠给了梧州当地红十字会，以救助那些受灾的人们。

　　还有那些点滴的感动，更让我心动：赵子君的妈妈看到我抽劣质香烟，凶狠地给我直接从嘴上拔掉，转身就递给我一条中华牌香烟，之前我压根没有抽过这种要六十多块钱一包的香烟，可赵子君的妈妈不管不顾，直接撕了烟皮就往我兜里塞，死活都挡不住，我觉得抽一支都叫奢侈浪费；赵子君的父亲每次到了吃饭的时候，总是领着我往那些高级餐厅里带，点上满满一桌子的菜，我要是不吃，他就显得有些不痛快，一瓶一瓶地喝着啤酒，我要是又吃饭又喝酒，他就高兴得像个孩子——我知道，他们是太想自己的儿子了，把我当成了赵子君一般看待，甚至有些溺爱。

　　在小胖子赵子君的父母即将离开的那个晚上，那个被小胖子赵子君救起来的女人早早地就陪伴着赵子君的妈妈，两位母亲似乎有说不完的话，于是，赵子君的爸爸向我提议道：帅克，我们去走一走。

　　在白天不知道什么时候，赵子君的父亲就神不知鬼不觉地在梧州市当地租了一台车，车尾箱里放满了一箱一箱的青岛啤酒，他就说赵子君在家里就只爱喝这青岛啤酒，可能也就啤酒把他养得那样敦实——他不说，我都知道他要干什么。

　　我们开着车，从我和小胖子赵子君分开之后的那个梧州市河边的那个沙石场开始，然后再走到梧州市城西的粮食局的粮库，一直走，一直走，直到我们找到了那堆鹅卵石。

　　很多地方车子都无法进去，我扛着一箱啤酒，到了一个似曾相识的地方就慢慢地开酒，然后把这些酒都撒在这些我曾经踏过的足迹之上，或许，小胖子赵子君就是沿着这个方向，在河水之中，奋力地行进过，抑或无力地挣扎过。

　　我和赵子君的父亲之间的话并不多，直到我们找到了这堆鹅卵石，这是小胖子赵子君牺牲的地方。

　　我把剩下的两箱酒全部扛下了车来，一个肩膀上扛一箱，笔直地往那堆鹅卵石那里走，小胖子赵子君牺牲的地方很好辨认，在那一堆鹅卵石之上，那里还星星点点地散布着一些草绿色。如同我们陆军军服，步兵的马甲，永恒的草绿色。

　　赵子君的父亲不停地倒着车，直到将两条光柱准确地对准了这个位置。

在汽车发动机的低低轰鸣声中，我把赵子君的妈妈买给我的大中华香烟掏了出来，还有六包，搭成了一个小小的梯形，然后再把青岛啤酒，一瓶一瓶地打了开来，一共也打开了两瓶，摆出了一个三角形。

最后，我终于掏出了一样东西，也是一个尖锐的三角形状的东西，我把手递给了赵子君的父亲，说道："伯父，这是，这是赵子君在海训的时候送给我的，他赶海的时候捡到的，他说，说这叫做大角螺，渔民们都用它来做号角的，我一直都带在身边，一直放在背囊里面面，今天找了出来，拿着吧……"

赵子君的父亲颤抖着手，接过了我手中的大角螺，深情地抚摸着、注视着，头也不抬地对我说道："是的，帅克……这是大角螺……阿君小时候，我就给他做过一个号角……"

抬起头来，赵子君的父亲眼神空洞之极，沙哑地说道："那时候我总是不在家，我告诉阿君说，爸爸出海了，只要你吹响这个大角螺，爸爸就会马上回家……那时候阿君年纪小，很好骗……后来有一天，阿君的妈妈告诉我说，阿君每天都会去海边吹大角螺，不管是刮风还是下雨……"摇了摇头，赵子君的父亲苦笑着说道，"帅克，我不应该骗他的……真的不应该的……"

我出神地听着江水和缓的拍岸之声，说道："赵子君说，把这个大角螺放在耳朵边上，就能听到大海的声音……"

"是啊，能听到大海的声音……"赵子君的父亲悠然说道，朝我惨然一笑，然后把手中的大角螺递给了我，说道，"孩子，你拿着吧，这是阿君送给你的，留在身边，做个纪念……"

"伯父……"

"拿着！"赵子君的父亲重重地将大角螺塞到了我的手中，打断了我的话，说道，"帅克，其实我早就认识了你，你还记得吗？那时候阿君参军到了部队，刚到部队没几天，我就收到了他的第一封平安信，紧接着我又收到了第二封信，我一看，原来是一封热情洋溢的信，信里说的什么我差不多都忘记了，不过落款是方大山和帅克，我对你的名字印象很深……"

这一说，我就记起来了，那会连长杜山要求每一个班的班长和班副都要给新入伍的同志们的家长写上一封信，要表示对光荣军属的慰问，要表示对新同志的关爱之情，要请家长们放心的意思——是的，其他班都是他妈的让文书在电脑上打印完了再签名的，就我们七班，全是手写的。

赵子君的父亲拍了拍我的肩膀，说道："孩子，阿君第一次给我们打电话，就说了，是你带他来打电话的，是你，还请了他吃了两碗螺蛳粉……"

我慢慢地转过头去，不想让赵子君的父亲看到我的泪眼蒙眬。

赵子君的父亲慢慢地把摆好的易拉罐的青岛啤酒一瓶一瓶地打开，一瓶一瓶地洒在鹅卵石堆上，念叨道："阿君，爸爸来看你了，爸爸给你带了你最喜欢喝的青岛了，爸爸和你的班副帅克一起来看你了……"

……

面对水雾弥漫的平静大江，我突然想不起那样一句古话，只模模糊糊地记得是这样的意思：精通水性的人，往往就溺于水。

可是，小胖子赵子君是一名军人、一个战士，那么，为什么他不能死于战争呢？

直到最后离开这里的时候，赵子君的父亲教育了我，他说："能为民而死的军人，死得其所——阿君，他是一个好兵！"

我也愿意为民而死，我愿意用我的生命来起誓，愿意以一个士兵的名义来起誓，我们可爱的祖国、伟大的祖国，必定会迎来那光荣的一天，到了那一天，欢歌将代替了悲叹，笑脸将代替了哭脸，富裕将代替了贫穷，健康将代替了疾苦，智慧将代替了愚昧，友爱将代替了仇杀，生之快乐将代替了死之悲哀，明媚的花园将代替凄凉的荒地！

……

第二天，这是一个气温高达三十六摄氏度的日子，我送别了赵子君的父母亲。赵子君的妈妈哭得一塌糊涂，不断地对我说：帅克，探家的时候，一定来我们广东，妈妈给你做虾饺吃，煲鸡汤给你喝。

我答应了，我知道，从此，我又多了个娘，一个如同我的亲娘一般，在翘首盼望着我回一趟家的娘。

赵子君的父亲重重地跟我握手，仅仅只是握手，但是，当火车汽笛鸣响的那一刹那，他突然从车窗里探出了大半个身子，死死地拥抱了我。

当我坐上老撸的车子，发现我的肩章那里还是湿湿的。

我知道，赵子君的父亲哭了，大哭。

我不知道，在这样高温的天气之下，这需要哭出多少眼泪。

老撸点上一支烟，坐在车前，默不作声地抽着，半晌，才感慨地说道："将怀必死之心，士无偷生之念。"

小车班的司机说道："首长，去医院吗？"

我惊讶地看到老撸掠起裤腿，将一条毛茸茸的但有些浮肿的小腿径直搁上了副驾驶台，长长地吁了一口气，伸出一只夹烟的手往后点了点我说道：

"下水了，犯的老毛病，不要紧，先送帅克去学校，他留在这里给大学生们军训！"

老撸头也不回地对我说道："帅克，有些人、有些事，记在心里就行！"

老撸卷起另外一条腿的裤脚，将这条腿也搁了上去，径直一大脚丫子踩在军车的玻璃上贴着的一张121免检通行证之上，长叹道："每当我卷起裤腿，我也会想起一个人，那也是一个真正的步兵爷们！"

我愕然地看着老撸那条小腿上一个醒目的圆形伤痕，那些明显的、鲜红的肉疤触目惊心，是的，那是一个贯穿性的弹孔。

老撸说："我的这个兄弟，也离开了我！"

◆第十章◆
校园军训

引文：跨世纪的大学生们，不要再自诩为天之骄子，在我个人看来，真正的天之骄子，就是我们这些穿军装的人！国家危难关头，人民身处水深火热的时候，还是咱们当兵的人冲在最前面，哪怕是牺牲自己的生命！

不知道为什么，老撸只是让司机把车开到了校门口，就让我下车了。

这是一所大学，校门口挂着的校牌告诉了我，这里就是我的目的地，广西师范大学梧州分校。

我背着我的背囊，站在电动的铁栅栏那里向门卫大爷询问军训的部队住在那里，门卫大爷很热情，叫来了他的老伴看住校门，自己就把我领了进去。

头发花白的门卫大爷笑着问我说道："阿兵哥，学生们都已经开始军训三天了，你怎么今天才来啊？"

"哦，我……我有其他任务……"我一边回答，一边打量着这所学校，曾经的我对大学生活无比向往，但是那数理化也确实不怎么好搞，事隔多年，来到憧憬已久的大学校园，而我已是一身戎装。

有时候我也想，我并不后悔，因为军队也是一所大学，把如我这样如同一块废铁般的地方青年锤炼成一块像模像样的好钢。

正在思绪翻飞之际，门卫大爷点了点头，和蔼地说道："哦，原来是这样，你们这些军人这次可帮了咱们梧州人的大忙了，人民子弟兵到底是人民子弟兵！这不，抗洪抢险一完，听说你们部队要回去，这学校领导赶紧就把你们给请过来训练这些大学生们了……来来来，走这边，你们都住在三号宿舍楼，那里是刚修好不久的，条件比较好！"

"谢谢你，老师傅！"我礼貌地回答道。

这位头发花白的门卫老大爷还是个不错的向导，一边走，一边给我不停地介绍。他告诉我，瞧，这里是教学楼，这里是实验室，这里是图书馆，这里是英语角——看着这鸟语花香，充满着浓郁的学习气氛的校园。我觉得，这些大学生们非常非常地幸福，至少，他们每天大部分时间都在学习文化知识，而我们步兵每天大部分的时间都在枯燥重复且疲劳地训练着体能以及那些杀敌本领。

这个时间应该是上课时间，我并没有看到一个学生，偌大的校园很宁静，正在纳闷时，不知道从哪个地方传来一阵缥缈的"一二三四"的口令声。

门卫老大爷笑着说道："哦，学生们都在足球场和大操场那里搞军训呢！"

原来是操课时间啊，我想挤出一个笑脸，可是不知道为什么，我就是笑不起来。

绕过一个碧波荡漾的人工湖，穿行过一条细碎的鹅卵石铺就的花园小径，经过一栋挂满了花花绿绿的衣服的学生宿舍楼，门卫老大爷很快就把我带到了一栋非常漂亮的学生公寓面前。当我看到晾晒在一楼的小阳台之上的那些迷彩背心和四角大裤衩时，我就知道，我找到了组织。

"现在他们都去上军训课了，不知道还有没有人？"门卫老大爷领着我走进了楼梯间，轻轻敲了敲一张左边的门，笑着对我说道，"这里面住的是你们带队的首长……"

门开了，我一看，马上敬礼道："王副参谋长，九团五连战士帅克，前来报到！"

"好！呵呵，帅克啊，来了就好，进来，快进来，那啥，介绍信？不用拿了，鲁参谋长已经给我说过了！"

我点了点头，把掏出来的介绍信又放回了口袋，原来这次带队军训的首长，正是上次我们去海训的时候带队的师部作训科的王副参谋长，说是副参谋长，其实准确地说，应该是副科长，不过他原来是七团司令部的团副参谋长，这次上了司令部只能算是借调，一来二去的，叫王副参谋长也就叫习惯了。

"大爷，你也进来坐坐吧！"王副参谋长手中捏着一支钢笔，笑着对带我来的门卫老大爷说道。

"不不，你们先忙着吧首长！"头发花白的门卫老大爷笑着看了看我说道，"阿兵哥，进去吧！"

"谢谢你，大爷！"我握了握老大爷的手说道，"要不我还找不到这里！"

"要谢谢的应该是我们，呵呵，你们这一来，学生的表现明显好多了啊，哈哈！"门卫老大爷哈哈一笑，转身就走，扭过头来，笑着挥手说道。

"来，背囊卸下来，帅克！"王副参谋长放下笔就帮着我开始卸起了背囊，我好奇地打量着这个学生公寓，看得出来，这个学生公寓条件真的不错，进门的旁边好像是一个单间的厕所，崭新的铁架高低铺，不过刷的是米黄色的漆，不像我们刷的是草绿色的漆。

"一个寝室住八个人！"王副参谋长拎着我的背囊就往另一个里间走去，笑着说道，"还是两居室呢！来来，帅克，你睡你们方大山的上铺！特意给你留着的！这学校领导对咱们教官队特别重视，本来是准备新生入学的时候用的，现在提前给咱们使了！"

"现在的大学生真幸福！"我看着那些崭新的衣柜和书桌，感慨地说道。

"是啊，这些都是些被家长宠坏了的孩子！"王副参谋长点了点头，说道，"得，帅克，简单收拾下，我这大学生军训拉练想定也编写完了，我们下训练场去！"

我应了一声，赶紧将背囊打开，迅速地收拾起来。

"这队伍不好带啊！"王副参谋长在另外一个房间笑着说道，"尤其是你和方大山带的那部分，第七排，是英语系的，还有体育系的，混编部队啊！去年9月份刚刚进来快一年了的大学生，女孩子比较多，男孩子比较拽……"

探出一个头来，王副参谋长笑着朝我说道："这不，我看着方大山忠厚老实，想着这帮子女学生应该好听招呼，就把大山给定七排了，哎呀，没想到大山居然搞不定……"

"大山很会带兵！"我怔了怔，说道。

"可是——"王副参谋长站到我的面前，捏了一卷稿纸塞到自己的夏常服的军官口袋中，笑着说道，"我看这大山够呛，那些女学生不怎么买账，昨天晚上大山还说，这都是些大学生，不是兵，没法像个兵那样操练！"

"不管怎么样，我想我和大山一定会完成任务。"我小心翼翼地整理好床上的内务，腾的一声跳下铺来，拿过放在桌上的帽子，抽出放在迷彩帽里的腰带，一边系一边说道，"王副参谋长，咱们军训的有多少人？"

"三十，加上你，三十一了，每个排两个教官。"顿了顿，王副参谋长笑着说道，"大山这几天很辛苦，你来了就好了，你们本来就是搭档，少了个唱黑脸的，红脸撑不住！"

我点了点头，戴上军帽，王副参谋长满意地看着我，突然喝道："立正！"

"整理着装——停！"顿了一顿，王副参谋长收敛起了笑容，很严肃地说道，"稍息！帅克同志，本人以军训教官队最高指挥官命令你：第一，服从命令，听从指挥，在军训中牢记条令条例及各项规章制度，注意严守群众纪律，注意自己的一言一行；第二，恪尽职守，任劳任怨，配合学校做好此次军训；第三，军训中，决不能打骂学生，决不能弄出他妈的桃色新闻！"

"是！"我立正，挺胸答道，我想这个命令的重点，极有可能是第三条。

"记住啊，队列条令，两人成行，三人成列！"王副参谋长走了过来，给我正了正迷彩帽，笑着拍着我的肩膀说道，"行，帅克，你是个好兵！"

出了学生公寓，王副参谋长就和我并肩走起了齐步，看着这么老的同志都在那里把拇指故顶在食指第二关节虚拳外加标准摆臂，完全按照队列条令的要求迈着步，我赶紧认真起来，够呛，我觉得很够呛，这路上毛都没一根，有必要吗？

我觉得，我并不是个好兵，这样的念头一冒出来，就让我有些灰心，这边王副参谋长却不知道我的思想活动，目不斜视地笑问我说道："嘿，帅克！这次抗洪你立功了吧！好，很好！今儿个我还听政治部的李干事说的，这一批有十多个三等功，还有三个二等功呢！你们五连好像还有一个二等功！谁啊，我海训的时候见过没有？"

我觉得天气很热，本来我还没有出汗，突然就一下子热了起来，汗水突兀地往外冒了起来。

我涩声说道："首长，你见过，海训一千五百米长游组第一名赵子君，我们叫他小胖子！他……他牺牲了……"

王副参谋长明显一愣，一个趔趄，似乎在平整的水泥地上踢上了一块并不存在的石头。

无语地走了几步，王副参谋长突然违反了队列条令，毫无征兆地站定，我慢慢转身，看到他掀起了大盖帽，狼狈地胡乱擦着脸，语无伦次地说道："我操，这他妈的鬼天气，真他妈的热啊……"

良久，王副参谋长看着我，说道："对不起，帅克……"

"他，小胖子赵子君——"我抬手掀起迷彩帽，胡乱了擦着脸，说道，"他才是个好兵！"

当王副参谋长带着我走到这个站着几个正在开始军训的大学生方阵的大操场之上时，我已经是汗流浃背了，我的迷彩服后背已经完全地湿透了。

所有的人都汗流浃背了，偌大的一个操场，鸦雀无声，所有的学生都在站军姿，而我的那些战友们也笔挺地站在每一个队列的前方，岿然不动。

第一个看到王副参谋长的兵马上高喊了一声立正，跑步过来致报告词，王副参谋长回礼，指示训练继续——在这个间隙，我看到这些大学生十分明显地放松了，有的甚至还偷偷地活动了两下麻木的双腿，更有甚者，还大大咧咧地蹲了一蹲，把懒腰伸了一伸。

够呛，我想，带这样的队伍够呛。

一边冷眼看着这些在烈日的暴晒之下愁眉苦脸的大学生们，一边跟着王副参谋长来到了第七排的方阵，我一眼就看到了方大山，大山这些天来黑了不少，彪烘烘地杵在那里，看起来十分威风。

王副参谋长对第九排歪七倒八的军姿似乎不忍卒看，皱起了眉头，方大山赶紧暴喝一声立正，提拳跑步过来再致一次报告词："首长同志，第九排正在进行军姿训练，请指示，教官方大山。"

我一听，够呛，方大山的喉咙哑了，声音都嘶哑得要命。

这帮子身穿不怎么合身的迷彩服的大学生们好歹还算是给了王副参谋长一点点面子，或许又是对我这个新面孔的出现产生了好奇，于是稍微站好了一点点。

王副参谋长回礼，说道："讲一下！九排的同学们辛苦了！不过我想说的是，你们九排的方教官这几天更辛苦！"

队列当中发出吃吃的笑声，什么玩意儿，我开始觉得有火气在上升。

"别的排，都是两个教官带，而唯独九排，这几天都是方教官一个人带！"王副参谋长说道，"方教官的嗓子都哑成这样了，还在坚持，而你们面对一些小小的困难挫折，又有什么坚持不了的呢？"

"动不动就站军姿，每次都是太阳最大天气最热的时候站军姿，这有意思吗？没劲！"一个瓮声瓮气声音从后排响起，我顺眼一瞥，原来是个高高大大的男生。

队伍顿时乱了起来，有点乱套了，方大山见状，赶紧出言道："立正！站好了！"

王副参谋长赶紧转移话题道："同学们，现在我介绍一个人，帅克！"

"到！"

"这位帅克同志，也将担任你们的教官！以后的日子里，他将和他的老搭档方教官一起好好地训练你们！"王副参谋长说道。

"呵呵，好兵帅克啊？还蛮帅的啊？"

这次是一个女生，吃吃地笑着说道，顿时队伍里又乱套了。

王副参谋长暴喝一声："立定！"

这下才把这些大学生们震得一愣，趁着余威还在，王副参谋长赶紧丢下一句"你们两个教官好好整一整"就拂袖走人了，方大山一个向后转，背对着队伍朝我敬了一个礼，露出一个苦笑的眼神，沙哑着声音小声说道："你来吧，帅克！"

我点了点头，回礼，说道："入列！"

方大山提拳跑步入列，动作中规中矩。

第九排的大学生们一个一个好奇地看着我，搞小动作、讲小话的，多得很。

我不闻不问地就让他们在那里玩，玩了一会儿，他们或许是觉得没劲了，看到我拉长了脸站在那里默不作声，终于前排有一个女学生忍不住了，发出声音："帅哥，你怎么不作自我介绍啊？"

队列当中顿时嗡嗡作响，我小声地下口令："立正！"

这一招果然有用，队列没人听清楚我说了句什么，顿时安静了下来，我再次沉声说道："立正！"

我知道我的样子很吓人，我之所以愤怒，是因为我对大学生们的良好印象荡然无存，这样的作风、这样的素质，这样地不尊重咱们当兵的人。

"我叫帅克，但我不是一个好兵！"我冷冷地看着这些有些惊愕的大学生们，说道，"如果不是收到了命令不准打骂你们，我他妈的早就一个大耳刮子抡了过去！一群鸟人！这样的作风，对得起我们这些刚刚从抗洪抢险第一线下来的军人吗？你们有没有尊重过我们？"顿了一顿，我重重地说道，"欢迎去检举，打小报告，说老子威胁恐吓你们！"

队列中有些沉默，我看到方大山焦急地对我使着眼色。

"或许，你们当中有些人会觉得，嘿，这个教官很凶！"我移开看着方大山的眼光，径直走到前排那个叫我帅哥的女学生面前说道，"你觉得我凶吗？"

不知道怎么回事，这个女学生脖子一梗，说道："帅哥！打是爱，骂是亲，你打我吧！我就不听话，我累了！"

队列顿时又乱了一下，我看着这个汗水湿透了军帽的女学生，冷冷地说道："爱，不可能！我还做不到！"

走了两步，我大声说道："咱们之间的交往，说难听了，就是这十多天军训的时间，过了这段时间，然后你们就继续读你们的书，而我就继续当我的兵，以后，你走你的阳关道，我走我的独木桥！咱们谁也他妈的不认识谁！"

"我大可以嘻嘻哈哈地跟你们混过这十多天的军训，因为我很累，好不容易找到一个时间可以好好休息一下！"我沉声说道，"但是，我并不能这么做，在军训期间，我有责任、有义务，把你们这些松松垮垮、稀稀拉拉的大学生，训练成一个稍微像点样子的大学生！"

"我们是跨世纪的大学生！我们不像样子？我们在抗洪的时候一样当志愿者，掏出零花钱献爱心！"一个女生的声音又从队列中响起，听起来似乎有些愤怒。

"哦！"我冷哼一声，说道，"我不否认你们做过一些很热血的事情，我也希望看到你们一直把这些事情继续下去，比如说这次军训！"顿了一顿，我重重的说道，"跨世纪的大学生们，不要再自诩为天之骄子，在我个人看来，真正的天之骄子，就是我们这些穿军装的人！国家危难关头，人民身处水深火热的时候，还是咱们当兵的人冲在最前面，哪怕是牺牲自己的生命！"

我看着这些比我年轻的面孔，有些稚嫩且青涩的面孔，轻蔑地说道："从这个意义上来说，我们当兵的人，比你们要牛逼！比你们要牛逼得多！不服气的话，那么，就拿出行动！面对这次在我看来很小儿科式幼稚的军训！"

整个队列鸦雀无声了，我不知道我的激将法到底有没有用，不过我知道，我觉得我给了这些生活在蜜罐中的大学生们、徜徉在文明的怀抱中的大学生们、遨游在知识的海洋中的大学生们，上了一堂很残忍的课，而我这个客串的老师十分地粗鲁，十分地野蛮。

一声尖锐的口哨划破炙热的空气，有兵在那里长喊道："休息十分钟！"

很好，第九排没有一个学生动，看来我的话收到了一些效果，这就坚定了我继续粗鲁下去、野蛮下去的信心。

我立正站好，挺起胸膛，说道："我们是威武之师、仁义之师、文明之师，但是你们又没有听过我军的另一个传闻？人不犯我我不犯人，人若犯我我必犯人！"顿了一顿，我说道："鉴于你们开始对我们军人的不尊重，现在我命令你们立正，他妈的全部给我立正站好！没错，这就是体罚！站着好好地想一想，刚刚在洪水当中不幸遇难的人们！他们亲人的苦、他们亲人的痛，和你们现在的幸福，还能感受到烈日暴晒的幸福！"

汗水从我的额头滴入我的眼睛里，然后再顺着眼睛流淌了下来，我知道，那只不过是汗水而已，仅仅是汗水。

我冷冷地说道："你们可以找出理由来向我报告，报告你们因为各式各样的原因而不能坚持着站站军姿，甚至你们可以什么都不说，一头晕倒过去，不过，我想提醒各位跨世纪的大学生们，这假如是一个战场，那么，你就是一个逃兵！懦弱的逃兵！无耻的逃兵！"

我走到方大山的身边，握起了他的手，低下头看了看他的手腕上的军表，方大山的眼里含着一丝悲凉，我用力地握了握他的手，我知道，在这一刻，我们都想起了小胖子赵子君。

走回队列前方，我靠腿立正，大声吼道："现在是9时15分，军姿一小时——立正！"

没有人说话，没有人动。

周围那些已经躲在阴凉地里休息的其他排的大学生们不时发出欢歌笑语声，明显和肃静的九排形成了鲜明的对比，有的排在教官的指挥下，拉起了歌，不一会儿，有熟悉的歌声传入我的耳中：

泥巴裹满裤腿

汗水湿透衣背

我不知道

你是谁

我却知道你是为了谁

为了谁

为了秋的收获

为了春回大雁归

满腔热血唱出青春无悔

望穿天涯不知战友

何时归

你是谁

为了谁

我的战友你何时回

你是谁

为了谁

我的兄弟姐妹不流泪

谁最美

谁最累

我的乡亲我的战友

我的兄弟姐妹
……

不知道为什么，我总觉得，有一道目光正在这个队列当中死死地盯住了我。

然后我找到了，第二排第七个。

是个女学生，一个似曾相识的女学生。

我想我认出来了，她就是在我去寻找小胖子赵子君的那个冷雨夜里，在老兵大排档的那条街道上遇到的红衣女孩，此刻，她正包裹在一件宽大的迷彩服当中，所以，现在的她是绿色的。

我想起来了，在那个晚上，她曾经气势汹汹地质问过我是不是一个兵，然后极不淑女地破口大骂我是一个坏兵，当别的兵还在大堤上玩命的时候我却还独自一人喝酒吃螺蛳粉。当我以一个突破上篮的假动作冲破了她的堵截之后她又固执开始了追赶，最后，她信誓旦旦地说，她一定会抓住我这个坏兵。

如今，我这个坏兵居然还当上了她的教官，我想，这无疑是一个莫大的讽刺，无论是对她还是对我，这都是。

我并不认为这是缘分，在人的一生当中，很多人会有交集，短暂的会面之后，我们仍然会分道扬镳，就如同一个擦肩而过的陌路人，我们仍然会沿着各自的生命轨迹前进，前进至那永恒的未知。

我想，如果程小铎愿意，我们会一起前行，直到我再也没有力气陪她走上一程，直到我永远地合上眼睛。

所以，我总是冷冰冰地面对九排的大学生们，我总是在结束例行的对大学生们的军事教学之后，一个人落落寡合地走开，然后找上一个地方抽烟。

有一次结束了三大队列训练，我还是一如往常地单独找了一个地方抽烟，方大山带着九排在那里围坐了一个圈，唱了一会儿歌之后又玩起了接力跑，过了一会儿，她单独一个人冲到了我的面前，用手肘擦着脸上的汗，对我说道："帅克教官，我说过，我一定会抓住你的！"

我没有理她，摁灭了烟头扬长而去，我知道，要拒绝一个女孩子，像她这样的女孩子，最重要的就是狠狠地打击她的勇气，打击她的自尊，就像我第一次见到她那样。

然后我听到她气急败坏地在我身后咬牙切齿地说道："我一定会抓住你的，你这个坏兵！"

我没给她机会，其实，她有一个很好听的名字，她的名字叫鲁冰花，我觉得她的父母一定是从甄妮的那首歌里找到的灵感，除此之外，在梧州这个热带城市里，冰花实际上很受欢迎。自从她单独找我说话过后，我明显地感觉到了第九排那些牛高马大的体育系男生对我的敌意，他们在训练中表现了抗拒，但是过不了一天，他们又表现出了极大的热情，每一个动作都力求完美，他们的努力得到了鲁冰花同学以及她们英语系的女生的鼓励和肯定，或许，他们想牛逼起来，想一个真正的爷儿们那样牛逼起来，不管怎么样，这总归是一件好事。

我和大山说好了，军事训练我管，其他我一概不管，我不管什么娱乐活动，我不管什么打成一片，这些人不是我的战友，不是我的兄弟，有朝一日不会跟我一起肩并肩地去面对一场战争，他们只是希望学到一些皮毛，他们不需要一个战士的精气神，而我需要安静。

大山一直都不许我这么做，甚至有些笨拙地找出了很多大道理来说服我，最后我说，看到这些像新兵蛋子一样的大学生们，我就会想起那会我们带新兵，带小胖子赵子君，要知道，是我，是我这个罪人，没把他带回来，我没有完成任务。

然后大山就沉默了，长久地沉默了。

我知道很多大学生都说我cool，但是他们或许忘记了，这个英文单词可以说是酷，也可以说是冰冷，我现在整个人都很冰冷，包括心。

我很封闭，甚至每一次去食堂吃饭，我都是一个人走在教官队伍的最后面，手中捏着一张校方发给我们的饭卡。不知道为什么，这又吸引了一些女大学生，以致教官队的很多兄弟都不怎么理我，觉得我有点神经。只有方大山和领队王副参谋长没有和他们一样，当我有一天晚上趁着这个寝室里的人都去洗澡的时候就把小胖子赵子君送个我的大角螺偷偷地捏在手中，然后坐在床上默不作声地流泪时，刚刚洗澡出来的方大山看到了，失手打碎了手中捏着的塑料香肥皂盒子。方大山知道我的心里有多苦，因为他知道，就因为我的意气用事，好狠逞强，不愿服输，直到他最后一眼见到小胖子赵子君的那个时候，我还没有改变对小胖子赵子君的一些误解。

然后方大山请我喝酒了，我们两个人用一个背囊搬空了一号男生宿舍楼，二号男生宿舍楼一楼的那个小小的杂货铺子里的所有啤酒、白酒甚至药酒，啤酒就一种本地啤酒，白酒则有两种二锅头，药酒就是班长李老东他老家产的那椰岛鹿龟酒，方大山甚至主动地给我买了两包烟，然后我们就偷偷地溜上了这座只有我们军训教官住着的三号宿舍楼的顶楼阳台，一个大屁墩儿把自己放倒，径直喝了起来。

没有任何下酒的食物，只有以酒下酒，比如说啤酒下白酒，白酒下药酒，药酒下啤酒，白酒下啤酒等等，自由组合搭配。

喝酒之前，我把小胖子赵子君送给我的大角螺拿了出来，斟满了白酒，然后把酒泼在微烫的顶楼阳台的水泥板上，嗤的一声，冒起了一阵白雾，在白雾升腾之中，我说："小胖子，班长请客，班副作陪，喝吧，兄弟！"

仰头灌掉大半瓶子红星牌二锅头的方大山血红着眼睛对我说："帅克，我觉得你最近很不对头，小胖子已经走了，你也不要过于自责了，我知道你难受，但是有些事情是你控制不了的……"

我仰头灌掉大半瓶子牛栏山牌二锅头血红着眼睛对方大山说道："我记得那会刚来梧州，小胖子还对衰哥刘浪偷偷地说：这洪水有大海可怕吗？"我叹了口气，看着夜色苍茫，垂下了头说道："是可怕，太他妈的可怕了，但是，我恨我自己没有挡住小胖子，不该让小胖子一个人拱去那里救人……"

"帅克……"方大山拿起酒瓶碰了我的酒瓶子一下，说道，"你……你尽力了，兄弟们都知道……没有人会怪你……"方大山仰头又喝了一口，说道，"你们失踪的那会儿，连里所有的兄弟都去找你们，炊事班的老八都吼了，找不到人，五连不开饭，兄弟们也可愣是一口饭没吃，一口水没喝……后来，你们找到了，上头来人调查了，说什么在抗洪出发之前的海训中你就和小胖子产生了矛盾，连长杜山大骂狗屁狗屁……"

用力地拍了拍我的肩膀，方大山嘶哑着喉咙说道："帅克，五连都他妈的为你骄傲，一个人单枪匹马沿着柳江走上了十多公里，替咱们找到了小胖子，在他妈的上级找到之前找到了我们的小胖子，兄弟们都敬佩得很，你立功，兄弟们都为你高兴！"

"我什么都不要……"我痛苦地捧住脑袋，拿酒瓶挡住自己有些模糊的眼睛，说，"我只要小胖子回来……"

"他走了，已经走了！"方大山放下酒瓶，用力地摇晃着我说道，"他妈的，帅克，你要振作！"

"你他妈的看你像什么玩意儿？帅克，老子没看到你哭过，从我们一起在新兵连，再到我们一起进教导大队，尽管我们分在了分队，我从来没看到你掉过眼泪！"方大山急促激动地说道，"那个很牛逼的帅克哪里去了？那个很开朗的帅克哪里去了？那个说说笑笑的帅克哪里去了？你说，你个浑蛋去哪里了？！"

"喝，喝酒！"我慌乱地举起酒瓶掩饰，一口闷了这瓶二锅头。

"帅克啊，不只是你心里难受，其实，我的心里也很难受！"方大山咕咚咕咚地灌完那瓶红星牌二锅头，侧头看了一眼那个空空荡荡的大角螺，顺手又捏起一瓶啤酒咬开，倒上满满的酒，撒在楼板上，然后小心翼翼地将它插在楼板当中的一条缝隙里，再自个儿干完了瓶中剩下的酒，说道："五连每一个兄弟都很难受！"

"好了，不说了！"我伸手一探，捞住一瓶小瓶子的椰岛鹿龟酒，给方大山递过去一瓶啤酒，拧开盖子说道，"大山，没事，过一阵子就好了，我保证……"

"那就好……"方大山点了点头，刚准备说话，就听到楼板一阵脚步声，惊讶地往后一看，只见阳台上立马出现了几个人，为首的正是这几天来老是黏着方大山的一个英语系的女生，名字叫做欧阳贝贝，在食堂一次主动凑过一桌吃饭之后，方大山不打自招地红着脸对我说：嗨，就是一乡党！

上来有五个女生，我看到了鲁冰花。

欧阳贝贝一马当先地杀了过来，咯咯地笑着说："方教官，帅教官，开始我们都去你们寝室找你们来着，可是不在，后来有的馋鬼在二号楼那里买冰淇淋吃又听说有兵哥哥买了酒，噢，还有，我们寝室刚好在这栋楼对面的五楼，刚好我们鲁冰花同学又有一个军用望远镜，呵呵，所以，我们就来了！"

正在思忖一个这么又漂亮又可爱的小女孩居然有用军用望远镜偷窥三号男生宿舍楼的这样一个癖好是不是很邪恶的时候，小红帽说话了。

"我也喝！"鲁冰花活蹦乱跳地冲了过来，毫不客气地就准备去捏起一瓶啤酒，突然就瞥见了插在楼板缝隙中的那个大角螺，马上就伸出爪子捞了过去，兴奋地说："好漂亮啊，谁的？"

我心中一急，怒道："还给我！"

"请我喝酒，我就还给你！"鲁冰花调皮地说道，一手卷了卷宽大的迷彩服衣袖，然后将大角螺放在身后，蹲了下来，看着地上东倒西歪的酒瓶子，吐了吐舌头，说道："看不出来两位教官还挺能喝的嘛，这都不请我们喝一点？要是不请，我就大声一叫唤，你看你们这酒还喝不喝得成！"

我被噎得无言以对，看着几个女生顿时唧唧喳喳地凑拢了过来，方大山顿时无可奈何地说道："小声点！"

几个女学生顿时安静了下来，方大山小声地说道："姑奶奶们，能喝就喝一点，不能喝就别逞能，喝完赶紧回去，知道不？"

"方教官啊，我看你这酒量还行啊！"欧阳贝贝像是刚刚洗了头发，撩开了几缕被风吹乱了的头发，扔了方大山一个卫生眼，扭头说道，"亲爱的姐妹们，我说教官们这么辛苦，该不该给两位教官敬酒？"

"应该的，应该的，嘿嘿！"鲁冰花嘿嘿一笑，两只大大的眼睛警惕地看着我，最后好像是想到了什么，拉开迷彩服的拉链就往胸口一塞，然后再把迷彩服拉上，看那样子，明显就是想断了我去抢她的大角螺的念头。

这边欧阳贝贝说话了："我喝酒还成，方教官就交给我了，我和他单挑！"

"好啊，好啊，我最喜欢帅哥！"一女生快速鼓掌道，然后就凑了过来，捏起了啤酒，一看就愁眉苦脸地说，"教官，开酒！"

啤酒都没有开，我和大山都没有开瓶器，都是自己用牙齿咬的，见此状，我也不说话，心道开不了酒我看你们怎么喝，正在幸灾乐祸，旁边鲁冰花二话不说，捏起了一瓶牛栏山二锅头拧了开来，说道："喝白酒，教官，我先敬你一口！"

我有些惊讶地看着这个小丫头片子咕咚一声喝了一大口，那小脸蛋顿时就变成了红苹果，张开小嘴不停地用手扇着伸出来的小舌头，不停地说辣，然后一把将手中白酒递给旁边的女生，说道："好辣，你喝你喝，我，我待会儿喝！"

方大山见我一直没说话，脸色也不怎么好看，赶紧过来做工作："鲁冰花，你别胡闹，把大角螺还给教官，我给你们开酒还不成？"

言罢就捞出一瓶啤酒，刺啦一声就咬开了，然后一边咬一边递咬开了的啤酒，说道："喝完这瓶啤酒都回吧，别闹了，有这个精神劲头，留着明天训练吧！"

"哈哈，喝得本小姐高兴了，再还给你！"鲁冰花一屁墩儿就坐上了楼板，狡黠地眨巴着长长的眼睫毛，对我说道："嘿，帅教官，这是不是你的女朋友送给你的啊，这么紧张干什么啊！"

我没说话，死死地盯住她，眼里都似乎要冒出火来，径直举起酒瓶就说："喝！一口干，喝趴了你，老子自己拿回来！"

我还没有意识到自己说的话有什么不妥，那边欧阳贝贝就咯咯地笑了起来，鲁冰花的脸瞬间就红得更加厉害了，啐道："要死啦！"

然后扭过头，倔强地说："干就干，who 怕 who 啊？"

坦白说，这一瓶酒，她连着喝了十口，越喝越慢，越喝越少，不过，她终究还是喝完了。

我举起自己的那瓶刚喝了一口的椰岛鹿龟酒，咕咚咕咚地倒进了喉咙，由于刚刚开始灌了一瓶二锅头，一瓶子椰岛鹿龟酒下去，我感觉自己有些晕了起来，看人也有些模糊了起来。

我血红着眼睛说："还喝不喝？"

　　这时候几个女学生都上来替鲁冰花解围了，纷纷说道："来来，教官，我来敬你！"

　　这一会儿的工夫，我又喝了两瓶啤酒，鲁冰花似乎也还没缓过劲来，笑吟吟地就看着她的好姐妹们灌着我。

　　我很郁闷，又拿她没辙，于是就掏了烟出来，背对着风吹来的方向点起了烟，回头一瞥，却刚好看到欧阳贝贝悄悄地塞了一盒子东西给了方大山，那玩意儿我知道，也算是广西特产——金嗓子喉宝。

　　不知道是我这人忒没劲，而且这几个眼尖的女生也看到了这一幕的缘故，于是马上转移了兴奋点，可劲地去欺负满脸通红的方大山去了，看着方大山有些慌乱但是幸福的样子，我觉得方大山同志的春天到了。

　　"喂，喂！"

　　我转头，鲁冰花正抱着膝盖，捏住一瓶酒，眨巴着眼睛说道："你好像不怎么爱说话啊，帅哥，这个海螺是不是你女朋友送给你的啊？"

　　"还给我！"我加重语气，凶道。

　　"来是 come 去是 go，点头 yes 摇头 no——"鲁冰花俏皮地说道："点头，还是摇头，告诉我，我就还给你！"

　　"不是！"我没好气地答道，眼巴巴地朝她的迷彩服看去。

　　"讨厌！"见我的这种眼神，鲁冰花小声骂了一声，羞红了脸，抬高了膝盖。

　　这下我就怒了，压抑着怒火，我小声地、很认真地说道："我的女朋友比你好看多了！还给我！"

　　鲁冰花慢慢地睁大了眼睛，看着我，良久，小声说道："那你给我说说你女朋友到底怎么比我好看了，不说我就不还你！"

　　我气急败坏地灌了一口酒，真他妈的想抽她一大嘴巴子。

　　"不说？"鲁冰花笑了一笑说道，"嘿嘿，你生气的样子可是一点都不帅啊帅哥，嗯，不说就不说，不说那我可走了，我喝醉了！要去睡觉觉去了！"

　　鲁冰花摇摇晃晃地站了起来，扭头喊道："贝贝啊，你这个死丫头到底有完没完啊，我可是喝醉了要回去了……"

　　我腾的一声站了起来，说道："还给我！"

　　"呵呵——"鲁冰花吃吃一笑，伸出一根小手指头，指着我说道，"你说的最多的就是这三个字，呵呵，就不还，怎么了？"

　　眼看着那边几个女生都已经站起来了，感觉是无望了，我冷冷地说道：

"你最后给我好好地保管一个晚上，我希望你明天一早上看到你的时候你能够还给我！"

鲁冰花笑着说道："嘿嘿，就不还，谁让你不答理我来着，留着它，你还能多跟我说说话呢！"顿了一顿，小手一挥道，"姐妹们，撤了！"

我悲愤地看着这个小丫头片子居然头也不回地举起一只手，在空中摆了几摆，对我说道："拜拜了，你！"

……

我瞪着喜滋滋地拆开金嗓子喉宝然后挤了一片扔到嘴巴里自我陶醉状的方大山同志悲愤地说道："我操，大山！你他妈的明天帮我把大角螺弄回来！"

方大山猛点头，笑着说道："贝贝说，鲁冰花这小丫头喜欢你，我看这还得靠你自己……"

见我不答话，方大山凑了拢来，说道："贝贝说，这金嗓子喉宝挺护嗓子的，你要不要来一片儿？"

"贝贝说贝贝说！"我咬牙切齿地说，"方大山，你明儿个去跟贝贝说要她帮我拿回来……"

方大山突然低下了头，捏起一瓶啤酒，用力地点了点头，然后看着我说道："那天，小胖子给我说，班长，你会走桃花运，会碰到一个女孩儿，她是双子座……"方大山仰头灌了一口酒说道，"我问了，贝贝，就是双子座……"

我苦笑一声，说道："大山，我有程小铎，师医院的那个……"

"啊，那我明天跟贝贝说去……"方大山抬起头来，憨厚一笑，说道，"那女兵不错！"

"我的事少说，你的事老子也不说！反正你自己小心点！逮住了你就完蛋了！"我恶狠狠地瞪了一眼方大山，悠然看着天上的星星，说道，"她正在考军校呢，她一定会是个好军医……"

突然，对面的女生宿舍楼的五楼传来一阵缥缈的歌声，是的，那是鲁冰花的声音：

天上的星星不说话
地上的娃娃想妈妈
夜夜想起妈妈的话
闪闪的泪光鲁冰花
家乡的茶园开满花

妈妈的心肝在天涯

夜夜想起妈妈的话

闪闪的泪光不说话

啊

我知道

半夜的星星会唱歌

想家的夜晚

它就这样和我一唱一和

我知道午后的清风会唱歌

童年的蝉声

它总是跟风一唱一和

当手中握妆华

心情却变得荒芜

才发现世上一切都会变卦

当青春剩下日记

乌丝就要变成白发

不变的只有那首歌

在心中来回的唱

……

　　终于，敢情是女生宿舍的那管理员阿姨忍不住了，扯开嗓子喊道："丫头，这军训期间你还这么有劲啊？快熄灯了，睡觉吧！"

　　方大山扑哧一笑，看着我说道："呵呵，这小丫头，喝醉了……"

　　根据已经拟定好了的军训计划，此次军训我们要让大学生们达到"三个一"，简单说起来，就是一次小型拉练、一次实弹射击、一次阅兵礼。

　　小型拉练我们教官队早上开了一个简短的早会，部署了今天晚上9点钟准时给这些大学生们来上一次的计划，王副参谋长的小型拉练想定得到了校方的认同，不过路程由原来的二十公里缩减到十公里，晚上12点拉动提前到了10点，据说，这完全是因为校领导要参与；实弹射击王副参谋长在操课时间已经出去和预备役联系去了，我们这次是出来抗洪的，不是出来打仗的，所以咱们没枪没弹；至于那个阅兵礼，无非就是踢着正步走过一个各路领导聚集的主席

台子而已，我认为，这纯属一次自我满足，各路领导们过了一把首长的瘾，可以挥手致意，并深情地高呼同志们好，同志们辛苦鸟，而大学生们则过了一把军人的瘾，做义不容辞状高呼：为人民服务。

因此，对于到了现在还在操练着的正步，我还是不厌其烦地给这些大学生们示范分解动作，讲解动作要领，既然领导说要整，咱们就得整出个样子。可惜的是，第九排的训练积极性很高，也十分配合，但是只要集体一踢上了正步，就他妈的纯粹去找那种鞋底砸向地面发出的啪啪声的快感了。连那些娇小婀娜的英语系的女大学生们都踢得很嗨，更别说那些牛高马大的体育系男大学生们了，无奈之下，我只好停止了合练，一个一个地过，觉得不错的，就带着几个还有差距的一边儿练去，貌似这招很管用，踢得不错的很有成就感那就不用说了，踢得不行的有屈辱感，自尊心开始膨胀，慢慢地，练得还有模有样了。

不过，让我觉得纳闷的是，在军训中一贯表现不错的鲁冰花却掉链子了，一腿踢出去，软绵绵的，脚背也没压下来，高度也不够，我瞪着她看她踢了几次，她都摆出一副稀稀拉拉的样子，仍旧就这么踢着，于是我带着恨铁不成钢的恼怒，吼了她两句，让我没有想到的是，就这么两句说她稀稀拉拉不像样的话，却把她给哭了。

眼看着无数道向我射来的刀子般的眼神，我也有些乱了，没办法，赶紧把她叫到操场一侧，准备开展打一棒子给一甜枣的教育。

"我先道歉，方式粗暴了一点，言语粗鲁了一点，你别哭了。"看着鲁冰花仍然伤心极了，嘤嘤地哭个不停，我赶紧摆正位置，端正自我态度，开展自我批评。

"你……你这是公报私仇，打击报复！"鲁冰花擦着眼泪给我扣帽子。

"啊？公报私仇，打击报复？"我一怔，随即就想到了昨天晚上她拿我的大角螺的事情，顿时气不打一出来，说道，"老子不是这种人！我还说你呢，今天给我带过来了没有？那个大角螺对我很重要！还有，说你训练不认真我没有说错，平时你不是这样子的，三大队列走起来还挺像那么回事，但是今天怎么这么稀拉呢？靠，昨天晚上喝酒的时候拽得很，回去了，我还听着你在哪儿鬼哭狼嚎的，昨天那精神呢？今天怎么不拿出来了，啊……"

我连珠炮似的发问突然停顿，因为鲁冰花哭得更厉害了，那眼泪哗哗地往下流。

"你怎么了？你要我怎么着啊？别哭了行不行？"我口气软了下来，说道。

"帅克……你，你太过分了！"

"我怎么过分了？"我丈二和尚摸不着头脑，叹了口气说道，"你别哭了，大不了我那大角螺还借你玩几天，军训完了你就还我，这还不行吗？你说到底……"

我这边话还没有说完，只见鲁冰花那边还是哭个不停，我火冒三丈，吼道："立正！"

"我记得好像你说过我是个坏兵，但是你现在更像一个稀拉兵！"我吼道，"站直了，听口令！正步——走！"

鲁冰花挂着泪花，倔强地一扬眉，就随着口令踢出了一个极不标准的正步，我冷眼看着，心里鄙夷之极，用力地吼着："一二三四！一二！"

刚走了一个来回，鲁冰花突然就罢工了，捂着肚子蹲了下去，脸色苍白，豆大的汗珠就从额头上往下滴了下来。这下我才恍然大悟，原来这丫头病了！

"病了怎么不早说，起来吧，去休息会儿！"我不由分说地伸手去拉她，却被她一爪子打开，我无奈地说道："是我不好，不知道你病了，现在让你去休息了，你还发什么飙啊！"

这不说倒好，一说鲁冰花又开始哭了起来，有道是秀才遇见兵，有理说不清，不过我今天怎么觉得就这么憋屈呢，这形势咋就完全倒过来整了呢？不行，得赶紧呼叫援军，心念至此，我张嘴就喊："大山！来……"

"别喊了，帮我喊贝贝！"这一下鲁冰花抬起头来说话了，"……帅克！你这只猪！"

……

直到欧阳贝贝同学扶着鲁冰花同学回寝室，从鲁冰花同学的移动的脚步及迷彩裤上的那些暗红，我才知道发生了什么事情，我和方大山尴尬地相视一笑，看来，带女兵，我们还是经验不足。

过不了一会儿，欧阳贝贝就气喘吁吁地跑过来找我和方大山请假，说是要到街上去一趟，马上就回，由于我们是封闭式军训，任何学生在未经允许的情况下是不能离开学校的，方大山憨憨地、带着疑惑的表情问欧阳贝贝说："请假？出去干吗？那玩意儿难道学校的小卖部没有卖的吗？"

欧阳贝贝狠狠地白了方大山一眼，说道："我们就发了一套迷彩服……鲁冰花的裤子……"

"洗洗不就行了，这么大的太阳，晒一中午不就得了！"方大山摇头说道。

"可是她已经扔了，让我帮她出去买……"欧阳贝贝振振有词。

"行了行了! 你们大学生就是喜欢浪费, 奢侈! "我一摆手, 说道, "我背囊里还有几条迷彩裤, 先给你去拿过来! "

"新的还是旧的?"欧阳贝贝欣喜地问道。

"旧的, 不过请放心, 自打来军训我时间多得很, 所以洗得很干净! "

方大山插话道: "我那里还有条新的……"

我看了这俩杵在一起挺是般配的人儿, 一个白里透红, 一个乌黑油亮, 摇摇头说道: "拉倒吧你, 你的新裤子给欧阳贝贝同学穿还行……"

然后我就径直走掉了, 剩下他们俩在那里脸红, 一边走, 我突然想, 虽然我的言下之意是说他们俩合穿一条裤子蛮合适, 但是我去给鲁冰花拿我的裤子又算怎么一回事呢? 赶紧抽了自己一嘴巴子, 说话不谨慎啊, 班长李老东的谆谆教诲"三巴"政策还是没学透, 没上心!

……

在晚上的小型拉练中, 鲁冰花同学来了, 是的, 她在坚持, 这种精神让我很佩服, 于是, 我觉得十分有必要对我白天表现出来的粗暴作风向鲁冰花同学表示道歉, 却不料自己刚说了一句"对不起, 我不知道你来那啥的"就舌头纠结了。我很惭愧地想, 自己说话像是越来越不经过脑子, 旁边的欧阳贝贝吃吃地笑, 然后, 鲁冰花同学涨红了脸, 在繁星点点的夜空之下, 给我赠送了两个字: 流氓。

我突然想起了, 程小铎也曾经这样红着脸骂过我, 军训这些天来, 我给她打了两次电话, 第一次, 她们师医院的一个女兵告诉我, 程小铎去考试了, 第二次, 那个声音雄浑的接线员女兵告诉我说, 师医院的电话打不通, 不知道为什么, 这位接线员同志在挂掉我的电话的时候, 莫名其妙地叹了一口气。

日子总是过得很快, 转眼就到了军训的大学生们实弹射击了, 在这天, 我又一次被赠送了"流氓"两个字。当时我看到一个鸟人趴在地上, 卧姿瞄准的姿势极为不妥, 两条腿甚至还没打开, 于是我走了上去, 伸出脚就踢开了那鸟人的两条腿, 口里嚷嚷着脚要打开一点, 再打开一点, 要贴地——结果一看, 原来又是鲁冰花同学, 真是流氓何处不相逢啊。

大学生们对实弹射击显然很兴奋, 抱有这个态度的当然还有其他的一些人, 正当我和方大山准备整队离去的时候, 不知道是预备役的还是人武部的一个穿军装挂一毛三的鸟人叫住了我们, 他指着一箱子子弹对我说: "小伙子, 来, 帮着压一下子弹, 领导们打打体会。"

这就是命, 尽管我不隶属他的直接领导之下, 尽管我也不知道这个鸟兵混哪个山头，但是官大一级压死人，他是军官我是兵，而服从命令就是咱们这支军队的魂。

弹药箱里除了很多零碎的子弹，还有很多夹在铁皮上的子弹，一排一排，黄灿灿的，我把81-1的空弹匣清理了出来放在了一边，坐在一侧的草皮之上，一颗一颗地往弹匣里面压起了子弹，不一会儿，我的手指就黑糊糊的了。

不知道来头的领导们还在兴致勃勃地打着81杠，这是学校的一个足球场，四围都是小山包，很空旷，很适合做靶场，枪声在空气中久久回响，但是不一会儿，节奏就加快了，原来领导上都开始打连发了，我压子弹的速度也就随之加快了。

领导上似乎是好不容易得到了这次普及国防教育知识兼军事技能培训的好机会，就算是温度再高也坚持着要搞，我这才知道，原来压子弹也是一个体力活。

学校的广播都开始放起了悠扬的曲调，这预示着开饭时间就要到了，可是，还有领导上不愿意放下枪，坚持要把子弹打完，看着自己黑糊糊的十个手指，抬起手肘擦了一把汗，我只得继续去捏起那些7.62mm口径的步枪子弹，一颗一颗地压入弹匣。

我出神地想，这么一箱子弹，如果放在战场之上，能消灭多少个敌人呢？

靶场入口的警戒哨突然发出了喊叫："干什么？回去！"

然后我就看到了鲁冰花径直向我这个方向开始奔跑。

"吃饭！"鲁冰花擦擦汗，递给我一个塑料饭盒子，塑料饭盒子上面印着一个Hello Kitty猫。

我没接，我说："还给我！"

"吃了就还给你！"鲁冰花认真地看着我，说道，"骗你就是小狗！"

"真的？"我向她投去极不信任的目光，每一次她都说把小胖子赵子君送给我的大角螺还给我，但是每一次都没有还，老是说忘记带了、下次带给你之类的话，弄得我很羡慕那些警察叔叔们，可以申请到搜查令。

"先吃吧，我随便打的，不知道你这个湖南人喜不喜欢吃……"鲁冰花一边说一边揭开Hello Kitty猫的塑料饭盒子，除了一个青辣椒炒肉，一个荷包蛋，让我惊讶的是，居然还有一个虎皮红辣椒赫然在目，我的口水马上就很不争气地流下来了："食堂里今天有这个？不会吧？"

"呃，是啊……"

"真的还给我？下午就带过来给我？"

"真的啦，你烦不烦啊，快吃！冷了就不辣了！"

"记得要还给我啊！哦，我也有饭卡，晚上你吃饭我给你刷，在食堂回请你吧，三大纪律八项注意要牢记……"

"你可以去死了，哼，谁像你这么小气，请我吃饭在食堂！"

"遵守军训纪律，不要出校门啊！喂，饭盒子不要啦？"

"你给我洗！洗干净点，要用热水知道不？"

"哦，嗯，谢谢啊！"

"去死！"

……

我想说的是，直到我离开这个学校，鲁冰花都没有把小胖子赵子君送给我的大角螺还给我。

当然，鲁冰花的饭盒子我也没还，甚至还没洗。

王副参谋长把我叫到一边，小声地说："帅克，刚刚接到电话通知，你马上赶到流州军部去报到！下午就走！"

"啊？"我惊讶地睁大了眼睛，"报到？干吗去？"

"注意保密，师部的通知，你一个，师侦察连的马啸一个，先去军部报到，拿介绍信，然后去军区参加集训！"王副参谋长笑着说道，"帅克啊，好好干吧！全师，就你们两个人，一定要争光！"

"是！"我心中一动，马上就回忆起993山地演习之后刘正政给我说的那番话来，果真如此！

我想这刘正政还说过一些话，比如说他要和程小铎在一起，这会不会也是真的呢？

王副参谋长又叮嘱了我一番路上的注意事项以及具体找哪个部门报到，完了之后，我赶紧喊醒了正在午睡的方大山，我对着睡得迷迷瞪瞪的方大山小声说道："大山，你醒醒，我得走了！"

"去哪儿啊，帅克，把鲁冰花的饭盒子涮了放那儿啊，下午带过去不就行了……"方大山睡眼惺忪地说道。

"不是，我得先走了，有命令。"

大山愣住了，说："这军训不是还没结束吗？阅兵礼不是安排在了后天吗？"

"嗯，有任务，具体不能说。"我急促地把个人用具塞入背囊，说道："大山，记得一定帮我找鲁冰花把小胖子的大角螺给拿回来，一定啊！"

大山点了点头，腾的一声从床上坐了起来，说道，"下午我就托贝贝去要去，你放心！"

我点了点头，小声凑近方大山的耳朵说道："别老是贝贝挂在嘴边上，你得注意点，要隐秘地开展地下工作……"

方大山伸手挠后脑勺，不好意思地猛点头，憨厚地笑了。

第十一章

白衣飘飘的年代

　　引文：这是一个白衣飘飘的年代，白衣飘飘，祭奠着我的兄弟、我的爱情。

　　我想，从今以后，我就是一个孤独的士兵，孤独的步兵！

　　在我没有成为一名士兵之前，我曾十分向往一个人旅行，穿上一条让丐帮弟子都要向我行大礼的多袋裤，左边屁兜里别一根牙刷，右边屁兜里塞上两条内裤，罩上一副蛤蟆墨镜，特立独行，牛逼烘烘。

　　而现在我是一名士兵，也在一个命令的驱使之下开始了一个人的旅程，我以为我黝黑的肤色、强健的肌肉、敏捷的身手，也会让我在火车站的如潮人群中特立独行、牛逼烘烘。但是最后，我发现我错了，在登上开往流州的N762次列车时，轰的一声，我淹没在一群不知道从哪儿冒出来的身穿迷彩服的人当中。他们的肤色、肌肉、身手十分接近，几近一致，在奋力挣扎中，我听到那个站住车门口明显长高了很多的乘警哀呼一声："天，哪里来的这么多的民工！"

　　我和装束相同的民工兄弟们唯一不同的就是我的迷彩服上配有肩章，这是刚刚下发不久的新式肩章，跟老肩章不同的是，这个新式肩章上标注的军衔是折了个弯的、类似一个书名号的两道弯杠，这说明我是一个上等兵，一个差点被强悍的民工兄弟们挤下火车的上等兵，这个场景给我了深深的触动。我开始觉得，这人，尤其是我们这些男人，拼到底，还是拼体能，由此上溯到远古蛮荒时代，强悍的男人总是拥有更大的生存几率。于是，我决定了，决定了我就用这个态度来面对即将降临到我头上的那次传说中的军区级别的集训。

　　一挤上列车，我就在火车的车厢过道中扔下背囊当坐垫，迫不及待地掏出光头梁老爷子送给我的那本咏春拳谱看了起来，我看得非常仔细也非常认真，毕竟对于一个士兵来说，对于格斗技能的追求是一种永恒。

关于格斗，似乎每个男人从孩提时代起就无师自通，暴力倾向仿佛成为了一种本能，在诸如警察抓小偷、皇帝与将军等游戏中，男孩子们在不断地汲取着那些实战经验，摸索着格斗技能。在我的孩提时代，我是一个又瘦又矮的羸弱男孩，以致有一段时期我时常被一个胖墩死死地压在地上，不仅如此，我还得忍受气喘吁吁的那厮的大嘴巴里面滴落的哈喇子，所以，我不得不通过其他途径来提升我的武力，比如说制造工具。

在我的少年时代里，我曾经制作过许多工具来提升自己的武力，比如说我会走上很远很远的路程，只为了去砍一根竹子，来制作一把弓弩；比如说我会哄骗某个涉世未深的小妹子贡献她扎头发的橡皮筋来做一把弹弓；比如说我会挤光家里所有的牙膏，然后去拾破烂的老头子那里拿牙膏皮换取一小截单车上的链条来制作一把链条枪；甚至，我曾撅起嘴巴，吹光老爸的一支圆珠笔芯，来做一支橘子皮儿枪——如你所知，从孩提时代起，我就开始了投机取巧，以缩小我和那些强悍的小伙伴们的差距，用军语来说，这就叫他妈的养成。

直到我当兵，遇到我的班长李老东，孩提时代根深蒂固的养成才开始被震动，随之而来是大面积的崩溃，只因为我的班长李老东对我说，帅克，我告诉你，一个他妈的优秀的士兵，不仅仅是他手中的枪可以敌消灭敌人，他的拳头、他的大脚丫子、他的牙齿，都应当是一件武器，消灭人的武器——当然，促使我彻底放弃了唯武器论而转向唯体能论的决定性因素就是我的班长李老东的最后一句话，他说：妈拉个巴子，甚至是一根鸟毛，都是一件消灭敌人的武器！

我不知道，一根鸟毛怎么去消灭敌人，但是我对我的班长李老东无比地信任。

从那以后，我就开始了对体能的追求，我的班长李老东也开始教授他所掌握的一些纯军人的格斗技巧，邪乎的是我的班长李老东似乎总是在拿话忽悠着我，但是我有时候一想，他妈的，这才叫带兵。

我的班长李老东说，子弹旋转出膛是为了获得最大的初速，所以你们这帮子鸟兵要学会螺旋出拳；打移动靶的时候要计算好时间差，所以你们这帮子兵千万要记住，注意连击当中拳落脚到，脚落拳到的时间差的问题。——除此之外，我的班长李老东甚至很淫荡地说，人体上凹下的部位全他妈的是要害，是个爷们，就用自己身体上凸起的地方去打击敌人身上凹下的地方，无往不胜！

当我把我的班长李老东传授给我的一切学以致用的时候，我突然发现，我的班长李老东原本就没有忽悠我们，纯军人的格斗技巧最终的目的就是毙命，有时候甚至是一招毙命。

我无法想象我曾练习过多次的那几套军体拳啊捕俘拳啊空手夺白刃等等套路在实战中到底有多大的用处，但是事实上，在那一次四海被栽赃用假钱的时候，我不知不觉地使出了军体拳的某几招，效果还他妈的十分管用——现在我开始觉得，那些看似平淡无奇的军体拳的招数，原来他妈的也是智慧和经验的结晶。

而现在，握在我手中的这一本咏春拳谱，原本也是前人智慧和经验的结晶、在如饥似渴地阅读当中，我开始觉得，这杀人原来也是一种他妈的艺术。恍惚之中，我仿佛站在那里，立正，向中国功夫敬礼、致敬！

这个世界上有很多艺术，我不知道，这杀人到底算不算是一种，有时候我老是在想，我是一个士兵，不是一个杀手，为什么我要去学习这些让人血脉贲张的技能，到底为了什么，我要去学习这些让人冷漠无情的技能，貌似我的班长李老东曾经对我说过，如果将来有一天你的敌人侵占你的家园，蹂躏你的姐妹，凌辱你的母亲，那么，你不想杀人都不行——你是一个士兵，一个保家卫国的士兵！

于是，我静静地坐在列车的车厢过道当中看着这本咏春拳谱，我知道，作为一个士兵，总有一天，我必须杀人。

当我乘坐 N762 次列车抵达流州，正值深夜，背着背囊随着人流从火车站出来，不一会儿，抵达了目的地的人们在不同的方向消失了，半痕新月斜挂于西天角之上，月色微茫，清晖如霜。

流州，对于我来说，是一个陌生的城市，但是，一想到军部就驻扎于此，心中就油然而生一股亲近，遥想当年烽火岁月，我们塔山铁军从 40 摄氏度的白山黑水一路征战杀伐至 40 摄氏度的天涯海角，威震敌胆，敢打敢拼，那是何等光荣！虽然如今在这座秀美的城市当中沉默不语，但是，我们这支英雄的部队绝对是一只潜伏在草丛当中的猛兽，一旦谁敢进犯我们的土地、我们的家园，将毫不犹豫地冲了出去，张开兽吻，撕咬敌人！

正在思绪纷飞之时，一个声音打断了我："阿兵哥，住宿吗？"

我掉转过身子，往后一看，一个浓妆艳抹、三十多岁左右的女人正朝我露出一个笑容，见我往回看，她用并不十分标准的普通话说道："我们旅馆条件不错，有风扇、热水……"

"不用，谢谢！"我冷冷地拒绝了她，掉头就走，在很多城市，包括我的老家，火车站附近有很多这样的女人，她们都是为一些小旅馆拉客的，一般来说，这类小旅馆档次都不怎么样，还藏污纳垢，有的甚至开的是黑店，拉进来一个客就宰客——作为一个士兵，我倒不是怕他们宰我，第一，我没多少钱，也没多少油水榨；第二，要打架我还挺乐意的，权当活动身子。

我不去旅店主要是因为现在就快1点了，只要我走到火车站的候车大厅里面，那里有很多长椅子，在那里对付几个小时就天亮了，到时候我就可以去军部报到了。

女人仍在跟着我急促地走着，喋喋不休地说着她那小旅馆如何好，如何便宜，甚至还暗示我说有小妹子——我不停地摇头，要知道，这些个庸脂俗粉的，又哪能比得上我的程小铎呢？

女人最终绝望了，放弃了，很轻蔑地骂了我一句穷当兵的就走人了，我自顾自地走进了火车站的一处候车大厅。候车大厅其实并不怎么大，主要是由于现在是深夜了，也没有多少旅客，显得有些空旷，我找了一排座椅就坐了下来，放下背囊，从背囊底侧的侧袋中掏出军绿色的水壶，准备喝口水，不料一仰头，水壶里面竟然没水了，摇了几摇，空荡荡的。

从我一进候车大厅我就观察了一下周围环境，貌似在候车大厅的入口处，还矗立着一个大大的铁皮子大圆筒，凭借着记忆看了过去，果然，上面挂着一个木牌子，上面写着：开水免费供应。

甩了几甩，我将军用水壶捞了起来，一边走，一边想，观察周围环境似乎成为了我的一种本能，包括我在选择我坐下的这排座椅时。这排座椅左翼是一个进入站台的铁栏杆，不过已经关闭了，这排座椅的右翼则是一个卷上了卷闸门的小商店，左右两翼对我来说都没有威胁，不过就是不靠墙而已——关于靠墙，我的班长李老东则有过这样强悍的言论，他说，你们他妈的去餐厅吃饭都要选靠墙的位置，至少，没有人从后背偷袭你。

我觉得他的话算是有一定的道理，毕竟入伍之前，我就在无数的港台剧中看到过类似的情景：一个黑社会老大坐在一个餐厅里正在大快朵颐，因为他没有靠墙坐，一个杀手轻而易举地就从他背后偷袭。

我的班长李老东还有一个习惯，那就是在走过一扇窗户的时候总是会习惯性地耸肩低头快速通过，我一直不知道为什么，于是我就去问他，不过他当时没有说，恶狠狠地就冲我说，老子怎么做你就怎么做——直到驻训那会儿，有一天我跟一班长王凯聊天说起这档子事，一班长王凯才笑着告诉我，我的班长李老东在一次与武警教官带训的城市巷战的对抗中，就是在窗口被狙击手爆过头。

这是一次不愉快的经历，当然也是一个宝贵的经验，正在遐思之时我就走到了那个大铁皮子圆筒前，伸出水壶口，凑上水龙头，打开水龙头一看，好家伙，居然没有水了，我只好一手抱住大铁皮子圆筒倾斜着倒水，我靠，还是没有，敢情都让喝得一滴水都没有留了。

我摇了摇头，看了看正对面的厕所，是的，厕所里有水龙头，不过，我不敢喝。我的班长李老东也曾经教导过我，绝对不要喝生水，有一次训练回来实在是渴，炊事班刚刚烧好的水还没有凉，于是我偷偷摸摸地凑到饭堂前面的那排水龙头那里喝生水，不过水还没喝，屁股上就挨了班长李老东一大脚丫子——关于为什么不能喝生水，我的班长李老东说，咱们不是 M 国，M 国人在家除了冲咖啡从来不烧水喝，他们那旮旯，自来水可以随便喝，咱们国情就不同了，喝生水容易得结石，传说曾经有一个牛逼的步兵军爷尿结石发作，死揣着跑了一个五公里，然后站在厕所里尿得那可叫一个铿锵作响、掷地有声，愣是将那瓷制的新小便池给崩了几个口子，十分地牛逼。

我决定还是听咱老班长的话，那结石可是传说中的疼起来真要命，没水也没办法，忍一忍就算了，拧好水壶盖，我就转身走，这时候，一个声音从我背后响起："我这里有水，来，拿水壶来！"

我转头一看，一个头发花白的老人站在我的背后，手臂上戴着一个红袖章，一手拎着一个大扫把，一手拎着一个暖瓶，正笑着对我说道："来吧，我是车站的，上晚班，开水还在烧着呢，我这里刚好有一瓶，拿水壶来！"

我迟疑了一下，说道："谢谢了。"

头发花白的老人有些干瘦佝偻，见我应了，干皱得如同老树皮的脸上顿时舒展开来，露出一个慈祥的笑容，拎着暖瓶就往走了过来——是的，老人走路的姿势有点别扭，他的左腿有点问题。

"我自己来吧——"我赶忙迎着走上几步，说道，"谢谢你，老大爷！"

头发花白的老人笑着拧开暖瓶的盖子，拔出软木塞，一股热气蒸腾中，他笑着说："来，没关系的，好，你来你来，呵呵！"

我以标准的蹲姿下蹲，接过头发花白的老人递过来的暖瓶，把水壶放在地上，一边往自己的水壶中灌水，一边拿眼睛偷瞥老人的这条有问题的左腿，在老人的那双皱巴巴的皮鞋之上，一小截惨白的假肢映入我的眼帘。

原来眼前这位热心的老人是一个残疾人，我赶紧将有些好奇的视线从他的腿那里转移开，以免刺痛了这位老人，抬起头来，我朝这位头发花白的老人露出了一个微笑。

是的，这是小胖子赵子君离开我之后，我第一个笑容，虽然有些僵硬，但是绝对真诚，原因无他，因为我的娘老子有一个妹妹，也就是我的阿姨，她不能说话。

我一直不知道要怎么去和我的阿姨交流，最后，还是我的娘老子及时地教育了我，她对我说：孩子，微笑就好——微笑，不是取笑，我不管别人怎么想，怎么做，至少我知道，我自己，就有一个身体有缺陷的亲人，我对任何身体上有残缺的人都保持着一种不是同情的感情，哪怕只是擦肩而过的萍水相逢，我都会报以真诚的、发自肺腑的微笑。

可能是我开始那好奇的眼神让这位头发花白的老人敏锐地察觉到了，不过看到我的笑容，老人也开始微笑起来，仿佛一切尽在不言中一般。

相视一笑，我又低下头去倒水了，只听到头发花白的老人有些好奇地朝我问道："小伙子，你是第几年兵？第二年吗？呵呵，如今的这肩章啊，我可算是看不懂了哇！"

"噢，这是新式肩章，我是第二年兵，上等兵……"我抬起头来，惊讶地瞥了老人一眼，突然发现这其貌不扬的老人居然能说一口流利而标准的普通话。

我放下暖壶，疑惑地朝老人问道："您……您当过兵？"

"是，是的，我当过兵！在我们那个时候啊……"老人笑着把手中暖瓶的软木塞给塞上，说道，"一颗红星头上顶，革命红旗两边飘……"

"那……那您是老同志了……"我点了点头，将军用水壶上用细绳子吊住的塞子塞上，说道，"老同志好，您是什么兵？"

"步兵……"老人自豪地一挺胸，那干瘦佝偻的身形顿时高大了许多，看得出来，他对自己的军旅岁月十分自豪。

我站了起来，诧异地说到："哈哈，老同志，我也是步兵！"

"步兵好哇……"老人哈哈一笑，突然大喊一声，"小兔崽子们，干什么？"

我惊异地往后一看，他妈的，这还了得，只见两个头发染得黄黄的、穿着镶嵌着亮片的 T 恤衫的年轻哥哥不知道什么时候走到了我的背囊那里，正在贼头贼脑地动我的背囊！

"放手！"老人急急地放下暖瓶就拖着腿噔噔地往前冲，我愣了一愣，赶紧跟上，他妈的，邪乎了，咱当兵的人的东西都敢偷，吃了熊心豹子胆了！

看到我腾的一下就越过了两排背靠背的座椅，一个年轻人一愣，顿时就停

了手，嘴中骂骂咧咧道："老不死的，喊什么喊，不就看看解放军的包嘛！"

我冲到那两个年轻人的面前，另外一个正在翻我的背囊的年轻人被我吓得一愣，顿时悻悻地住了手，朝后退了一退，我冷冷地说道："干什么？连老子当兵的包都敢翻，想找抽是吗？"

"解放军叔叔，我们只是看着你的包好好看，没看到过，忍不住就摸了一摸……"一个年轻人阴阳怪气地说道。

"翻翻怎么了？穷大兵，背个这么大的包，就几件衣服！"另外一个年轻人甩了甩头上的一缕黄毛，很嚣张地说道，"当兵的怎么了，来啊，老子怕你啊！"

我操，不来几手你不知道厉害，我目测了一下和两人的距离，很好，一个先锁喉，一个拽头发，一挑二，问题不大，刚好准备动手的时候，老人的手从后面搭上了我的肩膀。

"浑小子！再不走我去叫警察了！"老人严肃地说道。

"哈哈！"两个年轻人顿时爆笑起来，都笑得直不起身子，那个比较嚣张的黄毛笑着指着我和老人说道，"哈哈，一个瘸子老兵，加上一个傻大兵，两个解放军叔叔在这里，居然要去找警察叔叔来摆平……"

另外一个年轻人阴阳怪气地说道："哎呀，瘸子老兵，说你什么好呢，嗯，你去当兵去卖命，结果断了条腿回来，谁他妈的管过你？到头来还不是在站里弄个大扫把当临时工！可你还要狗拿耗子多管闲事，成天撺着哥儿几个，哥儿几个善良，不欺负你这瘸子！你滚开！"

"哼！瘸子！今年刚刚才换上这条假腿就牛逼了，再挡老子财路就打瘸你另外一条腿，再让你等上十年八年的再给你换条假腿！"另一黄毛嚣张地说道，把拳头捏得噼啪作响。

我诧异地回过头去，看了身后的老人一眼，不，看了这位老兵一眼，从这两个浑小子的话里，我获得了一些信息，这位退役的老兵竟然经受了命运的嘲弄，在部队玩命断送了一条腿，成为了一个残疾人，然后，回到地方生活艰难，一条假肢都他妈的等了十年八年的，才在今年换上！

我突然感觉到心里很痛，为这位老兵的遭遇感到心痛，为那些同样遭遇的老兵们感到心痛，我们是最可爱的人，但是在我们离开部队之后，谁又会记得我们的付出、我们的牺牲？或许，在某些官僚们的心中，我们甚至变成了最可憎的人，一年上头老是给组织上添麻烦、出难题；或许，在他们的心中，最可爱的人应当恪守这样一个道德标准，紧捂着疼痛的创伤，在某个不为人所知的地方隐姓埋名，终此一生！

我有些愤怒了，甚至开始出离愤怒了，但我还是没有能够出手，因为那只搭住我的肩膀的手，活像是一把钳子。

老兵把我拉到了身后，一瘸一拐地挡到了我的面前，说道："你们两个不要闹事，是不是上网没钱了？来，我给你们！"

"不！不要……"

一声汽笛声响起，打断了我的话，又有火车进站了，随即，人潮汹涌。

我默默地看着老兵从自己兜里摸出一张皱巴巴的 10 块钱递了过去，这 10 块钱，或许就是老兵两天生活费用，我觉得很郁闷，所以我冲上前去，手死死地攥住了那个嚣张的黄毛接钱的手。

"放手！这钱又不是你给的，你抓住我干吗？"

"放开他，不放老子手里的刀子可不认人，捅死你这傻大兵，来啊，你们两个，瘸子老兵，傻大兵，你们一块儿上啊！"一个黄毛气急败坏地掏出一把弹簧跳刀，气势汹汹地比画了两下。

是的，只比画了两下，两下之后，这把看起来还不错的弹簧跳刀就换了主人。

"谁说只有两个兵啊？还有我呢！他妈的！"

一张熟悉的面孔出现在我面前，笑眯眯的，就像周润发发哥扮演的小马哥那样笑眯眯的。

我慢慢地从我攥住黄毛的手中抽出了那张钱，那张皱巴巴的 10 块钱，递给了身后的老人，然后凑了上去，语气十分肯定地对这个古惑仔说道："我等你，你去叫人，就我们两个傻大兵，外加一个瘸子老兵……"

"不……不要，阿兵哥，不，解放军叔叔，这事闹大了也不大好吧，我们走，你放手……"

"我认得你了……"我凑过去，强忍着黄毛头上劣质摩丝散发出来的馊味，附耳小声说道，"你们要是跟瘸子老兵过不去，老子挑了你俩脚筋！让你也试试被人叫瘸子的滋味！"

"好，好，我答应，我答应，解放军叔叔，我一定当个好百姓……"

"放了他们吧，俩孩子，都是单亲……"老兵长叹一声道，"刀子收起来，别吓着人……"

我点了点头，转过头去，松了手，两个年轻人飞也似的朝着候车大厅外狂奔。

"睡我那里去，值班室有张床，你们跟我来！"老兵笑着说道，眉目间掠过一丝压抑不住的痛苦。

……

"帅克，你说我那招空手夺白刃牛逼不牛逼？"

"帅克，这老人也当过兵？他的腿怎么回事？"

"帅克，你他妈的怎么了？一点都不活泼了，是不是刚刚被两小蟊贼吓傻了？"

"帅克，我操啊，你怎么都不说话呢，你不是这么没劲的人啊！"

……

"嗯，我知道，孟晓飞给我说了，那啥，过去了就过去了……"

"小马哥……"我看着一脸无奈的小马哥，出神地说道，"你说我们这当兵的人，到底是可爱呢，还是可怜啊？"

半晌，小马哥重重的拍了我的肩膀，很严肃地说道："你这态度就不对了新兵蛋子，可爱个毛，可怜个毛！老同志今天给你上上课，这当兵，就是要当可歌可泣的兵！"

"可歌可泣？"

我愣了一愣，像是有一只一万斤的铁锤把我砸懵，我想，这很好，我觉悟了。

自诩为最可爱的人，只不过是自我陶醉及自我吹捧；自诩为最可怜的人，也只不过是自暴自弃及自怜自艾——这两种态度，都不是一个真正的军爷应有的态度。自从在流州火车站凑巧遇上了从我们驻地桂港赶过来报到的小马哥，在那个不知名的伤残老兵的值班室里，小马哥坐在床上给我这个新兵蛋子上了一课，他说当兵，就是要当一个可歌可泣的兵——就像小胖子赵子君那样，人们会为保持一个托举的姿势而沉睡在洪水中的他，掉下眼泪，滚烫的热泪。

于是我也就觉悟了，貌似金奖银奖不如老百姓的夸奖，金杯银杯不如老百姓的口碑，那都是他妈的屁话了，甭管是忏悔还是后悔，是激动还是感动，总而言之，能让人们流下热泪的兵，就是好兵。

我不知道因为小胖子赵子君的离去我已经流过多少次眼泪了，但是当我和小马哥在军部威严的司令部大楼中找到报到的军官然后取到介绍信赶往广州之后，我就知道，是到了我必须擦干泪水的时候了。

军部司令部的那个接待我们的两毛四（大校）把开好了的介绍信递给了小马哥，看着我们两个很认真地说道："小伙子们，这一次军区组织的集训，你们要做好充分的思想准备，训练将十分地残酷，但是我要求你们决不畏惧、决不退缩！任何时候都要记住，你们是塔山铁军的兵！"

出来之后，小马哥笑着对我说："这怎么跟我出来的时候，师部的首长对我说的一模一样啊，哈哈！"

我赶紧问："小马哥，我没有回部队，直接在梧州接到的命令，咱们师首长到底怎么说的？对于集训，有没有说详细点？"

小马哥摇了摇头，说道："师首长也没怎么说，反正就说是集训，不过我想，每一个师就两个名额，想想这集训也就够呛……"

正在这个时候，突然听到背后的司令部楼上似乎有人在叫我们："马啸，帅克！"

小马哥明显地愣了一愣，这是军部，流州的军部，我们可都是第一次来，小马哥看了一看身后，说道："帅克，你在这儿有熟人吗？"

我猛摇头，也正纳闷着，就见着一个身影从司令部大楼冲了出来，速度极快，以至于门口的警卫哨兵还没来得及举起手敬礼，这人就已经冲到了我们面前来了，一看，我靠，原来是黑山老妖！

黑山老妖是我在993山地演习中对于那个集团军下来的一毛三肖飞肖参谋的外号，自打结束了993山地演习，咱们七班一直对这家伙念念不忘，每当有人在战术训练的时候动作稍微大了点，我们就会开玩笑说："操，还跳！小心黑山老妖点了你！"

肖飞依旧是那么黑，不过貌似这一次他的眼里蕴涵着一丝不易察觉的微笑，我和小马哥赶紧立正敬礼道："首长好！"

"好个毛！"肖飞硬邦邦地堵住了我和小马哥形式主义的吹捧，说道，"刚刚知道你们来了，没别的，给你们说一下！"

我和小马哥不自觉地立正，肖飞这张黑脸的嘴角顿时又有了一点小小的弧度，兀自板着脸说："稍息！讲一下！"

我和小马哥赶紧稍息，聆听集团军首长肖飞的指示，却不料迎来肖飞一阵狂批："他妈的，你们两个傻逼，去集训的时候就再也不要傻逼了！有道是东北虎西北狼，华南的狐狸中原的羊，你们那傻逼打法简直是玷污了华南狐狸的称号！开始表现他妈的还可圈可点，怎么到了最后就那么傻逼了呢？我说的就是993山地演习，最后一回合你们不知道去把咱们指挥部给炸了啊，站在那里死掐有个屁用啊！指挥部都没了，任务没地儿交了，两败俱伤就两败俱伤好了，谁也没赢！傻逼！"

"别用这眼神看我，他妈的，给你们提个醒，干什么都要贼精贼精，要用脑子，你们这两头猪啊，尤其是去集训，碰到什么事先好好想想，别再傻逼了！"

"小马，你还不够狠，作为一个老兵，你还不够狠，干什么事别瞻前顾后的，你那破事我都知道，别他妈的夹着尾巴，不就是上个军校提个干吗，有必要那么低调吗？我承认上一个好的军事院校，或许表现很重要，但是实力更重要！话就说到这里，你自己看着办！"

黑山老妖肖飞转过脸来看着我说道："帅克你就是太狠了，我唯一要提醒你的就是，你得忍，坚忍，隐忍，血气方刚并不能造就一个优秀的军人，真正优秀的军人就是要坚忍，隐忍，帅克，你记住'天将降大任于斯人也'的那句老话吧！"

"肖参谋，我怎么觉得你好像参加过这类集训一样啊？"我实在是忍不住，开口问道，坦白说，我也很想详细地了解这种神秘的军区级别的集训。

"我……"

刚才那个说话如同搂着一把轻机枪突突开火的肖飞突然沉默了，半晌，他看着我和小马哥，说道："嗯，我参加过，不过我被淘汰了……"

这话顿时就让我和小马哥虎躯一震了，这黑山老妖何许人也，993山地演习当中表现出来的单兵素质已经让我们这帮子新兵蛋子找不着北了，这样的牛人，居然在这样的集训中被淘汰了，当场我就目瞪口呆了，我操，够呛！

黑山老妖肖飞摆了摆手，说道："行！反正你们记住，在那里一天学到的东西比你们在老部队一年学到的东西还要多就行了！"

"啊？魔鬼训练？地狱训练？"小马哥喃喃说道。

肖飞轻蔑地朝我们一笑道："我不奢望你们两个傻逼能够坚持到最后，反正你们能多待一天算一天，多学一点！"

"行了，反正你们还有两天时间，6月1号开始集训，嗯，抓紧时间，想吃啥就吃点，想睡觉就睡一觉，我说完了——"肖飞立正，朝我们敬礼道："预祝六一快乐！"

我和小马哥面面相觑，看着黑山老妖彪烘烘的背影消逝在军部司令部大楼当中，这才把敬礼的手放了下来。

小马哥呻吟一声："够呛……"

人生何处不相逢，这是一首老歌了，我觉得这首歌很能形容我的际遇：一开始，我在梧州的城西就遇上了老八的老乡，师特务连的孟晓飞，没有他的证词，说不定我现在就拷上铐子拎上了军事法庭为了小胖子赵子君的事情接受审问；然后，我在梧州的一所高等院校里又遇上了那个小红帽，说一定会抓到我这个坏兵的鲁冰花，现在还不知道小胖子赵子君送给我的大角螺方大山给我要回来没有；再然后，我在流州的火车站候车大厅里面遇到了小马哥，我们两个一起来到了军部报到；最后，我和小马哥居然又在流州的军部里面遇上了那个在993山地演习中把我和小马哥收拾了的黑山老妖肖飞——借用星爷一句经典的台词，大意就是：人生真是他妈的太奇妙了，他妈的太刺激了，简直就是一个高潮接着一个高潮。

之所以这样说，是因为我又遇到了一个高潮，又受到了一个刺激。

当我和小马哥风尘仆仆地站在军区的大门前面，屁颠屁颠给那个不苟言笑的执勤的哨兵递介绍信，屁颠屁颠地给那个哨兵上烟的时候，一辆挂着军牌的三菱哧溜一声开了过来，稍微地减速，然后鸣笛，狗日的屌毛哨兵拦都没拦，而是啪的一个军礼丢了过去，姿势忒标准。

我当场就愣住了，傻乎乎地站在那里，傻乎乎地呼吸车子放出来的黑屁。

我看到一个熟悉的人，熟悉到刻骨铭心的人，她用手托着腮，若有所思——虽然她用手托着腮，但是我还是一眼就把她给认了出来。

不对，我应该说是看到了两个很熟悉的人，在她的身边，还坐着一个兵，一个同样让我刻骨铭心的人，因为我第一次扣下扳机爆的头，就是这个兵的头。

天气很热，这个城市原本就是一座火炉。

我感觉我的汗水在这一瞬间从体内全部奔涌而出，我感觉我的血液在这一瞬间全部凝固！

程小铎，刘正政！

我多么希望是我看错了而已，看花了眼而已，这个世界上有很多和程小铎一样美丽的军中绿花，也有很多和刘正政一样恶心的兵痞、兵渣。

但是，我与车擦肩而过的那一瞬间，那个很像是程小铎的女兵似乎发现了我，车子进入到军区大门，我看到她探出了头，是的，我憎恨我的眼睛，我憎恨我的耳朵——我看到了，她是程小铎，我听到了，她张皇失措地叫了我一声：帅克。

我是个步兵，但是我绝对没有把握去追上一辆汽车，更重要的是，门口的那个哨兵居然还他妈的翻来覆去地察看着我和小马哥的士兵证和介绍信。

我冷冷地、很认真地对着那个哨兵说："你他妈的最好快一点，再磨磨叽叽的我揍你你信不信？"

我相信小马哥也看到了程小铎和刘正政，他也冷冷地、很认真地对那个哨兵说道："你他妈的最好快一点，耽误了时间，你要负责任！"

哨兵不可思议地看着我们这两个灰头土脸的兵，兀自彪烘烘地说道："我操，这是军区，不是你们乡下那一亩三分！干什么都要讲程序，得挂个电话才行！"

正忍无可忍之时，岗哨中打电话的另外一个哨兵噔噔地跑了出来，怯怯地看着我们，小声地说道："进吧进吧，他们是来报到参加集训的！"

哨兵明显一愣，赶紧把介绍信和士兵证还给了我和小马哥，立正敬礼道："哥儿两个原来都是牛人，请进！"

我和小马哥不约而同地一声冷哼，把背囊一背，径直走人，背后传来那鸟兵的声音："我说哥儿两个，注意下军容……"

我们整理着装，并肩前行，步速很快。

"看到了？"小马哥微微侧过头来，朝我发问。

我目不斜视地说："看到了！"

"你和那程小铎，到底，嗯，是不是……"

我咬牙切齿地说道："是！"

小马哥突然长叹一声道："帅克，你看看，那刘正政有的是背景，而咱们呢，操，只有背影！"

"狗日的说他一定要和程小铎调在一块儿！"我眨了眨眼，让一滴汗水从眼皮上改了道，说道，"狗日的做得出啊！"

"慌个毛，他们也肯定是来报到的，去问问就知道了……"小马哥安慰我说道，"是你的，跑不了！"

我点了点头，仍旧快步……

我得承认，这让我极为痛苦，当我眼睁睁地看着刘正政和程小铎坐在一台极其牛逼的军车里面从大门里穿行时，我的心里最柔软的那部分仿佛被插上了一根钢针，还是他妈的带毒的那种，不，应该是一柄三棱军刺！

我不断地提醒自己，要镇定，可是我就是他妈的镇定不下来，一直到我和小马哥找到了报到的地儿我还是镇定不下来。当小马哥把我们的介绍信递给了那个接待我们的司令部参谋的时候，我就迫不及待地开口发问道："首长，请问，刚刚是不是我们师里面还有两个兵也来报到？"

这个参谋人不错，笑着说道："是啊，前脚刚走，你们后脚就到了，不过他们开的是调令，不像你们是参加集训，我说你们师还是藏龙卧虎、人才辈出的啊……"

"首长，他们调到哪儿？"我急急地问道。

"噢，你们认识是吗？"参谋好奇地看着我说道。

小马哥赶紧出来说道："呵呵，老乡来着，呵呵……"

"哦，这样啊，我看看啊……"参谋掏出一个黄皮大本儿，说道，"噢，他们全部调到了老干中心，刘正政——小车班，程小铎——医疗队……"

参谋合上黄皮大本儿，笑着说道："得，他们都去五号招待所了，你们这批集训的，也都是安排到五号招待所先住下，你们集训的人还没到齐呢，趁着这个机会，好好和你的老乡聚一聚吧……"

我赶忙道谢："谢谢，谢谢首长……"

参谋笑着说道："呵呵，你那老乡就是那女兵吧，挺漂亮的，呵呵……"

我想，漂亮是漂亮，可是就他妈的不够坚贞啊，老子一会儿没有盯，他妈的就找人私奔了——我日！

我用一包小胖子赵子君的妈妈买给我的中华烟贿赂了五号招待所的那个胖乎乎的勤务兵，得知程小铎在四楼406房间，刘正政在三楼307号房间，我和小马哥也在三楼，我们在301号房间。

已近黄昏，我决心开饭之前就给刘正政来一下，于是我在房间里抽了一根烟，掐掉烟头之后就往外猛拱，一直看着我的小马哥都没有把我拉住。

307号房间门没关，我听到里面有声音，是刘正政的笑声，狗日的还谈笑风生，我冲了进去，一眼就看到了刘正政，刚刚准备挥起拳头的时候，我就看到了房间中的另外一个人，他妈的又是人生何处不相逢，我又碰到了一个熟人，我愣了一愣。

是海军陆战队的小鲨，我们海训时的教官小鲨。

我想我终于明白了他对我说的那番话，当初就是他对我说，看我这鸟兵也算是有追求有向往的，不像是个在部队浑浑噩噩混日子的孬兵，老同志他给我指条路，那有什么比武啊比赛啊好好表现，玩命地拼，争取到更多的机会去参加更高级的军事训练……原来，他或许也参加了一次选拔，加入到了这次统一由军区组织的集训了。

"帅克？"小鲨惊呼一声，不可思议地看着我。

我点了点头，说："小鲨你走开一下，有啥事咱哥俩待会儿再扯，我和这鸟兵有点私事想先谈谈！"

小马哥紧随着我冲了进来喊："帅克，你别冲动！"

我知道小马哥这一拉住我，我就干不成了，还没等小马哥从背后抱住我，我就径直闪过杵在原地傻乎乎的小鲨，朝刘正政扑了上去，说时迟那时快，我施展了平生第一次连击，左手锁喉，右拳朝那张令我憎恶的脸重击，从床铺间飞越的时候顺便来了一记飞膝，最后就是一记肘击——刘正政的反抗显得那样无力，我他妈的终于一招制敌！

小马哥和小鲨这才将我和刘正政分开。

刘正政被小鲨拖到了房间靠窗的椅子上坐了下来，我则被小马哥扣住脖子拖到了雪白的床上，我就这样凶悍地瞪着我的这个情敌。

"你们，帅克，你……"小鲨都有点语无伦次了，反倒是刘正政笑了，他擦了擦嘴角的血，笑了，慢慢地推开搀扶着他的小鲨，笑着坐好，像一个首长那样坐好，然后笑着对我说："很好，我就喜欢看你受刺激，来啊，帅克，继续打我啊，我保证不还手，反正胜利属于我，先让你解解气！"

"你他妈的！"不知道为什么，我突然泄了气，冷冷地说道，"你他妈的真卑鄙！"

"小马哥，你放开他，我让他揍，他揍得越凶，有些人就会离他越远！哈哈！"刘正政哈哈一笑，朝小马哥说道。

刘正政定定地看着我说道："呵呵，你生气了帅克，可是，你他妈的有没有想过当初在993山地演习中我有多么生气？好，你来集训，你和小马哥，还有这个海军陆战队的兄弟，你们都来集训了，都牛逼了。我呢？我只不过是一个你的手下败将而已！很好，我输了，输得心服口服，你牛逼，但是，我决不能允许自己输掉另外一场战斗！"

小鲨愣愣地看着小马哥说道："兄弟，这他妈的都是些什么事啊，我怎么就听不明白呢？怎么一见面就死掐呢？"

小马哥苦笑："这……兄弟，说来话长，先让他们冷静冷静……"

"来揍我啊，我保证不还手，帅克，你记不记得一句台词啊，哈哈！"刘正政笑着说道，"曾经有一份真挚的爱情摆在你面前，可是你他妈的不懂得珍惜！"

"哦，那你的意思就是说，你成功了？"我长长地吁了一口气，身体松弛下来，冷冷地说道，"你以为我会相信你？"

"我不知道，但是我相信，没有我攻克不了的堡垒——"刘正政倾斜过身子，看着我，笑着说道，"嗯，这样说吧，帅克，我比你会心疼女人！就现在开始，我认为我们还是挺公平的，我和她拉近了身体之间的距离，我相信，过不了多久，我也会拉近我和她心灵之间的距离！"

"那你没什么机会了！"我冷冷地说道，"她是我的！"

"哼，我得承认，她是比较喜欢你，可是这是过去了，你这样的鸟兵永不安分，永远自私，你从来没有关心过她，没有考虑过她的感受，好吧，我就这样跟你说吧，在她生病的时候你在哪里？在她需要一本考军校的复习资料时你在哪里？我告诉你，帅克，你不在，我在！她以前很讨厌我，但是现在不讨厌我了，我的真诚让她接受了我，作为一个朋友！"刘正政笑着说道，"我操，这是一个小小的胜利，但是注定了我将获取更大的胜利，同志哥，咱们走着瞧吧！"

坦白说，刘正政的话句句敲击在我的心上，我发现事实是这样的，我仿佛离程小铎越来越远，越来越远了，无论是心灵，还是身体。

我不知道该说什么了，我突然觉得，我虽然狠狠地揍了刘正政这鸟兵，尽管表面上看，我是赢了，但是事实并不是这样的，第一，他没有还手，第二，他的言语更像是一记重拳，完全把我打趴了。

这时候，有人在下面吹哨，大叫："集合，开饭！"

刘正政慢慢地站了起来，说道："呵呵，我去洗把脸，洗完下去开饭，走吧，兄弟们，帅克，想揍我吃了饭再来，你丫越来越没劲了，这集训你够呛！"

小马哥和小鲨愣愣地看着这个场面，面面相觑。

小鲨拍着小马哥的肩膀说道："这他妈都是怎么回事啊，我操，兄弟，吃完饭咱们唠唠嗑，他们要战就继续战，管他妈的！"

我面无表情地看着刘正政在洗手间里洗脸，他拧紧了水龙头，把湿漉漉的头发猛地甩了几甩，水滴飞溅到我的脸上，刘正政仔细端详了一下镜子中的自己，目不斜视地说："小铎住在406，晚上你去找她，我不拦你，不过千万给老子记住，这他妈的得到真正的爱情，并不是占据他妈的肉体！"

开饭了，五号招待所开饭了，我清晰地看到程小铎和另外一个女兵站在一起，然后走进了饭堂，程小铎显然是违反了队列纪律，在这个军区机关里，她回过头来朝我看了一眼，眼里居然有些笑意。

除了我和小马哥、小鲨，我们这次来集训的兵也七七八八到了不少，大概四十来个的样子，不过身上的军装就五颜六色了，堪称是海陆空三军都有，甚至我还看道了两个身穿武警服装的鸟兵。只见程小铎回眸一笑，狗日的队列就乱套了，不知道为什么，我觉得心里有些苦，有些涩。

"呵呵，帅克啊，原来他妈的你也挑选进来了啊，海训的时候你咋就不说呢？"小鲨站在我身后，凑近我，笑嘻嘻地小声说道，"刚刚小马哥跟我说了，那女兵，确实漂亮，不过，你他妈的太冲动了，我看那刘正政不还手，就知道你丫输了一招，不成熟的表现啊！"

"嘿，你倒是说话啊，傻不拉叽的，我还可以替你支支招呢！我是海军，海军知道不？"小鲨彪烘烘地说，"陆军土，空军洋，海军是个大流氓，说的就是陆军土得掉渣穿解放，空军戴一大墨镜儿穿紧身小皮夹克儿，咱们这海军东跑西跑的，还出国访问呢——话说我这招数可挺多的呢！"

"小鲨，最近我可是下了点工夫练了练拳脚，你要不要试试，咱们单挑？"我涩声说道。

"他妈的，又不成熟了……"小鲨摇头道："打打杀杀的，妞不喜欢！油嘴滑舌的才成！"

说话之间，我们鱼贯而入食堂，领取了一个明晃晃的不锈钢饭盆，排着队伸出饭盆子打饭打菜，完了之后，就集体站着，直到一个胖胖的两毛三大喝一声："开饭，坐！"

军区的伙食开得不错，这搞法像是吃自助餐一样，可是我没什么胃口，索然无味地咀嚼着，然后烦躁地扔了饭勺，端起了汤，不料看似已经冰凉了的冬瓜排骨汤，下面居然还是滚烫滚烫，我一不留神烫着了嘴，放下碗，一句话都说不出来。

我看到程小铎居然还望着我这边吃吃地笑，我知道她一定是看到我了，她还是笑得那么好看，可是在我心里堵着无数个问号，我想问她很多事情，很多很多事情，可是她就跟个傻妞一样在那里傻乎乎地笑，见我看她，程小铎的脸红了一红，朝我扔了一个卫生眼，这一下，我突然又有了些信心了。

不知道是不是女兵原本就胃口不大还是因为其他，程小铎和那个同桌的女兵很快就吃完了，端着一盆子几乎没有动过的菜就往外走，她们一定是去洗饭盆子了，说时迟那时快，顿时就有几个鸟兵沉不住气了，勺子一扔，沉声道："猪食！"然后屁颠屁颠地就随着两个女兵往外跑。

"还吃个毛！出去吧！"小马哥推了推我的手肘，顺便一勺子铲掉我的那个大鸡腿，说道，"人家都使眼色了！"

我也沉声怒道："猪食！"马上起身，端起盆子往外走，小鲨狂鄙视道："小样，有本事大声点啊，炊事班的锅铲都举起来了呢！"

走出饭堂，只见一排鸟兵就已经围聚在有美女的洗碗的水槽那里开始搭讪了，我走了过去，已经插不进去了，个个水龙头都有兵霸住，程小铎和那个女兵肩并着肩占了两个水龙头，在那里洗着，旁边有兵油嘴滑舌地不知道忽悠些什么。

我把饭菜倒掉，慢慢地走了过去，刚好程小铎语笑嫣然地回头瞧，看到我过来了，莞尔一笑。

让我感觉到比这太阳还要温暖的是，程小铎朝排在两个男兵身后的我伸出了一个白皙的手，湿淋淋的手，说道："拿过来，我来帮你洗！"

顿时男兵们就朝我投来无数道刀光，并起哄道："也帮我洗了吧，同志！"

"烦人！"看着程小铎笑呵呵地接过另外一个兵的饭盆子，我就开始莫名地伤心了，他妈的，不坚贞啊。

我站在屋檐下的阴凉地里摸出来一支烟，看着这个血色黄昏，心里突然有些有些苍凉，我操，我只要你对我一个人好呢！

"呵呵，洗好了，帅克，给你！"程小铎笑着说道，"呵呵，我看到你了，呵呵，在门口！"

"谢谢！"我接过程小铎洗好了的饭盆子，落日的余晖让不锈钢的饭盆子反射出一道刺眼的光芒，我说，"嗯，我也看到你了！"然后我抬起头，小声说道，"我看到你和刘正政了！"

"我……我和他一起来报到的！"程小铎的声音明显有些心虚，"我……我调到了军区的老干中心……"

"嗯，我知道！"我打断了程小铎的话，冷冷地说道，"和刘正政不远吧，他在小车班，这调动，也是他帮你办的吧，很好啊，军区，首长机关，进步的机会很多啊！"

"你！"程小铎很气愤，这下引来了众兵们好奇的目光。

看着程小铎的样子我突然又心软了，觉得自己的话也是忒带刺了，甚至有些阴阳怪气了，苦笑一声，说道："呵呵，我嫉妒而已，你们俩坐车子进来，我和小马哥被堵着，嫉妒，嫉妒啊，对了，考军校怎么样？我给你打过几次电话……"

"你……你还有时间给我打电话啊……"程小铎无意识地擦拭着不锈钢饭盆子，幽幽说道，"我很好，不劳您老人家操心，考得不错，报的就是广州军医大学，调过来，也待不了多长时间……"

看着刘正政含着笑，端着一饭盆子从饭堂里走了出来，举起一个饭勺子向我挥手致意，我强烈地克制住自己，扭头对程小铎小声说道："晚上我去找你！"

程小铎小声地应了一声："好！"

这一个"好"字，顿时让我挺直了腰杆，我挂着一个微笑，挑衅式地举起自己手中的饭勺子，迎着刘正政走了过去。

擦肩而过的时候，我们不约而同地停了一下，刘正政说："记住我说的话啊！"

我点了点头，狞笑着说道："不劳您老人家操心！"

夜幕降临，住宿在五号招待所的精力过剩的鸟兵们开始一拨儿一拨儿地串门，有两个鸟兵，我认出来了，就是程小铎吃晚饭的时候顺带着帮着洗了他们饭盆的鸟兵，一个一个眼冒小星星地就往我和小马哥住的301拱，不停地和我套近乎，其实原因就一个，他们想知道程小铎的名字。

我说："嗯，呃，啊，这个啊，好像名花有主！"

其中一个鸟兵无耻地说道："名花虽有主，我来松松土！"

然后我就记住了他，这鸟兵是空降兵，叫做高克。他的臂章很有意思，上面一个圆形，写的是中国人民解放军的汉语拼音，下面一个圆形，写的是红色的中国人民解放军的汉字，中间是蓝底白字的三个字，空降兵，然后画着一个降落伞，降落伞的中间有一个八一军徽。不知道这空降兵是不是牛皮都能吹上天，这鸟人说，本想着是窝在部队改天有机会了跟M军101空降师较较劲，不过最近闲得慌，这才来集训的。

不堪骚扰，我赶紧说去洗澡，四海曾经对我说过，这当兵，个人卫生也很重要，训练场上一身泥一身汗是他妈的彪悍，但是泡妞就绝对不行，尤其是咱们步兵，好不容易把妞哄上了床，42码的军鞋一蹬，回头一看，这妞就已经被臭晕过去，没劲——对于四海的这番话，我十分赞同。

因此，我洗了四十分钟，好好地把自己拾掇了一阵，在我心中有一个很卑鄙无耻的念头在作祟，我想，今天晚上，我一定要把程小铎放倒，只要她是老子的人了，老子就可以放心地去集训了。

至于刘正政说的那什么他妈的得到真正的爱情，并不是占据他妈的肉体的言论，我嗤之以鼻，貌似我党我军光辉的战斗历程上那么多的伉俪情深、模范的五好家庭，相当部分都是他妈的先俘虏肉体再俘虏心灵——踏着先辈们的足迹前进而已，我认为，对于这个问题，加强学习是很有必要的。

我的借口是晾晒衣服，出去七手八脚地把衣服晾晒好了之后，踢了踢水桶，我就瞅准一个没人的时机拱上了四楼，探头一看，程小铎居然也用的是晾晒衣服这一招。她依着栏杆仰起头看着繁星点点的夜空，清幽的月光没遮没拦地洒在她白皙的脸上，温柔的夜风把她松散开来的头发吹得微微飘舞——是的，她很漂亮，我必须承认。

我轻轻地敲击了一下楼梯间的铁栏杆，程小铎回头一看就笑了起来，我做了个手势，往五楼走的手势。我已询问过了那个我用一包中华烟就贿赂了的五号招待所的胖子勤务兵，他说五楼没人住，那地儿想必很安静，然后我就径直拱了上去。

程小铎一上来，我就猛地把她搂住，摁到蓝一截白一截的楼梯间墙壁上就一阵狂吻，这是我有预谋的，我承认。

我简直是咬她，咬她柔软的唇，柔软的舌头，我的心里有一种莫名的愤怒，我知道这是为了惩罚她不经过老子的同意就和刘正政同行！

程小铎开始很抗拒我的粗暴举动，一开始使劲地推开我，使劲地用脚踩我。后来，她就也开始咬我了，咬着咬着，这气氛就开始暧昧了，不知道怎么回事，我们都很温柔了。

欲望在我心里升腾、膨胀，我甚至笨手笨脚地抚摸她，不过手被她死死地抓住，动一下就被抓紧，我亲吻几下又放松，然后我再动两下又被抓紧，搞得我十分郁闷。

她小声地骂我流氓，这加剧了我的冲动。

我说我很想你，很想很想，打电话给你又找不到你，你不知道我有多么想你。

她说我不想你，一点都不想你。

我说我很恨你，非常非常地恨你，为什么要跟刘正政混在一起？

这句话就让程小铎的反应冷淡下来了，她不动了，也不挣扎了，就只是别过脸去，让我亲，一语不发地让我亲她的脸，十分地不爽一样。

我觉得很郁闷，也很懊恼，我松开了她，涩声说道："他喜欢你，他对我说过要动用关系，把你们调在一起，他……他做到了。"

"帅克……"程小铎转过头来，叹了一口气说道："你不觉得你太让我失望了吗？你怎么不想想，我考完军校等到 9 月份就可以入学了，我待在哪里不一样呢？更何况，我是一个兵，我要服从命令，是刘正政活动之后安排的调动这没错，但是这是命令，你每次出去，都说是命令，你怎么不想想我呢？我也是一个兵！"

"我就觉得这鸟兵不安好心！"我愤愤不平地说道，"人家有的是背景，我呢，我只有背影！"

"这不像你，帅克，你以前不是这么没有自信……"程小铎抬起头来，看着我说道，"老实说，今天能碰到你，我很开心，你不知道，我真的很开心，但是现在，我觉得你让我很失望……"

程小铎咬着嘴唇，说道："你变了。"

我慢慢地退了开来，欲望在退潮，心慢慢地沮丧。

我慢慢地后退，一直退到楼梯间的另一面墙壁之上，脑海中一片空白，就这样漠然地站着。

我和程小铎就这样站住，相距两米，这一段距离似乎是全世界最遥远的距离。

程小铎走了过来，走到了我的面前，眼里似乎蕴涵着一些闪烁着光芒的东西，她对我说："帅克，与其猜疑，不如回忆……"

这一次，是她主动亲吻了我，我并不觉得这很刺激，相反的，我觉得很冷，或许，这就是传说中的吻别。

不知道是处于何种卑劣的心理，我把手伸进了程小铎的军衣，侵略了她的高地，在些微的抗拒之后，也不知道她是出于何种心理，她最终停止了抗拒着的努力。

好，就让我留下一段他妈的贼美好的回忆！

我热烈地回吻着程小铎，像个兵痞那样油嘴滑舌地说道："列宁同志说过：'从一切解放运动的经验来看，革命的成败取决于妇女参加解放运动的程度'，革命还未成功，我尽最后的努力！"

这个时候，程小铎却开始了激烈的抗拒，可惜的是，我比她有力气，我死死地将她固定在这堵蓝一截白一截的墙壁之上，用自己的身子牢牢地将她压住。

她有些凌乱的头发被夜风吹拂到了我的嘴角，我咬住了她的头发，定定地看着这个让我很在意很在意的女兵。

我不顾一切地挑衅，我知道她不会叫，我解开了她的夏常服的衣扣，我甚至解开了她的军裤的裤扣，这是一场无声的搏斗，她死死地一口咬住了我的肩膀。

很痛。

最后她哭了，她就这样不出声地流着眼泪。

最后我也累了，停止了侵略，默不作声地看着她。

我们又吻了，这一次，我们很温柔。

程小铎捧住我的脸说："帅克，我给你！"

导致这次战斗结束的情形发生了。

程小铎流着眼泪吻着我说:"我知道,老八给我说了,孟晓飞也给我说了,我知道你的战友在梧州死了,我知道你受了很多苦,我知道你的心里很难过……"

我慢慢地放开了她,冷冷地说道:"那么,你是在同情我吗?是在安慰我吗?"

有夜风吹过,我似乎又回到了孤独地去寻找小胖子赵子君的那个冷雨夜,风很冷,雨很大,我很累。

我很认真地对程小铎说道:"谢谢,我不需要!"

我想,我是一个孤独的步兵,我的战友离我而去,我的爱人也离我而去,我是一个孤独的步兵。

夜风突然猛烈起来,当我从四楼的楼梯间走下去的时候,突然就看到程小铎洗好了晾晒在阳台上的医用白大褂儿被猛然的风吹得脱离了衣架,飘了起来。

这是一个白衣飘飘的年代,白衣飘飘,祭奠着我的兄弟,我的爱情。

我想,从今以后,我就是一个孤独的士兵,孤独的步兵!

第十二章

兽 营

引文：我只有一个想法，那就是：我要我的心，越来越坚硬！

　　我最后的记忆是：我登上了传说中的黑鹰直升机，然后，我登上了一台崭新的东风，再然后，我被一个背着红十字药箱的卫生员注射了一支针剂，最后，我的眼睛上就被蒙上了一条黑布条，不省人事地到达了这里。

　　当我睁开眼睛的时候，我发现同行的一百多条兵全部躺在一片泥泞地里，正当我准备去观察下周围环境的时候，一股水柱击中了我，我抬头一看，只见四五个戴着宽边帽的士兵正拿着水龙头朝我们射击。

　　水柱终于平息了，一个声音彪烘烘地响起："列队！十秒，没有站起来的滚蛋！"

　　我赶紧在这片泥泞地中爬起来站好，不料脚下一滑，摔倒在地，听着狗日的这个声音在那里呆板地倒数："五、四、三……"我赶紧又爬了起来，还好，终于站定。

　　"很好，抗药性测试都过关，都站起来了！"

　　循声看去，我就看到了一个头戴宽边帽，眼罩蛤蟆镜，嘴里叼着一根大雪茄，颇有几分巴顿的调调的鸟兵站在泥坑旁边，彪烘烘地说道。

　　让我惊异的是，这鸟兵竟然没有佩戴军衔，旁边的那几位亦是如此。

　　"欢迎各位光临中国人民解放军××训练基地，在这个伟大的××基地当中，我将陪伴各位度过一段非常难忘的时光，自我介绍一下，我叫疯子，你们的首席战术教官，当然，如果你们直接叫我疯子，那么我会有可能控制不住自己发疯，所以最好你们还是叫我长官！"自谓为"疯子"的鸟兵抬起一只套着战术手套的手，推了推墨镜，顿了一顿，说道："接下来，你们有两条路可以走，第一，爬出泥坑，承认你是一个军人，然后坐上来的时候的汽车拍拍屁股走人，那车还没熄火；第二，爬出泥坑，承认你是一只畜生，在我身后的这些协议上签上你的大名，然后你就可以加入这样一个畜生的夏令营，简称他妈的兽营——放弃加入兽营的，给你们三秒钟，出列！"

队列当中没有人动，我想，我原本就是一只畜生，我是一只女兵不喜欢你了他妈的还要去霸蛮的畜生，这样的地方，很适合我。

疯子长官再度发话："我再给你们一次机会，我提示一下，在这份协议书上面，清楚地用人民币标注了你们身体的各个部分的价钱，比如说一条腿是多少钱，一只手是多少钱，当然，一条命是多少钱也标明了，我军的军费开支历来很低，所以你们也别指望能卖个好价钱，想到这里来镀镀金度度假的老少爷们赶快走人，再给你们五秒钟，放弃的出列！"

五秒倒数之后，疯子喝令道："给你们三十秒，爬上来，列队，签名！"

我早就等着这句话了，瞄准了一低矮处就往上拱，拱上泥坑一看，我操，敢情刚刚咱们就是一车拖到这里然后放下车尾挡板一个一个往泥坑里扔的啊，这东风的车辙还在呢。

容不得我多想，赶紧站好队列，这一眼瞅瞅那疯子教官就差点昏了，刚刚开始在泥坑下看的时候，这鸟兵还貌似高大威武，英明神武，爬上来一看，这鸟兵也就一米六一二的样子，还瘦不拉叽的，倘若是扒了他身上的这身马甲换上校服，典型的就是一学生。

另一个宽边帽拿着一摞 A4 打印纸走了过来，彪烘烘地说："签字，五秒一个，包括把笔递给下一个！"

轮到我的时候，我一边签一边发愣，一份协议大概三张纸，怎么我就只看到了最后一页的甲方乙方的签字栏呢？狗日的，被谁拐卖了都不知道啊！

不一会儿，我们都签完字了，疯子看着那一摞 A4 打印纸，背着手狞笑了起来，说道："都签完了？很好，很傻逼，一群傻逼，猪，都是猪猡！"

顿了一顿，疯子看着我们大喝道："猪猡们，从现在开始，你们将手不停，脚不停，嘴不停地进行 15 天的适应性训练，所有不适应训练的人都他妈的滚蛋，我们将依据你们各自的表现来判定，清楚了没有？"

"清楚！"

"没吃饭吗？"

"清楚！"

"还是没有！"疯子做侧耳倾听状，遗憾地摇头说，"有鉴于此，我决定还是先给你们吃饭！注意！顺我手指方向五百米就是食堂，那里有很多锋利的刀具，在食堂后一百米，那里有四头你们的同类，大猪猡，杀了那四头猪！把所有的下水和内脏给我把身后的这个铁丝网全部铺满，然后能吃多少猪肉就吃多少，不吃拉倒，清楚了没有？"

"清楚！"

"十分钟之后，我希望能看到你们这帮畜生愉快地进餐！"疯子邪恶地一笑，吼道，"第一个任务，开始！"

……

我第一个冲进食堂，在白色瓷砖铺就的灶台之下一眼就看到了那满满一大菜篮子的刀，我赶紧挑了一把最长的握在手上，小马哥和小鲨紧随我身后，也分别抓起了一把刀，二话不说，我就脚一蹬，踩在食堂窗户的窗台上跳了出去，猛往食堂后面的猪栏跑，小马哥突然在后面喊我道："帅克，你他妈的会杀猪吗？"

我边跑边吼："我看老八杀过！"

小鲨高呼道："他妈的，我跟你混定了！"

猪栏很臭，臭得要死，但是并不脏，红砖头砌成的围栏似乎经常用水冲洗，油光发亮的。小马哥不知道怎么就拱到我前面了，可能是把红砖头的围栏当成了矮墙，径直就飞了过去，等我和小鲨赶到的时候他已经摔在猪栏里了。

一头身材不错的猪正在猪栏里哼哼直叫唤，张皇失措地撒开小猪蹄四处奔跑，小鲨跳上红砖头矮墙，高喊："就杀这头，这头比较小，后面的别跟老子抢！"

我定睛一看，好家伙，这一栏子猪里面也就这头猪的个头最小，左右两边的那猪肥得都他妈的快站不起来了，于是赶紧吆喝："小马哥，抓住它，咱们三人宰了它就跑！"

小马哥应了一声，揉揉屁股爬起来就追猪，我赶紧也跳进去协助小马哥，小鲨赶忙跳下来开了猪栏的铁门，冲我们喊："先他妈的给上一刀再拖出去搞！"

我赶忙回忆那天在炊事班看到老八杀猪的那凌厉的一刀，二话不说跳上猪背，双腿一夹，快速喊道："小马哥，摁住猪脑袋，先把它放倒！"

猪奋力地叫喊着，在我的腿间挣扎着，小鲨腾的一声就冲了进来，一脚踩住小马哥摁住的猪脑袋，伸手一刀就照猪肚子刺了过去，一边刺，一边骂骂咧咧:"你叫,叫个毛,早晚都躲不过这一刀!"

那些温润的猪血溅涌到我的腿上、我的手上,我突然感觉很恶心,想吐,看着小鲨猛力地用尖锐的刀子刺猪,我发现,小鲨已经先于我而进入了角色。感受着猪奋力的挣扎、高亢的哀号,我觉得,不能让它再受折磨了,或许,快点让它死亡,这是个不错的选择。

小鲨踩住猪头,小马哥踩住猪腰,我踩住猪后腿不让它蹬,我们一二三一二三的一顿乱刺,那些猪血飞溅到我们的脸上,我们都没有时间去擦拭,不一会儿,猪就不动了,我想,我他妈的原本就是一个畜生,当持刀的手感觉到阻力的时候,我还甚至用刀搅了一搅再继续往里捅。

"抬上抬上,往铁丝网那里跑,开肠破肚去!"小马哥捞起猪后腿,说道,"帅克,抬前腿!小鲨开路!"

"都他妈的给老子让开,里面还有猪,自己杀去!"小鲨恶狠狠地晃着手中的刀,对着围住猪栏的兵们恶狠狠地说道,"都他妈让开!"

这头猪大概一百来斤的样子,我和小马哥抬着猪就飞快地往泥坑那里跑,小鲨则断后,还恶狠狠地挥舞着手中的刀叫嚷:"他妈的,别跟着,信不信老子砍你一刀?"

我一边跑,一边觉得这死去了的猪的眼睛仍然在看着我,在兽营的第一天,我都快要疯了,我居然扬起了手中的刀,一刀朝猪头劈了过去,骂道:"老子叫你看,叫你看我!叫你看!"

小马哥则边跑边吼:"砍,用力砍,他妈的,它在看我!"

等到我、小马哥、小鲨跑到泥坑前方的铁丝网的时候,我们三个都已经累得喘不过气了,我喃喃地说道:"我操,都疯了,都疯了!"

小马哥和小鲨齐心协力将猪翻倒,露出一个刀孔累累的猪肚子,小鲨抬手擦了一把脸上的血,说道:"疯了,疯了,开膛手杰克现身了!"

当小鲨把刀子刺入猪肚子时,我再也忍不住地吐了,我佝偻着身子,使劲地佝偻着身子说道:"你们杀,我吐,我受不了……"

小马哥头也不抬,一手一手将猪的内脏往外掏,直接扔进了铁丝网当中,说道:"老子也受不了,真他妈的疯了,疯狂了!"

"疯了,你们都疯了,我们都疯了……"我的胃部剧烈地痉挛起来,这时候,一股水柱朝我冲了过来,抬头一看,正是疯子站在那里狞笑。

疯子冲我嚷嚷道:"我操,先吐会,待会多吃点……"

"我操……"我无力地朝他吼道。

疯子捏着一根水管朝我走过来，笑眯眯地用水管无情地冲击着我，说道："嗯，你觉得你身上很脏是吗？我给你洗一洗好了，杀头猪而已，反应怎么这么大呢？噢，等等，我还差点忘了，很好，你们是第一个完成任务的，你们的编号就是他妈的从一到三，哈哈！"

在疯子你你你的指点之下，小马哥是1号，小鲨是2号，而正在呕吐的我是3号。我觉得，这个编号还行，如果是4号那我就不喜欢了，死啊死的，不吉利，够呛。

我正在奋力呕吐，猛然间就听到一阵喧哗，吐了一口口水，抬头一看，更震撼的场面出现在我的面前，三头大肥猪，有的身上还插着刀，奋力地在这个训练场上夺路而逃，后面是齐刷刷地一帮子挥舞着各式各样的刀具的鸟兵们。我呻吟道："疯了，都疯了！"

疯子哈哈大笑，也不理会我了，扔下水管子就往那边走，高呼道："猪猡们！你们他妈的怎么连头猪都宰不了，我操！"

……

小马哥怜悯地看着我，递过来一小块切成条状的猪肉，说道："吃吧，我现在才知道肖飞说的那话的意思了，能吃就多吃点……"

小鲨虚脱般地坐在地上，叉起一块猪肉往嘴巴里送，有气无力地说道："吃吧帅克，这日子，他妈的还不知道吃了上顿有没有下顿呢！就权当是野外生存好了，野外生存还没有这么细嫩的猪肉吃，这比那稀溜的蚌壳肉要好吃多了……"

我干呕了两下，闭上眼睛，咬住了小马哥递过来的猪肉条，强忍着恶心，排斥着所有味觉，用力地咀嚼着。

我不想是一只如同猪猡般活着的畜生，我想我应当是一只如同豹子般活着的野兽，一只为了生存而战斗的野兽。

让我没想到的是，我们刚刚吃完了生猪肉，就要挨打。疯子，还有几个教官，趾高气扬地拿着几根木棍走到队列面前，下达了立正的口令之后，就开始一个一个地打，前胸十棍，后背十棍，疯子说，这是杀威棒，不乐意的滚。

终于有个兵忍不住了，他吃得比较多，以至于把吃进去的猪肉都吐了出来，然后他愤怒地嚷嚷道："疯子，你是一个疯子！"

疯子邪恶地大笑，说："哈哈！我就是疯子！这里只欢迎疯子！"

这个兵很决然地要求走人，疯子点了点头，询问还有没有人要离开。队列当中又出来了两个，他们的理由很充分，中国人民解放军条令条例规定：不许体罚战士。

疯子也放走了他们，几个教官在那里笑得一塌糊涂，我就知道，所谓条令条例，在这个他妈的兽营当中，或许，可以无视。

当木棍打上我的前胸后背时，我竭力地提气，抗拒着外力的猛击，我想我还是能撑住的。

我甚至觉得，有一个叫做王小波的人，他说得很对，他仿佛说过大意如下的话：所有的人，都有成为一个 S，或者一个 M 的潜质。

我只有一个想法，那就是：我要我的心，越来越坚硬！

枪是 81-1，子弹是实弹，疯子要求我们说："猪猡们，发给你们枪，就是要你们记住，枪就是你们的鸡巴，时时刻刻要吊在你们的身上！发给你们子弹，就是要你们记住，子弹能给你们带来食物，当有一只山羊或是兔子奇迹般地出现在你的视线里，别他妈的犹豫，推子弹上膛，干掉它！然后吃了它！"

我们换了衣服，换上了新发的绿色迷彩服。起因是在训练第一天，小鲨和他那几个海军兄弟们开始穿得挺正式的，都还是一套海军服，中国人民解放军海军几个大字沿脑门儿一溜，还跟唐僧一样挂两飘带，据说那是在舰上观测风向的，除此之外，肥大的蓝裤子也在队列中特别显眼，疯子笑着说，海军三大怪，帽子要歪戴，衣服像麻袋，被子反着盖——杂牌军，都他妈的脱！都他妈的换！

后来我问小鲨，这海军第三怪是被子反着盖是什么意思，小鲨鄙夷地看着我说道，你丫没跑过马吗？上舰哪有不跑马的，反着盖，脏了没关系，"炮痕"看不到！

我、小马哥、小鲨，自从相互暴露了人性最丑恶的一面，也就是一起杀猪的那一次之后，就很默契地绑在了一起，干什么都在一起，干什么都很有默契。当然，这也跟咱们第一次完成了杀猪任务后获得的编号有关系，一二三，连号。

值得一提的是，我终于知道了小鲨的名字，终于知道了他为什么不怎么乐意提他自己的名字，原来他就姓沙，大名沙茂。当然，他不是傻帽，这厮贼精贼精的。

接下来，我们慢慢地熟悉了这个中国人民解放军伟大的 ×× 基地的训练场，当然，只是训练场而已，这个基地还有很多地方我们根本都没有机会进去，更别说知道里面到底还有什么玩意儿了。在训练场这里，一共有二十七个障碍物，除了一些我熟悉的障碍物之外，还有一些小时候很熟悉的玩意儿，比如说小时候在马戏团看到的老虎钻的铁圈，铁圈上也有捆绑着的布条，往往是疯子几瓢

汽油一浇，烟头一弹，我们就得在浓烟滚滚及火焰熊熊的铁圈里冲跨过去，再比如说马戏团玩平衡的走钢丝，我们虽然走的不是钢丝，是一道窄窄的木板，但是那玩意儿高达 10 米，一走还一晃悠，往往是疯子一声口哨，然后这旁边的木杆上的高频喇叭就在耳朵旁边尖叫，又是打枪又是打炮，逼着你往前拱，早点冲过去完事。

除此之外，还有高高的攀岩墙，蚊蝇飞绕的铁丝网，铁丝网那里扔着咱们宰杀的动物内脏，疯子还带着其他教官很恶心地倾倒他们的泔水桶，以至于每次通过那血淋淋臭烘烘的铁丝网就如同一场噩梦——当然，这都是固定的障碍物，没有固定的包括一趟一趟地搬运沉重的弹药箱，搬运五趟之后还得举起来五十次；在一人高的一根木棍上把车的外轮胎一个一个地套上，套上五个之后再一个一个地拿下来，滚到另一根木棍那里再套上——疯子说，这是玩玩小游戏，重温一下童年那滚铁环的美好回忆而已。

我本来已经彻底地失去了对时间日期的概念，疯子敲打了我们，他提醒说：嗯，主要因为今天是六一儿童节，我祝大家六一快乐！

伟大的 ×× 基地我们唯一不熟悉的地方恐怕就是宿舍了，已经两天了，好像我们就在里面睡过一次，不超过五个小时。

疯子说，15 天的适应性训练，如果谁中断了训练 8 小时，那么就自己滚蛋。

来自空降兵部队的空降兵高克，荣幸地第一个因故昏迷了一个多小时。当时他从绳梯上彪烘烘地显摆他是个空降兵，为了追求速度一纵身就径直跳了下来，可惜的是，他从晃悠的绳梯上采用了正确的跳伞姿势往下跳，本身就是一个错误，只见他狗日的离开绳梯那一刻动作就已经完全变形，砰的一声就摔到了地面。

当时疯子就彪烘烘地开了一台类似于沙滩车的车子拱了过来，我坚信那是一台程小铎之类的医护人员使用的特种车辆，因为车屁股上面印着一个大大的白底红字的十字，车子四个轮子，前面两个小，后面两个大。

我认为，疯子是早有预谋的，仿佛他已经等待有人昏迷很长的时间了，而他等着开这台类似于沙滩车的医疗车也已经很长时间了。当时疯子的样子令人发指，他兴奋地跨立在车上，高兴地大喊道："我是兽医！兽医来了！"

然后他彪烘烘地看着我们这些鸟兵说道："看医生他妈的很贵的，你们这帮猪猡看兽医当然也是有条件的，想要老子出手救治 17 号这个鸟兵，来三个人，攀爬绳梯三十次！我数一二三……"

我、小马哥，还有小鲨，站了出来。原因无他，这鸟兵一直黏着我们，从在军区报到的那天开始，我认为，相当大的原因是程小铎——当然，我们决计不承认是疯子喊到了我们的编号一二三而条件反射的结果！

不知道为什么，我老是想起程小铎，也不知道为什么，每一次想起程小铎，我就出奇有劲，干什么都有劲，虽然我们之间似乎已经没有了叫做爱的那种玩意儿。

悲喜交集的是，高克这鸟兵没等到我们三个人攀爬完三十次绳梯就自个儿醒了，一方面，我们懊恼无比，感觉到我们的工作白做了，一方面，我们欣喜无比，还好这鸟兵醒了，要不然我们仨够呛！

高克这鸟兵醒来的第一句话就是：我操，这美军飞行手册说得可真他妈的对啊，着陆角度越大，幸存的几率越小啊！

疯子吹着口哨自个儿就闪了，尽管我们没有说，高克还是知道了我们仨为他攀爬绳梯三十次的伟大的人道主义行为，他感动了。于是，他以一个极其无耻的表现赢得了我、小马哥和小鲨的信任，加入了我们这个小集体。他这个无耻的表现是，自告奋勇地跨跳火圈三十次——我们猎杀到了几只山羊，狗日的就背着切成薄薄几条的羊肉嗷嗷直叫地跨跳了火圈三十次，还他妈的学着新疆兄弟叽里咕噜地喊号子，连疯子都频频摇头，说他妈的 17 号是他这一次见过的最无耻的兵。

17 号高克给我们三个人分享了他的烤羊肉片儿，他的脸上黑糊糊的，但是我们仨一致认为，这家伙有一颗金子般的心灵，再多的烟尘都遮掩不住。高克很聪明，马上就谦虚，因为他害怕咱们会唆使他再来一次。

我没有了烟瘾，第一是因为我一进宿舍就没时间去找自己的背囊，能多一秒钟的时间来睡觉都要谢天谢地，嘴巴的享受就退居其次了，当然，或许我产生了幻觉，我还在以为我的背囊没有被疯子他们上收了；第二，是因为连吃饭喝水的问题都解决不了了，抽烟就更别谈了。

我们很饿、很渴、很累，我们仿佛不能停下，这个伟大的××基地永远都弥漫着黑烟、硝烟，永远都响着枪声、炮声，甚至在某些个地方，还有极其阴险的炸点，我们不得不打起精神，来保住自己这并不值钱的腿、手，甚至小命，并祈祷人民币早日升值。

每一天，都有兵出局。有一个兵，甚至睡了整整 12 个小时才醒，还是饿醒的。

每当我觉得自己坚持不下去的时候，我就会想程小铎，想小胖子。我只要一想到这两个人，我就仿佛打了吗啡针，很是兴奋。

　　这些天来，我、小马哥、小鲨，还有高克一直在讨论要如何带兵，我们各抒己见，看法不一，但我们不约而同地鄙视了疯子。当然，我们的讨论断断续续地存在于无休止的训练中，这一个话题让我们还能思考，不至于被训练成一个白痴，从另一个方面来说，我们尽管饿得前胸贴后背，训得人不人鬼不鬼，还能够讨论这个有史以来十分伟大的命题，不得不说，这是一个奇迹。

　　这个奇迹很快就像一个阳光下美丽的肥皂泡那样破灭了，我们训练时间越来越长，大休息时间越来越短，据气息奄奄的海军陆战队蛙人小分队预备队员小鲨不完全统计，我们训练的时间已经由原来连续不断的四小时加码到连续不断的五个小时，我们大休息的时间已经由原来的一小时缩短到半小时。

　　小鲨瘫倒在地，仰望苍穹，说道："不信你们就看这次休息，看我说的是不是真的……"

　　一息尚存的号称一定要让M军101空降师的同行们给他擦伞兵靴的人民空降兵高克同志双目无神，吃力地拄着他的81-1道："兄弟们，据我的不准确统计，我们已经一天没有吃东西了，一天没有喝水了。"

　　小马哥悲愤地说道："帅克，咱们是不是为了生存，为了食物，起义！揭竿而起！"

　　我否定了这个建议，我舔了舔干裂的嘴唇说道："疯子现在有着充沛的体力，你他妈的还没有起，恐怕就被掐死了！那什么来着，经典的说法就是：扼杀在摇篮里！"

　　"我他妈的现在每走一步就像踩在棉花堆上，飘飘忽忽的啊！要是我吃饱了，我一定没问题，放倒两个，不，一个没问题……"小鲨用力地捶着腿说道。

　　"算了吧，我说这些疯子教官们就是忒牛逼，真枪实弹的发给你，压根就不怕你小子发飙，不怕逼疯你，不怕你朝他突突开火，两个哨楼上的火力点没瞧见吗？那两层小洋楼屋顶上的狙击手阵位没发现吗？自己签的那狗日的协议忘记了吗？我操，揭竿而起，枪毙了你都没问题，直接拖出去，顺便扔点人民币！这个想法，提都不要提！"

　　好不容易逮住一个机会嘲笑一下小马哥，我极其牛逼地说道，然后低头沉吟了一会儿，点了点头，说道："我觉得我们是该去争取一下了，毕竟老长时间没有扔鸡扔羊扔兔子了，这样下去不是个办法……"

　　"行！咱们一起去！"小马哥面有愧色地摇摇晃晃地站起来说道，"妈拉个巴子的，刚刚还差点犯了大错误了，思想苗头都不对，想起来后怕，帅克啊，感谢你及时提醒了我啊！"

我撑着81-1站了起来，说道："小马哥你他妈的一时糊涂而已，呵呵，行！咱们一起去，同意不同意？"

"同意！"小鲨和高克异口同声地说道。

……

"我操！"疯子惊异地取下咬着的雪茄说道，"嘿，一二三号，外带烤羊肉串儿的17号，嗯，四大金刚集体上访？有嘛事儿？"

"长官！"我敬礼道，"报告长官，我们需要一些水和一些食物！"

"噢，水和食物啊？"疯子猛吸了一口烟，不怀好意地看着我们几个笑了。

"这是一个交易，长官，你有什么条件？"我很清楚这一点，索取必定要有付出。

"嗯，很好，你这个态度，我很喜欢！"疯子笑着看了我一眼说道，"那行吧，就这一套障碍物，你们四头猪猡跑五趟回来就答应你们！"

我转身问身后的三个鸟兵："搞不搞？"

三个鸟兵相视一笑，当然，是苦笑，然后就吼了一声："搞！"

二十七个障碍物，连续跑五趟，真他妈的够呛，不过我知道，越是压榨一次自己的体力，就越是会增强一分体能，反正他妈的待会儿还要跑的，不如现在自觉点地跑，尽管感觉到疲累到极点，喘气如抽风箱，但是我还是咬着牙在坚持着。

每一个兵或许都有一套自我激励的招数，我、小马哥，还有小鲨，显得十分低调和隐忍，反正就是晃晃悠悠、跌跌撞撞地跑呗，和咱们不同的是，高克那家伙则是扯开嗓子鬼喊鬼叫地唱歌，每一次都只唱同一首，每一次唱之前总要牛逼地大喝："《空降兵战歌》预备起！"——然后再鬼哭狼嚎地吼："战歌如雷，马达如吼，英勇的空降兵冲向敌后……"

但是这一次，他太累了，居然没有力气唱歌了。

一边跑，我一边一再告诫自己，要坚持，一定要坚持，我在师教导大队受训的时候那也叫做一个累，累到脸上几乎没有任何表情，累到除了剧烈的运动才张开双唇呼吸之外，其他时候一概双唇闭得铁紧，一句话，甚至一个字都不愿意说，头脑当中一片空白，只绷紧了一根弦，那就在听到一个口令之后思考该如何运动——现在我没有听到口令，然而另一个我在心里呐喊着，不要停，坚持，跑起来。

我突然悲哀地发现，原来我他妈的越混越回去了，此时的我，就是他妈的一个新兵蛋子，而疯子就是一个新训班长——真正让我悲哀的是：我现在所经受的训练，疯子他一定也经历过，而且，他绝对是很优秀地完成了，而我好像现在就有些坚持不住了。

这已经是第三趟了，我的双肋的下方已经疼得不行了，可是我还是没有停，我知道，越是这个时候就越不能停，越是疼老子就越要动，如果一停下来，就一定会捂住那儿在地上打滚，因此还是要霸蛮（硬撑、蛮干）。不一会儿，双肋下方的肌肉慢慢地就变得硬邦邦的了，到最后，疼区也就麻木了，我奋起余勇，我嘶哑着声音往后喊："兄弟们，挺住！"

一个人若是极度地疲累，眼睛也会欺骗自己，独木桥下面那么粗壮的一根柱子，我弯下腰来，眼睁睁地盯住它，伸手捞了两次居然都没有捞着，直到砰的一声头碰上了独木桥之后这才得以正确地判断我与其他物体的距离。

完全有可能是因为我的头部撞击了一下，最后，我保持着清醒，第一个跑完了五趟。累得跟条狗一样，又不能停，一停下来浑身的肌肉就在不由自主地抽搐，胸腔就像受不了静止状态的急剧扩张，虽然脚上重得如同系上了两个沉重的铅块，但是还是得走着，无意识地走着，只是不能急转弯和急转身，猛转一下就会觉得一切都在旋转，彻底迷失方向。

"挺住……"我张开嘴困难地喊道，鼓励着即将奔赴到终点的三个同伴。终于三个鸟兵也跑到了终点，大口大口地喘着气，四个人都不约而同地走小步，一边走，一边踢踢腿，甩甩手，不时还小跳一下，这个场面顿时让我回忆起了老家若是有老人驾鹤西归做道场的那些跳大神的道士们来了，不由得呵呵傻乐。

疯子掏出一条白手绢儿，取下了他的蛤蟆镜，一边擦着一边瞅我，邪笑着说道："猪猡，笑个毛！"

我走到疯子面前，上气不接下气地说道："长官……我们……我们跑……跑完了，给口水喝……行不行……"

"行啊！"疯子彪烘烘地再次罩上他的蛤蟆镜，咧开嘴笑着说道："再来五趟！你们四头猪猡一起，再来五趟！刚刚老子说谎，骗你这头猪！再来五趟就有水和食物，跑不跑随便你！"

顿时我就感觉到全身的血液就往脸上奔了，甚至脸颊上的肌肉都在不由自主地抖动，我湿透了的左手慢慢地捏成了拳头，慢慢地攥紧，我操，我很想朝这个人渣的脸上来他妈的一记重拳！

"天将降大任于斯人也，必先苦其心智，饿其体肤，空乏其身，行拂乱其所为。"——我突然想起了肖飞曾经跟我说的话，是的，老子要忍，于是我慢慢地把拳头松开，摸了摸自己抽搐着的脸部肌肉，抑制着身体簌簌的颤抖，赔着一个很勉强的笑容说道："长官……先给口水喝……行不行？"

疯子左右摇着头，再一次取下他的蛤蟆镜，定定地看着我，脸上的表情像是一个苦苦寻找猎物一万年之久的猎手突然发现了猎物出现一样心满意足，他朝着我颔首一笑，阴阳怪气地说道："No！"

我不知道这他妈的到底是为什么，我只是想知道，再跑上五趟，老子还能不能看到明天的太阳！

"为什么？"我喃喃地说道，自言自语地说道。

"三号，我告你，你这头猪猡凭什么跟我讲条件？你这头猪猡有什么资格跟我讲条件？"疯子冷笑道，"别以为自己是块料，其实你他妈的什么也不是！你这头猪猡要是块料的话你就跟老子再去跑，跑五趟！"

小马哥、小鲨，还有高克显然已经是听到了疯子的话了，一个一个露出绝望的表情。

我站在那里任凭汗水滴落，我转过头，笑了，我对三个同伴说道："妈逼的！算个账，不跑就亏了！"

是的，老子要跑，在我跑之前，让我再想小胖子赵子君30秒，是我没有完成任务，是我没有把他照顾好，是我让自己的战友在滔天的洪水里窒息，然后死掉！

一阵悲凉顿时将我笼罩，跑吧，跑死拉倒，就当我在赎罪，就当我在接受惩罚，就让我也他妈的死掉！

我吼道："疯子，我操！"

然后我就歪歪斜斜跟跟跄跄朝二十七个障碍物的第一个冲了过去。

这一句话顿时得到了其他三个鸟兵的回应，小马哥、小鲨，还有高克，皆是一声哀号："疯子，我操！"

……

疯子脸上居然还含着笑，狗日的，居然跟着老子跑，还不停地发问：

"浑蛋，你是爷儿们还是娘儿们？"

"爷们！"

"浑蛋，你叫什么名字？"

"帅克！"

"浑蛋，你是什么兵？"

"步兵！"

"浑蛋，你爸爸叫什么名字？"

正在铁丝网内低姿匍匐前进的我愣了一愣，头脑中一片空白，铁丝网上的一小块腐肉恶心地沾到了我的嘴巴边上，我抬起手臂去蹭擦，立马就被尖锐的铁丝头划出了一道血痕，鲜血顿时成直线状流泻，我说："不知道……"

"浑蛋，一加三等于几？"

"……"

"帅克，你叫什么名字？"

我很无辜地涨红了脸，看着眼前的那个黑烟直冒的铁圈子，一边小步助跑，一边虚弱无力地回答道："浑蛋……"

……

我们终于跑完了五趟，如果不是疯子告诉我们已经跑完了五趟，恐怕我们几个浑蛋还能再来上一趟。

疯子捏着一根玉米，没错，是玉米，老爸我可能都不认识了，但是玉米我认识，这玩意儿，能吃。

疯子手中的玉米不是那种黄灿灿的玉米棒子，而是白白的玉米棒子，然后他一边笑，一边掰玉米棒子，那些细碎的玉米粒一颗一颗地掉落在地上。

疯子狞笑着说："一粒一粒地捡起来放到老子的帽子里面，我给你们这几个猪猡五分钟，五分钟之后，老子就让炊事班给你们这几个猪猡熬玉米粥喝！"

我二话不说，地81-1一甩，就蹲下身子开始捡了起来，可惜的是，我的手抖得厉害，玉米粒又他妈的太小，捉了半天还没捉到一粒，更够呛的是，剧烈的运动之后，我发现，我蹲都蹲得很吃力，似乎五脏六腑都岔了气，赶紧把自己放倒，趴在地上开始捡了起来。

小马哥他们也是一样，应当说，高克是空降兵，协调性比较好，可是他似乎也像是气血翻涌，趴在地上的时候一下子没有控制好，砰的一声就将头重重地磕在坚硬的水泥地面上，疯子狞笑着说道："我操，还没过年呢，就给老子拜上了？别，寄张明信片就成！"

没人理他，在我们的眼里，这些白白的玉米粒就是他妈的人间最美好的东西，而他纯属人渣！

"停！"

"妈逼的！17号，叫停了还捡个毛啊！"

……

我知道，这时间就是贱，要它快的时候它忒慢，要它慢的时候它忒快，不过貌似有希望就好，我想，有时候，活着就是因为有希望。

疯子站在食堂门口彪烘烘地高喊道："四大金刚，开饭！"

我们四个哧溜哧溜地就跑了过去，疯子指着食堂后面一百米的猪栏狞笑着说道："猪猡们，你们这帮猪猡应该在那里吃！一人一个猪栏，动作快，跑！"

……

猪舍里很臭，但是我们吃得很香。

喝着喝着玉米粥，我就听到高克呜呜地哭了。

他哭得很大声，是的，是哭。

我、小马哥、小鲨慢慢地端着一个盛满了玉米粥的碗站了起来。

高克擦了一把眼泪，不好意思地说道："我操，太他妈幸福鸟！"

我愈来愈觉得，生存说到底就是为了获取食物。

我们的眼睛跟迷彩服一样，都是绿的，是饿绿的。

我们终于可以进餐了，不过，每餐都只有一个小窝窝头、一小杯水，有一次不知道怎么回事，居然还每人发了一根小黄瓜，把大家都爽翻了，以致小鲨这个海军大流氓还能给咱们大家说一个笑话，他问我们说："我操，你们知道吗？M国的修女最讨厌什么中国菜？"

我一边像吃冰棍那样舔着手上这根小黄瓜，一边含含糊糊地说："不知道！"

"我操，不知道吧，老子来告诉你们，M国修女最讨厌的中国菜就是——"小鲨卖了个关子，邪邪一笑道，"黄瓜切片！"

坦白说，那会儿我还不流氓，哈哈地跟着大伙儿傻笑——与其说我是记住了这个笑话，不如说我是记住了那根黄瓜。

艰辛的体能训练似乎并没有减少，但是和我们一起集训的兵却一天一天地在减少，开始来的时候我们大概有一百多个兵，而现在，却只有八九十个兵了，他们的离开有各式各样的原因，在离开的时候，有的哭，有的笑。

我已经不再依靠自责，不再依靠我对小胖子赵子君的自责情结来面对这个残酷的兽营了，我现在依靠另外一个想法：每当我快要坚持不住的时候，我就去想小胖子赵子君的音容笑貌，在他完成生命中最后一次托举时，他的脸上带着笑，我记得，他是在笑。

我觉得我回来了，帅克那个家伙回来了。

另外，我觉得我变粗鲁了，满嘴的脏话，仿佛只有脏话才能表达我强烈的感受，或者强调我的感受，我想，跟一群疯子在一起，不变粗鲁才怪。

值得一提的是，在首席战术教官疯子的摧残中，我渐渐地步入到另外一个

世界里，在这个世界里，要做到三个永远，这三个永远就是：永远都要保持警惕，永远都要保持体力，永远都要保持冷静。

另外我还发现，疯子这个浑蛋，他的脑袋里似乎隐藏着一个百宝箱，永远都有新鲜的玩意儿往外抛，渗透、伪装、队形、潜伏、爆破等等，他都能说得头头是道，不仅如此，这浑蛋还做得漂漂亮亮。比如说在五秒钟的时间里用迷彩布条缠好一支85狙插在那些浓密的灌木丛中让咱们找不到枪影；比如说趁着一房子的兵睡得死沉死沉，挨个挨个地在我们的脖子上画上一条碳素墨水印；再比如说趁某个士兵在畅快淋漓的尿尿时像个鬼魅一般从灌木丛中跳起来，握着一把战俘刀狞笑着说砍鸡鸡——这一切，让我甚至开始怀疑，这个又瘦又小的家伙，肯定是一个他妈的高级步兵。

但是我错了，疯子总是有常人所不及或是不同的地方，当我看到他彪烘烘地罩着他那副蛤蟆镜，叼了一支大雪茄，驾驶着一辆坦克径直冲垮了训练场一侧的那面围墙，我看得可是痴痴呆呆的，眼前的这一辆开肠破肚了的但还算完好，卸下了一些防护装甲就类似敞篷车这样的坦克是什么型号？59吗？正在思忖之时，疯子把一根又粗又长的炮管对准了我们，我才猛然一震，是的，我知道，我错得很厉害，疯子这个家伙，极有可能是一个特种兵。

我还错了，不仅仅是对于疯子活着的那个世界理解错误，还有对中国人民解放军××基地认识错误，我得承认，这个中国人民解放军××基地，也是一个让我震撼的世界。

我看到的情景是，在中国人民解放军××基地的围墙另一侧，那里巧妙地借助地形，隐蔽着一个就像是某汽车连的停车场，停车场不大，还有一台92式步兵战车，一台小汽车，一台卡车，那台卡车后面甚至还拖着一门口径不详的卡车机动火炮。除此之外，疯子，这个兽医曾经开着溜达的那一辆类似于沙滩车的印着红十字的小四轮，也赫然在目。

疯子把轻装坦克的油门轰得嗷嗷直叫，这才熄了火，跳下坦克极其牛逼地说："老子不是无证驾驶，老子有坦克驾照！"

"我在空军地勤混的时候还考了机修员的证呢！"高克很不屑一顾地小声说道，不过他忘了，早上越障的时候有个炸点离他的耳朵比较近，以致他认为是很小声地说话，其实有蛮大声。

疯子呵呵一笑，说道："我操，17号，你不要在老子面前跳！你们空军那战机老子是没有玩过，不过陆航的直升机哪种老子没玩过？直8，直9，直11！黑鹰米-8小羚羊！"

不仅仅是高克，咱们这帮子鸟兵皆是虎躯一震啊。

疯子像狼外婆那样笑眯眯地说道："乖啊，都要表现好一点，跟着老子混，绝对很过瘾！"顿了一顿，疯子接着说道，"不过现在你们这帮猪猡还不行，之所以老子把坦克开出来是因为老子想给你们提个醒，好玩的还他妈的在后头，都他妈的站直了，别趴下！"

疯子转身跳上坦克，照准炮管砰的就是一脚，狞笑着说道："今天玩个新鲜刺激的，猪猡们，给老子把坦克给推回去！"

"什么时候推回去，什么时候开饭！今天老子决定让你们这帮猪猡们吃个饱，五个馒头一碗稀饭，外加一个大白菜！"疯子嚷嚷道，"老子今天心情非常好，不是一般的好！想吃饭就动作快，快就是快兄弟爱！"

众兵顿时一拥而上，管它有几吨，待会儿管饱就行。

人的潜力是无穷的，为了获取赖以生存的食物，应当说我们这帮子士兵激发了自身的潜力，活生生地将重达数吨的坦克推动了数公分，但是推动了数公分并不能解决问题，疯子要求的是推进去，不管我们用什么方式。

这也就是说，疯子号召我们大家像一休哥那样开动脑筋。

我只能说，人的智慧也是无穷的，我们这帮子士兵为了把坦克推回百米开外的围墙内侧，可以说是绞尽脑汁。有的拿来工兵铲在坦克履带下方刨一溜儿的斜坑，有的扛来训练用的原木当杠杆、当滚轮，甚至有的拎来背包带绑在坦克上面当起了纤夫，花样百出。

我只能说，能够让这辆重达数吨的坦克滚回围墙后面，这里面，凝聚着他妈的集体智慧的结晶。

当然，这是个体力活，也是个技术活。

我一直觉得，这是我这一辈子最难忘的一次体能训练。

可喜可贺的是，疯子这一次没有放我们的鸽子，一直忙乎到天都黑了，我们才如愿以偿地每人分到了五个冰冷的小馒头，一碗冰冷的稀饭，外加两铁皮桶冰冷的大白菜。

我一边吃，一边怒骂："猪食！"

我承认，当时我的心情很复杂。

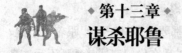

◆第十三章◆
谋杀耶鲁

引文：我只是觉得，我的心越来越坚硬，坚硬得像一块铁、一块钢。

如果非要我用六个字来形容我在兽营的日子，那么，这六个字就是：我靠！我靠！我靠！

我们的训练一点都没有放松的迹象，甚至连他妈的休息时间，我们都在进行理论学习，这理论学习的内容无非就是图解各式各样的陷阱，图解各式各样的可食用野生植物，学完之后，立马拉到中国人民解放军伟大的××基地南面的一片茂密得插上了军事管制区的木牌子和拉上了电网的热带丛林中学以致用。

除此之外，枪械训练任务同时展开了，每天，我们都要消耗三个半基数的弹药，长枪两个基数，其中还包括了短枪所消耗的一个半基数的辅弹药。我们摸起了 AK-47，摸起了 95 突击，摸起了十五发双排双进弹匣供弹的 QSG92 式手枪，摸起了准星设计为刀形的皮实货 P85，我们甚至开始摸起了 M 枪族，疯子意味深长地说："猪猡们！ M 国佬的'家伙'靠不住，作为一个中国士兵，一定要坚信，在这个世界上，最牛逼的枪，除了 AK-47，就是他妈的 81-1 ！"

我不同意他的观点，我说："报告长官，在这个世界上，最牛逼的枪就是自己最熟悉的枪！"

——疯子的表情有些诧异，或许，他觉得我说的有一些道理。

疯子只是要求我们对枪械有所熟悉，甚至包括我们部队尚未列装的 95 突击，不知道为什么，他总是在强调还是要用 81-1，我怀疑，他有不可告人的目的，或者，他有不可告人的秘密。

如果要对训练情况小结一下，那么，总而言之，体能训练没有减少，而战术训练却在不断地增加，我甚至觉得，好像疯子他们这些教官有这样一个目的，那就是想把他们所拥有的军事技能，一股脑儿地塞在我们的脑袋里。

算了，我有时候想。这他妈的也就算了，反正连我自己都不知道我究竟有多大的潜力，但是有一点是毋庸置疑的，那就是训练归训练，你总得让我们填饱肚子吧。但是令人发指的是，疯子他们这些教官，甚至连肚子都不让我们填饱，照疯子的话来说就是："猪猡们！饥饿可以让你们这帮猪猡们更加灵巧，因为你们这帮猪猡们的血液不必用来消化，而是可以用来思考。"

这一次，我有些诧异，我觉得他说得有些道理。

但是，我坚信，除了我的这些战友，我的这些兄弟，这个世界上再也没有人能真正体会饥饿两字的含义，因为我们每一分、每一秒，都能感觉到自己的身体里，那相互碾扎着的胃壁。

所以，后来，我、小马哥、小鲨，还有高克，四个兵，一起对天发誓：如果脱下这身马甲，一定要吃成一个大胖子！

在我们还没有吃成一个大胖子的时候，在兽营，我却见到了一条大胖狗，是的，没错，是一条狗。

相比之下，我还是更愿意说这头畜生，虽然它比我们晚了十来天加入到兽营，但是它的待遇要比我们好得多。我们每天吃两餐饭，它每天则有四餐，餐餐是大块大块的肉、大碗大碗的牛奶、大根大根的肉骨头。——在疯子的眼里，仿佛这条狗并不是一头畜生，而是一个真正的士兵，一个和他一样的士兵。

疯子要求我们，见到这条大黄狗的时候要敬礼，叫长官好，因为它已经九岁了，九岁的它就相当于我们人类的老年人。我们是中国人民解放军，是文明之师，要尊老，更何况这条大黄狗是昆明的军犬训练基地中退役的一条荣立过战功的军犬，在我们这些新兵蛋子还没有穿上这身马甲的时候，这条大黄狗就已经在云南边境缴获了比它六十多公斤的体重要重上两倍的毒品，从这个意义上来说，它就是我们的老同志。

是的，这条大黄狗有一个很洋气的名字，叫做耶鲁，后来我就想明白了，这耶鲁无非就是英文中黄色的意思，因此我非常鄙视这个为狗取名的人，一听这名字就知道是个没什么文化的兵取的，所以我也捎带着鄙视了这条名字叫做耶鲁的狗。自从有一次我们在休息的时候没有向正在同一片阴凉地下蜷缩着打盹的耶鲁问好而被疯子剥夺了休息时间之后，这种鄙视的情绪进而演变成了恨，是的，恨——或许，这是一种混杂了嫉妒的恨意，至少，它有肉吃。

我觉得这是一种羞辱，一个人、一个军人、一个士兵，居然要向一条狗施礼，叫一条狗为长官，并且还要报告，让我觉得尊严受到了践踏，人权遭到了蹂躏，肉体和心灵遇到了双重强暴。

疯子十分凶悍地破口大骂："你们这帮猪猡，猪猡！耶鲁比你们这帮猪猡高贵得多，它的祖父是一条纯种的巴吉度猎犬！"

这一句话让我对疯子彻底失望，我不知道他为什么要这样说。如果说耶鲁的祖父是一条藏獒，甚至只是一条中国土狗，或许我还没有这么失望，但是他说耶鲁的祖父只是一条纯种的巴吉度猎犬，光听这名字，就知道这耶鲁是一个混血儿。虽然它为中国人民做了一点实实在在的好事，在边境稽查过大量祸害中国人民的毒品，就像当年的白求恩大夫那样为中国人民做了一点实实在在的好事，是一名救死扶伤的白衣天使，但是，我还是不能接受疯子的高贵血统论，我认为疯子他这是崇洋媚外，挟洋自重！

——我承认，我是恨他，就是恨他，就他妈的要给他扣高帽子，要是老子有职务，老子还要给他使小绊子，抢大棒子，穿小鞋子！

毛爹爹说过，这世界上没有无缘无故的恨，我恨疯子，是因为这浑蛋根本不是人，勉强可以算人渣，自加入兽营伊始，这狗日的就一直以摧残和强奸我们的肉体和心灵为一大乐事。我并不认为他是在用一种很偏激的方式在带兵，这兵不是这么带的，我们是中国人民解放军，是战友，是同志，同志之间，哪能把关系搞得他妈的这么僵硬？

疯子对自己的错误似乎一无所知，或许，又是故意装作一无所知，他的粗暴、阴险、邪恶等等非常人举动，还在继续。

尤其是耶鲁来了之后，他变得更为无耻。

我们的伪装、潜伏，经过一段时间的训练，似乎已经得到了疯子的些许承认，但是耶鲁来了之后，疯子马上就收回了他说过的话，他又承认他说谎了。他说，实践是检验战斗力的唯一标准，过得了耶鲁这一关，你们这些浑蛋的伪装、潜伏才算是形成了战斗力，可是，谁他妈的一个人，能躲得过狗鼻子？

事实就是这样残酷，我们尽管挖空心思，尽管绞尽脑汁，还是于事无补，耶鲁这个老不死的，鼻子仍然十分灵敏，每一次总是毫不容情地揭露了我们的隐身之处——露出利齿，狂吠不已，直到我们站出来高举双手，静止不动，让疯子夺走我们手中的枪，耶鲁这才消停，要不然的话，后果很严重，要知道，中国人民解放军伟大的××基地，那可是绝对没有备上狂犬疫苗针。

我们总是咬牙切齿地看着耶鲁牛逼烘烘地在疯子面前请功，又是拱又是蹭的，直到疯子在裤兜里掏出狗粮给它吃，或者是掏出一个网球，貌似这个网球是它的玩具。

在我们当中，慢慢开始蔓延着一股很残忍的情绪，这种情绪归根结底就是这话一句：耶鲁不是我们的战友，它不是我们的同志，它和疯子一样，是我们的敌人。

俗话说"一黄二黑三花四白"，有的兄弟甚至说，妈拉个巴子，弄死它，进补！

甚至，开始有兵竟然控制不住，举着一杆81-1，向牛逼地监视着我们训练的耶鲁瞄准，手指都扣下了一段扳机行程，压下了第一道火。

我承认——这个兵，就是我。

终于，我们结束了为期十五天的适应性训练，我们这帮猪猡，还剩下了七十二头，值得庆幸的是，1号，2号，3号，还有17号，这四头猪，依然很坚挺。

在我没有入伍之前的那最后一个暑假，作为一个生猪输出大省的居民，我曾经有幸跟着一位甚至没参加高考的高中同学向广东这样一个经济发达猪肉消耗量大的省份运送了一车猪。我那高中同学的老爸原本就是一个个体运输户，专门拖生猪去广东，有一天我正好闲着没事干，就接到了我那同学的电话，他说让我帮着他押运，我说行，于是就有了这一趟运猪的广东之行。——我只是想说，现在的我，也如同我曾经押运过的那些猪们一样坚挺，在没有吃、没有喝，极度疲劳的情况下，坚持着，死撑着，顽强地抵达了目的地广东。

有必要向广东人民说明的是，在临近目的地的某一个破败的小镇，我和我那同学给猪们喂了一点水，绝对不是注水，请放心，那会儿我们都很单纯，无比地单纯，这个行为只不过是为了维持猪的生命，并让猪们看起来水色比较好，有点精神。——我很想把这事情说给疯子听听，让那狗日的明白老子在对待猪猡们时，身上闪烁着的无比崇高和伟大的人道主义精神，我操，疯子这狗日的没觉悟，都不如当年我和我那同学这两个高中生！

可是我不知道我还有没有机会向疯子这个狗日的说说这个事情，因为疯子把我们剩下的这七十二头猪聚拢，然后发布了一道命令，他彪烘烘地说："猪猡们，为期十五天的适应性训练结束了，你们也将迎来一个机会来脱离这个臭烘烘的兽营——我们马上给你们这帮猪猡们提供这样一个机会，一次和咱们长官们在9号战区的对抗演练，对抗时间为三天，就如同你们这帮猪猡们在参加这次集训之前赢得的战斗形式一样，你们这帮猪猡使用的是红色染色弹，我们使用的是蓝色染色弹，你们的任务是摧毁9号战区中的雷达站，谁能够完成任务，谁能够幸存，谁就能够留下；谁他妈的变成了蓝精灵，谁就滚蛋，走人！"

顿了一顿，疯子狞笑着环视我们："上简报室听听简报，然后给你们这帮猪猡发点食物，随意挑选你们这帮猪猡们自己钟爱的武器，猪猡们，你们这七十二头猪猡可以按编号排序分为六个小队，每队十二头猪，队长你们自己选，祝你们这帮猪猡好运！"

按照顺序？我顿时向高克望了过去，这鸟兵17号，在他前面淘汰了六个，那么，高克就一定能和我、小马哥、小鲨分在一个队里。只见高克朝我眨了眨眼皮，嘴角露出一丝笑意，我暗自颔首，嗯，是这样的，传说四大金刚在一起的时候，江湖上总是会掀起一股腥风血雨啊。

三包野战口粮、半水袋的水，就是我们分发到的食物。长枪我选了81-1，这支枪的枪号已经磨损了几个数字，陪伴了我十五天，我自己校的，再说我也习惯和熟悉81-1。短枪我选了P85，完全是因为它的瞄准具设计独特的原因，它的照门可在风偏影响下作横向移动进行修正，有助于我迅速地开枪射击。

与我不同的是，小马哥选择了一支了加装了四倍瞄准镜和计步器的95短突和一支92F，高克这鸟兵选择了M4A1突击步枪和QSG92式手枪，小鲨则令人诧异地放弃了短枪，而是选择了重达13公斤且瞄准镜不带热成像功能的M82A3狙击步枪。我可是哪看都看不出他有狙击手的潜质，还他妈的牛逼烘烘地一发一发挑选子弹，时不时还摊着双手的比较重量。高克也是实在憋不住了，掏了一把伪装迷彩油泥抹他脸上就鄙夷道："我靠，老太太买菜都得弄个小称随时带，你这个狙击手是不是也要弄个天平来？我说你这个海军玩什么狙击啊我靠！"

"小鲨，我也觉得有些邪乎，记得海训的时候你不是告诉过我吗？"我看了看小鲨，说道，"每次你们潜水，闭气的时候总要预留氧气备份，可是，这狙击手在狙击的时候要吐尽肺部空气，这他妈的你习惯吗？"

"可以，呵呵，这不是问题……"小鲨慢慢地伸出手来，用力的往脸上涂抹着迷彩油，突然像是想到了什么一般，沉默了数秒，然后，才抬起头来，很突兀地问道，"你们钻过鱼雷发射管吗？"

叹了一口气，小鲨喃喃地自问自答道："那其实是一种很孤独很无助的感受，并且，很恐惧，就像很清醒地知道自己已经被一个狙击手瞄准了头部，所以，我想让他妈的疯子也体会一下这种感受，老子想让他这样去死！"

"嗯，我也想把疯子射成一个筛子……"高克摇摇头，出神地说道，"我最希望看到这个鸟人被我突成红精灵……"顿了一顿，高克凄然一笑，"兄弟们，要是我没有达到目的，你们也别泄气……"

一个声音打断了高克的话："别他妈的在这里磨磨叽叽！我们得讨论一下队长的问题！"

我转身一看，原来是我们这个小队当中的9号，也就是我刚开始在军区招待所见到的两个武警之一，在兽营中没打过什么交道，甚至连名字都不知道，就知道他的军事素质也非常地高，是云南边防总队来的，似乎他很适应兽营这种热带丛林作战模式，因此也得到了一些兵的尊敬。倒是我、小马哥、小鲨和高克显得有些特立独行，因此，我们能够在兽营中生存，不少兵认为这是一个侥幸。

9号冷冷地说道："你们四个看起来很有默契，所以，我建议，你们四个组成一个四人战斗小组，长官那里我给你们去申请一个加密频道，你们看行不行？"

我、小马哥、小鲨以及高克不由自主地同时笑了起来，9号的意思很明显，一山不容二虎，他不想我们四个人当中有任何一个跳出来和他争这个队长，因此就想把我们本就显得不怎么合群的鸟兵给撇开了。

小鲨出言讥讽道："哦，隐隐有王者之风嘛！"

9号很冷静，径直走到教室另一头正在把玩一支85狙的疯子面前去请示了，没过一会，9号就折转了回来，看着我们四个鸟兵说道："D频道，加密，四大金刚，恭喜！"

夜幕如铁幕般厚重、冰冷。

我抱着我的81-1，强迫自己快点进入休息，最后我还是徒劳无力地把这个念头放弃。

想睡的时候又不给睡，现在让睡可是我又睡不着，原因无他，一个声音始终咆哮在我的脑海里：杀！

我对即将到来的对抗演习充满着期待，这十五天来，我拼命地压抑着自己，压抑着自己身上那种不知名的坏东西。

我的手臂在训练的时候被弄伤了，伤了几处，伤口总是在剧烈的运动之后又崩裂了，重新流血了，不知道受到了什么念头的驱使，我居然他妈的自己去吮吸自己的鲜血，而且还显得很猴急，这让我发现一个问题，我不由得自己拷问自己：所谓嗜血，是不是就是现在的我？

　　我发现我的血液有一股生铁的味道，这说明我还得练习，作为一名士兵，我们的目的是成为一块钢铁。

　　可是，而现在的我越来越像一块废铁，虽然我表面上好像很冷静，但是没有人知道我内心的沮丧、痛苦、压抑、愤怒、焦躁、忧郁等等情绪。是的，我把小胖子赵子君当成一块盖子，一块沉重的下水道的黑铁盖子，让他来盖住我内心的脏东西，我永远和小胖子赵子君在一起，固守在一起，他就是我的天——好像有一个叫做列文的人说过一句话，大意是一个人的地板就是另一个人的天花板，我很赞同这句话，我这样一块废铁，是应该向小胖子赵子君学习。

　　我很想好好学习，像小胖子赵子君那样做一个好兵，做一个可歌可泣的兵，因此，我得为之付出努力，我一直告诫着自己，我不能放弃，我一定要留下，在兽营留下，顽强地生存下来，坚持到底——。可是在这样一个过程当中，我发现了自己的内心世界那些让我困顿迷惘颓丧失落的情绪，我想我还是得承认，我的内心世界其实并不凶猛。

　　这一点，完全可以这样来分析：我龇出我的利齿，目露凶光，后肢弯曲，积蓄着强劲的力，其实，在我急剧扩动的心室里，我很不希望面对着一个不知名的强悍无比的猎手，我有些恐惧，所以，我利用了这种恐惧，让它不断地激励着自己，大不了就是一死。

　　人总归有一死，我只是希望我能睁开眼睛面对一下那个身穿黑色作战服的冷峻的死神而已——我觉得小胖子赵子君他看到了，他没有闭上眼睛，他看到了，他笑了。

　　不知道为什么，我回忆起了在连队时老八杀过的那头猪，还有在刚刚进入兽营时，我、小马哥还有小鲨三个鸟兵一起杀过的那头猪，我突然发现，它们好像都没有闭上过眼睛，直到它们死去，它们的眼睛一直没有闭上，而是兀自睁大着，我不知道它们到底还能不能看到这个世界，我只知道在兽营里我的视网膜上那个文明世界的残影都已经他妈的彻底地退却了，剩下的就是一群由疯子和猪猡们构成的野蛮世界。

　　在兽营度过十五天的适应性训练之后，或许，我最大的收获就是看到了潜伏在自己身上的兽性。

　　是的，兽性是一个很强悍的士兵，或许从我们刚刚降临这个人世，它就已经渗透到了我们身上；兽性是一个很坚忍的士兵，经受了博大精深传承了千年的文化洗礼依然岿然不动，兀自坚守着它自己的处世标准；兽性是一个很顽强的士兵，面对着人性无数次的攻击，它还是选择了抵御。

我想我是睡不着了，于是我站了起来，从这个简报室挤满了全副武装却正以各式各样的姿势打盹的士兵们中穿行，我低估了挂满了弹药的战士背心的负重，因此，在门口我一个不小心碰醒了一个正在打盹的兵。

他的名字叫做疯子。

一道黑影悄无声息地就向我展开了袭击，我感觉到我的小腿上剧烈的疼痛。

"耶鲁！"疯子大喝，一个鲤鱼打挺就站了起来，死死地扣住了一直抓在手中的一条皮绳。

"3 号！干什么去？"疯子压低声音朝我发问，语气中有掩饰不住的愤怒。

"我……"我抬头擦了擦汗，冷冷的汗，说道，"我尿急……"

"你！"疯子眼睛瞪得跟铜铃一般大，最后还是长长地吁了一口气，什么都没说。

我一瘸一拐地往深重的黑夜中走去，小腿肚子上传来一阵剧痛，我听到疯子在我身后发问："3 号？你没事？"

我摇了摇头，但是没有回头。

我说："报告长官，没事，我没事！"

……

耶鲁咬了我，死死地咬了我一口。

我想，我毫不掩饰对耶鲁的敌意，正如耶鲁也毫不掩饰对我们的敌意一般。我认为它也有思想活动，或许它只承认疯子他们，而我们就如同它曾经见到过的那些犯罪分子，这貌似就叫做：狗眼看人。

我固执地认为，只要有谁威胁了我的生存，他或者是它就是我的敌人——所以，我用眼神提醒耶鲁同志，千万别逼我，急了我也咬你一口，可惜的是，它不尿我这一壶。

直到我再次经过门口的时候，耶鲁还朝我亮出尖锐的犬齿，上面还有粘连着的口水，很是恶心，它的鼻子还发出一种呼哧呼哧的声音。

……

晚八时整，我放下了我卷起的迷彩裤腿，登上了一架在夜幕中降临的直9。

耶鲁不停地在追逐着我，在直升机旋翼巨大的轰鸣声和巨大的风声里面狂吠，朝我狂吠，疯子死死地拉住了它的项圈，不让它朝我靠近。没有人知道为什么，只有我知道。当然，还有耶鲁知道，可惜的是，它不能说话，不会说话。

在我的战术背心里，我还掖着一个网球——一个小时之前，我尿急，出门上厕所，不小心捡到的。

我并不打算把这个网球物归原主。

我拿着还有别的用处。

我只是想说，在这一个小时的时间里，我身上的兽性终于成功地驱逐了人性，我酝酿了一个兽行。

这个兽行我把它称之为：谋杀耶鲁。

我很清楚谋杀耶鲁是一种罪行，从某种程度来说，我们是战友，是同志，但是现在，它并不把我当成是它的战友，当成是它的同志。

我只是觉得，我的心越来越坚硬，坚硬得像一块铁、一块钢。

"十秒倒计时进入9号战区！"

"五，四，三，二，一……跳！"

草丛中有夜露，非常浓重的夜露，以致我甚至能借助手中L型战术手电发出来的强光清晰地看到，直升机旋翼带动的劲风将草丛上的夜露呈圆周状抛射出去，不停地抛射出去，直到直升机的轰鸣声在夜空中消逝。

一切转瞬宁静。

夜幕下的热带丛林，以一种无与伦比的沉静容纳了所有的入侵者。

"D频道试音，一，二，三，三，二，一……"单兵战术电台中传来小马哥的声音。

"'金刚'注意，'金刚'注意，GPS显示目标物位于东南方向，1号尖兵，呈双纵队推进，前后左右间隔10米，3号断后！"电台中的小马哥突然忍不住低笑一声，"3号注意防兽，尤其是防狗，完毕！"

我日！

我心里暗骂了一声，心想，妈拉个巴子的，刚刚酝酿的那么一点点肃杀的气氛就被小马哥这一句话给破坏了，无耻，极其地无耻。

我们金刚小组中的2号小鲨不甘落人于后："17号小心左翼，3号随时可能发生狂化，3号出现任何厌恶水声的行为请立即格杀！完毕！"

"收到，如遇狼群攻击，建议放3号！"耳机里传来17号高克吃吃笑着的声音。

这帮鸟兵，知道了我被耶鲁咬伤之后非但没有一丝一毫的同情心，反而还对我加以嘲笑，照小鲨话来说就是："噢，它咬你一口，你难道就不会去咬它一口吗？反正他妈的咱们也是兽营的牲口，狗咬狗！"

"出师未捷身先死，长使英雄泪满襟"，我突然想起这句诗，这貌似就是一个不好的预兆啊，还没出动就被耶鲁咬上一口，虽然并无大碍，但是好歹也有几个深深的牙孔，有些隐隐作痛。我心想，我怎么就这么背呢，不由得恶狠狠地小声对着耳机骂道："禁止在加密 D 频放屁！我操！"

"3 号别生气！"小鲨狞笑一声，说道，"血债就应血来洗！"

"行了！"小马哥笑着说道，"小心脚下！计步器 124，'金刚'脱离机降点约 900 米，继续推进！"

由于我们这四个鸟兵组成的代号为"金刚"的战斗小组的投放地点离 GPS 上显示的目标物偏远，我们首先考虑的是路程的问题，虽然整个对抗演习有三天的时间，但是从地图上来看，要到达标高为 45 的那座建有雷达站的小山包，还需要 24—30 个小时的路程，加之对于夜幕中隐藏的那些看不见的疯子类的鸟兵们的恐惧，所以我们"金刚"四人战斗小组决定夜行军，向目标物突进。

当然，由于我们不能在夜色当中掩饰我们行军的痕迹，因此，在脱离了机降点 1800 米左右的样子，我们选择了停下来宿营。宿营地是在一片浓密的灌木丛后面的一小片草丛，我们一边小心翼翼地清除和伪装进入灌木丛的痕迹，一边慢慢地往后退，一直退到那片草丛，然后把自己伪装在草丛当中。坦白说，脱离了疯子的监督，咱们这活儿就做得不怎么细致了，甚至有点糙——不过，我们还是轮流休息，轮流警戒，派出了警戒哨。

我们一直在分析着代号为"狼群"的疯子教官们的战术，准确地来说，应当是在揣测，以疯子这类兵历来卑鄙无耻的品质来揣测。因此我们被放下直 9 之后就一顿狂奔，生怕这些狗日的就伪装在我们"金刚"战斗四人小组的投放地附近，等咱们人还没站稳就把我们几个"突突"几声打死了。虽然现在我们已经脱离了投放地差不多有两公里的样子了，但是根据小鲨手腕上的潜水表显示，现在已经快 3 点钟了，3 点，是一个人体生物钟的最低潮，因此，尽管我们还是不敢放松，生怕这些疯子们从后面摸上来给我们来上一下——令人欣慰的是，这样的场景并没有发生，现在已经 4 点了，"金刚"四人战斗小组目前安全无事故。

可能是出发之前他们都休息了而我没有休息的原因，我美美地小睡了一觉，睁开眼睛，小小地伸了一个懒腰就听到小鲨和高克吃吃地笑，只听得小鲨说道："呵，联合战线的帅大指挥官醒了啊？"

我迷迷瞪瞪地不知道怎么回事，茫然地"啊"了一声，高克笑着小声说道："嘿，帅克，刚刚小马哥说的你们联合战线的事情呢，说你们两个班联合起来作战呢，噢，你们叫 993 山地演习是吧，我们空降兵的选拔叫做'敌后'，刚刚小鲨说了，他们那次的选拔叫做'水手'行动呢！"

"呵呵，其实在加入兽营之前我就碰上了帅克，这鸟兵当时还在我手下海训呢！"小鲨彪烘烘地说道，"是不是啊，帅克？"

这下我才算是明白了，原来这几个说的是进入兽营之前的那次选拔赛，就如同我和小马哥经历的993山地演习一样，听到小鲨这么牛逼地显摆，我不由得冷冷哼了一声，笑着压低了声音说道："我操，我海训的时候你还不是牛逼烘烘地给老子上课啊，说什么老同志给你指条路啊，那有什么比武啊比赛啊好好表现，玩命地拼，争取到更多的机会去参加更高级的军事训练——这搞了半天，小鲨你他妈的还不是跟老子一样，由一名光荣的解放军战士堕落成为了兽营里面的一只畜生！"

"靠！"小鲨不好意思地笑道："那会我不是不知道吗，嗯嗯，不过我当时看你这鸟兵，就有点与众不同，要不我也不会跟你说这个，是不是？"

"我说你们两个别抬杠！"高克插话道，"帅克，刚刚小马哥说了你们当时的那联合战线的事情，你说吧，咱们这一次也多拉上几个鸟兵，也他妈的来上一动联合战线，你看这行不行？"

"……不行！"我想了一想，摇摇头说道，"想想疯子他们都是些什么人啊？老太婆靠墙喝稀饭——卑鄙无耻下流！人越多目标就越大，碰上了就越容易死掐，上次我们的993山地演习，不过也就是多了台笔记本电脑，上面容易看清楚敌方的位置和行动，但是这次疯子他们是什么人，说不定现在就潜伏在咱们这旁边听着咱们说话正乐呵呢！"

话音一落，顿时草丛当中就传来窸窸窣窣的声音，高克立马向我投来一个惊叹的眼神，却听到小马哥压低了声音道："我操，说什么呢，这么热闹？高克，上哨！"

"上个毛！小马哥，过来开个班务会先……"高克小声说道，"我听会儿再去上哨，行不？"

小马哥爬了过来，正了正头顶上的草环，压低了声音说道："行，咱们小声点，说什么呢，你们？"

"我说呢，小马哥，你觉得这兽营里都他妈的是些什么鸟人啊！"高克小声说道。

小鲨点了点头说道："嗯，这次是不同，连我们在兽营的训练方式都有点不同，你们觉得吗，这好像有点像那传说中的他妈的特战教程啊！"

小马哥笑了一笑，露出一口白牙，说道："嗯，这个嘛，我知道！"

"说来听听啊，小马哥！"我急急说道，坦白说，我也觉得我们在兽营当中学的这些玩意儿有些邪门，处处透着鬼精鬼精。

"9号知道不知道？知道他为什么要把咱们这几条兵给撇开吗？你们知道他是什么人吗？"小马哥压低了声音说道，"为什么他要当小分队队长你知道吗？"

一连说了几个问句，小马哥就拿捏起来，咬着一根草茎做高深莫测状微笑，露出一口白牙齿。

"我日！"我愤愤不平地骂道，"我知道个屁啊，知道还问你啊！"

"再卖关子老子就给你一枪子！"高克作凶神恶煞状。

"克克啊，说过你很多次了，遇事要冷静……"小鲨语重心长地抓捏了高克的脸一把，然后别过头对小马哥说道，"三比一，再不说马上阉了你！"

"别……别冲动，弄乱了伪装弄出了动静，我说！"小马哥赶紧捏下咬在口中的草茎，说道，"9号呢其实就是边防武警……"

"靠，这我们都知道！"

"我操！你们知道个毛，你进兽营之前是不是参加了什么'水手'行动？你，克克，你们是不是弄了个什么'敌后'行动？还有我们，帅克，我们的993山地演习，咱们可这都叫丢人啊，再也不要拿出来显摆了啊，我操！"小马哥摇头说道："丢人，真丢人！"

小马哥出神地仰望星空，说出了一番让我们目瞪口呆的话来。

"出发之前，我觉得咱们'金刚'还是缺人，毕竟只有四条人，连一个V字阵形都摆不了，于是我找了一个跟了9号的兵做工作。你知道他怎么说的，他说班长你别拉我，我还想着继续受训，被我逼不过了，那兵说，班长，你知道9号他是怎么进来的？他进入兽营完全是因为他们边防武警曾经协同疯子这帮鸟兵在边境执行了三次烧毁毒枭罂粟种植林的行动，那他妈的可都是面对真枪实弹的敌人！"小马哥叹了一口气，看着我、小鲨，还有高克，说道："疯子他们，可都是见过血的，正儿八经的丛林特种兵！"

我想，我终于看到了我梦寐以求的那个世界——冰冷、残忍、血腥，但是，光荣！

我曾经阅读过王小波的《红拂夜奔》，其实这个故事表面上看起来不过就是红拂偷人的故事，但是老王似乎并不是这么想的，他只是说：我看到了一个无趣的世界，但是有趣在混沌中存在。

我也承认原来的我看到了一个无趣的世界：那些吃饱了饭的人们无所事事，白天没鸟事，晚上鸟没事，身在福中不知福，不是放下碗扔了筷子就骂娘，就是绞尽脑汁地思考如何借改革开发的东风好好地钻营钻营，还他妈的美其名曰为追求发展与民主，这些人只在某些特定的日子里想起我们这帮子傻大兵，甚至，在这些人看来，那和亲密的爱人恋情，都是痛苦无比地搞体能。

但是现在我似乎看到了有趣的存在：尽管我们这帮子傻大兵在祖国的某个角落里挥汗如雨，尽管咱们这帮子傻大兵在祖国的某小报里受尽了无数还能不能打仗的质问，但是我们默不作声，祖国的土地上有着漫长的边境线，祖国的天空、祖国的海域，亦是如此，每一寸边境线上，都有咱们这帮子傻大兵的故事，无时无刻地在发生着的故事，惊心动魄的故事。

我不想成为一个像老王那样讲故事的人，我想成为一个像疯子那样有故事的兵。

这就是我向往的世界。

浓密的林间漏出蓝色的天光，含露的草尖上颤动着金色的朝阳——这是一个充满诗意的早上，但是对我们"金刚"四人战斗小组来说，却是一个充满杀意的早上。

我们间隔五米前进，保持无线电静默已经有一个小时了，当担任尖兵的一号小马哥举起手来，在头顶上画了一个圆圈做了一个隐蔽的手势时，我就知道，该来临的都已经来临。

11点方向，八十米，我没有见到"狼群"，却见到了一队跟我任务相同的鸟兵，他们正保持着Ｖ字队形，间距十米，慢慢地在林间前进。

电台中传来小马哥用指甲在话筒上划出来的声音，一长一短，表示我们先按兵不动。

我得承认，小马哥的处理很冷静，就在我观察到了这一队鸟兵负责断后的最后一个兵鬼鬼祟祟地通过时，几乎都以为这一队鸟兵已经安全地离去时，一声枪响打破了清晨的宁静，我想，"狼群"这个格格巫，极有可能遇上了可爱的蓝精灵。

混战，我认为这一队鸟兵简直是在混战，从他们的仓皇的枪声和仓皇的呼叫中，我似乎看到了一些充满着绝望、怯懦、被狠狠羞辱的年轻面孔，容不得我多想，耳机中传来小马哥压低了的声音："2号上树，建立狙击阵地，17号左翼掩护，3号右翼掩护，注意观察'狼群'踪影！随时准备战斗！"

11点方向一百米开外的战斗还在继续，不过枪声越来越稀疏，到了最后只听到一声清脆的枪声，整个树林就寂静了，回忆起993山地演习中我和小马哥遭遇了"嚣张"组合的表现，我完全有理由想象这一队鸟兵的悲惨遭遇，貌似肖飞这鸟兵还是被兽营淘汰了的，而现在，我们面对的是名副其实的疯子们。

"注意隐蔽！"小马哥急促的声音传来，我从灌木丛中看去，果然眼前的事实证实了我的判断，一些可爱的蓝精灵们一个一个愁眉苦脸地从 10 点方向的小树林走了出来。

还好，这些迷彩服上中了蓝色演习弹的鸟兵们仅仅只是走到了我们 9 点方向的六十米处就停了下来，一个一个垂头丧气地在 9 点方向的空地上坐了下来，然后我就看到了另外两个鸟兵。

是的，他们就是"狼群"，我们的敌人！

"你们这帮猪猡！真他妈的太窝囊了！"一个身上罩着一层涂抹了青苔的伪装网的兵提着一杆 81-1 彪烘烘地说道："12 条兵，这么不经打！'突突'几下就全部完屎了，是不是觉着着演习弹不值钱啊！"

另外一个手持 95 突的背对着我，大笑着说道："嘿，别光顾着批评，要学会肯定！人家的战术还不错，纯火力压制，M 国特种兵的地狱火战术！分两排，一排子弹打光了就马上退回去换弹夹，第二排补上继续'突突'地扫射，不间断火力压制呢！"

"压个毛，咱们早就转移了都他妈的朝着树突突……"提 81-1 的鸟兵突然停住，貌似在对着话筒报告："呼叫'狼群'，'白眼狼'小组确认，毙'敌'12 名！全部集结，地点为 B23 以东一公里处，召唤'小鸟'，接应'回巢'……"

拎 95 突遗憾地说道："哎呀，你们这帮猪猡啊，咋就这么不长进呢？这下好了，我可是告诉你们啊，咱们'狼群'总共才十八个兵，'土狼'昨天晚上就干掉了九个人，'赤狼'刚刚也干掉了五个人，咱们'白眼狼'一下子淘汰十二名，目前你们还剩下四十六个人……"

不知道是不是这个所谓的"白眼狼"战斗小组刚刚一下子干掉了十二条兵，整整一个小队，所以他们显得比较兴奋，另一个刚刚结束了通话的持 81-1 的兵也牛逼烘烘地插话了："我也告诉你们啊，以你们的目标物为中心，半径十公里，半径五公里有两道环形防御圈，咱们'白眼狼'可还是雷达站的第一道防御圈，咱们就十八条人，六个三人小分队，喷喷，你们十二条人，挑咱们三条人，还没进入第一道防御圈，你们很光荣啊！"

听到这话顿时我就紧张起来，不禁遥向小马哥潜伏的方向致以最崇高的敬意，狗日的果然比我有当队长的潜质，沉得住气，要是我，马上就下令收拾这两个兵了，想不到，他们这一组居然还有一个人没有出现，要是现在动手了，

就可能暴露了我们的位置。

果然，一个提着85狙的兵摇摇晃晃地出现在林子的另一端，还好没有冲动啊，我暗自摇头，看着这个强悍的鸟兵，狗日的敢情是刨了一整片草地全部给整上了身，如果他往地上一伏，我可是真的还分辨不出！

提着85狙的鸟兵走到一堆可爱的"蓝精灵"中间，惋惜地啧啧有声地说："猪猡们，看来没有机会再好好敲打敲打你们了，唉！"

现在该是轮到我们这帮猪猡敲打你们的时候到了，耳边传来小马哥低低的声音："2号目标狙击手，3号目标为手持95突的兵，我的目标是手持81-1的兵，17号掩护——1号锁定目标！"

"3号锁定！"我轻声说道，手指扣上扳机。

2号小鲨的声音从耳机里传来："参照物：黑色腐树，距离110，无修正，全角度，目标百分百！ 2号锁定！"

"17号就位！"高克压低声音说道，耳机中传来窸窸窣窣正在移动的声音。

小马哥沉声喝道："打！"

毫无悬念，这场战斗以我们"金刚"四人战斗小组的完胜而告终。首先是"白眼狼"三人战斗小组的狙击手被光荣地戴上了一朵"大红花"。然后就是我锁定的那个同样持81-1的鸟兵，小马哥可能是给我们下战斗口令去了，开枪时间稍微慢了一步，那个拿着95突的鸟兵反应也真够邪乎，听到小鲨的枪声后马上就矮下身形一个翻滚大叫狙击手五点方向切入角度45。可惜的是，他躲过了小马哥的一击，但是没有躲过高克的补射，也幸运地挂上了一朵"大红花"——仿佛是为了泄愤，咱们硬是朝着这三个停止了抵抗的鸟兵不停的射击，直到把弹夹都打空……

高克牛逼烘烘地冲过去，一把就扯下那个持95突的兵肩膀上的步话机，喝令道："不许动！"

小鲨从树上跳下，冲了过去，如同星爷般大笑三声。

"你们已经'阵亡'了！我以'金刚'小组最高指挥官的名义命令你们：请立刻退出战斗！"小马哥站起来，那一刻他无比神勇、堂而皇之、欣然自如地接受着垂头丧气的十二个鸟兵们眼中的艳羡。

"白眼狼"三个鸟兵面面相觑，手提85狙的鸟兵狂摇头道："他妈的，老子早说了，这个叫做'白眼狼'的代号不好听，果然了吧，灵验了吧，我操……"

"妈拉个巴子，咋不让咱们用红外预警呢？"手持81-1的鸟兵懊恼地看着自己胸前的密密麻麻的"大红花"骂骂咧咧道："我日，阴沟里翻船……"

手提 95 突的兵则用凌厉的目光瞪着朝他起码开了十枪的高克说道："老子认得你，你就是那个烤羊肉串的空降兵——你最好给老子能够活下来，咱们山水还有相逢！"

"帅克——咱们走！此地不宜久留！"小马哥转身召唤还潜伏在草丛中警戒的我。

我从草丛中一跃而起，狂奔几步，突然一愣，是的，我听到了一种奇怪的轰鸣声，随即我又笑了，敢情是直 9 飞来了。

我笑着对"白眼狼"的全体战斗人员说道："欢迎回家，恕不远送！"

让我们"金刚"战斗小组意想不到的是，准确地来说，应该是让我和小马哥感到惊讶的是，我们居然发现了"联合战线"的运用，在我们经过的一段泥泞不堪的沼泽地带边缘，我们清晰无比地看到一组几乎超过了二十人的脚印。越往前走，这些可供咱们判断的痕迹就越多，随即我们发现了战斗过的痕迹，踩踏的草丛、断裂的树枝、凌乱的脚印，还有那些红色演习弹和蓝色演习弹遗留在现场的残迹，这些都说明，在我们之前，有一支队伍和"狼群"在此地发生了激烈的战斗。

"他们成功的撕裂了第一道防御圈——"小马哥笑着说道，"距离目标地点还有五公里，我们已经接近了'狼群'的第二道防御圈，兄弟们，该怎么整？"

"踏着英雄的足迹前进呗！"小鲨笑着说道。

"古得爱滴儿（Good idea）！"高克竖起大拇指，用一句鸟语表示了他的赞同。

"帅克，帅克，"小马哥叫我道，"你在干吗呢？"

我抬起头来，指着一处泥地，咬牙切齿地说道："老子要报仇雪恨！"

是的，我在地面上还发现了一些不同的足迹，那是兽爪的印记，我知道，我酝酿的兽行已经慢慢地浮出了我的脑海。

"报什么仇雪什么恨啊？"小马哥疑惑地发问，凑了过来，一看，顿时就笑了起来。

"哈哈，耶鲁！"高克笑着说道，"这算怎么回事，'狼群'里面带上一只狗，当他妈的慰安妇吗？"

小鲨表情凝重："我操，等于他们多了一个人的战斗力，我们得小心！"

我站了起来，慢慢地笑了起来，嘴角的弧度越来越大。

"我日，你怎么笑得这么邪恶啊，帅克？"小鲨疑惑地看着我说道。

我越来越抑制不住，开始大笑起来，笑得几乎连眼泪都要掉下来。

"他疯了！"高克喃喃道，"帅克他疯了！"

我慢慢地直起身子，收敛了笑容，对小马哥很认真地说道："小马哥，老子要篡权！给我当当队长，不行也得行！"

"你要干啥？"小马哥退后一步，说，"老子有点怕怕！"

"要不完屎！"我伸手从战术背心中掏出一个白白的网球，狞笑道，"要不玩球！"

……

夜幕降临。一声清脆的枪声打破了宁静。

我脱下湿漉漉的解放鞋，扔了一只在地上，扔了一只往东面的草丛，然后抬头看了一眼悬掉在头顶树枝上的那一粒有些污痕的网球，一脚丫子踏在一团泥巴中踩了几踩，慢慢地，狞笑着在夜幕当中退隐。

我潜伏在我的预定位置，耳机里传来小马哥的声音："3号就位了吗？我日，你这方法有效吗？能把耶鲁引来吗？要知道它那鼻子贼灵啊！"

"它九岁了，它老了。"我平静地说道，"2号报告！"

"狙击阵位一，参照物，网球，距离七百二十米，弱东南风，向右修正一！"小鲨的声音在耳机中传来，有些延迟音。

"17号报告！"我转脸看了看高克潜伏的方向问道，在这片精心挑选的林区右翼四百米左右的一处地势稍高的灌木丛间，高克建立了另一个狙杀阵地，他的M4A1突击步枪在这个距离上能够保持足够的杀伤威力。

"目标通道清晰，对移动物体保持90度正射击角，水平夹角15度，1号确认目标通道！"高克小声说道。

"目标通道确认！"小马哥无奈地说道，"两个弹力套索陷阱，一个尖桩陷阱，弹力套索陷阱一号无明显伪装，3号啊，你觉得他们能明知山有虎偏向虎山行吗？设置了三个陷阱还会已无反顾地选择这条目标通道吗？"

"人类一思考，上帝就发笑——说不定他们执迷不悟呢，那就不怨我弄木尖陷阱了，试试运气吧！"我淡淡地说道。

"3号，你……你疯了！"小马哥叹了口气，说道，"你他妈的疯了啊！"

"'金刚'注意，保持警惕，无线电静默！"

我长长地吁了一口气，然后开始祈祷，快点来吧，疯子，快点来受死！

等待的时光总是十分难挨，我甚至几次想跳出来再扣上几枪，在这个静谧得只听到无数细微的窸窸窣窣的虫鸣的夜晚高吼一声："他妈的，老子在这里！"

我得承认，我很卑鄙，我似乎也达到了目的，西北角上，突然有夜鸟惊起，来了，他们来了！

畜生到底是畜生，我欣喜地听到，有低低的犬吠传来。

我轻轻地用指甲在话筒上划了三下，长长的三下：目标出现！

枪声吸引了第二道防御圈活动着的"狼群"战斗小组的注意力，不一会儿，我就看到了耶鲁，在夜色当中，耶鲁是黑漆漆的一团，脖子上那一根皮带被绷得笔直的，尾巴不时地摆动着，狰狞的剪影如同一头巨大的猛兽。

三个兵，一条狗。

一个尖兵警惕地持枪搜索前进，一个兵牵扯着耶鲁到处乱嗅，另外一个兵断后，调转着身形警惕地观察着身后，间距在十米左右。

我开始祈祷我们的潜伏和伪装最好不要出问题，为了掩饰咱们身上的气味，我们甚至每个人都在泥塘中滚了一身泥，虽然说耶鲁已经九岁了，但是老将出马，我们还是得小心谨慎。

"狼群"尖兵显然是发现了设置十分明显的弹力套索陷阱，第一反应就是蹲下了身子，并向身后做手语预警。

耶鲁显然是嗅到了一股熟悉的气息，开始躁动起来，一些蛰伏在林间的小动物们或许也是感受到了耶鲁的威胁，纷纷开始了窸窸窣窣的跑动，甚至我感觉我的背上都飞快地跑过一只不知名的动物，只听到"哗啦"一声，第二个设置的弹力套索陷阱被触发了！

在一棵突然从地表弹起来摇摆的小树之上，一只松鼠模样的小动物吱吱乱叫，不住地甩荡着蓬松的尾巴。

耶鲁充满敌意地发出一阵低沉的嘶吼，死命地往前冲，尖兵上去了，"哗啦"又是一声，另一棵被压服的小树从地面上弹了起来，树叶四处飘落，触发了第一个设置明显的弹力套索陷阱之后，尖兵亮出一把明晃晃的长刀，潜行过去，顺手一挥就斩断了解救了触发了第二个弹力套索陷阱上方，被套索挂在小树上的小动物。

果然不出我所料，这个家伙很顽固，左右一观察，然后一权衡，坚决地朝我预先想定的目标通道走去，当然，我在心中暗骂小马哥的设陷水平，他妈的连一只小不点都能触发，还玩个毛啊，咱们捕的是人！一点都没达到老子不战而屈人之兵的效果，我日！

事已至此，我唯有希望设置的第三个用树木削尖了的尖桩陷阱能够成功了。

一步、两步、三步，尖兵在前进，不过，他的速度非常非常地慢，观察也特别地仔细。

疯子教过我的玩意儿在这一刻被我们现场观摩：搜索、确认、巩固，继续前进，在这三人外带一狗的战斗小组上充分地得到了体现。

现场示范得不错，可惜他们忘记了他们当中还有一个异类，那就是耶鲁，越是深入目标通道，耶鲁就显得愈发焦躁，是的，它一定是嗅到了它最喜爱的玩具散发出来的与众不同的气味。

尖兵也开始间距半米的跳跃式搜索陷阱了，根据我的估算，这鸟兵一定会中招，于是我残忍地笑了。

拽扯着耶鲁的居中的兵一不留神，耶鲁突然就冲了过去，这一切都发生得很突兀：耶鲁从草丛中咬出了我的一只鞋子，而尖兵则痛苦地发出一声闷哼，踩上了尖桩陷阱！

队形乱了，居中的兵赶紧上前搀扶中招了的尖兵，顾不得管已经脱离了他掌控的耶鲁，耶鲁放下口中叼咬着的我的鞋子，像一支离弦的箭一般就向它的玩具方向冲了过去。

机不可失，我压低了声音，从喉咙里，从胸腔里迸出一个字："1 号、17 号陷阱两个，2 号狙击断后的那个，打！"

17 号高克率先开火了，这鸟兵适合打固定靶，"突突"几枪，就给踩在陷阱里的尖兵带上了几朵"大红花"，1 号小马哥也不示弱，参与其中，加装了四倍瞄准镜的 95 突也是枪枪见红，身处一号狙击阵位上的小鲨，则击中了断后的那个兵，并且马上从预先的撤退路线转移到了二号狙击阵位，尽情地自由射击。

很好，是到了我该报仇雪恨的时候了。

耶鲁找到了它心爱的玩具，可惜玩具被悬吊在半空之中，耶鲁绕着圈圈在树下转了两圈，然后纵身跳了起来，一下一下地够着自己心爱的玩具。

我的心越来越坚硬。

吐尽了最后一个肺泡中的空气，我的手扣下了扳机，朝着耶鲁开枪。

一枪，两枪，三枪，四枪，五枪，我打光了一个弹夹，然后转移，再打光了一个弹夹——耶鲁再也不能跳起来了，五十米的距离，我想哪怕是一颗演习弹，都有一定的杀伤力。

耶鲁抽搐着它的身体，喉咙里发出嗷嗷的叫声，我觉得，现在的它就像是一条小狗崽子。

"17 号火力压制！1 号支援！"我从草丛中弹了起来，大背枪，掏出了我的 P85，朝耶鲁开火，并靠近。

耶鲁朝我做了最后一个扑咬的动作，可惜它没有能成功，我几乎是在一米的距离外向耶鲁开火的，它的反抗举动更激起我的兽性，我掏出了我的战俘刀，捅入了耶鲁的身体里。

我终于完成了一次兽行，我亲手杀死了一头退役的军犬，它的名字叫做耶鲁，它曾经缴获了大量的毒品，为党和人民作出了不可磨灭的贡献！

"火力压制，掩护撤退！"我对着耳机说完马上就打开了我清空了的背囊，将耶鲁尚有余温的尸体塞进了背囊里，按照预定撤离路线奔跑了起来。

我是一个步兵，光脚的不怕穿鞋的步兵！

我承认——我谋杀了耶鲁！

第十四章

再见兽营！

> 引文：我觉得有一些滚烫的东西从我的眼角流出，一直流淌到我的鬓角处，在那里，有我血脉在勃勃跳动。

我开始懂了，所谓凶猛，或许夹杂了很多莽撞。

一个人为了他心爱的东西可以心甘情愿无怨无悔地付出，甚至是一条狗，比如说耶鲁。我曾经也揣测过，耶鲁的玩具，这样一个普普通通的网球，对于它而言，可能是一件很有意义的东西，可能，在它年轻的时候，在它如同我一般接受痛苦的训练时，追逐这个网球可能就是他唯一的乐趣，久而久之，这种乐趣就变得十分有意义，甚至可能不仅仅是一个玩具那样简单，在它完成了一次缉拿毒品的任务之后，一吨的狗粮甚至都不如这个陪伴至今的网球在眼前一晃。

我不想讨论什么荣誉，军功章对于一条军犬来说没有任何意义，我只是觉得任何一次身心疲累的任务过后，一个普普通通的网球被驯犬员扔过来的时候，耶鲁会感到非常开心。

人也不例外，比如说我也可以心甘情愿，我为了我心爱的东西也可以什么都做得出，我也不想说什么私愤，我承认是有一部分，但是谋杀耶鲁的理由完全不止于此——一个有趣的世界刚刚在我的眼前拉开了小小的一道布帘子，我想做的就是冲过去，把这个有趣的世界厚重的帷幕给"哗啦"一声全部撕开，然后投入其中，领导上让我咋整我就咋整！

但是，经过队友们的提醒，我发现我忽略了一个最残酷的事实。

我谋杀了我的战友，虽然它现在并不在我们的行列当中，但是它是我们的战友，这一点绝对不容置疑。另外，它是一个功臣，如果它不来参加这个兽营，它大可以在某个训犬员的陪同下安心地养老、散步，顺便还可以享受一下组织上配发的女朋友——我的意思是，组织上随时可以追究我的责任，夸张点地想，还他妈的有可能是刑事责任。

为什么？为什么要谋杀耶鲁？

这样一个问题，当我把解了背囊袋子暴露了耶鲁的尸体之后，小马哥、小鲨，还有高克都不停地在质问我，他们的脸都白了，声音都在颤抖着，他们万万没有想到我会做出这般残忍的举动，开始以为我就是说说而已，并不至于真的做。

小马哥叹了一口气说："早知道你要腾空背囊说是轻装上阵我就不应该相信你！帅克，你他妈疯了！"

小鲨摇着头说："帅克，你会被淘汰的，你他妈的连耶鲁都杀了，疯子他们一定不会放过你的！"

高克哭了，这个常常自诩为深入敌后悍勇无比的空降兵哭了，他甚至打了我一拳，什么都没说。

我想，最可能的结局就是，我很有可能因为这样一次谋杀而被淘汰出局，然后被送上那军事法庭，接受党和人民以及关心和爱护动物人士们的愤怒的质问。

为什么，我为什么要谋杀耶鲁？

我平静地告诉小马哥、小鲨，还有高克这是为什么。

是的，是为了胜利。

为了胜利！

为了战胜诸如疯子这帮牛逼烘烘的特种兵，为了洗刷这帮牛逼烘烘的特种兵轻蔑地强加在老子头上这个猪猡称呼的羞辱，为了告诉这帮禽兽——老子是一个硬骨头的步兵爷们！

我很平静地看了看我的同伴们，我说："是我杀死了耶鲁，我将承担因此带来的一切责任，但是现在，你们必须紧密地团结在我的周围，取得这最后的胜利！老子不管，你们都得听我的！"

我很冷静地说："有一句话憋在我心里很久了，如果，如果咱们当中有谁能够留下，我希望他能坚持，好好训练，若是有一天能够亲自操刀上阵，为了祖国多杀上几个敌人，请记得一定要说给没能留下来的兄弟们听！"

良久的沉默之后，小马哥很认真地问我："这些兄弟们都答应，不过，他妈的杀死耶鲁跟取胜又有什么关系？我觉得，帅克，你他妈的真的疯了！"

我掏出 GPS，看了看，露出一个微笑，说道："嗯，我们很接近目标物了，嘿嘿，为什么没有关系？人，都是有感情的动物，疯子他们也不例外，我到底要看看，他们这样一帮子在尸山血海和枪林弹雨当中趟出了一条命来的疯子们到底是不是传说中那样冷血，那样无情！"

"我们继续前进，然后在目标物的最后一道防御圈设伏，就如同上次我们用网球诱引耶鲁一样！我们故技重施！"顿了一顿，我冷笑道，"只不过这一次，我们不是用网球，而是用耶鲁的尸体，这个经典战术的名字想必大家都很熟悉，叫做——围尸打援！"

"疯了，你疯了，帅克！"小鲨摇头，喃喃说道。

"我操，你真他妈的没人性！帅克！你给老子听好了，你没人性！"良久没有发话的高克终于爆发了，朝我吼道，"老子要退出！"

"不要冲我吼，不要冲我叫，总而言之，这是我们取胜的唯一途径！"我冷冷地看着高克，说道，"你很想留下来，可是你不会用我这样的方式，是不是？你肯定是这样想的，可是，就凭你这头猪猡，能打得过疯子他们那帮特种兵？更何况他们是以逸待劳，在防御得滴水不漏的阵地里等着咱们送上门！退出？好，你以为你是退出咱们'金刚'战斗小组吗？不，我觉得，你是想退出'兽营'！你深入敌后的梦想呢？你一直为之付出的努力呢？这一切都将随着你的退出成为泡影！"

"我并不认为我们有多大的胜算，但是这样做，的确会为我们赢回战斗的主动！"我看着高克，面无表情地说道。

"高克，其实帅克说承担责任，就是想把咱们都留住……"小鲨颓然涩声说道，"他妈的，现在觉悟了，他牺牲自己成全我们，我操，狗日的……"

我露出一个微笑，点了点头，然后出神地看了看天空。

"要是疯子他们不来，我会很失望的……"我自言自语地说，"最精锐的士兵们，站出来证明吧，证明你是一个热血的士兵，而不是冷血的杀人机器吧！"

"那么你呢，帅克？"小马哥重重地把手拍在我的肩膀上问，"你是一个热血的兵，还是一个冷血的兵？"

我突然感觉到头部一阵剧痛，我忍住了，半是掩饰，半是自嘲地说道："我是一个神经兵！"

我把耶鲁的尸体用一段静力绳绑在一棵砍掉了枝丫的小树上，然后将压伏着小树绑着的另一段静力绳砍断，耶鲁的尸体摇摆在半空中，耷拉的头部如同西方那个著名的受难人物。

耶鲁原本是一条大黄狗，而现在变成了一只大红狗，在它的尸体上，除了触目惊心的弹孔，就剩下了这些触目惊心的血红了。

我没有失望，目标物雷达站的防御阵地里传来了枪声，是的，枪声！

疯子以密集的枪声表达了他的愤怒！

然后，他们就冲了出来，从他们镇守的目标物的防御工事中冲了出来！

他们还有人性，他们不是冷血动物，不是单纯的杀人机器——躲避着在我头顶呼啸的子弹，我想，祖国交给这样精锐的士兵们，老子很放心！

枪声大作，夹杂着疯子的怒吼："我操，给老子出来！给老子出来，给老子出来受死！谁干的，我操！"

我转移到我预定的阵地里，手指搭上了81-1的扳机，面无表情。

他们一起出来6个人，我敢肯定，绝对是倾巢而出。

我可以想象他们的愤怒。

他们是名副其实的"狼群"，一路从标高为45的小山包上奔突下来，杀气腾腾。

"17号潜入雷达站，炸毁目标物！"我冷冷地下令，"1号2号，准备战斗！"

近了，已经踏入了伏击圈了，我沉声道："打！"

作为狙击手的小鲨显现出了强悍的一面，疯子他们几条人个个都是以2-3米的速度在飞快地移动，并且还习惯性地跑出了Z字，尽管如此，小鲨还是击中了两个士兵。

我和小马哥也开火了，我想我是打中了疯子，因为我一直瞄准疯子，我看到他的胸前已经挂上了一朵大红花，这是我颁发的。

可是我没有一丝一毫的兴奋，因为这六个兵，包括疯子，都没有自觉地退出战斗的意思，一点都没有，相反的，疯子这个尖兵飞快地报出了我们三个兵的阵地位置，他朝我隐蔽的阵地"突突"扣来一个长点射，大声吼叫道："狙击手一千一百米4点方向，切入角45，标高37的山间树林，他在树上！右翼突击手一点方向，火力压制！左翼11点方向，火力掩护——一个一个都不要放跑！杀！"

这是怎么回事？

我顿时感觉到了压力，我日，这些兵，全他妈的是疯子，我很想告诉他们，这是一次演习，按照演习规则，只要被我方的红色演习子弹击中，就得他妈的自觉退出战斗!

玩大了,玩大了!

疯狂了,都他妈的疯狂了!转眼之间,这六个特种兵战士,这六个疯子长官,全部他妈的疯狂了,尽管他们身上都带上了"大红花",但是他们仍是不管不顾,一顿猛冲。

"快,转移!"看着六个家伙分二二二组合队形朝三个方向分开,我赶紧在耳机里喊道:"这帮人疯了,17号,就位了吗?快点,炸毁雷达站!"

"就算我们完成了任务,他们会放过我们吗?"小马哥无奈地说道,"他们疯了!"

"2号撤离二号狙击阵地,妈的,祈祷吧,希望他们使用的是蓝色演习弹药而不是实弹!"小鲨气喘吁吁地说道,听得出来,他也失去了一个狙击手的冷静,或许,他失去了刚开始的冷静。

我看到疯子和另外一个兵速度惊人地冲了过来,赶紧提枪就狂奔,转移到我预设的第三个阵地,这可他妈的是我的最后一个阵地了,刚刚伏倒身子,就听到了高克的声音:"17号已就位,二十秒之后摧毁目标物!"

"整完了赶紧回来支援!"小马哥急急插话道。

"报告弹药消耗!"我侧身换上一个弹夹,拍上81-1问道。

"2号主弹药剩余十发,辅弹药没有!"小鲨气急败坏地说道,"我操,失败,选个屁的子弹啊,选个屁的狙击步枪啊,我操!"

"1号主弹药一个基数,辅弹药未消耗!"小马哥提示道,"2号扔掉M82A3,能跑多远跑多远吧!"

"17号主弹药一个半基数,辅弹药未消耗,十秒后摧毁目标物!"耳机中传来高克急促的声音。

"2号与17号汇合!17号向2号靠拢!"我朝奔突而来的疯子又开枪射击,说道,"1号迂回,向2号运动!"

让我感到惊讶的是,疯子居然来了个硬生生的折弯跑,没有理会朝他开火的我了,就撇下一个正在朝我的方向开枪还击的兵,往小山包上面跑。

我知道,他要去把耶鲁放下来。

我甚至忘记了开枪,我看到疯子一脚踹断了那棵如同儿臂般粗细的小树,准确无误地接住了耶鲁的尸体。

满身都是大红花的疯子抬头望着天空,像一头受伤的狼那样长嗥。

砰的一声巨响,标高为45的小山包上,那个所谓的目标物雷达站,慢慢地升腾起一朵褐色的花朵来。

"确认目标摧毁！"17 号高克几乎带着哭音报告道，"可摧毁有个毛用啊！狗日的，不认输，还往这边冲！"

"坚持不住了，2 号呼叫火力支援，我被压住打啊！"从话筒中我都可以想象小鲨的处境是多么地艰难，连子弹打在树木上"噗噗"的声音我都听得十分清晰。

"1 号主弹药消耗完毕！"小马哥气喘吁吁地说道，"兄弟们掏王八盒子干啊，打光了子弹死掐，没见过这么不要脸的特种兵！"

"很好！"我回过神来，看了看自己十分肮脏的迷彩服，上面没有一星一点的蓝色，我笑着说道，"咱们打败了'格格巫'！"

我站了起来，从隐蔽的阵地里站了起来，大声喊道："耶鲁是我杀的！"

我知道，是到了我该承担的时候了。

枪声停下了，我听到从雷达站里溅落的碎石扑簌簌掉落在树林里的声音。

然后我就看到了疯子。

疯子慢慢地抱着耶鲁走了下来。

然后他很认真地看着我问道："3 号，是你杀了耶鲁？"

我说："报告长官，是！"

疯子慢慢地把耶鲁交给了他身边的那个兵，然后慢慢地走到了我的身边，很认真地问道："3 号，你叫什么？"

"报告长官！"我定定地看着疯子的眼睛，说道，"我叫帅克！"

疯子慢慢地从战术背心中掏出一个网球，用力地捏着，神经质地捏了一会儿，然后放回了迷彩裤的裤兜当中。

疯子慢慢地端起枪，枪口对准了我，不知道为什么，他又放了下去。

疯子看着我赤裸的脚，突然很好奇地问："帅克，你是什么兵？"

我回答道："步兵。"

然后，我突然就有了一种如释重负的感觉。

是的，在我不长不短的人生里，我第三次昏迷了过去，第一次，我是在梧州滔天的洪水当中，第二次，我是在小胖子赵子君牺牲的尸体边。

第三次，我看到了疯子朝我霍霍挥舞的枪托。

那冰冷而沉重的 81-1 的枪托。

我想起很多事、很多人，他们很突兀地就出现在我的脑海中，如同放电影一般，但是，仅仅只是那种古旧的默片而已，悄无声息地，一帧接着一帧。

等我听到了声音的时候，我又发现我所看到的人，全部都是颠倒的。

我发现我是颠倒了，被倒吊在一根粗大的绳子上，我的脸上有不断滴落的水珠，我想这真是一个颠倒了的世界。然后脚上一松，我的鼻子马上又呛了一口水，嘴里也喝进了一口水——我这才发现，原来我是被倒吊在水面上。

等我再度被拉起来的时候，有一个我特别反感的声音说道："帅克，噢，不，3号！我现在不是惩罚你，绝对不是，这是兽营当中的拷问训练，知道不，这只是训练！"

我笑了。

然后我就看到了疯子的脸，颠倒了的脸，他再也没有戴上他的蛤蟆镜，我发现他的眼睛很大，有这样的大眼睛，应该是很适合当一名优秀的狙击手的。

疯子问我："你笑什么，说！"

我就只是笑了一下而已，难道这也要接受拷问？

事实是残忍的，我感觉到后背突然一阵剧痛，然后我就看到了疯子手中的一根粗壮的、长长的皮鞭。

"为什么笑？说！"

我想我肯定是在神志不清醒的状态下接受了拷问训练的，在拷问训练中我坚持了多长时间我不知道，我只知道的是，我现在清醒了，好汉不吃眼前亏，于是我就说了。

我说："我希望这只是我一个人的训练，长官！"

疯子愣了一愣，低下头来，掐住我的脖子，轻轻地说道："如你所愿啊3号，真的只是你一个人的训练！我的原则是首恶必惩，从犯从轻！"

我剧烈地咳嗽起来，我想，我是想笑，然后被一口气呛着了。

"报告长官——"我吃力地说道，"我是不是接受完这次……这次训练，我就会被淘汰……淘汰出局……"

疯子笑了，他狞笑着凑近我，用力地扯着我的耳朵，几乎把我整个身子都拽了过来，他笑眯眯地说道："根据规则，其实你不用出局，毕竟你没有变成'蓝精灵'，而且还圆满地完成了炸毁雷达站的任务……"

顿了一顿，疯子松开了拽着我的耳朵的手，然后我就听到他的声音忽远忽近："不过，这得看你能不能坚持完成训练，毕竟，训练还没有结束……"

一阵凉意破空，我又被疯子扬起的皮鞭抽中，一下、两下、三下，我觉得，我快要死了。

可是我没有死，我的求生意志一直很惊人。

"我现在拷问你一个事——"疯子把我拉了过去，重重地拽了过去，鼻息粗重地说道，："你要回答我我就放了你，你只要告诉我一个人的名字，我保证你马上就可以结束这个拷问训练！"

疯子掐着我的脖子，轻声问道："3号啊，告诉我，你那位在梧州抗洪牺牲的同班战友，也就是你曾经带过的那个兵，他叫什么名字啊？"

我的脑里轰的一声，直到这一刻，我才发现，我全身的所有血液全部聚集到头顶。

"说啊，他叫什么名字，说出来我就放了你——"疯子若无其事地说道，"噢，我记得好像外号叫做小胖子，不过大名我记不起来了，最近他妈的忙着招呼你们这帮猪罗，事情太多了，这不明明记得我问了那谁谁谁的，可又马上忘记了，说吧，乖啊，说出来我就放你下来，然后还给你准备了一些东西吃，噢，那可不是猪食！"

我慢慢地抿住了嘴，闭上了眼睛。

我觉得有一些滚烫的东西从我的眼角流出，一直流淌到我的鬓角处，在那里，有我血脉在勃勃跳动。

"说！"

"他的名字叫——"我睁开迷蒙的眼睛，笑着说道，"今晚打老虎！"

砰的一声，我的肚子上传来一阵剧痛，我全身痉挛，吃力地说道："长官……腿功还……还行……"

我嘴巴贱，我得承认，吹牛拍马也不行，人家以为他妈的是讽刺，在说了这句话之后，我又挨抽了，于是我决定，还是闭上嘴巴好一点，貌似我的班长李老东曾经教导过我，要管住嘴巴。

疯子暴跳如雷地在吼我，一遍又一遍地质问我小胖子到底叫什么名字，我一直闭上嘴，固守着我的班长李老东教给我的"三巴"规定——我突然很想我的班长李老东，他虽然体罚过我，但是绝对没有疯子这般冷酷、残忍，噢，他真是个令我眷念的好人。

不过，闭上嘴巴貌似也并不是上策，那样会让我看起来特别地坚贞，威武不能屈，富贵不能淫，疯子的鞭花甩得越来越好了，都是拜我所赐，最后他也累了，比我还要累。

他靠着一根木桩坐，掏出了一支雪茄，然后用一个燃烧得十分凶猛的一次性打火机的火焰烧雪茄头，这让我产生了一个错觉，这鸟兵会用这雪茄头烫老子，貌似那些坚贞的共产党人都受到过这样的待遇。

一想到共产党人，我就突然想起了小胖子赵子君，嗯，小胖子是个好共产党员，我一定要向他学习，向他致敬！

所以，我无论如何也不能吐露他的姓名！

哪怕皮鞭抽在身，烟头烫在心，上他妈的辣椒水、老虎凳，老子也不能！坚决不能！

疯子没有用烟头烫我，或许是因为他的雪茄太贵，他只是一脚一脚地踢着我，让我像一个老式座钟里的钟摆那样晃来晃去。

最后他抓住了我，他说："不说是吗？那我来告诉你，我有一个战友，它曾经在一个边防站救了我一命，当时有个毒贩从担子里掏出了一把枪，是它扑了上去咬住了他的手，你知道它叫什么名字吗？你知道吗？"

像是被雪茄呛人的烟雾迷住了眼睛，疯子使劲地用手背擦了一把眼睛，血红着眼睛对我说道："它叫耶鲁！"

"我不会原谅你！不能原谅你，永远不能！哪怕你是一个很出色的士兵！"疯子很用力很用力地踹了我一脚，说道："耶鲁对于我，就正如小胖子对于你！"

疯子说："我很讨厌你，恨不得一枪崩了你！真的！"

疯子并没有一枪崩了我，而是把我捞了起来，关了小黑屋，他说："在兽营的教学大纲上，有一项叫做情感剥离的训练，恭喜你，你成为了第一个进行训练的兵，你很荣幸！"

小黑屋——顾名思义，一个很小、很黑的房间。

我什么都看不到，我开始怀念那炽热的阳光、清冷的月光；我什么也做不了，我开始怀念那漫长的全副武装五公里，臭烘烘的，但是一望无际的副业地。

我唯一能做的，就是怀念。

静静地躺在冰冷的水泥地面上怀念。

没有人和我说话，我很孤独，我开始期待那只从厚重的铁门下方规律性地出现的那只手了，那只手总是会递进来一些食物，这样做只不过是不想让我死去。每次那只手出现的时候，我总是很激动，我向这只手表达了我想和它说说话的良好意愿，可是这只手总是如同触电般马上缩了回去——当那个铁门上的小窗子被关闭，一切又归于死寂。

既然没有人跟我说话，那么我就自己开口说话——我开始背诵我记忆中的所有口令，甚至那些不常用的如同向左刺、向右刺、防左刺、防右刺、突击刺的上刺刀死掐的口令。可惜的是，口令很快就背完了，于是我又开始背诵我记忆中所有的条令，一直从队列条令背诵到纪律条令。三大条令条例很快就背完了，于是我又还是唱军歌，从我是一个兵开始唱起，几乎唱遍了我所有会唱的军歌，甚至程小铎教给我的那些娘们军歌——是的，我想起了程小铎，于是我又开始唱起了情歌，地方上的情歌，一首接一首——可惜的是，我所有会唱的情歌都唱完了。

然后我就开始自己和自己说话，貌似有一首老歌里面有这样一句歌词叫做一人分饰两角——这就是我现在的状况，我不停地扮演着两个不同的人，一个是我自己，一个是别人：

……

班长李老东说："帅克啊，你这个鸟兵，怎么又关了禁闭呢？"

我说："班长班长，学艺不精学艺不精，辜负了您老人家的期望！"

班长李老东说："没事，出来之后上我家喝酒去，椰岛鹿龟酒，管饱！"

……

四海说："帅克，老子来把佛克思贝斯加问：物理删除是哪一条命令？"

我说："鸟兵，不就是 PACK 吗，不过俺喜欢用 ZAP 命令，什么都弄掉，一次性把记录清空，省事又省心！"

四海说："我靠，行啊你，改天带你上上利通，上上 QQ，发个妹子给你整！"

……

老八说："帅克，俺家大妹子黄了没有啊？"

我说："我操，早成黄花菜了，都凉了！"

老八说："我操，你不说处了你就黄，你就这么狂吗？"

我说："噢，听错了听错了！"

……

我想起来了，这样的场景就叫角色扮演，RPG，咱们七班还弄了个口述步哨的角色扮演呢——可是，一二三四五六七，我操，小胖子，赵子君，又他妈的跑去了哪里？

说着说着，我就累了，直到我张开嘴，却说不出一个字。

想着想着，我就倦了，直到我抓破头，却记不起一个人。

我终于睡着了，暗无天日地睡着了。

其实，我很害怕，我害怕我一睡着了，就永远不会再醒来了，我不怕不能

再醒过来，我只是怕没有机会告诉那个疯子，嗯，我想告诉那个疯子，其实我很想跟他说一句对不起，我得向他承认，我是不是一个好兵，我没能够救出我的一个战友，反而，我杀死了我的一个战友，我很自责，内心很痛苦……

还有，我想告诉他，狗是我杀的，我承认，我千不该万不该就是不该将耶鲁曝尸，再整一个围尸打援的战术，早知如此，有道是"一黄二黑三花四白"，我还不如一锅把它给炖了消灭证据呢。再说了，他妈的，演习演习就他妈的变成了演戏，不就是杀了条狗嘛，一个一个就沉不住气，中了弹还不退出，什么玩意儿，我日！在这个意义上来说，你整老子，老子十分鄙视你！

我不知道这算不算批评和自我批评，真不知道，头都想到剧痛。

……

不知道到这是第几天，铁门终于缓缓打开，我背靠着墙，被这声响惊醒，眯缝起了眼睛，就看到了一个黑影跨站在门口，挡住了那些温暖的阳光、刺目的阳光。我张开嘴，想友善地提醒他一下最好不要挡住太阳，因为我很久都没有看到过太阳了，我张了张嘴，喉咙里却冒出一串古怪的音节来。

那个黑影径直走向了我，不由分说，斩钉截铁地在我的眼睛上蒙了一块布，然后反剪着我的双手把我从地上扯了起来，一个标准的战场救护的姿势，就把我扛了起来。

他命令我不要动，我想我认出来了，他是疯子。

在我路过训练场的时候，我嗅到了浓浓的汽油味道，听到了轰鸣的马达声，和那尖锐的刹车声，然后，我就听到有一个声音在狂叫："90度直角转弯的要领是他妈的在进入弯道的瞬间踩紧制动器，记住，是同时！同时将挡位排入低挡急加油，打方向约四分之一圈！再使车辆利用甩尾动作进入弯道，当入弯45度时再回正方向，听明白了没有你们这帮猪猡！"

我张嘴就想问他们这是在训练什么科目，可我的喉咙中还是冒出了一串古怪的音节，连我自己都他妈的听不懂，疯子可能是觉得我不够老实，使劲地拉了拉我的一条手臂，扣紧了钩着我的一条腿。

然后我被扔在粗糙、滚烫的水泥地面上了，我又一次被水龙头冲出来的水柱清洗，我记得在梧州的那一次关号子，也正是有一个鸟兵拿着水龙头冲洗我，每一次关号子，出来第一件事就是洗刷刷，弄得老子都习惯了，不过，这一次，这水柱似乎没那么尖锐如刺。

我贪婪地喝着水，不过喝了几口就没有了，疯子说道："脱衣服！全部脱光了再洗，眼睛上的黑布条子别扯，别怪老子没提醒，小心废了一双招子！"

　　我服从了这个命令，我的心里有些欣喜，这疯子给我洗澡，是不是说明我还能够留在这个兽营呢？

　　想着想着，我就洗完了，并且换上了一些干净的衣服，疯子一把扛住我，不由分说地又把我扛到了另外一个地方，我的鼻端嗅到了一些美妙的食物香味，向毛爹爹保证，这是皮蛋瘦肉粥的味道。

　　疯子扯开了我眼睛上的黑布条子，费了好大的力，我才把眼前的一切看清，我看到我正坐在宿舍里头，面前的桌子上摆着一大碗皮蛋瘦肉粥，还有两个大馒头、一碟腌萝卜。

　　我想我要吃，吃饱了我才能好好说话，吃饱了我才能继续训练，所以，我就吃了。

　　疯子对我说："慢慢吃，吃饱了上床睡一觉，哪张床都成！"

　　我想我也要睡，睡好了我才有精神，有精神了我才能继续训练，所以，我吃完后我就睡了。

　　我睡得很香，睡得很沉。

　　迷迷瞪瞪时，我突然被一只手拍醒。

　　我惊讶地看着疯子，背着一个大大的背囊的疯子。

　　窗外有朝阳初升。

　　疯子冷冷地说："帅克同志，鉴于你在兽营中已经昏迷了超过 8 小时的事实，我特此通知你，你将退出兽营！"

　　我漠然地走出宿舍，发现训练场上站着二十来个兵，他们正荷枪实弹地练一个我并不知晓的战术队形。

　　其中有小马哥，有小鲨，还有高克，他们的迷彩服和我的一样新，不同的是，他们的迷彩服上面有一个草绿色的臂章——阳光太刺眼，我看不大清。

　　一辆北京吉普发出一阵阵低沉的嘶鸣，不熄火？嗯，浪费国家的战备油储，无耻！

　　"……帅克同志，我还必须提醒你，你在兽营的受训内容属于二 A 级军事机密，保密期限为十年，如有任何泄密行为，我们将通过军事法庭对你提出诉讼，请你自重，为国家和军队保守秘密……"

　　我抬起头来打断了疯子的絮絮叨叨，我涩声说道："对不起！"

　　疯子突然没有说话了。

　　然后我就慢慢地朝那辆没有熄火的北京吉普走了过去，一步，一步。

　　我想我是一个步兵，一个步兵就得有一个步兵爷儿们的样子，我不会哭，当我向耶鲁开枪的时候，当我向耶鲁刺出那一刀的时候我就曾经想过这样的结局，虽然只是一闪而过，但是我毕竟有了心理准备了，所以，我不会哭。

但是有一种声音彻底冲垮了我的心理防线，就像梧州的那场洪水一样，恣肆地奔涌过来，恣肆地撕裂着我原以为固若金汤的堤防。

那是一阵密集的枪声。

我慢慢转体，立正。

小马哥、小鲨、高克，还有那些不知名的兄弟们，单手举枪扣动了指间的扳机。

没有长官阻止，或许，这是一次被默认了的宣泄方式。

弹夹已被打空，枪机不再复进，我的兄弟们很自觉地立正，朝我齐刷刷地敬礼。

举枪礼！我们是兄弟！我们生死相依！

泪水模糊了我的眼睛，我承认，我在哭。

我的手中没有枪，我只好回了一个军礼，这是我毕生最窝囊的一个军礼，手没有取捷径，慢慢地抬起，手型没有保持，没有固定，一直在颤抖着，甚至都顶到了眼眶上，并且还手还弯曲得很厉害……

我不怨恨任何人，包括疯子，我没有能通过训练，并不是因为我杀死了耶鲁而咎由自取，我只是一个被淘汰的兵，在拷问训练和情感剥离训练中被淘汰的兵，而现在我眼前的兄弟们，都是通过训练的兵，他们比我强悍，比我凶猛，比我意志坚定——这样想，我才能走得安心。

小马哥、小鲨、高克，还有我那不知名的兄弟们，祝你们好运！永远好运！

我放下手，然后掉转头，任凭眼泪滴落在坚硬的水泥路面上冒出白色的水蒸气，快步向前，一把拉开副驾驶座的车门，坐了上去。

疯子冲了过来，把背囊塞入后排车厢，嘴巴动了几动，脸上的肌肉狠狠地抽搐了几下，最终还是没有说出一句话来。

车上只有一个挂着崭新的三级士官军衔的驾驶员，他面无表情地扭头看了看我说："听说是你杀了耶鲁？"

我点了点头，拼命地擦眼泪。

驾驶员说："耶鲁是我送过来的。"

我点了点头，又拼命地擦眼泪。

驾驶员慢慢地开动了北京吉普，驶出了一扇大铁门，然后说道："坐稳，抓紧，这台破车我能跑120，如果要死，你放心，也是咱们一起死……孬兵！"

我抬起头，冷冷地说道："这破车我还不会开，要不我来开？反正咱们一起死？"

"别他妈的动不动就给老子提耶鲁，你只不过是送了它一程，老子和你一样也送了它一程！"我恶狠狠地看着这个驾驶员说，"最好给老子开快点，离开这破地儿！我连耶鲁都敢杀，小心老子不爽连你也杀！"

我凶悍地吼道："你他妈的才是个孬兵！"

我滚烫的眼泪不争气地流了出来，在烈烈呼啸着的风里。

事实是，我是一个孬兵，因为我被淘汰出局了。

第十五章

逃兵帅克

引文：我想我是一个好兵，但是对于爱情，那纯真美好的爱情，我是
一个逃兵。

我回到了部队，回到了老连队，回到了我军旅生活的根，回到了军旅生活
的家，找到了我军旅生活的妈。

我的战友们对我的归来都表示出了发自内心的热烈欢迎，连长杜山拍了拍
我的肩膀，意味深长地说："回来就好，我就怕你去了就不回来了，虽然我希望
你不回来，但是我又忒希望你回来，其实战友们都是这个意思！"

这段话里有很多机锋，我笑了一笑，点了点头，我听得懂。

屁股还没坐稳，那边老八就彪烘烘地在楼下大喊了："那个叫帅克的鸟兵，
下来吃碗面，他奶奶个熊的！"

我下去吃了，就在炊事班的灶台上，其实那面里的面条很少，浇头却很多，
甚至还有几个虎皮辣子，上面盖着一荷包蛋，下面垫着一荷包蛋，老八看着我
狼吞虎咽吃，说道："得，你先吃，我先去后勤拉菜，赶明儿咱们喝一盅！"

方大山跟了进来，神秘兮兮地告诉我说："帅克，我和贝贝搞对象呢！搞成
了呢！她老给我来信，要我在部队好好干，她等着我呢！"

我放了吃得干干净净的饭盆子，突然想起一件事，连忙问："那大角螺拿回
来了没？"

方大山一愣，突然笑了，说道："噢，这个，拿回来了，明天给你说这事，
先上去，我买了一条精白沙给你，扔你抽屉里了，他妈的，老子真怕你不回来
了呢！"

刚出了食堂们，这边四海就朝我挤眉弄眼地笑了，一声暴喝："七班列队！"

"敬礼！"

我一怔，回头看去，只见我们七班的兵齐刷刷地就在食堂后面站成了一个队形。

很好，猛龙许小龙、功夫茶汪硕、大个子李大显、衰哥刘浪、土匪江飙、大山、四海都在，貌似就少了小胖子赵子君。

我的眼睛湿润了，不知道为什么，我最近的眼睛很容易湿润。

"别，别搞列队欢迎，放松，你们都是老兵……"我语无伦次地说道，无力地摆着手，我突然发现，自从在兽营出来，真的还不习惯这样正式的尊敬。

"行了吧，我不习惯了我操，随便点，都是老兵了……"我求援似的看着方大山，然后别过头来，回了一个礼，说道，"嗯，那啥，班副……不，我，我以前对兄弟们凶了点，我道个歉，以后，我注意改进……"

四海扑哧一声笑了，说道："行了行了，解散，坐过来吹吹牛吧，帅克，我怎么觉得你这一回来就变了个样了呢？给咱说说吧你那高级别的集训……"

我笑了笑，挠了挠后脑勺，说道："那有啥，不过就是每天搞体能而已……"

"班副，你们搞体能搞得猛不猛？一天几趟五公里？"大个子李大显率先发问道。

"对了班副，你不知道吧，咱们换枪了，用95！那可叫一个轻啊，上面还一把儿，可以提着跑，牛逼得很啊，我现在射击忒牛逼了，不信上靶场让你瞧瞧——"功夫茶汪硕说道。

"你牛逼个什么劲啊，人家许小龙在全师拿了个四百米障碍第一名呢！是不是啊，小龙！"衰哥刘浪讪笑着说道，"班副啊，咱们七班就我没怎么进步了，盼望着您回来指点指点，教训教训……"

土匪江飙递过来一支烟，看着我，慢慢地红了脸，说道："班副，抽烟……我训练还行，全师考核五公里越野，我是第五名……班长批准我可以抽了……"

"好，好！都不错！"我笑着接过江飙递过来的烟，凑上江飙递过来的火，抽一口，顿时就呛住了，拼命地咳嗽了起来。

"得！方大山！帅克那条烟归我了！"四海笑着指着我说道，"看吧，我说了吧，帅克肯定戒了烟了，什么集训，还不就是当个新兵蛋子整，这不，你瞧瞧——是吧，一看就知道老长时间没抽烟了！是不是啊帅克？"

我狂点头，道："还是四海眼光毒，你狠，咳咳！"

"没门！"方大山笑着说道，"你小子没门！"

顿了一顿，方大山笑着说道："帅克，我说你回来也不亏，给你说个事情吧，我保准你兴奋！"

"什么？"我抬起头来，疑惑地看着方大山，一脸的征询，我觉得这个世界上能让我兴奋的事情是越来越少了，因此，我比较期待。

"这你就不知道了吧！"方大山神秘兮兮地看了我一眼，说道，"行，这事今天早上在师大礼堂开的会，晚上连里军人大会就会传达会议精神，干脆现在我就提前整个小型的、简短的班务会，把这事先给大家传达下吧！"

"方大山啊方大山，一段时间不见你这个鸟兵，你还居然学会了卖关子……"我苦笑着说道，"大哥，别吊胃口了啊！"

"呵呵，是这样的，难道你不知道最近台海态势很严峻？"方大山笑眯眯地对我发问。

我老老实实地摇头，在兽营，我可是没准时收看过新闻联播，报纸都没一张。

"嗯，不是一般的严峻！"四海点头，然后疑惑地问，"是不是部队有行动？"

方大山笑了，竖起大拇指，说道："嘿，四海一猜就中！咱们部队明天晚上就拉到！参加大演习！代号997！"

"真的？"我腾身跳了起来，扔掉烟头，笑呵呵地问道，"真的？哈哈！"

"靠，还老同志，一听就激动！"四海鄙夷我道。

"哈哈，老子手气太好了，真他妈的太好了！"我仰头长笑道。

"我操！"远远地走过来一个军官，嚷嚷道，"那个是谁啊？他妈的，是不是帅克啊？一回来就听到你鬼喊鬼叫的，龟儿子！"

我定睛一看，原来是排长孔力，七班人马赶紧一个一个地从地面上站了起来。

"排长……"我一瞥，顿时咧开嘴笑了，"嘿，排长，一毛一变成了一毛二了啊，恭喜恭喜！"

"龟儿子，老子看看你进步了没有？"孔力几步奔向我，一把握住我的手，用力地摸着，半晌，他才松了手，长长地吁了口气，说道，"嗯，不错，你进步了！"

孔力把我的手摊开，说："鸟兵们，过来看看，这就叫兵茧！"

孔力凑上我的耳朵，小声地问："现在让你单挑张蒙，你搞不搞得赢？"

我笑了，很谦虚地摇了摇头，什么都没说。

孔力看着我，笑了，说道："嗯，成熟了啊！"

我笑了，用力地点头。

连长杜山一声暴喝："五连，学习室集合，开会！"

这一下，我笑得更加灿烂了。

997 演习如期举行。

这是一次渡海登陆三军协同大演习。

我第一次听说这个演习地名的时候还一愣一愣的，甚至以为我听到了家乡某一种可以吃的食物，那种味道并不怎么辣，甚至还有些甜的食物，不过，这个地方盛产一样东西，那就是刀具，我也这么认为，这个地方适合磨砺刀锋。

我并不是不愿意说出这个地名，而是意识有些模糊。自打从兽营回来，我就发现我的头总是不由自主地剧烈疼痛，有时候脑海中甚至像一颗烟幕弹突然爆炸了一般，一些记忆蓦然就面目模糊起来，我想这次演习目的是为了威慑海峡对岸的某些神志有些不清楚的鸟人。而我自己，也变成了一个神志有些不清楚的鸟兵了。

并不是我的体能有问题，也不是我的技战术水平有问题，事实上，这些简单的登陆战术动作虽然有些生疏，有些班排连战术还不熟悉，不过经过几次磨合我马上就掌握了要领，并且马上做得超乎标准——连长杜山甚至对我提出了表扬，说："老同志就是老同志，帅克很不错，是个好兵！"

这就说明，我的身体没有任何问题，除了那一天我们五连集体在驻地洗海水浴，当时我把衣服一脱，整个海滩就鸦雀无声，我转过身，就看到了兄弟们诧异到下巴都要掉下来的表情。

是的，我的身体上有很多伤痕，照某一个女卫生员的话来说，我是一个瘢痕体质的人，只要受过伤，身体上就会留下难以消磨的印痕，因此，我的身上伤痕累累，很是触目惊心。半天，四海长长地吁了一口气，捡起我的衣服说："黑社会老大，你还是穿上衣服吧！"

我知道，我又想起了某一个女卫生员，噢，应该是一个准学员，某个医科大学的红牌学员。

除了身体之外的原因，那剩下的原因就是精神上的原因了，我承认，导致我神志经常变得模糊的直接诱因是，方大山在一次训练时出神地看着大海，我走到了他的身边，他以为我是四海，然后他不经意地说："四海，这就是小胖子的老家！"

然后我就看着这片大海，是的，我想我听到了大海的声音。

方大山扭过头，发现站在他身边的并不是四海，而是我，顿时脸就变白了，我惨笑一声，摇了摇头，说："呵呵，小胖子或许经常在这里游泳！"

我承认我笑得很勉强，非常非常得勉强，以致方大山很尴尬，非常非常地尴尬，站在那里，走也不是，不走也不是。

方大山最后长长地叹了一口气，对我说："帅克，吹吹海风吧，有些事情过去了就过去了……"

我打断了方大山的话，涩声问道："我听说，听小胖子的爸爸说，这个……这个……小胖子的骨灰是不是有一部分撒在了这个海里？"

方大山点了点头，艰难地说："是……"

"那小胖子送给我的大角螺呢？你怎么没帮我要回来？我日！"我转过身，用力地摇晃着方大山的身子，歇斯底里地吼道："我操，方大山！我日，方大山！你答应了给我拿回来的，你他妈的老子就知道你不靠谱，天天和那什么贝贝粘在一起，我日，老子就知道你不靠谱，交代的事情办不成！"

"别激动，帅克！别激动！"方大山苦笑着说道，"是我不好！是我不好，我没有！我没能，不过你放心，小胖子的大角螺没事，我一定会要回来，好吗？"

"要！要个毛，在梧州呢！"我颓然无力地松开了手，慢慢地在海滩上蹲了下来，无力地说道，"老子要请假，老子要探家，老子要去拿回来，你！我操，你不靠谱！"

方大山用力地拍了拍我的肩膀，这时候，我发现，我的头又开始剧烈地疼痛起来。

我想，原来这就是小胖子赵子君的老家，原来，这片海就是小胖子赵子君家门口的这片大海，原来，这就是小胖子赵子君短暂的生命里待得最久的地方！

这海风里有他的声音，这海滩上有他的脚印，这海水里有他尿过的尿！

我日——我想我为什么会剧烈地头痛，就因为是这个原因！

一直到全团集合，我的头还在剧烈地疼痛。

不过我还是记住了我们明天要准备的演习内容，一个面目模糊的领导在台上说："同志们，我团将担纲一次特别的演习，演习内容就是港口突击！军事想定为：明天凌晨六时，我团将全员集合在一艘排水量为9000到10000吨的071大型坞登上，在三艘新型驱护卫舰保卫下组成的快速两栖作战集群向'敌'某大型民用港口突击，在我们出发时，我方新研制的太空武器将'致盲'监控台湾上空的数颗军事卫星以保证我方进攻意图顺利实施，抵达港口后要迅速占领港口，控制港口，为后续登陆部队奠定基础，并等待第二波空降兵入港后协同作战，扩大防区，为大部队登陆创造有利战争态势，同志们，任务很艰巨，有没有信心？"

"有！"

"首战用我！敢打必胜！"

"首战用我！敢打必胜！"

……

我不晕车，不晕船，也不晕机，正我以为我什么都不晕的时候，我突然发现了我晕071大型坞登，可是连长杜山并不这么想，他认为我是晕海而已，我认为他说得不对，毕竟，昨天演习的时候我也不晕舰不晕艇的。

我一边呕吐，一边和兄弟们一起参加那些什么敌机海上低空轰炸、敌陆基导弹袭击、敌鱼雷攻击、通过敌水雷阵等等的演练科目，吐到没有什么东西吐而只吐清水时，我不吐了，但是我的头开始剧烈地疼痛起来，比以往任何一次都要痛。

港口在望，连长杜山发布动员令："我只要求你们猛打猛冲，第一个把五连的红旗插上港口的那座集装箱的大吊上！"

随着急促的哨声、炸点的爆炸声、高频喇叭中密集的枪声，我们冲下了071大型坞登。

向港口突击！

我的头开始剧烈地疼痛，但是我的身体十分灵敏，我强迫自己保持清醒，我要消灭任何一个阻挡我的"敌人"！

一个一个的钢靶发出清脆的响声，又倒下来，我奋力往前冲，连长打出了我们五连英勇善战连的旗帜，在那一刻，我劈手将红旗从连长杜山的手中抢了过来就往集装箱码头上冲，我对连长说："相信我，我上！"

我不是一个人，在我身边，有很多兄弟们，五连的老前辈们，还有小胖子赵子君。

我想，我不是一个孬兵，我是一个凶猛的步兵！

我冲上了集装箱码头上的吊车，吊臂与海平面成60度高耸，吊臂前端的一个大铁钩正指向着我们来时的方向，似乎在钩起食指挑衅道："来吧，来打我呀，我知道你不敢打，你害怕，害怕很多事情，来吧，我不怕，我真的不怕！"

我想，这是个制高点，我必须爬上去，插上咱们五连的连旗，向演习指挥部证明，首战用我，敢打必胜！

我的头剧烈地疼痛起来，疼得很厉害，以至于我的意识开始模糊，我甚至觉得，这样一个吊臂似曾相识，我操，我想起来了，记得我在梧州的洪水当中就是被这样一个类似的玩意儿挡了一下，然后我又顺着这样一根钢铁往上爬，一直爬到尽头的。

我看着底下微微荡漾的海水，我并不害怕我会掉下去，因为老子会游泳，老子从洪水中逃过生！

我终于爬上了吊臂的最前端了，我跨坐在吊臂之上，从胸口的迷彩服里扯出了卷起的五连连旗，扯直了伸缩的钢铁旗杆，然后从背囊的侧袋中掏出背包带，把连旗旗杆固定在吊钩的那根钢索之上。

我成功了！

连旗高高地飘了起来，在呼啸的海风当中，上书五个大字：英勇善战连！

我想，我没有没有愧对党、人民，还有国家，没有愧对自己的这身马甲，没有愧对自己的爹妈，没有愧对五连的老祖宗，没有愧对我的战友们，没有愧对小胖子赵子君。

我大声喊："小胖子，你看到了吗？"

然后，我的额头就被呼啦啦的红旗一角重重地抽中了。

我欣慰地看着头顶上的那面迎风红旗越来越小，越来越小，天空越来越远，越来越远。

我想骂，为什么跟我上次从梧州粮食局的那个高高的传送皮轮的吊臂上跌倒下来的情景一样呢？这一次，我就这么掉下去，开始目测距离至少有一百米高，老子是不是会挂掉？是不是在劫难逃？

不过，我笑了，我张开嘴，悄然无声地说："小胖子，老子陪你洗个澡！"

……

当我醒来的时候，伟大的997演习已经结束了。

大部队已经撤了，我既然已经醒了，我也就该撤了。

这个战地医院里有很多类似于某一个女卫生员那样的军中绿花，我一直认为，某个女卫生员就是我的药，不论我受了多重的伤，她就是我的药，但是现在，我并没有看到我的药，尽管如此，我还是恢复得比较好。

只是我的手，不知道为什么，竟然不由自主地颤抖。

一个挂着文职干部军衔的慈祥的女军医告诉我说："小伙子，没事，就是一轻微脑震荡而已，没关系！你是一个好兵！"

我觉得她很和蔼，像我的娘老子一样和蔼可亲，再说我很久没有和我的娘老子打过电话了，于是我就把这个慈祥的女军医当成亲人一般了，有事没事我就和她唠嗑，扯家常。

我把我头痛的事情告诉她了，我把我和小胖子赵子君的事也告诉她了，她笑着说："小伙子，没关系，如果相信阿姨的话我给你做一个心理治疗。"

于是，我配合了这位阿姨，不过，我认为她的催眠术十分地拙劣，又是钢笔又是小球的，有一次还甚至让我喝了一大杯热气腾腾、香甜可口的牛奶。可惜，她一次都没有把我催眠成功，她总是要求我放松、再放松，其实我一点都不紧张，但是我就是不能闭上眼睛。

阿姨的表情有些凝重，她说我意志力很坚定，这我知道，她说我的心门关得很紧，我就不知道了，然后通过几次谈话之后，她找到了我的一些资料，渐渐地问起了一些让我很烦躁的问题，她甚至问起了兽营。我告诉了这位阿姨，我离开的时候被提醒了要注意保密，那里的受训内容是二A级军事机密，有十年的保密期，我还年轻，不想上军事法庭——于是这位阿姨就不问了，后来她每次问，就只问我和小胖子了，我清晰地把每一个细节都回忆给她听了，后来，我发现她手上有一支造型奇特的笔，我这才中断了我原本很配合的治疗，变得十分地不配合了。

那玩意儿我知道，我在海哥哥那里见过，这种东西叫做录音笔，能把你说过的话，全部录起来。

我很生气，我不知道她为什么要这样做，我把她当成了亲人，她却辜负了我的信任，她向我解释说："孩子，你的情况很特别，我准备把它当成一个课题来研究，比如说在你身上积蓄着一种叫做战争能的东西，还有你的身上有一种叫做危机性应激心理障碍，这些都不利于身心健康——相信阿姨，阿姨一定治好你！"

我强烈要求出院，照她这样说，我就成了一个神经兵了，我不是神经兵，我是一个优秀的步兵。

后来，师参谋长老撸来了，他还没有撤，看着那所谓的阿姨拉拉扯扯着老撸在那儿嘀嘀咕咕我就很烦躁，这什么跟什么啊，我日，再不走，早晚会被这人面兽心的阿姨给卖了，关了！

老撸挂着不置可否的笑走进了我的病房，并要求和我单独谈谈，院方很爽快地配合了，我得承认，与来自火星的女人相比，我还是喜欢和男人交谈。

老撸张嘴就是："我日！帅克，你这个鸟兵不错！老子要表扬你！"

我从枕头底下翻出一包烟和一个打火机，这是忽悠了给我打针的女卫生员买的，递了一支过去说："首长，抽烟，感谢表扬，感谢！"

"你的那警告处分我给你撤了，你本来有了一个三等功，这次就给你整上一个优秀士兵了！"老撸伸手摘下迷彩帽，彪烘烘地说道，"入不入党啊，鸟兵？老子亲自做你的入党介绍人！"

"那敢情好哇，首长，我给你说个事情，你知道不？"一提起入党，我就眉飞色舞地把小胖子说的那个高玉宝同志要从心眼里入党的故事给转述了一次。

老撸哈哈大笑，半天止住笑，饶有兴趣地看着我说道："帅克啊，你这次从吊臂上摔下来可够呛啊，李教授说你是轻度脑震荡呢，我看这嘴皮子还这么利索，不像啊……"

"嘿嘿，首长，她是教授啊？她还说我身上积蓄了战争能，还有什么危机性应激心理障碍呢！"我撇了撇嘴，说道，"狗屁！那玩意儿我不懂，我只知道我现在脱下病号服穿上迷彩服照样还是个好步兵！"

"嗯，我知道我知道……"老撸眯着眼睛笑了起来，说道，"呵呵，你那在兽营的事情我也听过汇报了，还好老子够级别啊，嗯，不就是宰了一条狗吗，他们那破地儿不要你我还舍不得放你呢，好好干，争取明年考上一个军校！他妈的记得站好队啊，你是老子的兵！"

还没让我表态，老撸就斩钉截铁地把烟头摁在床头柜上那个翻倒着的开水瓶瓶盖里了，说道："老子知道你没事，行，马上办出院手续，回家里休息去！"

"哈哈，首长英明神武！英明神武！"我大乐，妈的，就等这句话了！

"嗯，不过，你真的要回家！回老子的家！"老撸笑眯眯地说道，"怎么样，当当老子的裤衩兵，没问题吧？"

"啊？"顿时我就把头摇成了拨浪鼓，"不！首长，不！我坚决不当裤衩兵！"

"我操！"老撸面目狰狞地凑近我说道，"鸟兵，多少兵想当老子都不给机会呢！老子只不过给你一个休息的机会而已，在家里书架上有些书好好看一看学一学，早点复习早点准备，明年考军校！"

"不……"

"这是命令！"老撸站起身来，带上帽子，扔下硬邦邦的一句话就往外走。

一直走到门口，突然像是想起了什么一般，老撸回头说道："噢，忘了告诉你家里还有一个人，嗯，注意作风吧，鸟兵！"

我一怔，不知道这老撸没头没脑地说的是什么意思。

床头柜上老撸摁在开水瓶的塑料瓶盖中的烟头还没有熄灭，冒出一股难闻的臭味，似乎被烧焦了一般。

　　我从被窝里伸出右手，用不由自主颤抖的右手端起了床头柜上的一个水杯，想把水倒进去把烟头浇熄。

　　我发现，我的手颤抖得很厉害，终于，老子控制不住了，一杯水就直接泼了上去，烟头发出扑哧一声，立刻变得黑糊糊的。

　　我把手放回被子里，扯开了嗓子大声喊道："医生，762号病床出院！"

　　在冯昭这个老牌裤衩兵的带领之下，我一下子就找到了老撸的家属楼，在此之前，我一直不知道首长家的门是往哪边开的，看着我极不情愿背着背囊磨磨蹭蹭的样子，冯昭这个老牌裤衩兵笑骂我说："帅克，你他妈的一贯不要求进步，这一次，是首长亲自要求你进步！"

　　我终于知道了，原来冯昭这个鸟兵是师政委的裤衩兵，每天就是拿拿报纸打扫下卫生，顺便接接电话跑跑公差等等杂事，冯昭牛逼之极地掀起迷彩服露出一截子手枪套子说："帅克，咱们可是首长的公务员，配的是短枪54，啥，有空咱们训练场上较量较量？"

　　我笑骂："你这个鸟兵，敢情你揣上王八盒子就是怕王丽君同志的花拳绣腿凤形拧爪手拿来防身的吧！"

　　冯昭笑道："妈的，又欺负老同志了，得，先进去吧，我还有个事，这下好了，咱可以随时通电话了，那啥，军线不要钱，随便打啊！"

　　我知道他要说什么，果然这鸟兵说了，他临走的时候说："嗯，有空给程小铎打个电话吧兄弟，她号码小丽知道，今天我就去问小丽……"

　　我点了点头，心不在焉地就走进了老撸灰色的两层小楼，貌似这一溜，都是这样的建筑。

　　"报告！"

　　"进来！"

　　老撸说他家里还一个人，我想我终于见到了她。

　　我想我终于明白了老撸说的那句没头没脑的话的意思，他说要我注意作风，原来是注意生活作风。

　　给我开门的人让我大吃了一惊，愣在那里一句话也说不出，倒是这个人很满意这样的效果，倚靠着门框，彪烘烘地说："我说过，我一定会抓住你这个坏兵！"

　　这个人我认识，她叫做鲁冰花，她还拿了我一样东西没有还，于是我没有询问她为什么会在这里出现，而是径直说："还我，把我的大角螺还给我！"

"呵呵，好了啦！"鲁冰花笑靥如花，穿着一双可爱的 Hello Kitty 猫的小睡鞋就后一挪步，说道："帅哥，请进！"

我这才发问："我靠，你怎么会在这里？老撸你认识？"

我发现我问了一个很愚蠢的问题，老撸原本就姓鲁，鲁冰花也姓鲁，只不过老撸面容狰狞，还黑得要死，所以我不敢相信，鲁冰花这样一个优质产品竟然是老撸的作品。

"什么老撸老撸的，听这话你和我老爸还挺熟的啊？嗯，不过要不我爸怎么会派你来当裤衩兵呢，呵呵，这下就好了，哈哈！"鲁冰花笑着说道，"喂喂，脱鞋你知道不知道？"

我有些窘，说："臭男人啊，别怕！"

鲁冰花捏着鼻子就跑，说："他妈的！脏兵！先去洗洗！"

我讪笑："脚出汗……"

在一个香气扑鼻的浴室里洗了脚之后，我就和鲁冰花有了如下正式的交谈，我拘谨地坐在一个大大沙发上问她："你怎么会在这里？"

"这样吧！"鲁冰花调皮地笑着说道，"你问我一个问题我回答，我问你一个问题你回答，好吗？"

"好！"

"你先问吧！"

"你怎么会在这里？"

鲁冰花翻了翻白眼，神态像极了某个女卫生员，她说："这是我的家！拜托，我现在放暑假，我现在回家！轮到我问了，帅克，你有女朋友吗？"

"有……还有吧，我不知道还有没有……"我马上发问道，"你的妈妈呢？怎么家里就你一个人吗？"

"嗯，这是两个问题，不过是你问了，我还是回答好了——"鲁冰花抱起一个沙发上的靠枕，看了看我，说道，"我的妈妈呢，是一个医生，嗯，她也是个军人，她的老家就在梧州，那一年也是洪水，我妈妈当时刚刚生了我，就赶到梧州老家去抗洪抢险了，结果劳累过度，就……就走了……所以，现在我家就只有我，我老爸，呵呵，不过现在加上你了！"

"对不起，我，我不知道……"

"没关系——"鲁冰花笑着看着我说道："不过一般人我不告诉他，帅克，其实后来你的事情我都问了我老爸了，你也不要太伤心了，我的妈妈也是我老爸的战友，她走了我老爸也很伤心的，呵呵，好像这个话题你不喜欢啊，好吧，

那该我问你了——"

"问吧！咦，我怎么就觉着别扭了，开始你还不一直叫我教官来着，现在叫我的名字我都有些不习惯了，呵呵！"我赶紧转移话题，生怕她提起小胖子。

鲁冰花红着脸问我说："帅克，我就叫你帅克，我问你啊，帅克，要是你，你没有女朋友了，你会不会考虑一下，考虑一下我，我……我能做你的女朋友……"

鲁冰花把脸别过去说："好了啦，我会做好吃的菜，我会打扫卫生做家务，学习又好，本小姐还算漂亮，再说这我们又能在一个屋檐下，这感情可以，可以，慢慢培养的……"

"小丫头！你没戏！"我笑着站了起来说道，"我说你吧，头发没有我的女朋友好看，黄不拉叽的，皮肤呢，也没有我的女朋友白，漂亮吧，也比不上，这身材呢，就没得比了……再说吧，你要是借我两胆子我也不敢，你老爸非得拿重机枪突突了我！"

我站起身来，刷的一声就把窗口的窗帘拉开，金色的阳光顿时洒了进来，那一刻，我觉得我非常的神圣。

"我跟你说——"我回过头来朝嘟起小嘴的鲁冰花说道，"那个大角螺就是我死去的战友送给我的，还我！"

鲁冰花气急败坏地说："就不，我偏不！"

鲁冰花噔噔地跑上楼去，不一会儿就捏了小胖子赵子君送给我的大角螺站在楼梯间上得意地说："我就不还给你！听，有大海的声音！"

我的头立刻剧烈地疼痛起来，疼得要命。

我冷冷地说："还给我！"

鲁冰花说："就不！"

我拼命压抑着脑袋里的剧痛，就往楼梯上冲，鲁冰花尖叫一声就闪人，在一张紧闭的房门之后，鲁冰花大声说道："你别逼我，帅克，这是军事禁地，本姑娘的闺房，你要是敢闯进来我就叫非礼！"

我扶着楼梯，痛得一句话也说不出来。

我得承认，我最后还是破门而入了，我终于抢回了小胖子赵子君送给我的大角螺，听到了大海的声音。

事情的起因是这样的。一大早，我就跟鲁冰花说我要出门办事，我的理由很充分，就在昨晚，我接到了连长杜山的电话，连长说："帅克啊，行，给首长当了公务员，这是进步，明天回老连队来，我请你喝喝酒，司务长那里的伙食

关系你也得转一转！"

我知道鲁冰花在另一个房间拿起话筒偷听了，这让我很不爽，于是我不顾她做好的一桌子早餐就闪人了。

我要回老连队，找找兄弟们，和兄弟们在一起是安全的，在老撸的家里待着，不知道那小丫头片子还得整出个什么幺蛾子出来，我帅克，堂堂爷儿们，不是个见了母的就想上的畜生，再说了，我没有兴趣，不喜欢的女的一律不感兴趣。

可以说，我比某个女卫生员要坚贞。

回到了老连队，正好部队休整，由于我第一个把五连的连旗插上了港口制高点，因此我受到了连队干部及兄弟们的热烈欢迎，听说我还没吃早餐，老八说："我操，早饭中饭一起吃，学习室候着，马上上菜马上整，连长，你说行不行？"

连长杜山抚掌大笑，说："大白天的，放个暗哨吧，学习室，开整！"

我站在三楼学习室门口的栏杆上，看着我的兄弟们笑，不好意思地笑，兄弟们都知道我摔进了大海，摔成了裤衩兵，连长杜山彪烘烘地指着下面的兵们低声吼道："龟儿子们，现在帅克回来就是客了，他妈的，待会儿上来轮流把酒敬一敬，咱们五连的兵，高升！"

然后我，连长杜山，丁指导员，排长孔力就虚掩了学习室的门，开始整了起来，酒是搬个不停，那敬酒的兄弟们也是走马灯一样的来个不停，那叫一个开怀畅饮，那叫一个谈笑风生。一直喝到了中午，我才上厕所上了四次，连长杜山喝得兴致勃发，说："老八，全连今天在学习室开饭，加菜、加酒，今儿个呀真呀真高兴！"

丁指导员也表示了赞同，这酒，我觉得喝高了，也觉着连队主官和兄弟们十分抬爱了，换作是五连哪一个兵，都会死掐着扛着连旗往上冲，往吊臂上拱，我把这意思给说了，连长杜山啥也没说，举起一杯酒说："帅克，不说了，话在酒中！"

全连的兄弟们都拱到学习室开饭了，文书庞炎跑过来说："连长连长，妈的，刚刚四连的兵都觉着奇怪了，说五连今天中午咋不开饭了，我说咱们连长说了，今天天热，大伙儿都在有空调的学习室里吃饭，咱们五连，官兵友爱一条心！"

连长杜山笑着说道："行了行了，你这个鸟兵，放暗哨忙活了一会儿，叫个吃饱了的兄弟下去替替你吧，记住啊，谁来盘问，都他妈的这个口径！"

文书庞炎如释重负，端起杯酒就找我火拼，说："我操，帅克，总算逮住跟你喝一杯了，来，老哥敬你！"

喝了这一杯挡不住，赶紧叫上七班的兄弟上来壮胆，七班不错，都有战斗力，人手两瓶啤酒夹在腋窝里，逮谁就吹瓶，这完全得益于我开始就跟大山和四海打好招呼了，我说："他妈的就调到师里面，一个五公里的事情，一泡尿远的路，你们就别掺和了，我帅克生是七班的人死是七班的鬼，这酒喝的，多的是机会，先说话，咱坚持不住，你们顶，七班不能倒下任何人！"

酒场如战场，七班人马可是一支奇兵，看着李大显忒真诚地说："老同志，帅克班副是俺们七班的兵，您跟他喝不跟俺喝，就是瞧不起俺这新兵蛋子——来，哥俩好啊整一瓶！"

我顿时就乐呵了。

图个痛快，图个高兴！

不到一点钟，我就主动要求散了，是的，要散了，杯已空人已醉，再喝下去就喝坏了风气喝坏了胃，连长杜山表示了赞同，喝令留下几条兵搞卫生，其他的全部去午睡去。

方大山摇摇晃晃地站起来说："帅克，去，去你的床上休息会儿，呵呵，你的床都留着，留着！"

我捧了捧肚子说："嗨，你先去，我在这里吹吹空调，热！"

我倒在学习室的课桌上睡了会儿，被空调的冷风吹醒，一看表，才2点钟，学习室已经打扫得干干净净了，整个排房一片宁静，转头一看学生室后排，居然在靠墙的那一排电脑上还趴着一个鸟兵。

走过去一看，我笑了，原来是四海同志。

我想，嗯，玩玩电脑吧，老长时间没玩了，反正睡不着了，于是推开"嗯嗯哼哼"的四海，捏住了鼠标动了起来，电脑貌似有什么叫屏保的东东，屏幕是黑糊糊的，我不由得狠点了两下，然后，我就听到了一些声音从电脑音响中传了出来，吓得我赶紧去旋小音量，这时候，我听到了一个熟悉的声音，那是四海的声音，我听到四海彪烘烘地大声说道："好！搞定！小胖子，对着话筒唱歌！快，开始录音！"

然后我又听到了小胖子赵子君的声音，他在说："这……我唱什么呢，我……呵呵，怎么有点不好意思……"

只听到四海呵呵一笑，啪的一响，四海说："叫你唱，你就唱，扭扭捏捏不像样！"

一个不知名的声音响起："我操，就唱你的保留曲目，华仔的，一起走过的日子！""那行，我还是唱粤语歌，安静，安静，酝酿下气氛！"

"如何面对，曾一起走过的日子，现在剩下我独行，如何让心声——讲你知……"

我听到了自己的声音，我大声地喊了一声："好！"

我的头开始剧烈地疼痛起来，我的手开始不由自主地颤抖了起来。

我听到了！这是小胖子赵子君以前的录音！

"……有你有我有情有生有死有义，多少风波都愿闯，只因彼此不死的目光……"

四海醒了，愣愣地看着我。

我双目血红地说："四海，给我拷贝一份，我先走了！"

然后我就奔出了五连，我的老连队。

我是一个狂奔的步兵。

我一边跑，一边哭，一边喃喃自语："他妈的，我操，我再也不回去了，再也不回去了，我日……"

……

回到老撸家，我二话不说就一身酒气地推开了鲁冰花的房间门。

鲁冰花穿着睡衣正在睡觉，看到我这个样子进来，吓得大气都不敢出，抓紧了被子。

我凶神恶煞双眼血红地吼："大角螺给老子拿出来！"

鲁冰花还迷迷瞪瞪的，她一定是吓坏了。

我伸手就搂我的迷彩服，我标有八一军徽的军用宽皮腰带在我奔跑的时候就已经掉了下来，鲁冰花看似很紧张，是的，她有足够的理由紧张，因为我解下了宽皮腰带啪的就是一下抽在了她的床头，很响亮。

"再不拿出来，老子打烂你的屁股！"我很认真地说，"你老爸都保你不住！毙了我也是打完了之后的事！"

鲁冰花光着脚从床上跳了下来，像是一头受惊了的小鹿一般，快速地打开了她的衣柜，拿出了大角螺。

这就是我取回大角螺的整个过程。

鲁冰花在大角螺上贴上了一些闪闪发亮的海星，我冲到浴室里，拧开水龙头疯狂地冲洗，后来我干脆打开了莲蓬头，脱了衣服，顺便冲洗一下有些狂躁的自己。

鲁冰花怯生生地露了一个头，看着我满身的伤痕，触目惊心的伤痕，不由自主地后退了一步，小声地说："……帅克，我保证再也不惹你生气……"

我冲她吼："滚上床去！"

我给冯昭打电话了，我们说了很多，我主要是说小胖子赵子君的事情，说我在老连队听到了小胖子赵子君以前录的歌的事情，而冯昭总是说起程小铎，以致后来我怒了，吼他，让他不要再说起这个人。

可是冯昭还是告诉了我一个电话号码，那是程小铎的电话号码。

可是我还是把它抄写在老撸桌上的备忘录上，撕了下来。

冯昭沉默了很久，说："帅克，我刚从小丽那里回来，程小铎留了一样东西，你等我一会儿，我给你送过来！"

不一会儿，冯昭就来了，我去了门口开了铁门，冯昭说："喝酒了？"

我点头，说："喝了，喝高了！"

冯昭递给我一盒磁带，说："小丽说，这是程小铎调走之后录好的，你去听一听罢！"

我笑了笑，说："你听过？"

冯昭给了我一拳，当胸一拳，说："老子可没听，小丽听了，我只不过是刚好在旁边而已……"

冯昭说："我走了，话说程小铎是个值得你珍惜的人，她对你很好，很真……"

我不屑一顾："真个毛，一点都不坚贞！"

冯昭欲言又止，最后还是走掉了，边走边说："行，你进去吧，听一听再下结论……"

回了屋，我就翻箱倒柜地找录音机，老撸这人忒没劲，家里连一台卡式录音机都没有，这兵都当到了师副参谋长位置，除了房子大一点，其余的就操蛋了。"穷，真他妈穷。"我骂骂咧咧道。然后一眼就看到了怯生生的鲁冰花，于是我指点着她说："喂，那个谁啊，过来！"

"到！"鲁冰花一个立正，杵在楼梯间说道，"教官同志，有什么指示？您说，我怕怕！"

"有……有哪录音机吗你家里？"我挠着头问。

"没有……"鲁冰花说，"不过，教官，我有随身听，小的录音机，行不？"

"借来使使！动作快！"我吼道，"愣着干吗？老子不像你，拿了别人东西不还！快点！"

　　"哦，好，好的！"鲁冰花恍然大悟，不一会儿，就抓着楼梯栏杆，给我递了一个随时听过来。

　　"滚上床去！"我彪烘烘地说道，"没有老子命令，不准下楼！"

　　"哦，好，好的，教官！"鲁冰花飞也似的噔噔跑上楼，我大马金刀地坐在沙发上，掰开了随身听，将迷彩服中的磁带掏了出来塞了进去，插上一个小耳塞，用力一摁PLAY，程小铎的声音就飘了过来：

　　"亲爱的帅克，嘿嘿，烦人，怎么这么肉麻呢，嘿嘿，咳咳，帅克同志，首先，我要向你报告一个好消息，你的革命战友、亲密同志，也就是本人程小铎啦，已经顺利地完成了考试。我填报的志愿是广州军医大学，专业是心理学，嗯，本来想报护理的，不过我觉得，你老是受伤老是玩命的，护理你的身体不如琢磨你的心灵，把你那心里面的那些想法给琢磨透了，然后对症下药，省的你老是让我闹心……我说吧，帅克同志，你很烦人，我告你啊，你想成为的那种兵，其实我并不觉得是种好兵，似乎容易走死胡同，哎，还是等我学业有成再好好给你上上课吧！

　　"帅克，我还得告诉你一件事，我知道你听了可能会不高兴，不开心，嗯，那个刘正政通过他的关系把我调到了军区，你知道我不乐意的，可是我是一个军人，要服从组织的安排和调动，我知道他也是对我有好感，所以我也就跟他直说了，我说我心里，心里只有你……后来，我就认了他做哥，他也答应了，他说他还是没有赢过你，鸟兵！你现在是不是特高兴？不准笑，烦人！呵呵，你知道吗？刘正政说，他现在还不放心把我这个妹子交到你手中，说找机会还得替我考验考验下你，帅克啊，你可要挺住啊，不要掉了链子，那样我会很没面子啊……

　　"帅克，我很想你，你知道吗？你总是对我冷冰冰的，嗯，一会儿热一会儿冷，一有任务你就对我冷，有时候我真的很烦，再也不想理你了，可是，我还是想你……你知道吗，现在我就带着你送给我的手榴弹的指环，呵呵，我瘦了哦，连手指都瘦了，不过还是带不进中指，我告你啊，帅克，别拿这玩意儿糊弄人！得给我换个大的，现在就戒烟，攒津贴！听到了没？他妈的！一点诚意都没有！对了，我还得给你提个醒，你那个鸟样估计会迷死很多妹子，我先说好了，要是胆敢骗老娘，老娘拿枪毙了你！鸟兵！

　　"帅克，亲爱的帅克，哦，我发现我现在越来越不害臊了，嘿嘿……对了，我还想跟你说个事，嗯，我听老八，还有孟晓飞说起你的事了，说起了你的战友小胖子的事情，说起了你在梧州受过的苦，受过的累，受过的委屈……乖，你一定要答应我，要坚持，我一直认定了你是个好兵，如果这个世界所有的人都说：嘿，这个帅克，十足一个鸟兵，我一定会大声说：我家帅克绝对是个好兵，响当当的好兵！绝对的爷儿们！你要知道，帅克，我永远和你在一起，永远，因为我我爱你，我爱你帅克！

"我的好帅克，你爱我吗？说实话，我也不知道你到底爱不爱我，你有时候很天真，有时候很成熟，有时候很坚强，有时候很脆弱，你就像一个孩子一样，总是让我摸不透你到底想些什么，到底对我在乎还是不在乎，好吧，我知道你现在以事业为重，你想成为一个千锤百炼的优秀军人，我不拉你后腿，可是你一定要记得想我，我怕你有一天会把我忘掉……嘿嘿，最近我老爱胡思乱想，我知道你不会的，是不是？

"明天我就要和刘正政去军区报到了，最后一次告诉你，不要吃干醋，他是我哥儿们，你是我爱人，就这样了，我得睡了，一个人在值班室说话怪吓人的，关了啊，呵呵，拜拜小帅，飞吻一个啊，收到没有，嘻嘻……"

……

耳机中传来沙沙的声音，我泪流满面。

我想起了一句很经典的台词：曾经有一份真挚的爱情摆在我的面前，可我没有珍惜，直到失去的时候才后悔莫及……

我深深地埋下头，然后看着一双控制不住的双手，颤抖得越来越厉害的双手，我想，现在的我，现在我的这个样子，还能奢望什么吗？

我知道，我已经变成了一个废人！

……

我当裤衩兵的日子只有三天。

结束这三天是因为鲁冰花找我要一样东西，她说她想要一个手榴弹的指环。

我立马就猜到了她一定是偷听了程小铎留给我的磁带了。

鲁冰花也承认了，非常爽快地承认了，她说："行了行了！给我一个，人家程小铎有哥哥了就不许你有我这个妹妹？"

她盯着我的眼睛毫不示弱地说："你打我骂我都行，我就这一个要求！"

在我打开标签为SK050703的迷彩包时，我的手颤抖得很厉害，当我掏出那个包着的手榴弹指环的白纸包时，我的手颤抖得更加厉害，鲁冰花的眼睛顿时就有些湿润了。

她捂住了我的手，竭力让我的手不再颤抖，我笑着对她说："妹子，替哥保守这个秘密，行不？"

鲁冰花拼命地点头，她哭了。

我说："我有三个指环，第一次投手榴弹实弹，我就投了三个，然后我的班长李老东就说，帅克啊，你这一辈子会有三个你生命中很重要的女人，嘿嘿，这是不是很迷信？我把一个送给了程小铎，现在把第二个送给你，这第三个我还是收好吧，不知道是谁的我靠！"

鲁冰花哭着说道："我再也不惹你生气了，你好好休息，我给你做饭，我给你洗衣，我上卫生队去学按摩，我什么也不说……"

我慢慢地松开鲁冰花的手，说道："呵呵，一会儿好一会儿坏的，我也不知道是怎么回事，得，拿上指环把包给我拉上，拎上！"

鲁冰花说："你，你要干什么？"

"妹子，有些事你不懂，我留在你老爸身边也不方便，我想换个环境，去好好锻炼锻炼，慢慢恢复！"

"不远不远，就在附近，这条件……"我笑着摇摇头，我还受不起。

"你爸手机多少？说！他妈的，抗洪的时候我还看着他打了的来着，别告诉我说没有啊，妹子！"

"帅克，你别走，好不？我保证不惹你生气，不烦你……"

"行了行了，留在这里还要注意作风问题，老子又喜欢裸睡……你不说，行，把手榴弹指环拿回来，大不了不认你当妹子了！"

鲁冰花终于无奈地报出了一个手机号码。

我对老撸说："首长，打扰您一分钟！"

老撸欣喜地说："呵呵，帅克啊，说吧！是不是家里啥事？"

我看着一旁的鲁冰花，笑着说道："是，经过这三天和鲁冰花的朝夕相处，我觉得我对您的女儿产生了一种不怎么健康的想法，这样吧，首长，您还有多长时间回来啊？"

"啊？快了，快了，一个月，不，半个月，帅克，你得注意作风问题！"

我用眼神严肃地制止了一旁蠢蠢欲动的鲁冰花，然后用一个手捧住握着话筒不断颤抖的手，笑着说道："这样吧，首长，如果您不怕这个暑假就往家里添一口人的话就迟些回吧，我没什么事情了……"

"帅克，你个浑蛋！"老撸怒道，"你他妈的打的什么坏主意！"

"嗯，首长，我向您提一个建议，往后勤处长那里打个电话，把我弄到师农场那里去养养猪种种菜，那地儿舒服，惬意……"

"行！"半晌，老撸叹了一口气，说道，"我知道裤衩兵不适合你，农场兵也不适合你，你天生就是一个战士！一个步兵！有啥事，等我回来再说吧，你就先去农场待一段时间吧！后勤处长那儿我马上打电话，下午你就过去报到吧！"

"谢谢首长！首长英明！"

盖上电话，我笑着说道："妹子，刚刚话说得有些过分，哥哥给你道个歉！"

"吃了饭再去，行不？"

我点了点头。

鲁冰花在厨房里一边切洋葱一边哭，她说："老爸说，要抓住一个男人，首先得抓住他的胃——我妈妈当时就是这样干的……"

我笑了，说："傻丫头！"

……

就这样，我来到了农场。我记得老八曾经在这里给我说过农场兵很舒服之类的话，那会我还反驳他说有枪不玩，玩什么锄头，修理什么地球，我发现我错了，倒不是因为别的，倘若是不能玩枪了，玩玩锄头也不错。

起码还能混上这样一身马甲，笑眯眯地去领下一年的被装。

鲁冰花在这个暑假里经常来看我，她晒黑了很多，不过有几天她突然消失了，回来的时候她显得很失落，她对我说："嗨，你女朋友果然比我漂亮许多，不过啊，帅哥，我告你啊，我还是青春期，她是青春期的更年期了啊！"

我知道，鲁冰花一定是去见着了程小铎，我什么都没问，什么都没说，笑眯眯地穿着一个黑皮套裙在那儿拌猪饲料。

老撸回来之后，立刻交代了农场场长，一个三级士官，让他不要给我派重活，然后交代了卫生院的一个军医，专门给我看病，不过我去了几次就没去了。我的手只在情绪比较激动的时候就颤抖，另外，在倒水喝、倒酒喝的时候也颤抖。

为此，我不停地对着咏春拳谱练习，我发现，我似乎好了很多，因此我觉得生活，还是他妈的希望比较多。

很多战友得知我在农场里干活，纷纷自发地跑来看我，看着这些生龙活虎的兄弟们，我仿佛又看到了从前的我。

小马哥，小鲨，还有高克，这三个鸟兵居然在一天傍晚把电话打到了师农场，唧唧喳喳地说了很多。按照我们三个当时的约定，三个精锐的老兵承认，他们已经在边境参加几次大的行动，在伟大的跨世纪的一年里，将会有更大的行动，貌似对手有雇佣兵，还有某个国家内角之和为180度的那啥部队，想在边境添乱，浑水摸鱼，门都没有——我知道，这些至少都是三个A的军事机密，我不会说，我只是笑。

在一个有火烧云的傍晚，有一个意想不到的人来看了我，这个人的出现让我吓了一跳，然后我的手就开始不停地在颤抖。

这是一个少校，他还带了一条狗，他取下大盖帽的时候我才认出他来，他是疯子。

疯子指着那条小黄狗说，帅克，请你帮个忙，我要出趟远门，或许也就不回来了，你能帮我养养这条狗吗？

我点了点头，笑着问道，它是不是叫耶鲁？

疯子笑了，用力地点了点头，在他离开的时候，他给我敬了一个礼，然后他对我说了三个字，他说：对不起。

……

我觉得总是有很多人会来看我，因此我有一种不祥的预感，我开始去看卫生院找那个军医，军医叹了一口气，很遗憾地对我说："小伙子，你其实已经不适合待在部队了，我看过你的病历了，你是重度的脑震荡，影响了你的运动神经，你看，就是CT上的这个区域……"

我发足狂奔，我的眼泪再也止不住！

我不相信，我是一个优秀的战士，我是一个优秀的步兵！

打死我也不信！

但是自从那天回来，我就变得很沉默。

沉默到一句话也不想说。

……

1999年9月4日黄昏，那是一个周末，星期六，一个红牌女学员风尘仆仆地闯进了我的农场，那个时候我正颤抖着手，提着一壶冷却了的牛奶往一个不锈钢的饭盆里面倒，小耶鲁不停地摇晃着它的小尾巴，两只黑眼珠骨碌骨碌地转。

她站在夕阳的余晖里，肩上的红牌很灿烂。

小耶鲁居然没有舍弃了牛奶，径直奔向了这个挂着红牌的女学员，我认为，它是一条他妈的公狗。

应当承认，这个红牌女学员非常漂亮，漂亮到连一只公狗都可以为了亲近她而不喝牛奶，如果小耶鲁会说话，它很可能会用秀色可餐这样的话来搪塞我。

可惜的是，它不会说话，我会说话，可是，我也已经整整一个月没有说话了——我在心里喊口令，吼军歌，如此而已。

我径直走进房间，出来的时候我的手中捏了一样东西，然后我将手摊开，是的，这是一颗子弹，一颗实弹，一颗7.62mm的步枪子弹，在农场这样的偏远地区，点验总是流于形式，因此，这样的违禁物品，我有。

我把这颗金黄色的子弹在夕阳的余晖当中朝她扔了过去，子弹在空中划出了一道完美的抛物线，她准确地抓在了手里，攥得很紧、很紧。

我终于开口说话了，这是我整整一个月来第一次说话。

我说："枪毙我，我等着。"

她走了过来，用手指比成了一把枪，食指死死地抵住了我的额头，眉心正中间。

我闭上眼睛，竭力控制着，不让自己的双手不由自主地颤抖。

她放下了手，然后双手握住了我的双手，不知道为什么，她的手有些冰冷，但是我觉得这种感觉很不错，至少，我的手慢慢地不抖了。

我睁开眼睛的时候，我发现她哭了，哭得一塌糊涂。

然后她吻了我，她的嘴唇有些冰冷，但是这种感觉也很不错。

她捧着我的脸，看着我的眼，说："帅克，我一定会治好你！看，我现在是个准军医！"

我对此不可置否，在我心里，我无比热切地渴望她能够一枪毙了我，可是，农场他妈的没有81-1步枪，只有他妈的锄头！

那天晚上，农场的其他三个鸟兵集体失踪，默许了这个名字叫做程小铎的红牌军校学员的留宿。

可是，我什么都没有做，除了亲吻，除了她主动的亲吻，我们什么都没有做。

农场里面蚊子很多，她的吻也很多，只不过我觉得她的吻不像以前那样甜蜜了，甚至有些苦涩，我觉得，主要是她一直哭，一直不停地哭的缘故罢了。

于是我对她说："你不要哭了，我不喜欢你哭！"

她对我说："你说要我枪毙你！"

我叹了一口气，说道："你要一直笑，一直笑得很好看，我就不让你枪毙我！"

她对我说："我笑了，你看我！"

我笑了，说："一直笑，记得要一直笑！"

……

第二天一早，她就要走了，而 1999 年 9 月 4 日的晚上，我几乎一个晚上都没有睡觉，看着她，看着静静地躺在我怀里睡熟的她。

她一直笑着，这样很好。

在她消失在我的视线里的时候，我终于撑不住了，重重地摔倒在农场的田垄之上，我的头很痛，剧烈地疼痛，小耶鲁汪汪地叫着，不停地伸出冰冷的舌头舔着我的脸。

它一定会觉得我的脸很苦。

我想我是一个好兵，但是对于爱情，那纯真美好的爱情，我是一个逃兵。

而对于那个威武雄壮的方阵，我想我不会是一个逃兵，只要有一息尚存，老子仍然保持立定！

可是，随着退伍日的日渐逼近，我日渐惶恐。

让我离开，我会哭，无论我多么刚强，多么倔强。

我是一个兵，我曾经对那面在风中猎猎作响的八一军旗宣誓：我可以为了我挚爱的祖国和人民，不怕牺牲！

我有一条命，来吧，我的敌人，请用一柄利刃剖开我的胸膛，老子让你们看看，什么叫做中国红！

第十六章
尾　声

我背着一个迷彩背囊，穿着一套没有了军衔的迷彩服，以标准的每分钟114步的步速行进在这座城市的街头。

夜色冷峻。

我敲开一个有些破旧的米黄色的木门，然后看到了我那白发苍苍的娘老子。

我说："娘老子，部队裁军，我提前一年退伍了！"

娘老子哭了，把我搂在怀中，她说："孩子……回来就好，回来就好……"

我站在门口，竭力仰着头，只想控制着自己的眼泪不往下流，不过，一抬头，我就看到了门框上面钉着的一个红色的铁皮牌子，上面有四个大字：光荣军属。

我的嗓子开始发干，然后，我的全身开始轻微地颤抖，最后，我的眼泪再也无法抑制地向外奔流。

"哭什么哭！"

然后我看到了我的老爸，同样也是白发苍苍了的老爸，两年不见，现在的他竟然已经戴上了老花眼镜。

老爸一把摘掉老花眼镜，用力地拍打着手上的一本《世界军事》，牛逼地朝我吼道：

"老兵不死，仅仅退隐！"